TINTE

CW01669489

MAYA BANKS

Tintelende aanraking

Vertaling Karin de Haas

HarperCollins

© 2017 Maya Banks
Oorspronkelijke titel: *Just One Touch*
Vertaling: Karin de Haas
Omslagontwerp: Véronique Cornelissen/Peter Verwey
Omslagbeeld: iStock/dianewphoto
Zetwerk: Mat-Zet B.V., Soest
Druk: CPI books GmbH, Germany

ISBN 978 94 027 2600 8
NUR 343
Eerste druk september 2017

Originele uitgave verschenen bij HarperCollins Publishers LLC, New York, U.S.A.
Deze uitgave is uitgegeven in samenwerking met HarperCollins Publishers LLC
© Nederlandse uitgave: HarperCollins Holland
HarperCollins Holland en Harlequin Holland zijn divisies van Harlequin Enterprises Limited
www.harpercollins.nl

Niets uit deze uitgave mag openbaar worden gemaakt door middel
van druk, fotokopie, internet of op welke andere wijze dan ook
zonder voorafgaande schriftelijke toestemming van de uitgever.

Alle in dit verhaal voorkomende personen zijn ontleend aan de fantasie van de schrijver.
Elke gelijkenis met bestaande personen berust op toeval.

Hoofdstuk 1

Ze rende door het knoestige bos, voortgejaagd door angst, happend naar adem in een poging kostbare zuurstof op te zuigen. De zoveelste tak sloeg haar pijnlijk in het gezicht, en automatisch bracht ze haar hand omhoog ter bescherming. Met haar arm voor zich uit probeerde ze de andere obstakels te weren die in de inktzwarte nacht verborgen lagen. Blindelings holde ze door het donkere bos, zonder hulp van de maan, die achter dichte wolken schuilging.

Het was slechts een kwestie van tijd voordat haar afwezigheid zou worden opgemerkt, en ze zouden niet wachten tot de zonsopgang over een uur aan zou breken om de honden op haar spoor te zetten. Ze waren sterk in het voordeel.

Haar voet bleef steken achter een losliggende boomwortel, en ze klapte keihard voorover op de bosgrond. Hijgend bleef ze liggen, met pijnlijke longen en ogen die prikten van de tranen. Ze klemde echter vastberaden haar tanden op elkaar, hees zich overeind en zette haar vlucht voort, zonder te letten op de pijn die door haar hele lichaam schoot.

Ze zouden haar vinden. Ze zouden volharden tot ze haar terug hadden. Dus mocht ze niet stoppen, niet opgeven. Ze zou nog liever doodgaan dan terugkeren.

Er trok een rilling langs haar ruggengraat toen ze ergens in de verte een coyote hoorde janken. Ze bleef abrupt staan toen ze er nog eentje hoorde, en nog een. Er verscheen kippenvel op haar armen toen de hele roedel begon te blaffen en spookachtig te huilen.

De coyotes bevonden zich ergens vóór haar. Ze vormden het enige obstakel tussen haar en het open landschap dat haar vrijheid vertegenwoordigde. Haar mógelijke vrijheid. Toen besefte ze echter dat de honden die achter haar aan zaten, zich misschien wel door de coyotes zouden laten afschrikken.

Ze kon beter de confrontatie met wilde coyotes aangaan dan zich overgeven aan het lot dat haar wachtte als ze haar terug zouden slepen naar de sekte. De hemel begon al lichter te worden in het oosten, maar het was niet genoeg om helder te kunnen zien. Ze moest echter hoe dan ook in beweging blijven, en dus rende ze roekeloos verder, dikke doornige takken opzijduwend om zich een weg door de dichte begroeiing te banen.

Ze had geen gevoel meer in haar blote voeten. Ze waren verdoofd door de kou en de vele krassen en blauwe plekken. Daar was ze dankbaar voor. Zodra ze weer iets zou voelen, zou ze hulpeloos zijn.

Hoe ver zou het nog zijn? Op gestolen momenten had ze stiekem de kaarten bestudeerd, en een groot risico genomen door de gedeeltes van het terrein te verkennen die tot verboden gebied waren verklaard. Ze wist dat de noordelijke route de kortste weg vormde door het dichte woud dat het terrein omringde. Ze had ieder herkenningspunt in haar geheugen geprent en was vanaf de muren aan de noordkant in noordelijke richting gevlucht.

Maar wat als ze geen rechte lijn had gevolgd? Wat als ze gewoon in kringetjes rondrende? Een snik ontsnapte aan haar bebloede mond, maar ze onderdrukte die door hard en pijnlijk op haar onderlip te bijten.

Toen ze een ander geluid opving, bleef ze abrupt stilstaan. Paniek overspoelde haar, en ze verstijfde van angst. Honden. Ze bevonden zich nog op een afstandje, maar het geluid was onmiskenbaar en klonk haar al te vertrouwd in de oren. Speurhonden. En ze moest door het hele bos bloedsporen hebben achtergelaten, die de getrainde dieren met kinderlijk gemak konden volgen.

Met een snik begon ze weer te rennen, nog radelozer dan eerst. Ze sprong over boomstronken en lage takken, struikelde zeker een keer of vijf, maar krabbelde iedere keer weer overeind en vervolgde haar bezeten vlucht, voortgejaagd door paniek en jarenlange wanhoop.

Er schoot kramp in haar dijbeen, maar hoewel ze naar adem hapte, negeerde ze de verlammende pijn. Toen verkrampte ook haar zij. O nee! Ze bleef staan, masseerde de pijnlijke spieren met haar hand en hief haar betraande gezicht naar de hemel.

Help me alstublieft, God. Ik weiger te geloven dat ik de gruwel ben voor wie ze me uitmaken. Dat ik gestraft zal worden voor iets wat mijn keuze niet was. Zij voeren Uw werk niet uit. Dat kan ik niet geloven – dat wíl ik niet geloven. Alstublieft. Schenk me Uw genade.

De honden klonken nu dichterbij, en de coyotes kon ze niet meer horen. Misschien hadden ze zich weg laten jagen door het luide geblaf en de omvang van de groep honden die op haar joeg. Een nieuwe aanval van kramp liet haar bijna door haar knieën zakken, en ze besefte dat het niet lang meer zou duren voor ze haar vlucht zou moeten staken.

'Waarom, God?' fluisterde ze. 'Wat voor zonde heb ik begaan?'

Plotseling kwam ze tevoorschijn uit de dichte begroeiing, en ze schrok zo van de open ruimte dat ze struikelde, vooroverviel en terechtkwam op een… grindweg?

Haar vingers grepen in aarde en kiezeltjes. Druppels bloed werden door de grond opgezogen, en vlug veegde ze haar mond en haar neus af met de mouw van haar gescheurde hoody.

Een gevoel van vervoering steeg in haar op. Ze had het gehaald!

Toen krabbelde ze vlug overeind, en ze vermaande zichzelf. Ze had nog helemaal niets gehaald. Ze was het bos uit, dat was alles, en hier in het open landschap was ze kwetsbaarder dan ooit. Maar in elk geval wist ze nu welke kant ze op moest.

Althans, dat hoopte ze.

Ze begon te rennen, maar ging vlug in de berm lopen toen de

steentjes in haar geteisterde voeten staken. Het gras was niet veel beter, maar in elk geval zou ze daar niet zo'n opvallend bloedspoor achterlaten.

Plotseling zag ze een meter of honderd verderop iets staan wat op een klein tankstation met een fruitkraampje leek. Ze ging harder rennen, en haar blik schoot nerveus heen en weer toen ze dichterbij kwam. Ze keek over haar schouder, doodsbang dat ze de honden achter zich zou zien verschijnen. En erger nog… de ouderlingen.

Toen ze niets bespeurde, rende ze verder naar het tankstation, zonder ook maar een idee te hebben wat ze zou doen als ze er eenmaal was. Afgezien van de boeken die ze stiekem had gelezen, de tijdschriften en de kranten, wist ze weinig over de moderne wereld. Die kwam haar vreemd en beangstigend voor, oneindig veel groter dan ze zich kon voorstellen. Maar ze had zichzelf gewapend met alle kennis die ze had kunnen vinden, in voorbereiding op deze dag.

Op haar vrijheid.

Toen ze bij het tankstation kwam, zag ze aan de voorkant een oude vrachtwagen geparkeerd staan, met een laadbak die helemaal bedekt was met zeildoek. Ze keek om zich heen en probeerde vlug haar opties op een rijtje te zetten. Toen hoorde ze stemmen.

Ze dook in elkaar achter de vrachtwagen, moeizaam ademhalend en met een hart dat als een bezetene tekeerging.

'Ik ga deze spullen naar onze kraam in Houston brengen. Ik ben rond twee uur vanmiddag terug. Heb je iets nodig uit de stad, Roy?'

'Vandaag niet, Carl. Maar wees voorzichtig. Het verkeer schijnt vanochtend een puinzooi te zijn, vanwege een botsing op de 610.'

'Doe ik. Pas jij ook goed op jezelf. Ik spreek je later.'

Ze nam vlug een besluit, duwde het zeildoek omhoog zodat de open laadklep zichtbaar werd, en zag tot haar opluchting dat er precies genoeg ruimte was om zich tussen de kisten met fruit en groenten te kunnen verstoppen. Zo snel en zo stilletjes mogelijk hees ze zich omhoog en kroop in de laadbak, de pijn in haar protesterende lichaam negerend. Het zeildoek schoof ze weer op zijn plek, hopend dat het niet zichtbaar was dat ze ermee had gerommeld, en toen kroop ze zo ver mogelijk naar voren, zodat ze niet uit de laadbak zou tuimelen.

De man die Carl heette, was op weg naar de stad. Die gedachte joeg haar angst aan. Het idee dat ze zou worden opgeslokt door een stad die zo groot was als Houston, was verlammend. Het zou echter ook in haar voordeel werken. In zo'n drukke stad zou het veel lastiger zijn voor de ouderlingen om haar te vinden. Bovendien konden ze haar moeilijk op klaarlichte dag ontvoeren. Twee dingen die hun weinig moeite zouden kosten als ze bleef waar ze was, in dit landelijke, afgelegen gebied ten noorden van Houston.

Ze hield haar adem in toen de vrachtwagen trilde door de klap waarmee de chauffeur het portier dichttrok, en toen kwam de motor tot leven en reed het voertuig langzaam achteruit. Ze duwde haar vuist tegen haar gezwollen lippen en beet op haar knokkels toen de vrachtwagen stil bleef staan, maar nog geen seconde later kwam hij weer in beweging en merkte ze dat ze de grindweg op reden.

Dank U, God. Dank U wel dat U me niet bent vergeten. Dat U me laat weten dat ik niet ben waar zij me van beschuldigen, en dat U niet zo wraakzuchtig bent als ze U afschilderen.

Hoofdstuk 2

Isaac Washington nam zijn koffie to go en twee bagels in ontvangst en liep het kleine winkelcentrum uit dat een paar straten bij het kantoor van DSS, Devereaux Security Services, vandaan lag. Vanwege de populariteit van de plaatselijke koffiezaak en bakkerij en het feit dat de ochtendspits in Houston op zijn hoogtepunt was, had hij helemaal aan de andere kant van de snelweg moeten parkeren.

Het was maar goed dat het winter was – voor zover het in Houston ooit winter werd – zodat het zweet hem niet over zijn rug liep tegen de tijd dat hij zijn auto bereikte. Er hing een kilte in de lucht, het restant van het koudefront van de afgelopen nacht, en dat was een welkome afwisseling voor de drukkende hitte van de zomer en de herfst.

Hij was bijna bij zijn SUV toen het hem opviel dat het portier aan de bestuurderskant openstond. Wel verdorie! Hij vergat de helft van de tijd om de auto op slot te doen, en als hij even snel ergens naartoe moest, liet hij zijn sleutels regelmatig in het contact zitten.

Hij zette zijn koffie en bagels op de grond, trok vlug zijn wapen en verschool zich tussen twee auto's. Langzaam sloop hij naar voren, gebukt, en slalomde tussen de geparkeerde auto's door naar de SUV.

Toen hij er bijna was, sloop hij met een omtrekkende beweging om de SUV heen, met de bedoeling de schurk die zijn auto probeerde te stelen van achteren te verrassen en hem met zijn pistool klem te zetten tegen het open portier.

Voorzichtig richtte hij zich op, zodat hij de dader goed kon bekijken. Hij fronste zijn voorhoofd toen hij een tengere gedaante zag, gekleed in een versleten sweater met een capuchon. De spijkerbroek die de jongen droeg, was er al niet veel beter aan toe, en zijn hoofd ging schuil onder de capuchon. Afgaande op zijn lengte, was het een tiener die de auto wilde stelen om er voor de lol een ritje in te maken.

Wie het ook was, hij bakte er weinig van. Hij keek niet eens om zich heen om te zien of de eigenaar – of iemand anders – hem in de gaten had. Toen hij aanstalten maakte om de auto in te stappen en achter het stuur te kruipen, besefte Isaac dat hij direct actie moest ondernemen. En nu maar hopen dat het joch niet gewapend was.

'Geen beweging,' zei hij, en hij stapte naar voren, met zijn pistool op de rug van de jongen gericht.

Het tengere lichaam verstijfde, en de tiener draaide zich langzaam naar hem toe. Alle lucht ontsnapte in een krachtige ademtocht uit zijn longen toen hij het 'joch' zag dat zijn auto probeerde te jatten.

Een jonge vrouw staarde hem met grote angstige ogen aan. Ze was onnatuurlijk bleek, waardoor het bloed en de zwellingen rond haar mond en neus nog meer opvielen. Ondanks haar versleten, jongensachtige kleding en ondanks de toestand waarin ze verkeerde, kon hij maar één ding denken: dat hij een engel moest zijn tegengekomen.

Lokken lichtblond haar staken onder haar capuchon uit en omlijstten haar beschadigde maar verder perfecte tere huid. Het bloed paste totaal niet bij haar uitstraling. Toen zijn blik omlaaggleed, zag hij dat ze verdorie niet eens schoenen droeg. Niet dat het vroor, maar het was te koud om op blote voeten en zonder jas rond te lopen.

'Doe me alsjeblieft geen kwaad,' fluisterde ze met trillende lippen.

Haar hele lichaam beefde, en ze hield haar handen in een gebaar van overgave omhoog. Zijn boosheid en verontwaardiging over het feit dat iemand zijn auto probeerde te stelen, maakten plaats voor een sterk beschermingsinstinct – en woede bij het idee dat iemand zo'n kleine, onschuldig ogende vrouw kwaad had gedaan.

'Hoe heet je?' vroeg hij vriendelijk, terwijl hij zijn pistool weer in de holster stak.

Er laaide angst op in haar kristalheldere blauwe ogen. Het was een tint die hij nog nooit eerder had gezien. In combinatie met het zijdezachte blonde haar en de tere lichte huid deed ze hem opnieuw sterk aan een engel denken.

'Dat... Dat kan ik je niet vertellen,' stamelde ze.

Zijn gezicht verzachtte. 'Zit je in de problemen? Ik kan je helpen. Dat is mijn werk, mensen helpen die in de problemen zitten.'

Nadrukkelijk schudde ze haar hoofd. 'Laat me alstublieft gewoon gaan. Het spijt me van...' Ze stopte en gebaarde zwakjes naar zijn auto. 'Ik wist gewoon niet wat ik anders moest doen.'

'Liefje, volgens mij heb jij niet goed in de spiegel gekeken,' zei hij vriendelijk. 'Je zit onder het bloed en de blauwe plekken, en je bent niet gekleed op het weer. Je hebt niet eens schoenen aan.'

'Ik moet gaan,' fluisterde ze. 'Ik kan hier niet blijven.'

Hij voelde aan dat ze op het punt stond om te vluchten en deed een stap naar voren. Hij had geen idee waarom het zo belangrijk voor hem was om haar hier te houden, maar hij kon de mysterieuze vrouw toch niet zomaar laten vertrekken, gezien de toestand waarin ze verkeerde?

Ze kromp ineen, een reactie die waarschijnlijk instinctief was, en niet bewust. Zijn gezicht veranderde in een donderwolk bij de gedachte dat iemand haar iets had aangedaan waardoor ze bang was voor een onbekende. Aan de andere kant begreep hij het wel. Ze hadden elkaar niet onder de gunstigste omstandigheden ontmoet. Hij had haar tenslotte onder schot gehouden.

'Kom, dan koop ik iets te eten voor je. Ik kom net uit het koffiezaakje in het winkelcentrum, maar toen ik mijn portier open zag staan, heb ik mijn koffie en bagels achtergelaten. Ik denk dat jij ook wel iets warms lust.'

Hij las het verlangen in haar ogen toen hij het over eten en warme koffie had, en automatisch gleed zijn blik over haar tengere figuur. Het ontging hem niet hoe mager ze was. De wallen onder haar ogen leken erop te duiden dat ze niet alleen voedsel, maar ook slaap tekort was gekomen.

Godallemachtig. Alles wees erop dat ze het slachtoffer was van misbruik. Een vriendje? Haar echtgenoot? Hemel, misschien was het haar vader wel. Ze zag er jong genoeg uit om een tiener te zijn. Alleen haar ogen gaven de indruk dat ze ouder was. Het waren ogen die te veel hadden gezien. Die ouder waren dan haar jaren. Ze gaven hem het idee dat ze een harde leerschool had gehad en dat het leven niet vriendelijk voor haar was geweest.

'Ik zweer dat ik je geen kwaad zal doen,' zei hij op de geruststellende toon die je tegen een schuw dier zou gebruiken. 'Ik ben absoluut niet van plan om de politie te bellen, of om je aan te geven wegens poging tot autodiefstal.'

Bij het horen van het woord 'politie' werd haar gezicht nog bleker, en hij had meteen spijt van zijn ondoordachte woorden.

Ze deed haar mond open om iets te zeggen, maar op dat moment hoorde Isaac het bekende fluiten van een kogel, en de auto naast hem schudde op zijn wielen toen het schot de voorband trof. De echo van het schot weerklonk luid in de verte.

'Zoek dekking!' riep hij, duikend naar de vrouw.

Hij sloeg zijn armen om haar middel en wierp zich samen met haar op de grond, zodat hij haar lichaam met het zijne kon bedekken. Toen hij naar zijn eigen wapen reikte, ketsten nog meer kogels af op zijn SUV en de auto die ernaast stond, en toen explodeerde er pijn in zijn borst.

Zijn mond viel open van de schok, en even kon hij zich niet verroeren. Toen vloeide de kracht uit zijn benen en zakte hij als een leeggelopen ballon in elkaar. Hij kwam met een doffe klap naast de vrouw op de grond terecht.

'Nee. Nee!' riep de vrouw met schorre stem. 'Nee, nee, néé!'

Haar gezicht verscheen boven het zijne, en de bezorgdheid en de angst maakten haar gelaatstrekken nog uitgesprokener dan eerst. Hij werd overspoeld door een gevoel van shock en mislukking terwijl hij besefte dat zijn lichaam het begon te begeven. Zou dit werkelijk het einde zijn, na alles wat hij de afgelopen jaren had meegemaakt en bevochten?

'Luister,' bracht hij uit, geschrokken vaststellend dat zijn stem niet meer was dan een schor gefluister. 'Kruip in mijn SUV. De sleutels zitten in het contact. Maak dat je hier wegkomt. Breng jezelf in veiligheid. Mij kun je niet meer helpen, ik ga dood.'

'Nee!' protesteerde ze. 'Dat laat ik niet gebeuren! Dat weiger ik!'

Ze krabbelde op handen en voeten naar hem toe, en plotseling bevond haar gezicht zich vlak boven het zijne. Haar blauwe ogen flitsten, en een waterval van lichtblonde krullen tuimelde omlaag toen haar capuchon naar achteren viel. Wild tastte ze met haar handen over zijn bebloede borst.

'Vlucht,' bracht hij uit, kuchend en half stikkend in het bloed in zijn mond.

Ze deed haar ogen dicht, en er verscheen een diepe rimpel in haar voorhoofd. Hij hapte naar lucht toen ze haar handpalmen hard tegen zijn borst duwde.

Het was alsof hij door bliksem werd getroffen. Een elektrische schok. Zijn hart haperde en bleef even stilstaan, en zijn zicht werd wazig. Haar tere gelaatstrekken kon hij nog maar nauwelijks onderscheiden.

Hij hield op zich tegen het onvermijdelijke te verzetten – de dood. Hij ontspande, verwachtend dat het einde elk moment kon komen, zich overgevend aan de kou die door zijn lichaam kroop. Toen werd hij echter tot bewustzijn gewekt door een wonderbaarlijke gewaarwording. Warmte. De heerlijkste warmte die hij ooit in zijn leven had gevoeld, sijpelde langzaam door zijn aderen en verspreidde een fluistering van hoop, van een nieuw begin.

Hij probeerde iets te zeggen, te protesteren, te vragen of dit het einde was, maar hij kon alleen maar naar lucht happen terwijl zijn zicht helderder werd en hij de ondraaglijke inspanning zag die zich op haar gezicht aftekende.

Hij had nog nooit zo iets fantastisch gevoeld. Het was alsof hij van binnenuit werd verwarmd. Zijn zwoegende hart en longen leken te ontspannen, en er was geen pijn meer, alleen... een heropleving. Alsof een chirurg zijn handen in zijn borst had gestoken en de dodelijke schade die de kogel had aangebracht zorgvuldig herstelde.

Hij bracht zijn hand omhoog, stomverbaasd dat hij de kracht had om dat voor elkaar te krijgen. Gretig zoog hij zuurstof in zijn longen, verwonderd dat hij niet alleen geen pijn meer voelde, maar ook dat hij datgene wat hij ervaarde niet kon beschrijven. Geen enkel medicijn, verdovend middel of pijnstiller kon zo'n wonderbaarlijk gevoel teweegbrengen.

Hij sloot zijn vingers om haar pols in een poging om haar te laten stoppen met wat ze dan ook aan het doen was. Ze verkeerde in gevaar. De schutters waren nog in de buurt. Het zou kunnen dat ze het nog steeds op haar voorzien hadden.

Zodra hij haar aanraakte, gingen haar ogen met trillende oogleden open, en die van hemzelf werden zo groot als schoteltjes toen hij de wilde werveling van flitsende kleuren zag die haar lichtblauwe irissen aan het oog onttrokken.

'Niet doen,' siste ze tussen haar opeengeklemde tanden door. 'Ik ben nog niet klaar. Laat me het afmaken. Ik weiger je hier te laten sterven.'

Hij haalde zijn hand weg, verdwaasd over datgene waar hij getuige van was – nee, wat hij erváárde. Hij had gedacht dat niets hem zo langzamerhand nog van zijn stuk zou kunnen brengen, hem zou kunnen verrassen. Toch had hij zich deze kracht, deze vaardigheid, in zijn stoutste dromen niet kunnen voorstellen. Alleen God had toch de macht over leven en dood?

Maar nee, dat was niet waar. Mannen en vrouwen vermoordden elkaar elke dag. Mensen speelden veel vaker een doorslaggevende rol in de dood dan in het leven, en toch was deze vrouw...

Er voer een huivering door zijn lichaam, en de bovenste helft ervan schoot een stukje omhoog, alsof hij een elektrische schok toegediend had gekregen. Hij voelde het koude beton door zijn met bloed doorweekte jack en besefte dat hij het warm had. Dat hij leefde. En dat hij ademde.

Hij staarde de jonge vrouw vol ontzag aan, maar het enige wat hij in haar sprekende ogen las, was pure wanhoop. Ze haalde haar handen weg, trok haar knieën tegen haar borst en hield ze stevig vast terwijl ze naar voren en achteren wiegde. Dikke tranen gleden over haar wangen.

Het besef kwam snel. Door hem te redden – door hem te genezen – had ze haar kans om te vluchten opgegeven. De berusting op haar gezicht brak zijn hart, hoe verwonderd hij ook was over zijn eigen herstel. Voorzichtig liet hij zijn hand over zijn borst glijden en bekeek zijn vingers. Er kleefde bloed aan, maar dat kwam van zijn kleding. Zelf bloedde hij niet langer. Er zat geen gapende wond meer in zijn borst. Hij voelde zich nog wel zwak, of misschien kwam dat door de shock – onder de omstandigheden zou dat niet zo vreemd zijn. In elk geval was hij niet in staat om zichzelf en haar de SUV in te slepen en ervandoor te gaan. Dat zou alleen maar fataal aflopen voor hen beiden. Ze had maar één kans: maken dat ze wegkwam en hem achterlaten.

Hij stak zijn hand uit, pakte haar enkel vast en schudde er zachtjes aan om haar aandacht te trekken. Ze keek hem met doffe ogen aan, en hij gebaarde naar zijn auto. 'Schiet op, voordat ze hier zijn! De sleutels zitten erin. Vlucht!'

Ze schudde haar hoofd, en nog meer tranen sijpelden over haar gezicht.

'Maak dat je wegkomt, verdomme! Er is versterking onderweg, en ik heb mijn wapen nog. Zo meteen komt er iemand om mij te helpen. Maar nu moet je verdorie vluchten!'

Hoe geschokt ze ook keek, hij zag voor het eerst hoop oplaaien in haar ogen. Hij probeerde zich op te richten, maar ze drukte hem met haar hele lichaam tegen de grond toen een nieuwe regen van kogels een stuk of tien gaten in de zijkant van de SUV boorde.

Haar ogen waren groot, een wervelende mengeling van pijn, verdriet en doodsangst. Het was alsof haar intense blik tot zijn botten doordrong, alsof het gewicht ervan hem meetrok in zijn turbulente diepten. Ze smeekte hem met haar hele lichaam, en toen ze sprak, kromp hij ineen, zó angstig en radeloos klonk ze.

'Je moet je verstoppen. Ze mogen niet weten wat ik heb gedaan. Niemand mag het weten. Je mag niemand over mij vertellen. Alsjeblieft,' smeekte ze, terwijl ze haar kleine handen om de zijne vouwde en ze tegen haar borst drukte. Hij voelde haar onregelmatige hartslag, en toen drong het tot hem door dat ze hevig trilde.

Hij durfde haar er niet op te wijzen dat de plas bloed waarin hij lag haar direct zou verraden. Dan zou ze helemaal instorten. Het lukte haar nu al nauwelijks om overeind te blijven. Hij liet haar handen los, en plotseling voelde hij zich leeg en bestolen, alsof een deel van hem was gestorven. Toch duwde hij haar richting de SUV en sloeg hij opzettelijk een harde, bevelende toon aan terwijl hij haar zo dwingend en autoritair mogelijk aankeek.

'Vlucht nu het nog kan, verdomme. Ik zei dat er zo dadelijk versterking komt. Die rotzakken mogen je niet in handen krijgen.'

Lieve hemel, hij hoopte dat er inderdaad versterking aan kwam. Het was hem gelukt om de paniekknop in te drukken, zoals zijn teamgenoot Eliza de transponder noemde die ze allemaal bij zich droegen. Hij was niet ver bij het hoofdkwartier vandaan. In feite had er al iemand moeten zijn.

'Luister in vredesnaam naar me,' schreeuwde hij. 'Ik weet niet wie jij bent, dame, of wat je in hemelsnaam gedaan hebt, maar ik laat iemand die zojuist mijn leven heeft gered, niet zomaar overhoop schieten.'

Ze krabbelde overeind, met haar hoofd gebogen, en klom in de SUV. Toen draaide ze zich om en keek een laatste keer naar Isaac, en hij zou kunnen zweren dat ze hem met haar blik om vergeving smeekte. De deur sloeg achter haar dicht, en de motor sloeg aan. Hij kromp ineen toen de SUV naar voren schoot, abrupt tot stilstand kwam en toen weer begon te rijden, met remmen die protesterend piepten.

Shit. Misschien was het toch niet zo'n goed idee geweest om haar weg te sturen. Het leek erop dat ze niet kon rijden. Man, ze zag er niet eens oud genoeg uit om een rijbewijs te hebben. Hij knarste met zijn tanden, gefrustreerd dat hij niet in staat was om haar de bescherming te bieden die ze zo wanhopig hard nodig had, en hij bad dat hij de juiste keuze had gemaakt.

Voorzichtig rolde hij zich op zijn buik en kroop om de voorkant van het overgebleven voertuig heen. Hij had zijn vingers zo strak rond zijn pistool geklemd dat zijn knokkels wit waren. Vermoeid leunde hij tegen de grille van de auto en wachtte, met zijn ene hand vol ongeloof aan zijn borst voelend.

'Isaac,' zei een gedempte, verre stem. 'Hoe is je situatie?'

Opgelucht liet hij zijn adem ontsnappen toen Zeke, een van de nieuwste rekruten van DSS, zijn komst aankondigde.

'Heb je versterking?' zei Isaac, net hard genoeg om verstaanbaar te zijn.

'Dex is bij me. Wat is er aan de hand, man?'

'Schutters. Ik heb hun locatie niet kunnen vaststellen, maar ze waren niet dichtbij toen ze de eerste schoten losten. Ik heb geen idee of ze nog in de buurt zijn, en of ze misschien dichterbij komen. Pas goed op je tellen, en ik hoop uit alle macht dat jullie flink gewapend zijn.'

Hij hoorde Dex snuiven en vatte dat op als een bevestiging.

'Ben je geraakt?' vroeg Zeke.

Isaac deed zijn mond open, maar klapte hem meteen weer dicht. Wat moest hij daar nu op antwoorden? Nou en of hij geraakt was. Normaal gesproken zou hij nu met een kaartje aan zijn teen in het mortuarium liggen, maar het leek of die hele wond er nooit geweest was. Alsof zijn hart en longen geen dodelijke oplawaai hadden gekregen. Hoe moest hij dat aan zijn partners uitleggen?

'Geen tijd voor vragen. Ik leg het later wel uit. Zorg eerst dat je me hier weg krijgt. En dat jullie zelf niet geraakt worden.'

'Dat waren we niet van plan, vriend,' zei Dex. Toen zweeg hij even. 'Heb je een arts nodig?'

'Nee. Alleen een auto.'

'Shadow is ter plekke en speurt naar de schutters. Als ze er nog zijn, dan rekent hij wel met ze af,' zei Dex.

Daar twijfelde hij geen seconde aan. Shadow had zijn bijnaam niet voor niets gekregen. Hij was een *shadow* dic nicmand kon ontdekken. Je had pas door dat Shadow je op de hielen zat als het te laat was.

'Goed plan,' mompelde hij. 'Maar waarschuw hem dat hij zijn ogen open moet houden. Het was er meer dan één. De schoten kwamen uit minstens drie verschillende richtingen.'

'Shadow redt zich wel,' zei Dex vol vertrouwen. 'Ik maak me meer zorgen om jou.'

'Met mij gaat het prima,' hield Isaac vol. 'Ik hou er alleen niet van om als schietschijf te fungeren.'

'We hebben je daar binnen de kortste keren weg. Blijf rustig en alert. Zeke en ik dekken je, en Shadow rekent af met de schutters, als ze er nog zijn.'

Wat Isaac echter zorgen baarde, was dat hij het doelwit niet was geweest. Even stonden zijn gedachten stil. Of... misschien toch wel? De schoten waren niet op de vrouw gericht geweest. Geen enkele kogel had het voertuig geraakt waar zij het dichtst bij stond, terwijl hij daarentegen van geluk mocht spreken dat hij zijn ballen nog had. Dit draaide niet om hem, maar het was ook geen willekeurige schietpartij door een stelletje amateurs. Het was een opzettelijke poging tot ontvoering geweest, die bijkomende schade had opgeleverd – bijna, althans. Ze hadden hem willen doden en haar in leven willen laten. Gelukkig hadden ze slechts een van die twee doelen bereikt.

Hoe dan ook, de mysterieuze engel zat tot haar nek in de problemen, en hij weigerde haar over te leveren aan de genade van een stelletje hufters die overduidelijk niets goeds in de zin hadden. Hij had geen idee wat ze van haar wilden, maar terwijl hij hun mogelijke beweegredenen overpeinsde, wreef hij met zijn hand over zijn borst – zijn volledig geheelde borst, waar geen spoortje terug te vinden was van het dodelijke schot dat toch echt was gelost. Zijn onbeschadigde bovenlichaam gaf hem een heel aardig idee waarom de vrouw werd opgejaagd door een stelletje moordenaars.

Als bekend was wat voor wonderbaarlijke gave ze bezat – en hij durfde te wedden dat iemand ervan wist – dan was dát waar ze op uit waren. Hij kon allerlei groeperingen bedenken die nergens voor zouden terugdeinzen om haar tot hun beschikking te kunnen hebben.

O, schei toch uit.

Ze had zijn leven gered. En zelfs al was dat niet zo geweest, dan was één blik op deze gekneusde, bebloede, kwetsbare vrouw genoeg om hem te doen besluiten dat hij werkelijk alles op alles zou zetten om haar voor verder leed te behoeden. Dit was persoonlijk. Dit was geen missie van DSS, waarbij ze aan het team of een van zijn teamgenoten zou worden toegewezen. Het was aan hém om haar te beschermen. En als zijn collega's daar een probleem mee hadden, konden ze naar de pomp lopen. Dan zou hij gewoon ontslag nemen en de taak zelf op zich nemen.

'Wat zullen we nu krijgen?' riep Zeke toen hij en Dex voor Isaacs neus verschenen. 'Je zei dat je niet was geraakt. Er ligt overal bloed, man! Je moet direct met een ambulance naar het ziekenhuis.'

Met een zucht trok Isaac zijn met bloed doorweekte T-shirt omhoog, zodat Zeke en Dex zijn ongedeerde borst konden zien.

'Luister, jongens, ik weet dat het er raar uitziet, maar als ik jullie zou vertellen wat er is gebeurd, dan zouden jullie me waarschijnlijk naar een psychiater slepen.'

'Doe toch maar een poging,' zei Dex kalm.

Isaac blies zijn adem uit en vertelde zijn collega's het hele verhaal, vanaf het moment waarop hij zijn portier open had zien staan tot het schot in zijn borst en de wonderbaarlijke genezing door de mysterieuze vrouw.

Hij moest het hun nageven, ze trokken slechts hun wenkbrauwen op.

'En toen heb je haar zomaar laten gaan? Zonder bescherming? Zodat die rotzakken nog een keer op haar kunnen schieten?' vroeg Zeke vol ongeloof.

'Ik heb haar mijn auto gegeven,' snauwde hij, met een verdedigende blik naar Zeke. 'Ik was niet eens in staat om mezélf te beschermen, laat staan haar, en ik kon haar niet zo'n groot risico laten lopen terwijl ik niet wist of er versterking onderweg was.'

Shadow kwam tevoorschijn, schijnbaar uit het niets, maar aan zijn uitdrukking was te zien dat hij Isaacs hele uitleg had gehoord. En dat was maar goed ook, want hij had weinig zin om het verhaal nog een keer te doen.

'En wat heeft ze daaraan?' drong Zeke aan.

Isaac schudde zijn hoofd over Zekes trage begrip, en hij staarde zijn collega zwaar geïrriteerd aan. 'Ze heeft mijn bedríjfsauto meegenomen.'

Aan de ogen van zijn teamgenoot te zien, begon het hem eindelijk te dagen.

'Ga je achter haar aan?' vroeg Shadow, en nu richtte Isaac zijn irritatie op hem.

'Wat is dat nou weer voor vraag?' snauwde hij.

'Oké, wannéér gaan we achter haar aan?' vroeg Dex.

'Nu,' zei hij ongeduldig. 'Volgens mij heeft ze niet eens een rijbewijs, dus zo moeilijk zal het niet zijn om haar te volgen. Terwijl wij hier onze tijd verspillen, zouden haar belagers haar al op de hielen kunnen zitten.'

Zeke keek hem bezorgd aan. 'Moet jij niet eerst langs de spoedeisende hulp om je te laten nakijken? Of in elk geval naar de privékliniek die DSS gebruikt?'

'En wat moet ik ze dan precies vertellen?' zei Isaac, die zijn geduld nu echt begon te verliezen. 'Dat ik in de borst geschoten ben en dat mijn hart en mijn long geraakt zijn? Dat ik bloedde als een varken en dat ik het gevoel had dat ik doodging, maar dat ik ben genezen door een mysterieuze vrouw die haar handen op mijn borst legde? Ik vóélde dat de schade van binnenuit werd hersteld. Geloof me. Als een arts mij zou onderzoeken, zou hij geen enkel spoor van een schotwond aantreffen.'

Dex floot. 'Dat is echt krankzinnig.'

Hij snoof. 'Als je nagaat wat Ramie, Ari en Gracie kunnen, zou niets je meer moeten verbazen.'

'Ja, man, maar dit is anders,' zei Shadow zacht. 'Deze vrouw geneest mensen. Ze heeft je weggesleept van het randje van de dood. Je zei het zelf. Je voelde dat je stierf, dat je lichaam ermee ophield, en toch kun je nu niet eens meer zien dat je ooit gewond bent geweest. Dat gaat verder dan de paranormale gave van onze vrouwen.'

'Precies,' zei hij met een zucht. 'Nu snap je het. Daarom moet ik haar zien te vinden voordat iemand anders haar in handen krijgt. Ze zal de rest van haar leven met een schietschijf op haar rug rondlopen. Waarschijnlijk is dat altijd al zo geweest. Nu ik het verhaal ken, snap ik waarom ze mijn auto probeerde te stelen, waarom haar gezicht bont en blauw was en waarom ze zo slecht gekleed was op het weer. Ze droeg verdorie niet eens schoenen.'

Zekes uitdrukking werd haast moordzuchtig. 'Je had er niet bij verteld dat een of andere hufter haar in elkaar had geslagen.'

De reacties van Dex en Shadow waren al even explosief.

'Help me overeind, dan gaan we als de donder op weg. We moeten het zendertje in mijn SUV activeren, zodat we weten waar ze is en hoe ver ze is gekomen, en of ze überhaupt nog rijdt.'

Hoewel niemand het hardop uitsprak, weerspiegelden de grimmige uitdrukkingen op de gezichten van de anderen de mogelijkheid dat de mysterieuze vrouw al in handen van haar belagers was gevallen.

Hoofdstuk 3

'Shit,' liet Isaac zich ontvallen. Hij zat op de bijrijdersstoel, met Zeke achter het stuur en Shadow en Dex op de achterbank van de SUV.

Shadow en Dex bogen zich naar voren, en Zeke keek opzij. 'Wat is er?'

'Volgens de zender beweegt de SUV al een paar minuten niet meer.'

Shadow haalde zijn schouders op. 'Misschien is ze ergens gestopt om zich te verschuilen.'

Isaac keek over zijn schouder naar Shadow. 'Je hebt haar ogen niet gezien, man. Ze zeggen wel eens dat ogen de vensters zijn van de ziel, maar pas nu ik in de hare heb gekeken, begrijp ik wat ze daarmee bedoelen. Ik geloof geen seconde dat ze haar vlucht heeft gestaakt.'

Zeke keek peinzend. 'En toch bleef ze om jouw sneue hachje te redden, terwijl ze er ook meteen vandoor had kunnen gaan.'

Hij zuchtte en wreef met zijn hand over zijn gezicht. 'Klopt. En waarom? Ik snap het niet. Ik heb nog nooit een vrouw gezien die zo doodsbang was, en het maakte me pisnijdig. Maar toen ik tegen haar zei dat ze moest vluchten, dat het geen zin had om mij te helpen omdat ik toch doodging, weigerde ze. En daarna... Allemachtig. Toen ze me had genezen, was ze er helemaal kapot van dat ze voor mij de kans om te ontsnappen had opgegeven.'

'Het is me ook nogal wat,' mompelde Dex.

Isaac bromde instemmend.

Waarom had ze hem gered?

Mensen die zo wanhopig waren, dachten doorgaans alleen aan

zichzelf. En toch had ze alles voor hem op het spel gezet en geweigerd hem te laten sterven.

Hij wilde antwoord op zijn vragen, maar om die te krijgen, moest hij haar eerst zien te vinden.

'Waar is je SUV nu?' vroeg Shadow. 'Als hij niet beweegt, dan moet hij makkelijk te vinden zijn, toch?'

Isaac hield de transmitter omhoog, zonder iets te zeggen over de angst die zich in zijn borst verspreidde. Angst voor wat ze zouden aantreffen. Of juist niet.

'Vijf kilometer verderop,' zei Zeke. 'Afgelegen gebied. In elk geval was ze verstandig genoeg om een stille plek uit te zoeken.'

'Ik betwijfel of ze bewust een bepaalde bestemming heeft gekozen,' zei hij. 'Volgens mij wist ze niet eens hoe ze een auto moest besturen, en misschien was ze niet eens oud genoeg om een rijbewijs te hebben.'

'Hoe zag ze eruit?' vroeg Shadow nieuwsgierig.

'Als een engel,' mompelde Isaac. 'Een bebloede, beurse, beeldschone engel. De blauwste ogen die ik ooit heb gezien, en lange lichtblonde krullen. Man, misschien heb ik me het hele voorval ingebeeld en ben ik gewoon krankzinnig geworden.'

'Je hebt je niet ingebeeld dat je werd neergeschoten, of dat wij je aantroffen in een plas van je eigen bloed,' bromde Dex.

'Vóór ons,' waarschuwde Zeke op grimmige toon.

De mannen trokken direct hun wapens. Zeke bracht de auto tot stilstand en even later stonden ze met hun wapens in de aanslag naast het voertuig.

'We vormen tweetallen,' zei Isaac. 'Volgens het signaal moet de SUV iets verderop staan, in het bos naast de weg. Zeke, jij gaat met mij mee. Shadow en Dex lopen in een grote boog om de SUV heen en benaderen hem van voren.'

Shadow en Dex verdwenen in het bos, terwijl Isaac en Zeke recht op de plek afliepen waar de SUV zich zou moeten bevinden. Ze waren nog maar net het bos in gestapt toen Isaac bleef staan en zijn hand omhooghield. Met zijn andere hand wees hij naar de SUV, die slordig met zijn neus in het struikgewas was geparkeerd, alsof de vrouw had geprobeerd om er recht doorheen te rijden. Om zich te verstoppen.

Isaac vloekte. Hij vergat geen seconde dat ze zich voor hem had opgeofferd, en dat hij zonder haar nu dood in een plas bloed zou liggen. Hij weigerde haar aan haar lot over te laten. Als hij haar eenmaal had gevonden, zou hij alles doen wat in zijn macht lag om haar vertrouwen te winnen. En als het aan hem lag, zou ze nooit meer een dergelijk risico nemen.

Voorzichtig sloop hij naar het voertuig, gedekt door Zeke. Toen hij door het voorraampje naar binnen keek, zonk de moed hem in de schoenen en versnelde zijn hartslag. Verdomme. Hadden ze haar te pakken? Toen keek hij op de achterbank, en zijn knieën werden slap van opluchting. Totdat hij haar helemaal in het zicht kreeg.

Ze had zichzelf tot een strakke bal opgerold, en zelfs in haar slaap waren er diepe rimpels zichtbaar op haar voorhoofd, en maakte ze kleine schokkerige bewegingen en jammerende geluidjes.

Of was ze bewusteloos?

Had hij haar dit aangedaan? Was ze door zijn leven te redden zo hulpeloos geworden dat ze niet langer in staat was om zichzelf te verdedigen?

Toen zag hij de sporen van stille tranen op haar wangen, en hij voelde zich zacht worden vanbinnen.

Zeke, die al evenzeer was aangedaan, prevelde grimmig: 'Shit. Wat gaan we doen, Isaac?'

'Ze gaat met mij mee,' zei Isaac, op een toon die geen ruimte liet voor tegenspraak. 'Ik weiger haar aan die hufters over te leveren. God weet wat ze haar hebben aangedaan voordat het haar lukte om te ontsnappen.'

Zekes gezicht betrok. 'We moeten haar door een team laten bewaken, dan is ze vierentwintig uur per dag beschermd.'

'Ze gaat met mij mee,' snauwde Isaac.

'Dane zal een volledig verslag willen, en hij zal mee willen beslissen over het verdere verloop van deze zaak.'

'Dane kan de pot op. Dit heeft niets met hem te maken. Technisch gesproken is ze geen cliënt. Dus wat er ook gebeurt, het gebeurt op mijn manier en het is mijn beslissing.'

Zekes wenkbrauwen gingen omhoog, maar hij was zo verstandig om het verder te laten rusten.

Zo zachtjes mogelijk opende Isaac het achterportier, om de vrouw niet wakker te laten schrikken. Ze had al genoeg te verduren gehad. Hij wilde dat er nu meteen een eind kwam aan haar beproeving. Hij wist echter ook dat ze hem niet zomaar zou vertrouwen; hij zou bijzonder geduldig en voorzichtig met haar moeten omspringen.

Aarzelend staarde hij naar haar tengere, opgekrulde gedaante. Ze zag er zo kwetsbaar uit dat hij haar bijna niet aan durfde te raken. Zijn handen waren gigantisch vergeleken bij haar botten, haar handen, haar armen. Wat als hij haar per ongeluk pijn zou doen? Aan de andere kant weigerde hij haar door iemand anders te laten dragen.

Met ingehouden adem legde hij zijn hand op haar arm om te kijken hoe ze zou reageren. Hij had zich echter geen zorgen hoeven maken. Ze vertrok geen spier. Ze was duidelijk helemaal van de wereld, en schuldgevoel maakte zich van hem meester.

Ze was verdorie een wonder. Hij voelde zich nog steeds verdwaasd en kon maar nauwelijks geloven dat hij nog leefde. Dat er geen spoor te vinden was van een schotwond, terwijl hij eigenlijk in een mortuarium zou moeten liggen, waar zijn teamgenoten de onaangename taak zou wachten om hem te identificeren.

Beseffend dat hij haast moest maken, schoof hij zijn ene arm onder haar zachte lichaam en zijn andere onder haar benen. Hij tilde haar moeiteloos op en haalde haar voorzichtig uit de auto, steeds op haar ademhaling en haar gezicht lettend.

Ze gaf nog steeds geen enkel teken van bewustzijn. Dit luchtte hem op, maar baarde hem tegelijk zorgen. Hij hield haar dicht tegen zijn borst, dichtbij genoeg om haar hartslag te kunnen voelen, en liep naar de auto. Ondertussen gaf hij bevelen aan zijn teamgenoten.

'Zorg dat je van mijn SUV af komt en maak dan de zender onklaar. Ik zou hem het liefst vernietigen, maar dan krijgt Beau een toeval. Zorg er in elk geval voor dat dat voertuig een poosje verdwijnt. Wanneer het veilig is, kan iemand hem ophalen.'

Wanneer het veilig is. Daar zei hij zo wat. Nu hij zich midden in een situatie bevond waar hij niets van afwist, was de vraag wanneer het voorbij zou zijn wel de minste van zijn zorgen. Om haar goed te kunnen beschermen moest hij eerst meer over haar te weten zien te komen. Dat stond boven aan zijn prioriteitenlijstje. Ze had zijn leven gered zonder ook maar iets over hem te weten, behalve dat hij vlak bij haar lag te sterven. Als het aan hem lag, zou ze geen dag meer hoeven te lijden of bang te zijn.

'Wat wil je doen, Isaac?' vroeg Shadow, terwijl Isaac de vrouw voorzichtig op de achterbank van hun SUV legde.

Toen Isaac zich ervan had verzekerd dat ze zo comfortabel mogelijk lag, draaide hij zich om en zag dat zijn teamgenoten hem vragend en bezorgd opnamen.

Hoe moeilijk hij het ook vond om de vrouw die hij als zíjn beschermeling beschouwde onder de hoede van iemand anders achter te laten, hij wist dat hij niet zomaar kon verdwijnen zonder Dane en Beau een verklaring te geven. Hij streek met zijn hand door zijn haar en vloekte binnensmonds. Toen keek hij de drie mannen beurtelings indringend aan.

'Ik moet naar het bureau om Dane en Beau te laten weten wat er speelt en door te geven dat ik een poosje niet beschikbaar ben. Ik wil dat jullie haar naar mijn huis brengen en de hele boel op slot doen. Verlies haar geen seconde uit het oog. Ik vertrouw erop dat jullie haar niets laten overkomen. Ik kom zo snel mogelijk terug, maar dit moeten jullie voor me doen.'

'Natuurlijk doen we dat voor je, man,' zei Zeke rustig. 'En niet alleen nu. Dit is niet iets wat je in je eentje moet doen. Zo gaan wij niet te werk, en dat weet je best.'

'Maar dit is geen officiële opdracht,' begon Isaac.

'Flikker toch op,' zei Dex botweg. 'Toegegeven, we werken nog niet zo lang voor DSS als de rest. We zijn de nieuwe rekruten. Maar we doen het al lang genoeg om te weten hoe het werkt. We vormen een team – een familie – en dat betekent dat we je steunen, officiële opdracht of niet. Dus je doet het er maar mee. Ik kan niet voor de anderen spreken, maar ik sta tot je beschikking zolang je me nodig hebt. Je kunt op me rekenen. Als ik iets voor je kan doen, hoef je alleen maar een seintje te geven.'

Zeke en Shadow zeiden niets, maar hun uitdrukking sprak boekdelen. Ook zij gingen nergens naartoe.

Opgelucht liet hij zijn adem ontsnappen. 'Bedankt. Dat stel ik echt op prijs. Kom op, dan gaan we. Jullie brengen haar naar mijn huis en zorgen ervoor dat er steeds een van jullie bij haar is. Ik wil niet dat ze doodsbang en in haar eentje wakker wordt. De andere twee kammen de omgeving van het huis uit en controleren of er niemand rondhangt. Als het goed is, ben ik snel klaar op het hoofdkwartier en kom ik direct naar huis.'

'Komt voor elkaar,' zei Zeke. 'We laten niemand bij haar in de buurt, Isaac. Daar kun je op vertrouwen.'

'Dat weet ik,' zei hij met een knikje. 'Dane neemt alleen de besten in dienst, dus zelfs als ik nog niet had geweten hoe betrouwbaar jullie zijn, is alleen al het feit dat hij jullie heeft goedgekeurd genoeg voor mij om jullie mijn leven toe te vertrouwen – en het hare.'

Dex gaf hem de sleutels van de andere SUV, en Isaac wierp een laatste blik op de vrouw die verantwoordelijk was voor zijn wonderbaarlijke genezing. Hij vond het rot om zelfs maar even bij haar weg te gaan, maar hij had geen keus. Met de autosleutels in zijn vuist geklemd dwong hij zichzelf om zich om te draaien en naar het andere voertuig te lopen.

'Hou me op de hoogte,' zei hij, zich omkerend naar zijn teamgenoten. 'Ik wil het weten wanneer ze bijkomt, en dan wil ik horen hoe het met haar is.' Hij haalde diep adem en staarde zijn teamgenoten indringend aan. Het kon hem niet schelen wat ze in zijn toon of uitdrukking konden lezen. 'Laat haar niets overkomen,' fluisterde hij.

'Daar zorgen we voor,' zei Dex kalm. 'En nu wegwezen. Des te sneller ben je weer bij haar terug.'

Hoofdstuk 4

Isaac parkeerde in de garage bij het hoofdkwartier van DSS in het centrum van Houston en stapte vlug uit. Hij moest dit zo snel mogelijk regelen, kijken wat de gevolgen waren en daarnaar handelen. Het kon hem niets schelen of Dane en Beau nu wel of niet hun goedkeuring aan zijn plan zouden verlenen. Er viel niet over te onderhandelen. Als ze bezwaren hadden, nam hij gewoon ontslag, dacht hij, terwijl hij uit de lift stapte op de verdieping waar het kantoor van DSS zich bevond.

De gedachte overviel hem. Ontslag nemen? Een baan opzeggen die zo'n beetje zijn hele leven vormde? De baan die al zijn tijd en energie in beslag nam? Hij had nooit gedroomd dat er ook maar iets zou gebeuren waardoor hij zijn baan zou opgeven – zijn teamgenoten, zijn... familie. In deze situatie twijfelde hij echter geen seconde.

Ze had hem nodig, en hij was haar meer verschuldigd dan hij haar ooit zou kunnen terugbetalen. Daarnaast was het duidelijk dat ze ernstig in de problemen zat; en als hij haar niet zou beschermen, wie zou het dan doen?

Hij liep het kantoor binnen en botste bijna tegen Eliza op. Hij omhelsde haar, en ze beantwoordde zijn omarming gretig.

Hij deed een stap naar achteren en nam haar nauwlettend op. Ze zag er ontspannen uit. Gelukkig. Tevreden. In haar ogen scheen een zacht licht dat hij er nooit eerder had gezien. Dat was wat liefde en verlossing met een mens deden.

Toen besefte hij iets, en hij fronste zijn voorhoofd. 'Wat doe jij hier in vredesnaam, Lizzie? Je verlof duurt nog...'

Ze trok een gezicht. 'Drie weken. Ja, ja, ik weet het. Ik weet niet wie de grootste zak is – mijn echtgenoot, omdat hij heeft geregeld dat ik drie maanden vrij kreeg, of Dane, omdat hij daarmee instemde. Allemaal zonder dat ik er iets van wist of dat iemand mij vroeg hoelang ik vrij wilde hebben.'

'Je bent neergeschoten, mens. Je was bijna dood,' zei hij. 'Doe jezelf – en ons – een lol, oké? Zeker die arme sukkel met wie je bent getrouwd. Je bent zowat in zijn armen gestorven. Lieve hemel, je wás al dood.'

Haar blik werd zachter, en toen fronste ze. 'Ik snap het wel, maar drie maanden? Ik had al vrij genomen voor de bruiloft.'

'Doe me een plezier, Lizzie. Maak niet al te veel haast met terugkomen. Niet tot ik met je gepraat heb, oké?'

Ze deed een stap naar achteren en keek hem bezorgd aan. 'Wat is er aan de hand, Isaac?'

Hij wreef door zijn haar. Als Lizzie nog niet officieel aan het werk was, zou ze hem mooi kunnen helpen met zijn huidige probleem. Zij en haar man, Wade Sterling. Wade had connecties over wie Isaac niet beschikte.

'Luister, ik heb nu helaas geen tijd. Ik heb ongeveer een halve minuut de tijd om Beau en Dane te pakken te krijgen terwijl ze allebei in hetzelfde gebouw zijn. Maar ik praat je later bij, goed? Het kan zijn dat ik je hulp nodig heb. Jouw hulp en die van Sterling.'

Eliza's frons werd dieper, en ze keek nóg bezorgder. 'Zal ik dan op je wachten?'

Hij zuchtte en schudde zijn hoofd. 'Als je het goed vindt, neem ik later contact op met jou en Sterling. Nadat ik Beau en Dane gesproken heb, moet ik eerst iets anders regelen.'

'Zullen we anders straks bij je langskomen, om een uur of zeven? Dan breng ik eten mee,' stelde ze voor.

Hij werd een beetje duizelig van opluchting. Hij had er al tegen opgezien om de mysterieuze vrouw achter te laten om met Lizzie en haar man te praten. Als die twee naar zijn huis kwamen, zouden ze niet alleen zelf met de vrouw kunnen kennismaken, maar hoefde hij haar ook niet alleen te laten.

'Heel graag. Ontzettend bedankt, Lizzie.'

'Voor jou altijd, Isaac. Dat weet je,' zei ze zacht. 'Ga nu maar op zoek naar Beau en Dane, dan ga ik naar huis om mijn man een standje te geven en hem te vertellen dat onze plannen voor vanavond zijn veranderd.'

Isaac grijnsde. 'Ga je hem een standje geven of er eentje uitproberen?'

Eliza trok een gezicht, gebaarde dat hij moest gaan en verliet het kantoor. Isaac lachte en keek haar grijnzend na. Toen haalde hij diep adem en haastte zich naar het kantoor van Dane, waar Beau, zo wist hij, ook zou zijn.

Hij klopte eenmaal op de deur en stak toen zijn hoofd naar binnen. 'Hebben jullie even?'

Dane keek verbaasd toen hij hem zag, maar Beau wierp hem een bozige blik toe.

'Waar is mijn SUV verdorie gebleven?' wilde hij weten. 'En waarom ging hij eerder vandaag offline?'

Isaac rolde met zijn ogen en ging op een stoel voor het bureau van Dane zitten.

'Hij is nog helemaal heel – grotendeels. Ik had alleen wat technische problemen.'

Dane trok zijn wenkbrauwen op. 'En hebben die problemen iets te maken met de reden dat je ons wilt spreken?'

'Ja,' zei hij na een korte aarzeling.

Beaus uitdrukking veranderde van nors in vragend en bezorgd. 'Is alles in orde, Isaac?'

Isaac wreef over de achterkant van zijn hoofd. Hoe moest hij in vredesnaam uitleggen wat er die ochtend was gebeurd? Tien tegen één dat ze zouden denken dat hij zijn laatste beetje gezond verstand had verloren. En dus viel hij maar gewoon met de deur in huis.

'Toen ik vanochtend bij het winkelcentrum stopte om koffie en bagels te kopen, probeerde iemand mijn auto te stelen. Toen werd ik in de borst geschoten en bloedde ik bijna dood op de parkeerplaats.'

De wenkbrauwen van beide mannen vlogen omhoog.

'Wat?' vroeg Dane geschrokken. Toen knipperde hij met zijn ogen. 'Wacht eens even. Je zei, in de borst geschoten. Hoe is het dan in vredesnaam mogelijk dat je nu tegenover me zit en me doodkalm vertelt dat je bent neergeschoten? Waarom lig je niet in een ziekenhuis? Wie is de hufter die probeerde jou te vermoorden? En waarom horen we hier nu pas van?' Hij klonk woedend, maar Dane stelde zich altijd bijzonder beschermend op tegenover de mannen en vrouwen die voor hem werkten.

'Hij heeft niet geprobéérd om me te vermoorden,' zei Isaac zacht. 'Hij hééft me vermoord. Ik was stervende. Ik wist dat ik doodging, vóélde dat ik doodging, dat het einde was gekomen en mijn tijd erop zat. Het was het griezeligste wat ik ooit in mijn leven heb meegemaakt, en toch was ik... kalm. Berustend, denk ik. Ik heb nooit echt nagedacht over de dood – stom, dat weet ik, als je bedenkt hoeveel risico we in ons beroep lopen. En nadat Lizzie...'

Hij zweeg toen hij Dane bleek weg zag trekken. Dane was nog steeds bezig te verwerken dat Lizzie bijna was gestorven, op dezelfde manier waarop Isaac die ochtend bijna het leven had gelaten.

Beau en Dane wisselden een verwarde, geschrokken blik. Toen schudden ze allebei hun hoofd, alsof ze probeerden te bevatten wat Isaac hun vertelde.

'Wat is hier in vredesnaam aan de hand?' vroeg Beau zacht en dringend. 'Isaac, weet je zeker dat je in orde bent?'

Hij zuchtte en wreef met zijn handen over zijn ogen. 'Luister, ik weet dat het idioot klinkt en dat jullie je afvragen of ik psychiatrische hulp nodig heb. Als ik jullie alles heb verteld en jullie hebben nog steeds twijfels, dan kun je Zeke, Dex en Shadow bellen, want zij waren er allemaal bij. Ik heb de noodknop ingedrukt, en ze waren er een paar minuten later.'

'Waar zijn ze dan nu?' vroeg Dane, zijn ogen samenknijpend.

Isaac hief zijn hand. 'Daar kom ik zo op. Laat me eerst mijn verhaal afmaken.'

'Een van ons is gek aan het worden,' mompelde Beau. 'Ik denk dat ik het ben. Eindelijk. Ik moet met vakantie. Met mijn vrouw. Als ik zeker wist dat ze voor langer dan een dag uit de problemen zou blijven, dan zouden we direct vertrekken.'

'Ik was gebleven bij het moment waarop ik zag dat iemand mijn auto probeerde te stelen,' hernam Isaac.

'Dat was niet dezelfde persoon die op je schoot?' vroeg Dane.

Hij schudde zijn hoofd. 'Toen ik terugliep naar de SUV, zag ik dat het portier aan de bestuurderskant openstond. Ik vloekte, want ik had mijn sleutels in het contact laten zitten. Ik liet alles uit mijn handen vallen, trok mijn pistool en besloop de dief. Ik zag meteen dat het geen professionele autodief was, en het was al even duidelijk dat ze geen idee had wat ze deed.'

'Ze?' vroegen Dane en Beau tegelijk.

Hij knikte. 'Ze controleerde haar omgeving niet eens. Toen ze in wilde stappen, benaderde ik haar van achteren, hield haar onder schot en waarschuwde dat ze geen beweging moest maken. Pas toen ze zich omdraaide, zag ik dat het een vrouw was, en niet een of ander joch. Man, ze zag eruit als een engel. De blauwste ogen die ik ooit heb gezien. Een lichte huid en lange blonde krullen. En ze liep op blote voeten. Maar het ergste was niet eens dat ze niet op het weer gekleed was en probeerde mijn auto te stelen. Het ergste was dat een of andere rotzak haar in elkaar had geslagen en haar flink had toegetakeld.'

De gezichten van Dane en Beau werden donker. Er ontsnapte een grommend geluid aan Danes keel, en hij klemde zijn vingers om de rand van zijn bureau.

‘Haar gezicht en hals zaten onder het bloed en de blauwe plekken. Ik heb geen idee hoe erg het was op de plekken die ik niet kon zien. Ze was doodsbang voor me en smeekte me om haar geen kwaad te doen. En ze bood nota bene haar excuses aan omdat ze probeerde mijn auto te stelen. Ze zei dat ze niet wist wat ze anders moest doen, dat ze weg moest zien te komen.

Toen ik haar gerust probeerde te stellen, begon iemand op ons te schieten. Met een geweer, en van een flinke afstand. Toen ik haar op de grond wierp om haar met mijn lichaam te beschermen, werd ik in mijn borst geraakt. Allemachtig! Zoiets heb ik nooit eerder in mijn leven gevoeld, en als het aan mij ligt, maak ik het ook nooit meer mee.’

Dane en Beau staarden verbijsterd naar zijn borst, waar geen spoor van een schotwond te zien was, hoewel zijn T-shirt anders deed vermoeden.

‘Hier wordt het verhaal raar – maar ach, jullie zijn wel aan rare en onverklaarbare dingen gewend, dus hier kijken jullie vast niet van op.’

Dane fronste zijn voorhoofd, maar Beau bleef hem aandachtig en geconcentreerd aanstaren.

‘Ik wist dat ik doodging en dat er niets aan te doen was. Ik had al via de noodknop om versterking gevraagd en wist dat er iemand onderweg was. Dus zei ik tegen de vrouw dat ze moest vluchten met mijn auto, dat ze moest maken dat ze wegkwam voordat de schutter dichtbij genoeg zou komen om haar te doden of te overmeesteren. Inmiddels weet ik dat ze haar niet zouden hebben vermoord, maar dat ze haar zonder meer zouden hebben meegenomen.’

‘Wat gebeurde er?’ vroeg Dane. Uit zijn toon bleek dat hij wel aanvoelde dat het iets ingrijpends was.

'Ze was helemaal van slag en bleef maar schreeuwen, néé, néé, en ze zei dat ze weigerde me te laten sterven. En toen... Lieve hemel. Ik weet niet eens hoe ik dit moet zeggen, maar ze legde haar handen op me. Haar hele lichaam verstijfde, en haar uitdrukking was zo gespannen dat het leek of ze pijn had. Ze zag eruit alsof zij degene was die was neergeschoten, alsof ze gruwelijke pijn leed. En geloof het of niet, ze genas me. Ik voelde haar warmte door mijn hele lichaam stromen. Het leek wel... een wonder. Ze is verdorie een wonder. Míjn wonder. Na afloop leek het of het nooit was gebeurd. Maar zij was compleet van de kaart, ze zat maar wanhopig heen en weer te wiegen met haar armen om haar knieën geslagen. Ik besefte dat ze haar kans op ontsnapping had opgegeven door mij te redden. Ik was nog zwak, waarschijnlijk meer van de shock dan wat ook, en ik wist dat er snel versterking zou komen. Alleen had zij waarschijnlijk niet zoveel tijd, dus zei ik nog een keer tegen haar dat ze met mijn SUV moest vluchten. Uiteindelijk deed ze dat, maar toen ik zag dat ze niet wist hoe ze een auto moest besturen, had ik er meteen spijt van.'

Dane fronste opnieuw zijn voorhoofd. 'Hoe oud is die vrouw, Isaac?'

Hij haalde zijn schouders op. 'Geen idee. Ik schat haar op begin twintig, maar het is moeilijk te zeggen. Je zou haar makkelijk voor een kind of een tiener kunnen aanzien, alleen die ogen... Man, wanneer je in haar ogen kijkt, zie je iemand die een heel stuk ouder is.'

'En nu ben je haar kwijt? Ze is verdwenen?' vroeg Beau ongelovig.

Isaac trok een gezicht. 'Mooi niet! Ik wachtte totdat Dex, Zeke en Shadow er waren. Ik legde ze vlug uit wat er was gebeurd, want toen ze al het bloed zagen, wilden ze me meteen naar het ziekenhuis brengen. Met behulp van de zender in mijn auto zijn we haar gevolgd tot een stuk bosland een aantal kilometer verderop. Daar was ze gestopt, en ik vond haar op de achterbank, huilend in haar slaap.'

'Allemachtig,' mompelde Beau.

'Precies mijn reactie.'

Dane keek hem vragend aan. 'En waar wil je ons precies over spreken?'

Isaac zoog zijn adem in en staarde naar de twee mannen die hij niet alleen als zijn vrienden, maar als zijn familie beschouwde. 'Ze is geen cliënt van DSS, maar ik verdom het om haar in de steek te laten. Ik heb haar bij de anderen achtergelaten zodat ik met jullie kon gaan praten, maar hierna ga ik terug en zal ik alles doen wat nodig is om haar vertrouwen te winnen. En dan zal ik haar beschermen en een manier bedenken om de bedreiging voor haar te elimineren.'

Hij zweeg even, om zijn woorden tot de anderen te laten doordringen. 'En daarvoor moet ik verlof aanvragen,' besloot hij rustig.

Beau fronste zijn wenkbrauwen, en Dane keek hem strak aan, zijn ogen samengeknepen van boosheid.

'Wat?' zei Dane met een grom. 'Verlof? Wat zullen we nu krijgen, Isaac?'

'Ik kan niet al mijn tijd en aandacht in DSS steken en tegelijkertijd haar helpen,' zei hij zacht. 'Dat zou niet eerlijk zijn naar haar toe, en ook niet naar jullie. Als dat een probleem is, dan neem ik ontslag en kunnen jullie iemand zoeken om mij te vervangen.'

'Hou je mond en luister naar me, voordat ik echt nijdig word,' snauwde Dane.

Beau keek al niet veel blijer.

'Waar haal je het idee vandaan dat ik of Beau of wie dan ook bij DSS een vrouw de rug zou toekeren die niet alleen in groot gevaar verkeert, maar ook iemand heeft gered die ons allemaal heel dierbaar is, alleen maar omdat ze geen betalende cliënt is?' vroeg Dane verontwaardigd. 'Allemachtig, Isaac. We zijn je vandaag bijna kwijtgeraakt, en die vrouw heeft ervoor gezorgd dat je er nog bent en dat we niet op dit moment voorbereidingen voor je begrafenis aan het treffen zijn. Ja, jij gaat haar beschermen, maar wíj ook. Van nu af aan heeft ze de volle prioriteit van DSS en van mij persoonlijk.'

'Dat betekent veel voor me,' zei Isaac, met een brok in zijn keel.

'Je snapt er niks van, is het wel?' mompelde Beau. 'Je hebt ooit je leven op het spel gezet voor de belangrijkste persoon in mijn leven. Voor die in Zacks leven. En bovenal voor die in Wade Sterlings leven. Je bent keer op keer voor ons door het vuur gegaan. Dane en ik moesten zojuist aanhoren dat je bijna dood was gegaan, en het is dankzij die vrouw, die haar eigen leven heeft gewaagd om het jouwe te redden, dat je het nog na kunt vertellen. Dacht je niet dat dat iets voor ons zou betekenen? Dat zij niet iets voor ons zou betekenen – wie ze ook is, wat ze ook heeft gedaan of niet heeft gedaan, en wat voor bagage ze ook met zich meedraagt? Dat we niet allemaal actief mee zouden werken om haar te beschermen en te zorgen dat ze niet langer wordt bedreigd?'

De brok in Isaacs keel werd groter.

'Dit is een heel bijzondere vrouw,' mompelde Dane. 'Ik bedoel, wanneer ik bedenk wat Ramie, Ari, Tori en Gracie kunnen, duizelt het me al. Maar deze vrouw heeft je teruggehaald uit de dood. Ze heeft verdorie een wonder verricht. Het verbaast me niets dat ze in gevaar verkeert of dat die rotzakken achter haar aan zitten omdat ze misbruik willen maken van haar krachten. Want Isaac, ze zal altijd gevaar lopen. Ook al nemen we de huidige bedreiging weg, met haar gave zal ze nooit veilig zijn.'

'Dat weet ik,' zei Isaac zacht. 'Maar ze zal altijd iemand hebben die haar beschermt.'

Er viel een stilte terwijl Dane en Beau zijn woorden tot zich door lieten dringen, maar ze reageerden er niet op.

'Waar is ze nu?' vroeg Dane.

'Ze is bij mij thuis, samen met Dex, Shadow en Zeke. Ik moet zo snel mogelijk terug. Ik ben niet van plan haar daar te laten blijven. Het is te riskant.'

'Heb je een plan?' vroeg Beau.

'Ja, of in elk geval een idee. Ik moet het alleen nog verder uitwerken als ik terug ben en hopelijk wat informatie van haar heb gekregen.'

'Laat het ons weten als je iets nodig hebt, wat dan ook,' droeg Dane hem op. 'Als je het niet erg vindt, dan tref ik liever geen maatregelen voor de begrafenis van een van mijn eigen mensen.'

Isaac glimlachte flauwtjes. 'Wat ben je toch een moederkloek.'

'Jij hebt te veel naar Lizzie geluisterd,' mompelde Dane.

'Nee, maar ik heb haar wel even gezien voordat ze wegging, en ze was niet erg over je te spreken,' zei hij grijnzend.

'Ze is gewoon nijdig omdat ze niet alleen voor een bazige, overbezorgde hufter werkt, maar er nu ook nog met eentje is getrouwd, zodat ze er nergens meer aan kan ontsnappen.'

Beau en Isaac schoten in de lach, maar ze wisten dat Dane gelijk had.

Isaac stond op. 'Ik vind het vervelend om het zo kort te houden, maar ik moet gaan. Ze was nog onder zeil toen ik vertrok, dus wil ik zo snel mogelijk terug naar huis, zodat ik kan uitzoeken wat er aan de hand is.'

'Neem je later contact met ons op om verslag uit te brengen?' vroeg Dane.

'Ik zal jullie bellen. Ik weet alleen niet of ik veel informatie voor jullie zal hebben.'

'Dat is goed genoeg. En wees voorzichtig, Isaac. Ik wil niet dat je weer wordt neergeschoten.'

'Ik ook niet,' mompelde hij, en hij liep Danes kantoor uit. In de deuropening bleef hij staan en draaide zich om. 'Ik moet jullie vragen om geduldig te zijn. Ik wil DSS hier nog niet bij betrekken. Niet tot ik het hele verhaal ken en weet waarmee we te maken hebben. Het is te gevaarlijk. Als het verband wordt gelegd tussen haar, mij en DSS, dan verkeren jullie allemaal in gevaar. De vrouwen ook. Het is duidelijk dat ze deze vrouw bijzonder graag in handen willen krijgen en dat ze geen steen op de andere zullen laten tot ze haar te pakken hebben. Nu ik weet waar ze toe in staat is, begrijp ik waarom. Dit is ingrijpender dan alles wat we ooit hebben meegemaakt, en ik wil niet dat iemand in deze organisatie door zijn of haar betrokkenheid om het leven komt, zoals mij bijna was overkomen. Ik weet hoe graag jullie alles onder controle hebben, maar ik moet jullie nu echt vragen om op je handen te gaan zitten en het aan mij over te laten. Ik ga geen dwaze dingen doen. Ik zal absoluut bellen als en wanneer ik hulp nodig heb. Voorlopig wil ik het risico tot een minimum beperken en moet ik haar onder de radar houden. Maar ik zal verslag uitbrengen. Ik hou jullie op de hoogte. En als ik op welk moment dan ook het gevoel heb dat we gevaar lopen, zijn jullie de eersten die het horen.'

Dane knikte langzaam. 'Volg niet het voorbeeld van Eliza, Isaac. Dat zou me echt pisnijdig maken. Probeer het niet in je eentje op te lossen om de rest van ons te beschermen. We zijn grote jongens en we nemen onze eigen beslissingen. Je bent een van ons, je kunt ons alles vragen. Voorlopig ga ik akkoord met je aanpak, maar ik ga niet al te lang werkeloos zitten afwachten. Dus zoek uit wat je weten moet, en doe het snel, zodat we de situatie kunnen inschatten en een plan kunnen opstellen. Als ze kan wat jij zegt, dan zullen de mensen die achter haar aan zitten het niet zomaar opgeven. Ze zullen alleen maar harder hun best doen om haar in handen te krijgen, en het zal ze niets kunnen schelen of er in de tussentijd slachtoffers vallen. O, en Isaac?'

Isaac keek van zijn teamleider naar Beau, die hem al even indringend aanstaarde. 'Ja?'

'Je moet goed begrijpen waar je aan begint. Dit is geen tijdelijke opdracht waarbij we een bedreiging elimineren, zodat de cliënt zijn of haar leven weer kan oppakken. Iemand met haar vaardigheden zal altijd achternagezeten worden. Er zal altijd iemand zijn die haar wil gebruiken, beheersen, en daar zal nooit een eind aan komen. Daar moet je je goed bewust van zijn voordat je besluit in hoeverre je hierbij betrokken wilt raken. Ze weten al van je bestaan, en je was bijna dood geweest. Je kunt zonder schaamte weglopen en haar bescherming aan een van ons overlaten. Je hoeft het maar te zeggen, en dan zorg ik dat het gebeurt.'

Woede laaide in hem op, en hij wist zich maar nauwelijks te beheersen. Alleen het besef dat deze mannen voor hem door het vuur zouden gaan, net zoals hij voor hen, weerhield hem ervan om Dane een kaakslag te verkopen.

'Ze is van mij, Dane. Van niemand anders. Ik heb je gezegd dat ik om hulp zal vragen als het nodig is. Tot die tijd is het beter dat geen van jullie met haar in verband wordt gebracht of zelfs maar bij haar in de buurt wordt gezien. Ze heeft alles op het spel gezet om mij te redden, terwijl ze niet eens wist of ik ook maar een haar beter was dan de rotzakken die achter haar aan zitten. Op dat moment bezegelde ze haar lot, want ik ga niet meer weg. Ik wil haar kant van het verhaal horen, maar heb zo'n gevoel dat ze er niet uit zichzelf mee zal komen, dus heb ik tijd nodig om haar vertrouwen te winnen. Ik ben vastberaden om haar te bewijzen dat ze me kan vertrouwen. Ik stel het aanbod op prijs. Meer dan je weet. Maar ze is geen cliënt van DSS. Ze is van mij, en als het nodig is, dan bescherm ik haar met mijn leven.'

Dane zuchtte, maar hij knikte. Toen Isaac aanstalten maakte om te vertrekken, hield hij hem tegen door zijn hand omhoog te houden. 'Als het je lukt om informatie uit haar los te krijgen, bel Quinn dan en vraag hem om ermee aan de slag te gaan. Hij zit toch al vierentwintig uur per dag achter die verdraaide computer van hem. We kunnen hem net zo goed een echte taak geven, zodat hij ons kan imponeren met zijn technische vaardigheden. Zijn trots heeft een flinke deuk gekregen toen bleek dat Lizzie waarschijnlijk een betere hacker is dan hij, maar ze doet zich dommer voor dan ze is, zodat hij zich niet opgelaten voelt.'

Dane schoot in de lach bij het idee dat Lizzie zich dom voor zou doen, maar ze had een zwakke plek voor de jongste van de broertjes Devereaux, en het verbaasde Isaac niets dat ze haar bekwaamheden afzwakte zodat hij een betere indruk maakte.

'Goed idee,' zei Isaac, en hij draaide zich om zodat hij zich uit de voeten kon maken. 'Ik zal hem bellen zodra ik iets heb waarmee hij aan de slag kan.'

Hoofdstuk 5

Isaac parkeerde de auto in zijn garage en haastte zich toen binnendoor het huis in. Hij werd opgewacht door Dex, wiens uitdrukking niets prijsgaf.

'Hoe gaat het met haar?' vroeg hij.

Dex haalde zijn schouders op. 'Ze is helemaal van de wereld. Ze reageerde zelfs niet toen we haar naar binnen droegen en haar in je bed legden.'

In zijn bed. Iets in zijn binnenste kwam tot rust, alsof alles nu goed was. Toen stak de bezorgdheid weer de kop op.

'Is ze helemaal niet bijgekomen?'

Dex schudde zijn hoofd. 'We hebben haar om beurten in de gaten gehouden. We wilden niet dat ze wakker zou worden en zich rot zou schrikken, dus hebben we ervoor gezorgd dat er steeds iemand bij haar was, zodat we haar gerust konden stellen als ze bij zou komen. Maar ze heeft nog geen spier vertrokken. Zo te zien is ze uitgeput.'

Isaac fronste zijn wenkbrauwen en liep toen langs Dex heen naar zijn slaapkamer. Zeke zat in de woonkamer tv te kijken.

Bij de deur van zijn slaapkamer bleef hij staan en draaide zich om naar de twee mannen.

'Eliza en Sterling komen om zeven uur langs. Ze brengen eten mee. Aangezien Lizzie officieel nog drie maanden vrij heeft en Sterling over vele talenten beschikt, heb ik hun hulp ingeroepen. Als het even kan, wil ik DSS hierbuiten houden. Ik wil niet dat de anderen door mijn handelingen gevaar lopen. Onze vrouwen hebben al genoeg doorstaan, en ik wil ze niet nog meer ellende bezorgen.'

'Wil je dat we blijven om bij het overleg te zijn?' vroeg Zeke.

Isaac keek van hem naar Dex. 'Ja. Maar alleen als jullie dat willen.

Dit is niet officieel. Het komt niet in de boeken terecht en je wordt er niet voor betaald.'

Dex trok een gezicht. 'Pech. Dacht je dat ons aanbod iets met geld te maken had?'

Isaac schudde zijn hoofd. 'Nee, maar jullie moeten weten waar je aan begint en wat de gevolgen zijn.'

Zeke schudde zijn hoofd. 'Hou je klep maar, voordat ik me nog meer erger. Ga bij je meisje kijken en los Shadow af. Dan praten wij hem bij over het plan.'

Hij knikte, en toen opende hij de deur en glipte zijn slaapkamer binnen.

Hij hield zijn adem in toen zijn blik op zijn mysterieuze engel viel. Ze lag opgerold in het midden van zijn bed, haar wilde krullen verspreid over zijn kussen. Op haar gezicht waren de blauwe plekken nog zichtbaar, maar iemand had het bloed weggeveegd, en ze droeg andere kleren dan eerst.

Irrationele afgunst bekroop hem, en jaloers keerde hij zich naar Shadow, die de wacht hield. 'Heb jij haar uitgekleed?' Het kwam er feller uit dan zijn bedoeling was.

Shadow knipperde verbaasd met zijn ogen. 'Niet in mijn eentje. Maar man, we konden haar toch moeilijk besmeurd met bloed en in die oude versleten kleren in bed leggen. Bovendien moesten we controleren hoe zwaar ze gewond was. Van de buitenkant konden we dat niet zien. En je wilt toch niet dat ze bij het ontwaken denkt dat ze nog midden in die nachtmerrie zit?'

Hij deed zijn ogen dicht, wensend dat hij zijn woorden terug kon nemen en dat zijn teamgenoot zijn diepste gevoelens niet had gezien. 'Sorry,' zei hij bruusk. 'Is...'

Shadow stond op en kwam naar hem toe. Hij keek niet naar de vrouw, maar staarde Isaac in plaats daarvan strak aan. 'Het lijkt niet al te ernstig te zijn, maar zo te zien heeft ze flink wat klappen gehad.

Er zitten blauwe plekken op haar buik en haar ene heup, en natuurlijk op haar gezicht, maar ze bloedt al een poosje niet meer. Het meeste verse bloed was van jou.'

'Allemachtig,' mompelde hij. 'Welke hufter slaat nu zo'n tere engel in elkaar?'

'Goede vraag, maar je krijgt pas antwoord als ze bijkomt. Ik zou je één ding aanraden, man. Als je haar niet wilt afschrikken, doe dan iets aan dat dreigende gezicht van je. Ze zal al bang genoeg zijn als ze wakker wordt in een vreemd bed, na alles wat ze heeft meegemaakt. Je zult heel voorzichtig met haar om moeten springen als je wilt dat ze je vertrouwt.'

Isaac blies zijn adem uit en wreef vermoeid over zijn nek. 'Ja, je hebt gelijk. En bedankt, man. Ik waardeer jullie hulp. Dex en Zeke wachten in de woonkamer op je. Zij kunnen je bijpraten over de plannen.'

Shadow vatte dat terecht op als een hint om te vertrekken, en hij knikte en verliet de kamer, zodat Isaac alleen achterbleef met de vrouw die zijn leven had gered. Hij liep zachtjes naar het bed en ging naast haar liggen, neerkijkend op haar verfijnde, verwoeste gelaatstrekken. Opnieuw laaide de woede in hem op. Was dit de prijs die ze had betaald voor haar wonderbaarlijke gave? Joegen mensen haar op zodat ze haar en haar talent in hun macht konden krijgen?

Hij kende het antwoord. Natuurlijk deden ze dat. Hij was getuige geweest van de hel die de andere vrouwen van DSS hadden doorstaan vanwege hun eigen opzienbarende paranormale of bovennatuurlijke talenten. Zelfs nu waren ze nog kwetsbaar. Doelwitten. Maar ze genoten de best mogelijke bescherming. Ze hadden echtgenoten die hen aanbaden en hun leven voor hen zouden opofferen. En ze konden rekenen op de anderen bij DSS, die ook voor hen door het vuur zouden gaan.

Deze engel had echter niets. Niemand. Tot nu.

Hij kon de verleiding niet weerstaan om zijn vinger zachtjes langs de ongeschonden kant van haar wang te laten glijden en een losse lok haar achter haar oor te strijken. Hij boog zich naar voren en drukte zachtjes zijn lippen op haar voorhoofd.

'Niemand zal je ooit nog kwaad doen,' fluisterde hij. Het was een eed. 'Je hoeft de wereld nooit meer in je eentje tegemoet te treden. Ik zal je met mijn leven beschermen. Een leven dat jij hebt gered, ook al betekende ik niets voor jou.'

Ze verroerde zich rusteloos, en hij verstijfde, bang dat hij haar wakker had gemaakt, terwijl ze haar slaap zo hard nodig had om te helen. Nog los van de gruwelijke dingen die ze had meegemaakt voorafgaand aan het incident op de parkeerplaats, had het haar het laatste beetje energie gekost om hem te genezen. Gelukkig had hij haar gevonden voordat iemand anders dat deed.

Ze nestelde zich dieper onder het dekbed en begroef haar hoofd in het zachte kussen op zijn bed. Hij kon het niet helpen; hij kroop wat dichter naar haar toe en sloeg voorzichtig zijn arm om haar tengere lichaam om haar tegen zijn veel grotere gestalte aan te trekken. Ze zuchtte toen zijn lichaamswarmte haar omhulde en schoof dicht tegen hem aan, alsof ze behoefte had aan de warmte en de veiligheid die hij haar had beloofd.

Ze hief haar hoofd van het kussen en legde het op zijn borst. Haar haren kriebelden tegen zijn neus, en haar geur overspoelde hem. Al had ze het zelf niet in de gaten, het was een gebaar van vertrouwen. Of misschien had ze het zo lang zonder menselijke aanraking, tederheid en zorgzaamheid moeten stellen dat ze zich er onweerstaanbaar door aangetrokken voelde.

Hij ging wat comfortabeler liggen, trok haar nog dichter tegen zich aan en sloot zijn ogen. Hij zat in de nesten. Tot aan zijn oren. Hij zou afstand van haar moeten nemen. Er was te veel wat hij niet wist, en hij kon het zich niet veroorloven om op veronderstellingen te koersen. Zo stak hij niet in elkaar. Hij was iemand die zijn gedrag baseerde op koude, harde feiten. De waarheid. Geen aannames of vermoedens. In zijn werk kon het hem zijn leven kosten als hij zomaar ergens van uitging.

Het voelde goed om haar vast te houden. Ze was zo klein en kwetsbaar, en ze maakte een beschermingsinstinct in hem wakker dat hij niet eerder had ervaren. Hij kon de verleiding niet weerstaan om haar zijdezachte huid aan te raken en te liefkozen, ook al vond hij zichzelf een rotzak omdat hij misbruik van haar maakte terwijl ze lag te slapen.

Zijn vingers gleden zachtjes over haar arm, en daarna streelde hij haar lange krullen. Haar nabijheid bezorgde hem een gevoel van rust en tevredenheid, wat raar was, als je bedacht dat ze allemaal in gevaar verkeerden en dat hij niets van haar wist. Voor hetzelfde geld behoorde ze aan niemand anders toe.

Meteen werd hij somber. Als er iemand anders in haar leven was, dan verdiende die persoon haar niet; dan beschermde hij haar niet en zorgde hij niet voor haar zoals het hoorde. Wat voor verleden ze ook had, ze was nu van hem. Het mocht dan een arrogante, aanmatigende bewering zijn, hij wist dat het waar was.

Zijn gedachten werden onderbroken toen iemand zachtjes op zijn deur klopte.

'Eliza en Wade zijn er,' riep Zeke met gedempte stem.

Met tegenzin maakte hij zich van haar los. Hij miste haar warmte en zachte lichaam nu al. Yep, hij zat tot aan zijn oren in de nesten. Zijn eerste prioriteit was echter om haar veiligheid te waarborgen. Al het andere was van ondergeschikt belang. Zelfs zijn gevoelens voor haar.

Hopelijk bleef ze slapen tot hij samen met Eliza en Sterling een plan in elkaar had getimmerd. Pas dan zou hij haar wakker maken en haar hun plan voorleggen. En dan maar hopen dat ze hem als een blijvende aanwezigheid in haar leven zou accepteren.

Hij was een man die wist wat hij wilde en nooit aarzelde om daar volop voor te gaan. Hij was niet van plan zijn manier van leven nu te veranderen. Deze vrouw was van hem, en haar toekomst was verbonden met de zijne. Het zou niet makkelijk zijn. Dat verwachtte hij ook niet, maar goede dingen gebeurden nooit vanzelf, en hij zou haar niet laten gaan zonder voor haar te vechten. En hij verloor nooit.

Hoofdstuk 6

Toen Isaac terugkeerde naar de slaapkamer, zag hij dat zijn meisje nog lag te slapen. Ze was echter minder diep onder zeil dan eerder die avond. Ze lag onrustig te woelen, en toen hij de stille tranen over haar bleke, gekneusde wangen zag glijden, voelde hij een beklemmende pijn in zijn borst.

Zonder aarzeling, zonder te bedenken of het wel een goed idee was, sloeg hij het dekbed open en kroop naast haar in bed. Hij sloeg zijn armen om haar heen en legde zijn kin op haar hoofd. Zelfs in haar slaap trilde ze, en hij zou er alles voor overhebben om de angst weg te nemen die ze elk uur van elke dag moest voelen.

Het ging instinctief. Hij stond er niet eens bij stil wat hij deed toen hij zijn lippen op haar zachte krullen drukte. Het liefst zou hij zo blijven liggen en er gewoon van genieten om haar in zijn armen te hebben, maar daar hadden ze geen tijd voor. Zíj had geen tijd.

Met tegenzin maakte hij zich los, legde zijn hand op haar schouder en schudde er zachtjes aan.

'Liefje, je moet wakker worden. Kun je dat voor me doen?'

Ze fronste haar wenkbrauwen en haar oogleden gingen traag open, alsof het veel moeite kostte. Haar mond trok strak, en toen schoot er angst over haar gezicht en verstijfde ze onder zijn aanraking.

'Hé,' zei hij zacht. 'Ik doe je geen kwaad. Niemand zal je ooit nog kwaad doen. Dat moet je van me aannemen. Wil je met me praten?'

Ze staarde hem aan, en paniek overspoelde haar gezicht. Angstig kroop ze bij hem vandaan.

Hij pakte haar pols vast om te voorkomen dat ze aan de andere kant van het bed zou vallen, en vloekte toen ze daardoor nog banger leek te worden.

'Liefje, luister. Ik zal je nooit iets aandoen, en als je achteruit blijft kruipen, dan lig je zo dadelijk aan de andere kant van het bed op de grond. We moeten praten. Verder niets. Durf je dat? Vertrouw je me daar genoeg voor?'

Ze beet nerveus op haar onderlip, en hij voelde een diep verlangen om die lip tussen de zijne te zuigen en te voorkomen dat ze hem verder zou beschadigen. En dan te bedenken dat hij nog niet eens wist hoe ze heette, laat staan wat haar achtergrond was.

Geduld was niet een van zijn sterkste eigenschappen. Man, het kwam niet eens in zijn woordenboek voor. Hij besefte echter dat hij het rustig aan moest doen en een uiterste beroep op zijn zelfbeheersing zou moeten doen om te voorkomen dat hij haar af zou schrikken. Pas dan kon hij haar de vragen stellen waar hij antwoord op wilde hebben.

Tot zijn opluchting schoof ze iets dichter naar hem toe, zodat ze niet langer van het bed dreigde te vallen, en ze ging rechtop zitten, met de kussens in haar rug. Ze keek nerveus naar hem, en hij liet haar pols los. Niet omdat hij dat wilde, maar omdat hij haar wilde laten zien dat ze hem kon vertrouwen en dat hij niets zou doen waar ze zich ongemakkelijk bij voelde.

'Hoe ben ik hier terechtgekomen?' vroeg ze met een klein stemmetje. 'Waar ben ik?'

'Je bent veilig,' zei hij resoluut. 'En om je eerste vraag te beantwoorden, we vonden je op de achterbank van mijn auto in een stuk bosland. Je bent uren onder zeil geweest, en in die auto vormde je een veel te makkelijk doelwit. Iedereen had je daar kunnen vinden en meenemen. Ik ben ontzettend dankbaar dat ik je als eerste heb gevonden.'

'Waarom?' fluisterde ze.

Haar antwoord maakte hem laaiend. Het kostte hem al zijn zelfbeheersing om niet ter plekke te ontploffen. Deze vrouw was er kennelijk zó aan gewend dat niemand iets om haar gaf, dat het haar oprecht verbaasde dat iemand haar zou willen helpen. Dat het iemand zou kunnen schelen hoe het met haar ging.

'Je hebt mijn leven gered,' zei hij met schorre stem. 'Je hebt een enorm risico genomen om iemand te redden die je niet eens kende, en ik weigerde je over te leveren aan de rotzakken die achter je aan zitten.'

Haar ogen stroomden vol met tranen, en ze wendde haastig haar gezicht af, zodat hij niet kon zien hoe overstuur ze was. Behoedzaam omvatte hij haar kin en draaide haar gezicht weer naar hem toe.

'Wat is er, liefje? Waarom huil je?'

'Omdat ze me nooit zullen laten gaan,' zei ze op berustende toon. 'Ze zullen me altijd blijven zoeken, en iedereen die hun in de weg staat, zullen ze elimineren, net zoals ze bij jou hebben geprobeerd.'

'Gelukkig had ik mijn eigen kleine beschermengel om me te redden.'

'Je moet zo ver mogelijk bij mij vandaan blijven,' zei ze doodernstig. 'Niemand die mij helpt, is veilig.'

Er kwam een grommend geluid over zijn lippen, en ze maakte een schrikbeweging en nam hem nerveus op. Hij schoof wat dichter naar haar toe en omvatte haar smalle gezicht met zijn handen.

'Zo makkelijk kom je niet van me af, liefje. Nu moeten we andere dingen bespreken, en we hebben niet veel tijd. Ik wil graag dat je een paar vragen beantwoordt, zodat ik je kan beschermen.'

'Hoe minder je over me weet, hoe veiliger je zult zijn,' zei ze zacht.

'Dat kan me niet schelen. Vergis je niet: jij beschermt mij niet. Ik bescherm jóú.'

Hij kon zweren dat hij opluchting in haar ogen op zag laaien, maar al snel maakte die weer plaats voor angst. Die angst zou hij voor altijd wegnemen, al was dat het laatste wat hij deed.

'Hoe heet je, liefje?' vroeg hij zacht.

Ze knipperde verbaasd met haar ogen.

'Ik kan je niet altijd "liefje" blijven noemen.'

Ze bloosde, en hij vond haar aanbiddelijk.

'Niemand heeft me ooit met een koosnaampje aangesproken,' zei ze een tikje triest.

'Ik zei niet dat ik je nooit meer liefje zou noemen, of een ander koosnaampje voor je zou gebruiken. Maar ik moet wel weten hoe je heet, want niemand anders zal je op die andere manieren aanspreken.'

Ze keek verbaasd, en toen bloosde ze opnieuw. Het kostte hem de grootst mogelijke moeite om haar niet te kussen.

'J-Jenna,' stamelde ze.

'En je achternaam?'

Tot zijn verbazing kroop er schaamte over haar gezicht en wendde ze zich af, met ogen die schitterden van de tranen. Wat was hier in vredesnaam aan de hand?

'Ik weet het niet,' fluisterde ze. 'Ik heette gewoon Jenna. Ik was niet belangrijk genoeg om een achternaam te hebben.'

Opnieuw, wat was hier in vredesnaam aan de hand?

'Jenna is een mooie naam. Hij past bij je. De perfecte naam voor een beeldschone vrouw.'

Ze draaide zich naar hem toe en keek hem hoopvol aan. Allemachtig, was ze zo aan afwijzing gewend dat ze het voortdurend verwachtte? Besefte ze niet hoe lief en adembenemend mooi ze was? Stomme vraag. Natuurlijk besefte ze dat niet. Dit was een vrouw die nooit van iemand had gehoord dat ze iets waard was. Een vrouw zonder gevoel van eigenwaarde. Hij had zin om met zijn vuist tegen de muur te beuken.

'Hoe heet jij?' vroeg ze verlegen.

'Isaac. Isaac Washington. Tot je dienst, *ma'am*,' zei hij met een charmante grijns.

Ze glimlachte, en man, wat een glimlach! Hij nam zich heilig voor om haar zo vaak mogelijk aan het lachen te maken, want iets vertelde hem dat ze dat niet vaak deed, en dat ze er ook weinig reden toe had.

Toen werd hij weer serieus. 'Jenna, ik moet je een paar dingen vragen, en we hebben weinig tijd, want ik breng je het komende uur naar een safehouse. En ik weet dat je mij ook een aantal vragen zult willen stellen voordat je bereid bent me in vertrouwen te nemen. Dat begrijp ik heel goed.'

Ze verstijfde, en opnieuw schitterde er angst in haar ogen.

'Wees alsjeblieft niet bang, liefje. Voor mij hoef je niet bang te zijn. Nooit.'

'Ik maak me geen zorgen om mezelf, ik maak me zorgen om jou,' flapte ze eruit.

Hij zuchtte. 'Oké, misschien kan ik je beter eerst vertellen wie en wat ik ben, zodat je je angst kunt laten varen.'

Ze keek verward.

'Ik werk voor een beveiligingsbedrijf. Persoonlijke bescherming. We zijn de beste op ons vakgebied, Jenna, en dat is geen loze bewering. Het is onze taak om mensen te beschermen, en we zijn er verdraaid goed in. Dus je hoeft niet over mij in te zitten, of over de mannen die mee zullen helpen om jou te beschermen.'

Ze luisterde met grote ogen naar hem.

'Zij zullen op de achtergrond aanwezig zijn, maar ik ben degene die je zal beschermen. De enige,' zei hij bruusk. 'Knoop dat in je oren, Jenna, want ik doe niet zomaar beloftes. Iedereen die probeert jou kwaad te doen of je bij mij weg te halen, zal eerst met mij moeten afrekenen.'

'Je kent me niet eens,' zei ze zacht.

'Je hebt gelijk, maar dat komt wel.'

Het klonk als een eed. Een vaststaand feit. Onvermijdelijk. Zo te zien was ze te verbijsterd om op zijn belofte te reageren.

‘Maar waarom?’ bracht ze met verstikte stem uit.

Zachtjes streelde hij haar wang. ‘Misschien begrijp je nu nog niet waarom. Maar dat komt wel.’ Alweer een belofte. ‘Vertel me nu over de mensen die achter je aan zitten. Ik neem aan dat ze je in handen willen krijgen omdat je iets bijzonders kunt.’

Er verscheen een verbitterde uitdrukking op haar gezicht, maar voordat ze kon antwoorden, klopte er iemand op de deur. Ze maakte een schrikbeweging, en haar blik vloog naar de gesloten deur.

Gefrustreerd riep Isaac: ‘Niet nu! Wat het ook is, het kan wachten. Geef me heel even de tijd.’

De persoon aan de andere kant van de deur ging echter niet weg, maar klopte opnieuw aan. Krachtiger dan eerst, en deze keer wachtte hij niet op een uitnodiging van Isaac om binnen te komen. Sterling beende de kamer in met een bundeltje kleren van Eliza in zijn hand. Zijn uitdrukking was grimmig.

‘We moeten hier weg. Nu meteen. We hebben gezelschap. Mijn mannen hebben zojuist gerapporteerd dat ze beweging hebben waargenomen in het noordelijke kwadrant, en dat betekent dat Eliza en ik er direct vandoor moeten. Wacht een kwartier en vertrek dan in westelijke richting. Een van mijn mannen pikt jullie op en brengt jullie naar het safehouse. We hebben geen tijd te verliezen, tenzij we het gevecht willen aangaan – en ik weiger de veiligheid van mijn vrouw op het spel te zetten terwijl ze nog niet eens volledig hersteld is van de laatste keer dat ze is neergeschoten.’

Isaac vervloekte de timing, maar hij wist dat de veiligheid van Eliza en de anderen prioriteit had. Het gesprek met Jenna zou hij later moeten voortzetten. Hij keerde zich naar haar toe, een en al zakelijkheid, en gaf haar de kleren die Sterling hem had toegeworpen. ‘Kleed je zo snel mogelijk aan. Daar is de badkamer,’ zei hij, wijzend naar een andere deur in de kamer. ‘Je moet opschieten, Jenna. We hebben niet veel tijd.’

Jenna sprong van het bed en haastte zich naar de badkamer, onderweg het T-shirt over haar hoofd trekkend dat een van de mannen haar had aangetrokken. Twee tellen later viel de badkamerdeur achter haar dicht.

'Drie minuten, liefje. Dan moeten we vertrekken,' riep Isaac, hard genoeg om zich verstaanbaar te maken door de gesloten deur.

Hij draaide zich naar Sterling toe en keek hem serieus aan. 'Ik kan je niet zeggen hoezeer ik dit waardeer. Breng Lizzie in veiligheid. Ik wil niet dat haar iets overkomt omdat ze mij helpt.'

'Niemand krenkt mijn vrouw ook maar een haar,' zei Sterling vastberaden. Toen draaide hij zich om en beende de kamer uit.

Hoofdstuk 7

Isaac stond samen met Jenna achter het huis, in het donker. Lange schaduwen vielen over de achteringang. Alleen een zacht geritsel maakte hem erop alert dat ze niet langer alleen waren, en even later verscheen Shadow, nauwelijks waarneembaar, zoals bij zijn naam paste.

'Dex, Zeke en Knight hebben de omgeving uitgekamd, en het lijkt erop dat ze hebben gehapt en Sterling en Eliza zijn gevolgd.'

'Wat heeft Knight hier in vredesnaam te zoeken?' wilde Isaac weten.

Shadow wierp hem een nadrukkelijke blik toe. 'Als je denkt dat deze baan voor hem wél om het geld draait, dan kun je naar de pomp lopen.'

'Dat zei ik niet.'

'O nee? Je denkt toch niet dat ook maar een van ons vanaf de zijlijn toekijkt terwijl een van de teamleden in gevaar verkeert en een onschuldige vrouw wordt opgejaagd door een stelletje hufters die haar al een keer in elkaar hebben geslagen?'

'Ik ben jullie dankbaar,' zei Isaac.

'Je kunt de pot op met je dankbaarheid,' bromde Shadow.

Isaac grinnikte. 'Heeft iemand je wel eens verteld hoe subtiel je complimenten in ontvangst neemt?'

'Zelfs als ze niet onder de blauwe plekken zat en haar veiligheid niet op het spel stond, dan had ze je nog steeds gered. Dat is genoeg voor mij – voor ons. We beschermen haar, of je het nu wilt of niet.'

Bijna bedankte hij zijn vriend weer, maar hij schudde slechts grijnzend zijn hoofd. 'Ik ben blij met jullie steun,' zei hij in plaats daarvan. 'Ik heb nooit gezegd dat ik jullie hulp af zou slaan.'

Shadow keek op zijn horloge. 'Het is tijd om te gaan. Sterling heeft geregeld dat we worden opgepikt, maar het is een stukje lopen, en we moeten in de schaduw blijven en zo stil mogelijk doen.'

Isaac draaide zich om en vervlocht zijn vingers met die van Jenna. 'Ben je zover, liefje?'

Ze keek verdwaasd, alsof ze nog steeds probeerde om de gebeurtenissen van die dag te verwerken. Toen knikte ze kort. Op het moment dat ze een stap naar voren deed, ontging het Isaac echter niet dat ze haar gezicht vertrok, hoe hard ze ook haar best deed om de pijn te verbergen.

'Wel verdorie,' mompelde hij.

Zonder aarzelen tilde hij haar op, hield haar tengere lijf dicht tegen zijn borst en liep achter Shadow aan.

'Isaac, wat doe je?' vroeg ze verbijsterd.

'Je hebt pijn, en ik laat je niet in het donker door het bos lopen.'

'Je kunt me niet het hele stuk dragen.' Ze klonk opgelaten.

'O nee?' vroeg hij uitdagend. 'Liefje, je weegt helemaal niets. Ik merk er nauwelijks iets van dat ik je draag. Bovendien gaan we op deze manier veel sneller, en hoe eerder we het ontmoetingspunt bereiken, hoe beter het is voor je veiligheid. Als we eenmaal op onze plaats van bestemming zijn, dan laat ik je onderzoeken door een dokter. Ik ben bang dat je een paar ribben hebt gebroken. O, en trouwens, Jenna? Je gaat precies vertellen hoe je aan die blauwe plekken komt. Stuk voor stuk.'

Zijn toon was onbedoeld bruusk, en ze verstijfde in zijn armen, hoewel hij niet wist of het van angst of van schaamte was.

'Ik zal je nooit kwaad doen, Jenna,' zei hij zacht. 'Je hoeft je nergens voor te schamen. Ooit. Snap je dat?'

Ze duwde haar gezicht tegen zijn borst, zonder op zijn woorden te reageren. Hij vond het echter niet erg dat ze zweeg, want uit haar gebaar sprak vertrouwen, ook al was ze zich daar zelf niet bewust van.

Iets verderop doemde een donker voertuig op, en Isaac versnelde zijn pas. Hoe eerder hij Jenna in veiligheid had gebracht, hoe beter. Toen klonk het onmiskenbare gefluit van een kogel die tegen metaal sloeg. Hij hoorde Shadow vloeken.

'Shit!' schreeuwde hij. Hij sprintte naar het open portier en duwde Jenna op de achterbank, waar Knight haar opving en haar meteen op de vloer duwde, uit de vuurlinie.

'Shadow, ben je geraakt?' vroeg hij bezorgd, toen zijn teamgenoot naast de bestuurder was gedoken.

'Maakt niet uit,' bromde Shadow. 'We moeten maken dat we hier wegkomen.'

De man die Sterling naar hen toe had gestuurd om hen naar het safehouse te rijden, verspilde geen seconde. Hij trapte het gaspedaal in en scheurde weg, terwijl Zeke, die samen met Dex op de derde rij stoelen zat, ongerust naar de voorbank staarde.

'Shadow, man, ben je geraakt?'

'Het maakt niet uit, zei ik toch? We hebben nu belangrijkere dingen aan ons hoofd,' snauwde Shadow. 'Het stelt niets voor.'

Ondanks de pogingen van Knight om Jenna tussen hem en Isaac op de grond te houden, hief ze haar hoofd en staarde met een verdrietige uitdrukking naar Shadow. De tranen sprongen haar in de ogen. Shadow vloekte, maar hij beet haar niets toe en verhief zelfs zijn stem niet. In plaats daarvan sloeg hij een milde toon aan die Isaac hem nooit eerder had horen gebruiken.

'Het komt wel goed met mij, schoonheid. Ik heb wel erger meegemaakt. Nu moet je op de grond blijven liggen tot een van ons je vertelt dat de kust veilig is.'

Ze negeerde zijn woorden, schudde de handen van Knight en Isaac van zich af en boog zich naar de voorbank toe om Shadows T-shirt voorzichtig omhoog te schuiven. Bloed sijpelde langs zijn zij, afkomstig van een schampschot of een kogel die naar binnen was gedrongen.

'Het spijt me zo,' zei ze, diep getroffen. Tranen welden op in haar prachtige ogen.

Voordat iemand haar kon vertellen dat ze nergens spijt van hoefde te hebben, legde ze haar hand op de bloedende wond en spreidde haar vingers. Ze deed haar ogen dicht, en er verscheen een gespannen, geconcentreerde uitdrukking op haar gezicht. De anderen keken gefascineerd toe, maar Isaac had haar dit wonder eerder zien verrichten, en het beviel hem niets dat ze de inspanning moest herhalen. Ook al was het noodzakelijk.

Shadows grimmige uitdrukking gleed van zijn gezicht. Hij ontspande en staarde Jenna vol verbijstering en ongeloof aan. Toen sloot hij zijn ogen en leken de lijnen en groeven op zijn gezicht minder diep te worden. Hij zag eruit alsof hij een prachtige, vredige ervaring onderging. Toen hij eindelijk zijn ogen opendeed, schitterden er tot Isaacs verbazing tranen in zijn ogen. Ze waren echter alweer verdwenen voordat Isaac met zijn ogen kon knipperen.

Jenna liet haar hand vallen, en ze zakte in elkaar op de rugleuning waar ze zich overheen had gebogen om Shadow te helpen. Alle kracht leek uit haar lichaam weg te vloeien. Voorzichtig streek Shadow met zijn hand over haar haren, alsof hij haar iets van de troost wilde bieden die zij hem zojuist had gegeven.

'Zoiets ongelooflijks heb ik nog nooit in mijn leven meegemaakt, Jenna,' zei hij vol oprechtheid. 'Ik weet niet hoe ik je moet bedanken. Niet alleen hiervoor, maar ook voor wat je voor Isaac hebt gedaan. Ik heb me sinds mijn jeugd niet meer zo vredig gevoeld, en jij hebt me dat gegeven. Ik voelde me vanuit het diepst van mijn ziel verwarmd. Op plekken die al langer koud zijn dan jij op deze wereld bent. Ik zal niet doen alsof ik iets van jouw gave begrijp, maar het is belangrijk dat je begrijpt dat je zelf een gave bent. Een geschenk, een heel speciaal geschenk. Specialer dan je ooit zult weten, en specialer dan iemand je vermoedelijk ooit heeft verteld. Echt waar, Jenna. Het is niets voor mij om mensen te ontzien of hun gevoelens te sparen. Ik ben direct en zeg wat ik denk. Altijd. En ik zeg tegen jou dat je zowel vanbinnen als vanbuiten een prachtig mens bent. Je hebt nu twee keer het leven gered van iemand die je niet eens kent en daarbij je eigen veiligheid op het spel gezet. Ik weet dat je bang bent en niet snel iemand zult vertrouwen, dat je het je niet kunt veroorloven om iemand te vertrouwen. Maar, Jenna, ik zweer op mijn leven dat Isaac je zal beschermen. Dat ik je zal beschermen. Dat wij je zullen beschermen. Isaac is een goede man, een van de besten, en ik zal je altijd dankbaar zijn dat je hem hebt gered in plaats van jezelf. Je kunt hem vertrouwen. Hij zal je nooit in de steek laten. En wij zullen hem van begin tot eind steunen.'

Jenna trilde, van uitputting en emotie. Tranen schitterden in haar ogen terwijl ze van Shadow naar Isaac keek en weer terug.

'Ik wil jullie graag geloven,' fluisterde ze met gebroken stem.

Isaac verdroeg het niet langer om een passieve toeschouwer te zijn. Hij legde zijn handen op haar schouders en draaide haar naar zich toe. Toen trok hij haar tegen zijn borst en hoorde haar vermoeid zuchten terwijl ze haar vochtige gezicht in zijn hals nestelde.

'Geloof ons dan, liefje,' fluisterde hij in haar oor. 'Iedereen moet ergens in geloven. En ik wil dat ik datgene ben waarin jij gelooft.'

'Iedereen gaat altijd weg,' bracht ze met verstikte stem uit. 'Ze blijven nooit. Ze houden zich nooit aan hun beloftes. Ze liegen. Ze menen nooit wat ze zeggen. Ze deden me...'

Ze zweeg abrupt en weigerde nog een woord te zeggen. Woede laaide in Isaac op. Hij wist heel goed wat ze had willen zeggen. Ze hadden haar pijn gedaan. Lieve hemel, ze hadden haar haar hele leven pijn gedaan. Haar onmenselijk behandeld. Haar gebruikt ten gerieve van anderen, ongetwijfeld. Het maakte hem laaiend en het brak tegelijk zijn hart.

'We gaan het later hebben over de mensen die je kwaad hebben gedaan,' zei hij resoluut. 'Maar nu ben je uitgeput door het genezen van Shadow, en we hebben nog een rit van een uur voor de boeg, dus probeer te ontspannen en wat uit te rusten. Probeer nergens aan te denken en je nergens druk om te maken. Al geloof je nergens in en vertrouw je niets of niemand, weet dat wij je zullen beschermen en dat ik voor je zal zorgen, en zulke beloftes doe ik niet zomaar. Je kunt op ons rekenen.'

Zonder dat het hem iets kon schelen dat de anderen het zagen, drukte hij zijn lippen op haar zachte haar om zijn belofte te bezegelen.

Ze verstijfde even, en toen ontspande ze. Binnen een paar seconden was ze helemaal van de wereld en rustte haar lichaam warm, slap en bewusteloos tegen het zijne.

Een tijdlang zei niemand iets, hoewel er heel wat blikken naar Jenna en Shadow werden geworpen. Na een halfuur draaide Shadow zich om. Toen hij zag dat Jenna nog steeds lag te slapen, keek hij op naar Isaac, zijn normaal gesproken onpeilbare ogen gevuld met rauwe emotie.

'Allemachtig, Isaac. Je had me niet verteld hoe...' Hij schudde zijn hoofd. 'Man, ik kan zelf niet eens de woorden vinden om het uit te leggen, dus hoe kan ik van jou verwachten dat jij dat wel kon?'

'Op dat moment was ik te veel in de war,' zei Isaac. 'Ik was ervan overtuigd dat ik was gestorven en dat ze me welkom heette in de hemel.'

'Dat was werkelijk...' Opnieuw schudde Shadow zijn hoofd. 'Hemel, ik weet nog steeds niet wat ik moet zeggen. Het was het mooiste, vredigste wat ik ooit in mijn leven heb meegemaakt. Het voelde alsof vloeibare zonneschijn door mijn lichaam stroomde en me van binnenuit verwarmde. Alsof de pijn, de zorgen en het schuldgevoel weg werden gespoeld. Alle verdriet en spijt die ik in mijn leven heb opgebouwd, werden verjaagd en vervangen door iets wat kostbaarder is dan ik ooit heb bezeten. Ze is verdorie een wonder, man.'

'Dat weet ik,' zei hij zacht.

Mijn wonder.

Hij kon er niets aan doen; diep in zijn hart borrelde een bezitterig gevoel op. Het sloeg nergens op, het was waanzin, het leek regelrecht uit een sciencefictionfilm te komen, maar één eenvoudige waarheid steeg boven alles uit. Ze was van hem, al vanaf het moment waarop ze haar handen op hem had gelegd en hij haar aanraking tot in zijn ziel had gevoeld. Ze had hem gered, en hij zou nooit iemand meer toestaan om haar kwaad te doen.

Shadow keek hem indringend en bezorgd aan. 'Besef je wel hoe haar leven eruit zal gaan zien? Er altijd uit zal blijven zien? Er zullen altijd hufters achter haar aan zitten die haar willen gebruiken. En zelfs al krijgt ze een kans op een normaal leven, dan heeft ze geen moment rust meer zodra bekend wordt wat voor gave ze bezit. Mensen zullen haar nooit met rust laten. Er zal altijd wel iemand zijn die haar vraagt om een dierbare te redden, iemand die gewond is of op sterven ligt. En iedere keer dat ze iemand heelt, kost het haar iets van zichzelf. Ik voelde het. Ik voelde wat het met haar deed, ook al gaf ze me het mooiste wat ik ooit heb mogen ontvangen. Het vreet aan haar, Isaac. En als het vaak genoeg gebeurt, zal er niets meer van haar over zijn en blijft ze gebroken achter.'

Isaacs borst verkrampte en zijn keel werd dichtgeschroefd toen Shadows woorden tot hem doordrongen. Ze was al zo beschadigd. Shadow had gelijk. Ze had weinig meer te geven, en toch had ze geen seconde geaarzeld om hem en Shadow te genezen, twee mannen die ze niet kende en aan wie ze niets verschuldigd was.

'Je zei dat je haar zou beschermen,' zei Zeke achter hem. 'Dat *wíj* haar zullen beschermen. Maar kunnen we dat, Isaac? Kunnen we dat echt? Dit gaat veel verder dan wat Ari, Ramie, Gracie en Tori kunnen. Dit gaat ons allemaal boven de pet. Hoe kunnen we haar veiligheid in vredesnaam garanderen? Hoe kunnen we haar beloftes doen waarvan we niet weten of we ze wel kunnen nakomen?'

'Ik zal haar beschermen,' snauwde hij. 'Ik zal haar nooit overleveren aan het soort leven dat jij net beschreef en nooit toestaan dat ze terugkeert naar de hel waarin ze tot nog toe heeft geleefd.'

'Kun je die belofte doen?' vroeg Dex uitdagend, zich voor het eerst in het gesprek mengend. 'Terwijl je niets over haar weet – wie ze is, wie er achter haar aan zit of wat ze zelf wil? Weet je zeker dat je dat wilt? Begrijp je ten volle welke verplichtingen je aangaat?'

'Voor deze ene keer zie ik het door de vingers, maar als je me dat ooit nog een keer vraagt, dan krijg je met mij te maken. Niemand dwingt je om mee te doen. Dit is niet eens een officiële opdracht, dus als je eronderuit wilt, zeg het dan. Ga terug naar het hoofdkwartier en vraag Dane om je op een andere zaak te zetten.'

'Luister, man, ik denk alleen aan jouw belang. Ze heeft heel wat bagage, en dat heeft jullie twee al bijna het leven gekost. Ik wil zeker weten dat je er goed over hebt nagedacht,' antwoordde Dex kalm.

'Van nu af aan draag ik haar bagage en haar last,' zei hij, zijn ogen al even fel als zijn toon. 'Ik heb nooit gezegd dat het makkelijk zou worden. Maar ik weiger haar de rug toe te keren en voor de wolven te gooien.'

'Dan zullen we zo snel mogelijk een plan moeten bedenken, zodra we in Sterlings safehouse zijn,' zei Dex. 'Als je ziet hoe snel ze ons vandaag hebben gevonden... Ik maak me grote zorgen over onze tegenstanders. Het is duidelijk dat ze geen halve maatregelen nemen, en al even duidelijk dat ze er geen enkel probleem mee hebben om iedereen uit te schakelen die hun in de weg staat bij het bereiken van hun doel.'

'Als ik met Jenna heb gepraat, dan weet ik meer,' zei Isaac, en hij trok haar nog wat dichter tegen zich aan. 'Als ik haar verhaal heb gehoord, dan hebben we een beter idee met wie we te maken hebben en kunnen we onze plannen daarop afstemmen.'

Hoofdstuk 8

Sterling kwam uit de schaduwen tevoorschijn toen ze de auto tot stilstand brachten bij een zeer afgelegen, zeer moeilijk te vinden huis dat zó was gebouwd dat het naadloos opging in de heuvel waarin het was uitgehakt. Het lag in een bebost gebied, en daardoor was de rit ernaartoe bijzonder hobbelig geweest. Isaac had Jenna stevig vast moeten houden om te voorkomen dat ze door het schokken van de auto van zijn schoot zou glijden.

Het huis stond niet op een open plek, zoals je zou verwachten. Integendeel, de bomen en struiken groeiden hier juist nog dichter op elkaar. Je zou het niet makkelijk kunnen vinden, niet vanaf de grond en ook niet vanuit de lucht, en dat maakte het tot de perfecte plek om iemand te verstoppen.

'Zijn jullie beschoten?' vroeg Sterling meteen.

Knight stapte uit, zodat Dex en Zeke van de achterste bank konden kruipen. Ondertussen stapte Isaac aan de andere kant uit en tilde Jenna voorzichtig uit de auto, haar vasthoudend tot hij zeker wist dat ze stevig op haar voeten stond. Ze zag er vermoeid uit. Volledig uitgeput.

Knight gebaarde met zijn duim over zijn schouder naar Shadow. 'Hij is geraakt, maar het gaat prima met hem.'

Sterling vloekte. 'Ik zal mijn dokter bellen, zodat hij Shadow kan nakijken.'

'Niet nodig, het gaat prima met me,' zei Shadow, terwijl hij om de auto heen naar Sterling toe liep. 'Kijk maar.'

Hij trok het bebloede shirt omhoog en liet zijn onbeschadigde huid zien. Aan niets was te zien dat hij een schotwond had opgelopen.

'Hoe is dat in vredesnaam mogelijk?' vroeg Sterling verbijsterd.

'Jenna,' zei hij eenvoudig. 'Nu moeten we naar binnen. Jenna is uitgeput. Wij zijn uitgeput. En we hebben een hoop te bespreken.'

Sterlings doordringende blik verschoof naar Jenna. Er schitterde iets van bezorgdheid in zijn normaal gesproken onpeilbare ogen. 'Kom binnen en maak het jezelf gemakkelijk,' zei hij zacht. 'Eliza en ik hebben zo dadelijk het eten klaar voor jullie allemaal. Doe tot die tijd of je thuis bent.'

Na die woorden staarde Jenna Sterling geschrokken aan. Het was duidelijk dat ze er niets van begreep. Isaac zag haar verwarring en vroeg zich af waarom ze zo vreemd reageerde op een simpele aankondiging over een maaltijd.

Hij klemde zijn kaken op elkaar toen hij besefte dat hij geen idee had wanneer ze voor het laatst fatsoenlijk te eten had gekregen.

Plotseling klaarde Jenna's gezicht op. 'O, nu snap ik het. Ik begreep je verkeerd, sorry.'

Sterling hield zijn hoofd schuin en zei zacht, bijna alsof hij bang was om een wild dier te laten schrikken: 'Wat begreep je verkeerd, liefje?'

'Je gedroeg je als een goede gastheer,' zei ze, en iedereen staarde haar aan, zich afvragend waarom ze dat zei. 'Je bedoelde dat Eliza het eten aan het klaarmaken is en jij liet de mannen gewoon weten dat ze zo dadelijk aan tafel kunnen.'

Isaac streek met zijn hand door zijn haar. Wat een rare weergave van de situatie.

Ook Sterling keek verbluft. 'Nee, dat bedoelde ik eigenlijk niet,' zei hij, erop lettend dat het niet klonk alsof hij haar terechtwees. 'Ik heb het grootste deel van het eten gekookt. Eliza heeft me geholpen, maar ze liep me voornamelijk in de weg en beweerde dat ik geen echte man ben,' voegde hij er lachend aan toe.

Jenna's mond viel open van de schok. Toen verscheen er een nerveuze uitdrukking op haar gezicht. 'Je bent toch niet boos op haar?' vroeg ze bezorgd.

Waar kwam dat nu weer vandaan?

Isaac staarde Jenna verbijsterd aan, en de reactie van zijn teamgenoten was ongeveer hetzelfde. Ook Sterling keek stomverbaasd, maar toen verzachtte zijn uitdrukking en pakte hij Jenna's hand en gaf er een geruststellend kneepje in.

'Natuurlijk ben ik niet boos. Ik ben gek op Eliza. Ze vormt mijn hele wereld.'

Jenna leek geschokt dat hij zijn liefde voor zijn vrouw openlijk uitsprak. Toen ze zich realiseerde dat iedereen haar aanstaarde, bloosde ze en sloeg haar blik neer. 'Het spijt me. Het was niet mijn bedoeling om je te ondervragen.'

Dit werd steeds vreemder, en een akelig gevoel verspreidde zich door Isaacs buik.

'Kom op, dan gaan we naar binnen, voordat Eliza zich afvraagt waar we blijven.' Sterling nodigde iedereen met een gebaar uit om hem voor te gaan naar het huis.

Isaac ging naast Jenna lopen om zich ervan te verzekeren dat ze vast genoeg op haar benen stond om zelf naar binnen te kunnen lopen.

Zodra ze binnen waren, liep Jenna bij Isaac vandaan. Met een verwonderd gezicht bekeek ze het interieur. Bij sommige schilderijen en dure snuisterijen bleef ze staan om haar vingers eroverheen te laten glijden.

Af en toe perste ze haar lippen op elkaar en fronste ze verward haar voorhoofd, alsof ze sommige voorwerpen niet kon plaatsen. De anderen sloegen haar eigenaardige gedrag gade en wisselden vragende blikken uit.

'Woon je hier?' vroeg ze zacht aan Sterling.

‘Het is een van de vele woningen die ik bezit,’ antwoordde hij. ‘Maar Eliza en ik gebruiken dit niet als onze vaste verblijfplek.’

‘Het is prachtig,’ zei ze verlangend. ‘Zien alle huizen er zo uit?’

Isaacs hart brak zowat. In wat voor wereld had ze geleefd dat ze niet eens wist hoe een normaal huis eruitzag?

‘Waar ik werd vastgehouden, zag het er heel anders uit,’ zei ze triest. ‘Ik heb nog nooit een echt thuis gezien. Het moet fijn zijn om op zo’n plek te wonen.’

Alsof ze besefte dat ze iets onthulde wat ze eigenlijk niet wilde delen, klapte ze haar mond dicht en staarde naar haar handen, abrupt een eind makend aan verdere ontboezemingen. Ze liep naar de andere kant van de woonkamer en sloeg haar armen beschermend om haar bovenlichaam.

Op de gezichten van alle mannen in het vertrek verscheen intense woede.

‘Zeg, is er geen wedstrijd?’ Dex liet zich op een van de banken ploffen en richtte de afstandsbediening op de tv. Het was duidelijk dat hij probeerde de aandacht van Jenna af te leiden en iets van de spanning in de kamer weg te nemen.

Zodra de tv aanfloepte en het luide commentaar van de verslaggever het vertrek vulde, maakte Jenna een schrikbeweging en slaakte een kreet. Vol afschuw staarde ze naar de tv. ‘Wat is dat?’ vroeg ze op haast hysterische toon. ‘Wat is dat voor ding?’

Tot nu toe hadden Isaacs teamgenoten haar gedrag wat vreemd gevonden, maar nu werden ze echt bezorgd. Het was duidelijk dat ze geen van allen wisten hoe ze moesten reageren.

Isaac legde voorzichtig zijn hand op Jenna’s schouder en voelde de spanning die in golven van haar af straalde.

‘Het is een tv, liefje.’

Hij had nog nooit iemand zo verafschuwd en geschokt zien kijken.

'Zet hem uit!' zei ze met schelle stem. 'Het is een instrument van de duivel! Het is slecht. Het is niet toegestaan. Het is verboden!'

Ze was bijna in tranen en balde haar handen tot strakke vuisten terwijl Dex vlug de tv uitzette.

Eliza stak haar hoofd om de deur. 'Het eten staat op tafel, jongens. Schuif aan voordat het koud wordt.'

Isaac liet Jenna staan, zo hevig bevend dat haar tanden klapperden. Hij liep naar Eliza en zei met gedempte stem: 'Het lijkt me beter als Jenna en ik hier eten, en de rest van jullie in de keuken. Ik heb tijd nodig. Er zit iets helemaal niet goed bij haar, en ze is enorm overstuur. Deze situatie is zo bizar dat ik er geen greep op kan krijgen. Ik moet haar zover zien te krijgen dat ze me in vertrouwen neemt en me zo snel mogelijk het hele verhaal vertelt, en dat gaat ze niet doen in een kamer vol met mensen.'

'Als ik iets kan doen om te helpen, dan hoef je het maar te vragen,' zei Eliza vol medeleven.

'Dat weet ik, Lizzie, en ik stel het op prijs. Jenna is anders dan alle andere mensen die ik heb gekend. Het lijkt wel of ze een kind is in het lichaam van een volwassene, en ze weet niets over de alledaagse dingen die jij en ik als vanzelfsprekend beschouwen. Ik heb zo'n vermoeden dat ze een heel zwaar leven heeft geleid.'

'Je hoeft haar alleen maar in de ogen te kijken om te zien dat ze zwaar beschadigd is, Isaac. Je zult het rustig aan moeten doen en niet te hard moeten aandringen.'

'Ik kan alleen maar hopen dat ze me in vertrouwen durft te nemen, want tot ze ons alles vertelt, hebben we niets om op te varen. We hebben geen idee wie er achter haar aan zit, hoewel de reden daarvoor duidelijk genoeg is. We hebben dit al meegemaakt met Ramie en Ari, maar deze situatie is een stuk ernstiger. Ik vermoed dat ze lange tijd gevangen is gehouden en gedwongen werd om haar gave te gebruiken. Dat het haar is gelukt om te ontsnappen, zegt me meer dan ik aankan zonder uit mijn vel te barsten van woede.

Wie die lui ook zijn die achter haar aan zitten, ze zijn meedogenloos en zullen het niet opgeven. Ze hebben mij en Shadow neergeschoten. Zonder Jenna zou ik binnen een paar minuten zijn doodgebloed.'

Eliza's ogen vlamden.

'Haal je niets in je hoofd, Lizzie,' waarschuwde hij. 'Je bent steeds met verlof, of je het nu leuk vindt of niet, en je bent nog niet volledig hersteld van je eigen ontmoeting met de dood. Als ik ook maar een seconde vermoed dat je iets van plan bent, dan zal ik niet aarzelen om het zowel aan Sterling als aan Dane te vertellen.'

Ze wierp hem een geïrriteerde blik toe, maar liep toen naar het kookeiland om twee borden vol te scheppen, die ze samen met bestek voor hem en Jenna naar hem toe schoof.

'Ik zal ervoor zorgen dat jullie alle privacy krijgen die je nodig hebt,' zei ze, ondanks haar ergernis. 'Wade en ik vertrekken sowieso na het eten, maar hij laat een aantal van zijn mannen achter om het huis te bewaken.'

Isaac grijnsde. 'Geef het maar toe, Lizzie. Je bent gek op me.'

Ze rolde met haar ogen en gebaarde toen dat hij weg moest wezen.

Isaac liep terug naar de woonkamer, waar Jenna nog steeds roerloos op dezelfde plek stond. Met een zucht ging hij op de bank zitten en zette de borden op het salontafeltje.

'Kom een hapje eten, liefje. Ik heb geen idee wanneer je voor het laatst een fatsoenlijke maaltijd hebt gehad, maar het is vast al een poosje geleden.'

Jenna keek naar de borden en kwam aarzelend naar hem toe.

Toen ze ging zitten, snoof ze waarderend. Met grote ogen nam ze de biefstuk, gepofte aardappel en gegrilde asperges in zich op. 'Mag ik dat allemaal opeten?'

Hij fronste zijn wenkbrauwen. 'Waarom zou dat niet mogen? Zoals je ziet, heb ik mijn eigen bord.'

Ze wrong nerveus in haar handen. 'Ik ben het gewoon niet gewend dat ik zomaar mag...'

Ze brak haar zin abrupt af. Toen pakte ze haar mes en haar vork, starend naar het bord alsof ze niet kon besluiten welk deel van de maaltijd ze als eerste zou proberen.

Van het ene op het andere moment had ze haar verdedigingsmuren weer opgetrokken, en Isaac besefte dat hij die avond geen antwoorden op zijn brandende vragen zou krijgen. En dat terwijl hij al zo gefrustreerd en boos was over de delen van het verhaal die ze onbedoeld had onthuld. Waar ze ook vandaan kwam, voor wie ze ook op de vlucht was, hij vermoedde dat ze haar als een beest hadden behandeld.

Er was iets onwerelds aan haar. Ze leek omgeven door een wolk van onschuld en onwetendheid, en haar gebrek aan kennis over de meest basale dingen gaf hem de indruk dat ze geen enkele vrijheid had gekend. Dat ze een gevangene was geweest die nooit de ellendige plek had mogen verlaten waar ze werd vastgehouden. En dat ze zo weinig van de moderne wereld wist, vertelde hem ook dat ze er lange tijd had doorgebracht.

Hij zuchtte toen hij zag hoe gespannen en achterdochtig ze was. Waarschijnlijk verwachtte ze elk moment een spervuur van vragen. Hij had haar immers verteld dat hij alles wilde weten.

Hij wilde haar echter één zorgeloze avond gunnen, dus stak hij zijn hand uit en streek met zijn vingertop over haar wang.

'Eet maar lekker, Jenna. We praten wel wanneer je me voldoende vertrouwt om me te vertellen waarvoor je op de vlucht bent.

Tot die tijd moet ik je gewoon laten zien dat ik je nooit kwaad zal doen, dat ik je altijd zal beschermen en dat ik bereid ben te wachten tot je eraan toe bent om je geheimen met me te delen.'

Het scheelde weinig of hij had gekreund, want ze keek hem aan alsof hij de enige man in de wereld was. Alsof hij een held was. Háár held. Haar ogen glommen van de tranen en haar glimlach... Allemachtig, haar glimlach. Die trof hem recht in zijn ziel.

'Niemand is ooit aardig tegen me geweest,' fluisterde ze. 'Ik had de hoop opgegeven dat er goedheid in de wereld is, maar jij hebt me laten zien dat die wel degelijk bestaat. Jullie allemaal. Je zult nooit weten hoeveel dit voor me betekent.'

Hij kon wel huilen bij het horen van de oprechtheid in haar stem. De kalme, nuchtere toon waarop ze verklaarde dat niemand ooit aardig voor haar was geweest. En toch was ze een engel in een wereld die haar geen genade had getoond. Een beschadigde engel. Een met gebroken vleugels die niet kon wachten om te vliegen. Hij zwoor in stilte dat ze de kans zou krijgen om haar vleugels uit te slaan, wat hij er ook voor zou moeten doen om dat te laten gebeuren.

'En nu eten,' droeg hij haar op, met een stem die schor was van emotie. Het was het enige wat hij kon zeggen zonder te riskeren dat hij voor haar ogen zijn zelfbeheersing zou verliezen. Hij had zin om zijn vuist tegen de muur te rammen, maar het allerliefst zou hij de rotzakken in handen krijgen die haar leven zo lang tot een hel hadden gemaakt.

Opgewonden stortte ze zich op de biefstuk, en hij sloeg haar uitdrukking gade toen ze de eerste hap in haar mond stak. Ze kauwde eerbiedig en sloot toen haar ogen, diep zuchtend terwijl ze genoot van de smaak van het perfect gebakken vlees.

'Lekker?' vroeg hij plagend.

'Verrukkelijk,' bracht ze uit.

Hij keek naar haar terwijl ze de biefstuk en de gepofte aardappel met smaak naar binnen werkte, genietend van iedere hap. Hij had nog nooit iemand gezien die zoveel plezier beleefde aan zo'n eenvoudige maaltijd. Maar hoewel ze de biefstuk en aardappel tot de laatste kruimel opat, raakte ze de asperges niet aan.

'Hou je niet van groente?' vroeg hij.

Toen haar gezicht betrok, vervloekte hij zijn woorden en zijn poging om de stemming wat minder gespannen te maken.

'Groente was het enige wat ik ooit te eten kreeg,' zei ze opgelaten, haar blik neerslaand. 'En soms brood, als een beloning wanneer ik...'

Opnieuw brak ze haar zin af voordat ze nog meer informatie prijsgaf.

Hij onderdrukte de woede die in hem opborrelde, vastbesloten om deze maaltijd zo plezierig mogelijk voor haar te maken. 'Dan zal ik ervoor zorgen dat je nooit meer iets hoeft te eten waar je geen zin in hebt,' beloofde hij plechtig.

Haar glimlachje was aarzelend, maar in elk geval keek ze hem weer aan en was het grootste deel van de schaamte uit haar ogen verdwenen. Om haar nogmaals aan het glimlachen te brengen, boog hij zich naar voren, prikte haar asperges op zijn vork en legde ze op zijn eigen bord.

'Zo, nu die afschuwelijke dingen van je bord af zijn, kunnen ze je biefstuk en je aardappel niet meer bederven,' zei hij met een overdreven grijns.

Haar glimlach verbreedde opnieuw, en even voelde het alsof hij geen lucht kreeg. Hoe fragiel en beurs ze er ook uitzag, ze was de mooiste vrouw die hij ooit in zijn leven had gezien.

'Kijk eens aan. Dat is beter. Ik zie mijn meisje graag lachen.'

Ze knipperde verbaasd met haar ogen, en hij vroeg zich af of hij te ver was gegaan met zijn geplaag. Er sprak triestheid uit haar ogen, maar ook iets wat op hoop en verlangen leek, alsof ze niets liever wilde dan bij iemand horen.

Wel verdorie. Ze wist het nog niet, maar ze hoorde wel degelijk bij iemand. Ze hoorde bij hem.

Hoofdstuk 9

Al te snel druppelden de anderen de woonkamer weer binnen en trok Jenna zich in zichzelf terug. In elkaar gedoken zat ze op de bank, alsof ze zichzelf onzichtbaar wilde maken terwijl ze de anderen observeerde.

Isaac had van de behoefte aan meer zitruimte gebruikgemaakt om wat dichter naar Jenna toe te schuiven, tot ze zo dicht bij elkaar zaten dat hun bovenbenen elkaar raakten. Eliza pakte de borden van Jenna en Isaac op, maar voordat ze ermee naar de keuken kon lopen, nam Sterling ze van haar over, waarna hij zich naar haar toe boog en haar kuste.

'We moeten gaan,' zei hij tegen Isaac. 'Maar mijn mannen blijven achter om het terrein te bewaken, en als je ook maar iets nodig hebt, bel me dan.'

Jenna had Eliza en Sterling geschokt gadegeslagen, maar ze wachtte tot ze de kamer uit waren voordat ze tegen Isaac fluisterde: 'Waarom kuste hij haar?'

Hij zag aan haar dat ze helemaal in de war was, en hetzelfde gold voor hem. 'Hij houdt van haar,' zei hij simpelweg. 'Ze is zijn vrouw. Hemel, hij kan de helft van de tijd zijn handen niet van haar afhouden,' voegde hij er grinnikend aan toe.

Haar uitdrukking veranderde niet. 'Waar ik woonde, kusten de mannen hun vrouwen nooit,' zei ze zacht. 'Mij werd verteld dat ik het niet waard was om gekust te worden, om zoveel aanzien te genieten, maar de andere vrouwen werden ook nooit gekust. Ze waren gewoon bezittingen, of ze nu getrouwd waren of niet. Dus ik begrijp niet helemaal wat de bedoeling is van het kussen.'

Hij vloekte binnensmonds. Hoe oud was Jenna eigenlijk? Was ze wel meerderjarig? Ze zag er jong uit, en ze had iets onschuldigs en naïefs dat hij zelfs bij heel jonge meisjes nog nooit had gezien. Allemachtig, als ze nog niet meerderjarig was, dan betekende dat dat hij bijna twintig jaar ouder was dan zij – en dat de manier waarop hij over haar dacht, volkomen ongepast was.

'Er kunnen een heleboel redenen zijn om iemand te kussen,' zei hij met gedempte stem, zodat de anderen hem niet konden horen. Hij wist dat Jenna zich zwaar opgelaten zou voelen als iemand hun gesprek zou horen. 'Een kus kan een teken van genegenheid zijn. Van vriendschap. Maar het kan ook een indicatie van hartstocht zijn. Van liefde, of verlangen. Of je laat iemand ermee zien dat je heel veel om hem of haar geeft.'

Aan haar trieste, verlangende uitdrukking kon hij zien dat ze geen van die dingen ooit had gevoeld, of in elk geval dat niemand die dingen ooit voor háár had gevoeld.

Hij boog zich naar voren, legde zijn hand achter in haar nek om haar naar zich toe te trekken en drukte een zachte kus op haar voorhoofd.

'Zie je wel?' zei hij met hese stem. 'Zo erg is het niet, toch?'

Ze staarde hem met een vreemde blik aan. Haar wangen gloeiden, haar ogen stonden glazig en ze haalde snel en oppervlakkig adem. Toen raakte ze met een trillende hand de plek aan waar hij haar had gekust, bijna alsof ze het in haar geheugen wilde printen.

'En liefje, als er iemand het waard is om gekust te worden, als er iemand respect en genegenheid verdient, dan ben jij het wel. Die lui hebben je vast allerlei onzin op de mouw gespeld, en ik weet dat ze het zo vaak tegen je hebben gezegd dat je erin bent gaan geloven, maar ik ga je laten zien dat ze ongelijk hadden. Al is dat het laatste wat ik doe.'

Ze wendde zich af, maar niet snel genoeg om de tranen te verbergen die in haar ogen verschenen, het verdriet dat haar gezicht overschaduwde. Verdorie, wat was het vreselijk om tegen een onbekende vijand te vechten. En, erger nog, tegen Jenna's eigen, diep ingesleten overtuiging dat ze geen waarde had.

Hij wist dat hij er eigenlijk op aan zou moeten dringen dat ze zijn vragen zou beantwoorden en hem de informatie zou geven die hij nodig had. Niet alleen omwille van haar eigen veiligheid, maar ook om zijn teamgenoten te kunnen beschermen. Ze verkeerden allemaal in gevaar. Jenna's achtervolgers wilden haar koste wat kost levend in handen krijgen. Zijn teamgenoten en hij hadden echter geen enkele waarde voor hen; ze waren louter obstakels die uit de weg moesten worden geruimd.

Hij betwijfelde of hij zelfs maar weet had van een fractie van de gruwelen waaraan Jenna was onderworpen, maar de paar dingen die hij wél wist, wekten een woede in hem op die hij nooit eerder had gevoeld. Zelfs toen hij getuige was geweest van de ontvoering en marteling van Ari, Gracie en Eliza, of toen hij had gehoord over de afschuwelijke beproeving die Ramie had doorstaan voordat DSS was opgericht en Isaac voor de broertjes Devereaux was komen werken, had hij niet zulke moordzuchtige neigingen gehad als nu.

Hoe zou hij reageren wanneer hij het hele verhaal te horen kreeg? Wanneer Jenna hem in vertrouwen nam, zou hij sterk en beheerst moeten zijn. Een rots in de branding, iemand op wie ze kon leunen. Hij wist echter dat dat het moeilijkste zou zijn wat hij ooit had moeten doen. Stoïcijns luisteren terwijl Jenna hem vertelde wat ze had moeten verdragen, zonder door het lint te gaan. Het liefst zou hij om zich heen slaan en alles op zijn pad vernielen – of wat er dan ook nodig was om die vreselijke woede te ventileren die nu al in hem oplaaide, terwijl hij nog niet eens alles wist. Hij mocht zijn zelfbeheersing echter niet verliezen. Dan zou ze zich wild schrikken en zich afsluiten. Erger nog, ze zou hem buitensluiten.

Zeke verbrak de stilte. 'Ik weet dat Sterling mannen rond het huis heeft geposteerd, maar ik vind toch dat we vannacht om beurten de wacht moeten houden. Het kan geen kwaad om extra beveiligingsmaatregelen te treffen.'

Dex en Knight knikten instemmend.

'Ik ga wel als eerste,' zei Shadow, overeind komend. 'Ik wil wel eens kijken hoe dicht ik bij Sterlings mannen kan komen zonder dat ze me in de gaten hebben. We hebben er niets aan als ze hun werk niet goed doen.'

Jenna keek bezorgd naar Shadow. 'Wees alsjeblieft voorzichtig,' zei ze smekend. 'Ik heb jullie al zoveel ellende bezorgd. Ik zou het niet kunnen verdragen als er nog iemand gewond raakt of zelfs doodgaat vanwege mij.'

Shadows gezicht verzachtte, en hij kuste haar op het hoofd toen hij langs haar heen liep. Alle mannen in de kamer waren getroffen door het schuldgevoel dat uit Jenna's woorden sprak. Ze zagen eruit alsof ze het liefst direct ten strijde wilden trekken, en ze waren niet de enigen. Isaac wilde het leger aanvoeren en iedere rotzak straffen die haar leven tot een hel had gemaakt.

'Proberen jullie wat te slapen. Ik maak Dex over drie uur wakker. Isaac, jouw taak is om Jenna niet uit het oog te verliezen.'

Jenna fronste haar voorhoofd toen Shadow de kamer verliet, en toen keerde ze zich naar Isaac toe. Uit haar prachtige blauwe ogen sprak verwarring.

'Wat voor soort kus was dat?' fluisterde ze. 'Ik heb me nooit gerealiseerd dat er zoveel redenen konden zijn om iemand te kussen.'

'Dat was een kus uit genegenheid, bedoeld om je gerust te stellen,' zei Isaac. Dat mocht hij tenminste verdorie hopen. Het had hem de grootste moeite gekost om niet te grommen toen Shadows lippen haar hadden aangeraakt, al was het dan maar op haar hoofd.

Hij bracht Jenna naar een kamer aan het eind van de gang, die tussen twee andere kamers in lag. Een daarvan zou hij zelf gebruiken, en in de andere zou Dex slapen. Toen hij het licht aanknipte en ze naar binnen liepen, sperde Jenna haar ogen wijd open.

'Ga ik hier slapen?' vroeg ze met gedempte stem.

'Bevalt het je niet?' vroeg hij, volkomen bereid om met haar te ruilen als ze de kamer niet prettig vond.

'Het is de prachtigste kamer die ik ooit heb gezien,' zei ze met een zucht. Toen keek ze ongerust naar hem op.

'Wat is er, Jenna?' vroeg hij zacht.

Ze beet op haar lip en keek toen van hem naar het bed en weer terug. 'Mag ik... Mag ik in het bed slapen?'

Hij kon niet meteen antwoord geven, want hij kreeg een waas voor ogen van woede en hij moest een vloek onderdrukken. Helaas vatte ze zijn stilte als antwoord op, en haar schouders zakten omlaag. De teleurstelling droop van haar gezicht.

'Natuurlijk slaap je in het bed! Jenna, liefje... waar anders?'

Ze bloosde. 'Ik mocht nooit in een bed slapen, of zelfs maar op een stretcher. Alleen op een strozak, en soms haalden ze die voor straf weg.'

Haar ogen werden groot van schrik, en ze klapte haar mond dicht en wendde zich af. Dat was maar beter ook, want ze zou zich lam zijn geschrokken van de uitdrukking op Isaacs gezicht. Op een dag, wanneer maakte niet uit, zou hij wraak nemen op die hufters die haar hadden misbruikt. Het zou niet snel gaan en het zou niet genadig zijn. Maar wel rechtvaardig.

Gelukkig richtte ze haar aandacht op het bed, zodat ze de donderwolk op zijn gezicht niet zag. Bewonderend streek ze met haar vingers over de sprei en voelde aan de zachte donzen kussens. Haar ogen glansden van verlangen.

Hij kon geen minuut langer in deze kamer blijven zonder zijn zelfbeheersing te verliezen. Hij wilde iets kapotslaan. Hij wilde bloed zien. Het bloed van iedere persoon die verantwoordelijk was voor Jenna's gevangenschap.

'Ik ga, dan kun jij je omkleden en naar bed. Je bent doodmoe en je moet slapen,' zei hij bruusk.

Toen ze hem vragend aankeek, wees hij naar het ruime T-shirt en de korte pyjamabroek die Eliza voor haar op het voeteneind van het bed had gelegd.

'Als je iets nodig hebt, dan vind je me in de kamer hiernaast. Oké?'

'Oké,' fluisterde ze. 'Slaap lekker, Isaac.'

'Slaap lekker, liefje.'

Ze zag er zo kwetsbaar uit dat het hem al zijn wilskracht kostte om zich ertoe te zetten te vertrekken.

Bij de deur draaide hij zich nog een keer om. 'Vergeet niet, ik zit hiernaast. Er kan je hier niets gebeuren, oké?'

Ze schonk hem een glimlachje en knikte, en toen liep hij de kamer uit en deed de deur achter zich dicht.

Hoofdstuk 10

Isaac lag stil in het donker, starend naar het plafond, zijn gedachten volledig in beslag genomen door de engel met de blauwe ogen in de kamer naast de zijne. Zou ze de slaap kunnen vatten? En zo ja, werd ze dan geplaagd door nachtmerries?

Hoe kwam het toch dat ze een deel van zijn hart en zijn ziel aanraakte dat niemand tot nog toe had weten te bereiken? Hij kon een heleboel rationele verklaringen bedenken, zoals het feit dat ze zijn leven had gered. Of dat hij het als zijn levensdoel beschouwde om de onschuldigen te beschermen. Of dat ze verdwaald leek te zijn in een wereld die ze nauwelijks kende of begreep. Of dat ze hem nodig had.

De simpele waarheid was echter dat hij haar net zo hard nodig had als zij hem, en daarvoor kon hij geen enkele logische reden verzinnen.

Hij had zoveel vrouwelijke slachtoffers ontmoet die zijn hulp hard nodig hadden, de bescherming van DSS, maar geen van hen had dat bezitterige gevoel in hem gewekt. Hij had gewoon zijn werk gedaan, en steeds weer had de situatie van die vrouwen hem woedend gemaakt en zijn beschermingsinstinct aangesproken. Zo was hij; hij was er de man niet naar om werkeloos toe te zien terwijl een vrouw in gevaar verkeerde of misbruikt werd.

Jenna was echter niet zomaar een slachtoffer, niet zomaar een vrouw die in de problemen zat en bescherming nodig had. En hij had geen idee wat hij met dat besef aan moest. Hij kon het niet eens een besef noemen; het was eerder alsof hij door een openbaring was getroffen. Hij had het geweten vanaf het moment waarop ze haar handen op zijn borst had gelegd en hij haar tot in het diepst van zijn ziel had gevoeld.

Het was niet seksueel. Niet helemaal tenminste – want hij zou liegen als hij zou zeggen dat hij niet met iedere vezel van zijn lijf naar haar verlangde. Het was spiritueel, en hoewel het dwaas voelde om zijn ontmoeting met deze engel als voorbestemd te beschouwen, kon het nauwelijks iets anders zijn wanneer je vanaf de eerste aanraking een band met iemand voelde die alle lichamelijke behoeftes of verlangens ontsteeg.

Hij werd verteerd door schuldgevoel omdat hij seksuele, wellustige gedachten had over een jonge vrouw van wie hij niet eens wist of ze meerderjarig was. Ze bezat de onschuld van een kind, in het lichaam van een begeerlijke vrouw. Hemel, hoe oud ze ook was, het was duidelijk dat ze het grootste deel van haar leven in een isoleercel had doorgebracht, afgezonderd van de echte wereld. Dingen die hij en anderen als vanzelfsprekend beschouwden, brachten haar in vervoering of joegen haar angst aan.

Ze was geconditioneerd.

Hij fronste zijn voorhoofd. Het zag ernaar uit dat ze al op zeer jonge leeftijd geïndoctrineerd was. Gehersenspoeld. De mensen die haar gevangen hadden gehouden, hadden haar een alternatieve realiteit bijgebracht die in hun straatje paste, en ze hadden laten zien dat ze tot het uiterste zouden gaan om haar terug te halen. Ze beschouwden haar als een waardevol bezit. Onvervangbaar. Hij vroeg zich af wanneer haar krachten aan het licht waren gekomen, en terwijl hij over die vraag nadacht, vroeg hij zich af of haar gave haar een veel erger lot had bespaard. Zelfs de grootste domkoppen zouden zich realiseren hoe waardevol Jenna was.

Hij draaide zich om, pakte zijn mobiel van het nachtkastje en toetste Eliza's nummer in. Het was al laat en Sterling zou de onderbreking niet op prijs stellen, maar Eliza zou zijn verdenkingen begrijpen. Hij had haar advies nodig.

'Ik hoop dat je een goede reden hebt om te bellen,' bromde Eliza aan de andere kant van de lijn. 'Want ik stond op het punt om het beste orgasme aller tijden te beleven, en Wade is nijdig genoeg om mijn telefoon in het zwembad te gooien en me een week lang de toegang tot zijn bed te weigeren.'

Isaac schoot in de lach toen hij Sterling op de achtergrond hoorde vloeken.

'Verdorie, mens, kunnen we ons seksleven en jouw werk alsjeblieft gescheiden houden?'

'Schijnbaar niet,' zei Eliza bits. 'Aangezien een van mijn gewaardeerde collega's belde terwijl jij bezig was je beste kunstje te vertonen.'

'Je hebt mijn beste kunstje nog niet gezien, baby,' zei Sterling op verleidelijke toon. 'Dat bewaar ik voor als je een héél braaf meisje bent geweest. Heb je iets om naar uit te kijken.'

'Lizzy, hou op. Alsjeblieft,' zei Isaac. 'Ik smeek het je. Als je zo doorgaat, dan moet ik mijn ogen en oren uitspoelen. Ik zou niet hebben gebeld als het niet belangrijk was. Geef me een paar minuten, en dan kun je je, eh... nachtelijke activiteiten hervatten. En mocht je nog een tip willen... Als ik jou was, zou ik mijn best doen om een héél braaf meisje te zijn.'

Ze grinnikte, maar toen werd haar toon serieus. 'Waar gaat dit om?'

'Ik lag in bed aan Jenna te denken, hoe vreemd haar situatie is. Het lijkt wel of ze jarenlang getraind is om een alternatieve werkelijkheid te accepteren en de moderne wereld af te wijzen.'

'Ja, dat viel mij ook op.'

'Is het mogelijk dat ze afkomstig is uit een van die *survivalist*-groepen? Je weet wel. Terug naar de basis. De overheid en de moderne wereld zijn de vijand. Dat zou verklaren waarom ze onbekend is met de meest basale onderdelen van wat jij en ik als het dagelijks leven beschouwen.'

Eliza zweeg even. 'Zou kunnen, maar mijn gevoel zegt iets anders. Survivalist-groepen zijn zich zeer bewust van de wereld om hen heen. Dat moet ook wel. Hoe weten ze anders hoe ze moeten overleven, hoe ze moeten voorkomen dat ze worden aangevallen? En Isaac, weet je nog wat Jenna vertelde over de behandeling van vrouwen in die krankzinnige gemeenschap waar ze woonde? Dat is niet hoe deze groepen doorgaans te werk gaan – ik zeg "doorgaans" omdat er altijd uitzonderingen zijn. Ze hebben echtgenotes, families, kinderen, en die beschermen ze met hun leven. Ze behandelen ze niet als vee of fokdieren, en ze onthouden ze geen liefde en genegenheid. Ik denk dat dit een bijzonder verknipte situatie is, en dat deze mensen zich alleen maar houden aan de regels die ze zelf bedacht hebben. Dat zijn de gevaarlijkste types, omdat ze in hun eigen optiek niets verkeerd doen. Maar ze hebben het gevoel dat hun onrecht is aangedaan. Om te beginnen door Jenna, omdat zij hun de rug heeft toegekeerd, en daarna door de mensen die Jenna helpen. Het is voor hen van levensbelang om de touwtjes in handen te houden, en als de controle hun ontglipt, worden ze gevaarlijk en onstabiel. Nog gevaarlijker en onstabieler dan ze al zijn.'

'Ik wilde geen slechte herinneringen bij je bovenhalen, Lizzie,' zei Isaac zacht.

Hij kon Eliza bijna horen glimlachen door de telefoon. 'Hij is dood, Isaac, en heeft geen controle meer over me. Hij kan me alleen pijn doen als ik dat zelf toelaat, en dat kan hij alleen maar doen via herinneringen of dromen. En Wade is er bijzonder goed in om hem uit mijn hoofd te verjagen.'

Isaac lachte. 'Daar kan ik me van alles bij voorstellen. Bedankt, Lizzie. Ik wilde graag je mening horen. Ik word hier gek van. Hoewel ik weet dat we antwoorden nodig hebben, wil ik niet aandringen, haar nergens toe dwingen. Ik wil dat ze het me uit zichzelf vertelt, omdat ze me vertrouwt.'

'Begrijpelijk,' zei Eliza zacht. 'En heel slim van jou. Succes. En ik weet dat ik dit niet hoef te zeggen, maar wees voorzichtig met haar. Volgens mij scheelt het weinig of ze stort in.'

'Je hebt gelijk. Je hoeft het niet te zeggen, maar toch bedankt.'

'Graag gedaan, Isaac. En pas goed op jezelf, oké? Ik wil liever niet weer horen dat iemand om wie ik geef de dood in de ogen heeft gekeken.'

'Nu weet je hoe ik me voelde toen dat jou overkwam, Lizzie.'

'Slaap lekker,' fluisterde ze.

Isaac legde zijn telefoon terug op het nachtkastje en verstijfde toen. Zijn hand kroop automatisch naar zijn wapen toen zijn deur krakend een heel klein stukje openging. Maar toen hij Jenna zag staan, verlicht door het flauwe peertje op de gang en met warrige haren, alsof ze rusteloos in haar bed had liggen woelen, trok hij zijn hand weer terug.

'Isaac?' riep ze zacht.

'Hier ben ik, liefje.'

Aarzelend deed ze een stap naar voren. Uit haar bewegingen sprak nervositeit.

'Sorry,' zei ze. 'Ik wilde je niet wakker maken.'

'Ik was al wakker,' stelde hij haar gerust. 'Is er iets mis?'

Ze beet op haar onderlip en staarde naar de vloer. Hij wist zeker dat hij haar zou zien blozen als het licht wat beter zou zijn.

'Hé, kom eens hier,' zei hij.

Ze liep naar voren en bleef bij het voeteneind van zijn bed staan. Ze meed zijn blik nog steeds en staarde een andere kant op.

'Jenna, kijk me eens aan,' droeg hij haar vriendelijk op.

Eindelijk keek ze op, en hij schrok van de angst in haar ogen.

'Wat is er, liefje?'

'Ik wilde vragen... Ik bedoel, als je het niet erg vindt, wilde ik... Nou ja, het is stom, maar ik kan niet slapen omdat ik bang ben,' fluisterde ze. 'Zou ik misschien bij jou mogen blijven?'

Zijn hart bleef bijna stilstaan. Dit was wel het laatste wat hij had verwacht, maar hij zou haar verzoek niet weigeren. Zijn hart brak zowat bij de gedachte dat ze in de kamer naast de zijne had gelegen en niet had kunnen slapen van angst.

'Natuurlijk vind ik dat niet erg. Doe de deur maar dicht, oké? En kom dan hier.'

Ze draaide zich om en liep terug naar de deur om die te sluiten. Toen kwam ze naast het bed staan en ging tot zijn verbijstering met haar knieën opgetrokken op de grond liggen, overduidelijk met de bedoeling om daar te slapen.

'Jenna, nee.' Zijn stem klonk ruwer dan de bedoeling was.

Ze schrok van zijn toon, en tranen van vernedering welden op in haar ogen.

'Het spijt me,' bracht ze uit. 'Ik had niet moeten komen, ik had mijn plek moeten kennen. Wees alsjeblieft niet boos.'

Toen ze haastig overeind krabbelde, was hij even sprakeloos. Maar toen sprong hij uit bed en ging vóór haar staan. Zachtjes legde hij zijn handen op haar schouders en dwong haar om hem aan te kijken.

'Liefje, ik ben niet boos op jou. Ik ben boos omdat je dacht dat je op de vloer moest slapen. Je hoeft de rest van je leven niet meer op de vloer te slapen, is dat duidelijk?'

De geschokte uitdrukking op haar gezicht werd alleen maar sterker toen hij haar tengere lichaam moeiteloos optilde en haar aan de andere kant op het bed neerlegde. Toen kroop hij aan zijn kant in het bed en trok het dekbed over hen beiden heen.

'Kom hier,' zei hij, zijn stem zacht en verontschuldigend.

Ongemakkelijk schoof ze een paar centimeter in zijn richting, dus stak hij zijn hand uit, trok haar tegen zijn borst en sloeg zijn armen stevig om haar heen, zodat haar wang tegen zijn hart drukte en zijn kin op haar hoofd rustte.

Ze was zo stijf als een plank. Hij voelde de paniek die door haar aderen vloeide, haar versnelde hartslag en gestokte ademhaling.

'Ontspan je maar, Jenna,' zei hij geruststellend. 'Niemand kan je hier kwaad doen. Ben je ergens van geschrokken? Heb je iets gezien? Of gehoord?'

Geleidelijk begon ze te ontspannen, hoewel het een eeuwigheid leek te duren voordat ze zich eindelijk overgaf en haar zachte rondingen tegen zijn veel hardere lichaam vlijde.

'Het slaat nergens op,' mompelde ze. Nu ze over de eerste angst heen was, voelde ze zich duidelijk opgelaten.

'Als het op angst aankomt, zijn er geen regels, liefje. Iedereen is wel ergens bang voor, en het kan op elk moment toeslaan, zonder waarschuwing. Zelfs de kleinste aanleiding kan genoeg zijn om hem op te laten laaien. Waar ben je van geschrokken?'

'Het raam,' flapte ze eruit. 'Het zit aan de achterkant van het huis en kijkt nergens op uit. Er is alleen maar duisternis, en het raam is zo groot en zo dicht bij mijn bed, en ik moest er steeds aan denken hoe makkelijk het zou zijn voor iemand om mij via het raam te ontvoeren voordat jullie zelfs maar door zouden hebben dat ik weg was. Vroeger verlangde ik naar ramen. Ik had een hekel aan de kamer waarin ik werd vastgehouden, omdat er nooit zon naar binnen viel. Het enige wat ik zag, waren vier muren. Maar nu haat ik ramen, omdat ik weet dat ze daarbuiten op me loeren en hoe makkelijk mensen door een raam naar binnen kunnen komen.'

'Dat is niet dom, liefje,' zei hij geruststellend. 'Het is juist slim, en het betekent dat je je bewust bent van je omgeving en de mogelijke gevaren die daarin schuilen. Ik beloof je dat niemand je kwaad zal doen zolang je bij mij in deze kamer bent. Niemand kan je bij mij weghalen. Dat laat ik niet gebeuren. Durf je daarop te vertrouwen, Jenna?'

Ze kroop nog wat dichter tegen zijn borst aan. Hun benen botsten tegen elkaar aan tot hij de hare tussen de zijne klemde en haar dicht tegen zich aan hield, haar omhullend met zijn warmte en troost.

'Ik vertrouw je,' fluisterde ze. 'Ik weet dat het lijkt van niet, omdat ik je niets heb verteld, of in elk geval niet veel. Maar dat komt doordat ik me zo schaam.'

Haar stem was verstikt van de tranen, en hij vlocht zijn vingers door haar haren en drukte zijn lippen boven op haar hoofd, de zoete geur van haar zachte lokken inademend.

'Je hoeft je nergens voor te schamen, Jenna. Kon ik je dat maar laten inzien. Ik kan niemand bedenken die minder aanleiding heeft om zich te schamen dan jij. Je moet wel blind zijn om jouw zachtheid, je mededogen, je goedheid niet te zien. En je schoonheid,' fluisterde hij. 'Ik heb nog nooit zo'n mooie vrouw gezien als jij.'

Haar smalle vingertoppen groeven in zijn borst, en hij voelde dat ze trilde in reactie op zijn woorden. Toen tilde ze haar hoofd op, zodat ze hem in de ogen kon kijken.

Ze was duidelijk nerveus en zag er verlegen uit terwijl ze haar blik over zijn gezicht liet dwalen.

'Mag ik je iets vragen?' vroeg ze, zo zacht dat hij moeite moest doen om haar te verstaan.

Hij liet zijn vingers zachtjes door haar haren glijden en wikkelde haar lokken eromheen. 'Jij mag me altijd alles vragen,' zwoor hij.

'Mag ik... Mag ik je kussen?'

Hitte ontvlamde in zijn binnenste. Zijn bloed stroomde kokend door zijn aderen, zodat het leek of zijn hele kern uit gesmolten lava bestond. Hij staarde haar met hongerige, geloken ogen aan en kreunde bijna van frustratie over het dilemma dat zich aan hem presenteerde. Zodra haar verzoek tot hem was doorgedrongen, was hij keihard geworden; en het laatste wat hij wilde, was haar schrik aanjagen met een gigantische erectie.

Toen ze iets wilde zeggen, waarschijnlijk om haar woorden te herroepen of zich te verontschuldigen, legde hij zijn wijsvinger op haar lippen.

'Eerst wil ik jou iets vragen,' zei hij met hese stem.

Ze keek hem verward aan, maar ze knikte instemmend.

Hij haalde diep adem, bad dat haar antwoord niet zou tegenvallen en vroeg: 'Hoe oud ben je, liefje?'

Ze fronste haar voorhoofd, en hij vervloekte zichzelf, want opnieuw maakte de schaamte haar gezicht triest en afstandelijk.

'Ik weet het niet,' mompelde ze.

'Ik snap het niet,' zei hij, oprecht verward.

'Ik heb maar een paar herinneringen aan mijn leven voor... hen.'

Ze huiverde van afschuw toen ze het woord 'hen' uitsprak, en er verscheen kippenvel op haar armen. Hij trok haar nog dichter tegen zich aan en wreef over haar armen in een poging haar op te warmen.

'Het zijn korte flitsen, die weer verdwijnen voordat ik ze vast kan grijpen en er betekenis aan kan geven. Ik weet dat ik in elk geval een paar jaar oud was toen ik bij hen ging wonen en dat ik bijna twintig jaar bij hen ben geweest, maar het is allemaal nogal wazig, begrijp je? Ik probeerde de dagen te tellen, maar niemand kwam me halen. Ik stopte met het tellen van de dagen omdat het er niet meer toe leek te doen. Ik deed er niet meer toe,' zei ze met verstikte stem.

Hij omvatte haar kin en dwong haar om hem aan te kijken, zodat ze de oprechtheid in zijn ogen kon lezen.

'Je doet er wél toe, Jenna. Je bent belangrijk. Laat niemand je ooit nog iets anders wijsmaken. Je doet ertoe.'

Ze onderdrukte een snik en begroef haar gezicht in zijn hals, zijn schouders met beide handen vastgrijpend. Toen keek ze op en staarde hem smekend aan.

'Ik wil je kussen, Isaac, maar ik weet niet hoe het moet. Ik wil dat het alles is wat jij zei dat het kán zijn. Ik wil heel even doen alsof. Wil je me helpen?'

Hij veegde de tranen op haar wangen weg met zijn duim. 'Met alle liefde, engel.'

Hoofdstuk 11

Voor de zesde keer vroeg Jenna zich af of ze er goed aan had gedaan om naar Isaacs slaapkamer te komen. Ze wist dat het verkeerd was. Verboden. Dat ze haar voor een hoer zouden uitmaken, en erger. Maar ze wilde dit, ook al wist ze niet precies wat het was dat ze wilde.

Haar leven lang had ze geen enkele betekenis aan kussen toegekend. Voor haar was het geen uiting van genegenheid of liefde, want niemand kuste ooit iemand. De mannen behandelden de vrouwen in de groep kil en ongevoelig. Alsof ze bezittingen waren, objecten waar de mannen genot aan konden ontlenen, en verder niets. Het was nooit bij haar opgekomen dat een man een vrouw zou kussen omdat hij om haar gaf of van haar hield.

Waarom had Isaac haar gekust? Dat had hij twee keer gedaan. Niet op de mond, maar ze voelde de warme afdruk van zijn lippen nog op de plekken die hij had aangeraakt, en die gewaarwording wilde ze nooit meer kwijtraken.

Had ze de moed om hem brutaalweg te kussen? Hij leek het idee helemaal niet erg te vinden, maar misschien wilde hij gewoon aardig zijn.

Verlegen bracht ze haar lippen dichter naar de zijne toe, tot ze zijn zachte, gelijkmatige ademhaling op haar huid voelde. Ze wilde zijn lippen kussen, maar dat durfde ze niet, en dus schoof ze een klein stukje opzij en drukte haar lippen zachtjes op zijn mondhoek.

Hij kreunde zachtjes, en de greep van zijn armen om haar lichaam werd steviger, zodat ze geen kant meer op kon. Toen bracht hij zijn mond omlaag en veroverde haar lippen, net als zij bij hem had willen doen. Hij was zo voorzichtig dat de tranen haar in de ogen sprongen.

Hij nam de tijd, en de warme zachte druk van zijn lippen op de hare wekte een reactie in haar lichaam op die ze niet begreep. Toen liet hij zachtjes zijn tong over de grens tussen haar boven- en onderlip glijden, zodat ze naar adem hapte. Zijn tong drong voorzichtig naar binnen en likte het uiterste puntje van de hare, voordat hij zich uit haar mond terugtrok en haar lippen volledig met de zijne bedekte, zodat haar hele lichaam verhit en pijnlijk aanvoelde.

Toen hij zich van haar losmaakte, staarde hij haar doordringend aan, alsof hij haar reactie wilde peilen.

'Wat voor soort kus was dat?' fluisterde ze verdwaasd.

'Een kus die zegt dat ik veel om jou geef en dat je een heel bijzondere vrouw bent.'

'Doe je dat? Ben ik dat?' vroeg ze verbaasd.

Hij zuchtte. 'Ik weet niet wie jou het gevoel heeft gegeven dat je niets waard bent, maar Jenna, dat is flauwekul. Het slaat echt helemaal nergens op. Je bent verdorie een wonder, liefje, en ik bedoel niet vanwege je gave.'

'Ik vertrouw je wel degelijk, Isaac,' zei ze, hem ernstig aankijkend. 'Het spijt me dat ik je het gevoel heb gegeven dat dat niet zo is. Ik maak me gewoon zorgen. Ik wil niet dat jij of een van je mannen gewond raakt of vermoord wordt vanwege mij. Ik zou het mezelf nooit vergeven als er iets met een van jullie zou gebeuren.'

Teder omvatte hij haar wang. 'Jenna, ik wil dat je heel goed naar me luistert, oké? Er gaat jou niets overkomen, en mijn mannen ook niet. Het is onze taak om jou te beschermen. Het is niet jouw taak om ons te beschermen. Begrijp je dat?'

'Je hebt geen idee hoe meedogenloos ze zijn,' zei ze met een stem vol tranen. 'Of wat ze van plan zijn.'

'Nee, dat heb ik inderdaad niet,' zei hij kalm. 'Omdat je me niet in vertrouwen neemt. Als je mij en de anderen wilt beschermen, dan kun je me het beste alles vertellen. We kunnen ons niet op het ergste voorbereiden als we niet weten wat het ergste ís.'

Ze boog haar hoofd, overspoeld door schuldgevoel. Hij had gelijk. Wat stelde haar schaamte voor, vergeleken bij hun levens? Ze dacht alleen aan zichzelf; ze verkoos haar trots boven hun veiligheid.

'Het spijt me zo,' bracht ze uit. 'Ik weet dat je gelijk hebt. Jullie moeten alles weten. Jullie zijn zo aardig voor me geweest, terwijl ik me steeds maar schaamde, en mijn trots kan jullie allemaal het leven kosten.'

Isaac kneep geruststellend in haar armen. 'Niemand neemt jou iets kwalijk, liefje. Maar ik zal niet liegen. Het drijft me tot waanzin dat ik niet weet wat die rotzakken je hebben aangedaan. Ik zou ze het liefst allemaal met mijn blote handen vermoorden, zodat jij je veilig kunt voelen. Zodat je niet meer hoeft te vluchten en niet meer voortdurend over je schouder hoeft te kijken. Als je me de kans geeft, dan zorg ik ervoor dat niemand of niets je ooit nog kwaad doet of angst aanjaagt.'

'Ik vertrouw je,' zei ze zacht, en ze legde haar hand op zijn stoppelige wang.

Ze had nog nooit een man als Isaac ontmoet. Zo indrukwekkend, een strijder, en toch ook zo zachtaardig en geduldig dat ze er bijna van moest huilen.

'Vertel je me dan alles?' vroeg hij, over haar haren strijkend. 'En ik bedoel álles. Ik wil alles over je weten, Jenna. Wat je gelukkig maakt, wat je verdrietig maakt, waar je om moet lachen en vooral wat je pijn doet en bang maakt.'

Ze besefte niet dat ze trilde, tot Isaac rechtop ging zitten, haar op zijn schoot trok en zijn armen om haar heen sloeg. Hij wreef met zijn hand over haar rug en drukte zijn lippen op haar hoofd.

'Je trilt, liefje, en de paniek spat van je gezicht. Bij mij ben je veilig. In mijn armen kan je niets overkomen. Ik wil graag dat je ontspant en een paar keer diep ademhaalt, dat je probeert tot rust te komen. We hoeven hier niet meteen over te praten. Ik wacht gewoon tot je eraan toe bent om het te vertellen, goed? Ik zou je nooit onder druk zetten.'

Ze zweeg secondelang, worstelend met pijnlijke en vernederende herinneringen. Isaac verbrak de stilte niet. Hij bleef haar gewoon vasthouden en haar geruststellend heen en weer wiegen. Zachtjes wreef hij met zijn hand over haar rug terwijl hij geduldig wachtte, haast alsof hij de hevige strijd kon voelen die in haar binnenste woede.

'Ik hoor bij een sekte,' zei ze plotseling. Haar blik schoot meteen naar Isaacs gezicht, op zoek naar een teken dat hij haar veroordeelde. Hij reageerde echter niet en stopte ook niet met het zachte liefkozen van haar rug.

'Dat klinkt alsof het een bewuste keus was,' zei ze verbitterd. 'Maar dat was het niet. Ik was een gevangene en werd ook zo behandeld.'

Isaacs uitdrukking werd donker, maar hij zei niets. Hij wachtte slechts tot ze verder zou gaan.

'Ik ben niet altijd bij hen geweest,' zei ze triest. 'Dat denk ik in elk geval niet. Ik heb herinneringen aan mijn vroegste jeugd. Aan mijn ouders, denk ik. Ik herinner me een man – mijn vader? Hij wierp me in de lucht en kuste me dan op mijn neus.'

Tranen prikten in haar ogen terwijl ze haar best deed om de herinneringen bij elkaar te rapen, wanhopig wensend dat ze echt waren en dat ze ze vast kon houden. Dat er ooit iemand van haar had gehouden en haar had gewild.

'Hij glimlachte altijd naar me. En de vrouw... Aan haar heb ik minder herinneringen, maar ik weet nog dat ze een keer een verjaardagstaart voor me bakte en dat ik de kaarsjes uitblies.'

'Hoeveel kaarsjes?' vroeg Isaac, die haar voor het eerst onderbrak. 'Denk goed na. Hoeveel kaarsjes stonden er op je taart?'

Fronsend concentreerde ze zich op het vage beeld van de taart. De man zong een verjaardagsliedje, nogal vals, maar met een stem vol liefde. Ze deed haar ogen dicht en richtte zich op de taart. Hij was roze. Roze glazuur met een heleboel bloemen in verschillende kleuren erop. De kaarsjes stonden in een rechte lijn, en dunne sliertjes rook kringelden omhoog toen ze ze uitblies.

'Vier!' riep ze opgewonden uit. Ze staarde Isaac aan. 'Er stonden vier kaarsjes op de taart. Ik was vier jaar oud,' zei ze met gedempte stem. Toen werd haar uitdrukking triest en sloeg ze haar blik neer. 'Dat is de laatste herinnering die ik aan mijn ouders heb.'

'Je moet kort na je vierde verjaardag zijn ontvoerd,' zei Isaac zacht. 'Hoeveel jaar heb je bij de sekte doorgebracht?'

Opnieuw werd ze overspoeld door schaamte. 'Dat weet ik niet,' fluisterde ze terug. 'Het lijkt wel of de jaren in een waas voorbij zijn gegaan. De sekte vierde nooit verjaardagen. In elk geval niet de mijne.'

Isaac verstijfde, en ze voelde de woede in golven van hem af slaan.

'Ik probeerde de verjaardagen van de anderen bij te houden om de tijd te markeren, maar mensen kwamen en gingen de hele tijd.' Ze huiverde. 'Als je eenmaal lid was van de sekte, mocht je niet meer weg. Maar in de loop der jaren verdwenen sommige mensen, en dan werd er nooit meer over hen gesproken. Niemand stelde vragen over hun afwezigheid. Het was alsof ze nooit hadden bestaan.'

Isaac hield haar steviger vast en drukte een kus op haar slaap. 'Probeer er niet aan te denken, liefje. Blijf hier, bij mij, in het heden. Daar kan niets of niemand je meer kwaad doen.'

Ze leunde tegen zijn geruststellende lichaam en zweeg een

poosje. 'Ik gok dat ik negentien of twintig jaar bij hen heb gewoond. Dus dan zou ik nu drieëntwintig of vierentwintig moeten zijn.'

Isaac leek opgelucht. 'Ja, liefje, maar je lijkt zoveel jonger. Je bent zo onschuldig voor iemand van je leeftijd.'

Ze begreep weinig van zijn reactie, maar stelde geen vragen. Ze was verloren in het verleden. Nadat ze zo lang had moeten zwijgen, leek het of de dam het had begeven en de herinneringen haar overspoelden.

'Ik denk dat ze me hebben ontvoerd vanwege mijn helende gave, maar hoe konden ze weten dat ik die bezat? Ik heb nooit begrepen hoe ze dat ontdekt hebben, terwijl ik nog zo jong was. Maar van het begin af aan hielden ze me gescheiden van de anderen en haalden ze mij erbij als er iemand moest worden genezen. Ze overtuigden me ervan dat ik een instrument van God was en dat het mijn plicht was om mensen te helpen die ziek of gewond waren, maar toch werd ik in volledige afzondering gevangengehouden. De enige sekteleden die ik mocht genezen, waren de ouderlingen of anderen met een hoge positie.'

'Ouderlingen?' vroeg Isaac, met een vragende frons op zijn voorhoofd.

'Dat waren de leiders. Ze hadden absolute zeggenschap over alle anderen. Het waren er vijf. Oudere mannen. Iedereen was bang voor hen en gehoorzaamde hen. Hun woord was wet, en ze zeiden dat ze boodschappers van God waren en dat we hun woord en hun oordeel moesten beschouwen alsof die van God zelf kwamen.'

'Slim. Op die manier zorgden ze ervoor dat alle sekteleden hen gehoorzaamden en hun handelingen nooit in twijfel trokken,' mompelde Isaac.

Jenna knikte hevig. 'Ingaan tegen een ouderling was de grootste zonde die je kon begaan, en er stond een strenge straf op. Als je de ouderlingen tegensprak, dan verdween je en hoorde niemand ooit nog iets van je.'

'Grote genade,' liet Isaac zich ontvallen.

Ze staarde naar haar handen, worstelend met emoties die ze lange tijd had opgekropt.

'Wat is er, liefje?' vroeg Isaac.

'Toen ik nog heel jong was, behandelden ze me alsof ik bijzonder was. Zoals ik al zei, ze praatten me aan dat ik een instrument van God was, dat Hij me had uitverkoren, alsof ik van grote waarde was. Maar later besefte ik dat dat hun manier was om me te hersenspoelen en mijn gehoorzaamheid af te dwingen.

Toen ik ouder werd, begon ik dingen in twijfel te trekken. Waarom ze een vrouw bij de geboorte van haar kind lieten sterven, bijvoorbeeld, terwijl ik haar had kunnen redden. Ze vertelden me dat het de wil van God was en dat ik daar niet tussen moest komen. Ik was zo dom om te vragen waarom God me deze gave had gegeven als ik die alleen maar mocht gebruiken om de ouderlingen te genezen, en waarom sommige leden van de sekte genade en genezing verdienden en andere niet. Ik werd hard geslagen en toen tot een gruwel bestempeld. Een instrument van de duivel. Ze vertelden me dat het de plicht van de sekte was om de demonen uit mij te verdrijven.'

Isaac vloekte hevig en balde zijn handen tot vuisten.

'Ze droegen me op om Satan af te zweren en toe te geven dat mijn gave kwaadaardig was en niet in harmonie met de wil van God. Ik weigerde, en ze sloegen me weer. Ik werd in een ondergrondse kamer opgesloten, zonder licht, voedsel of water, en daar lieten ze me zitten tot ik te zeer verzwakt was om te kunnen eten of drinken. Pas toen kreeg ik iets aangeboden. Ik kon niet eens meer rechtop staan, laat staan lopen, toen ze me kwamen halen.

Ze sleepten me die kamer uit, waar ik zoveel dagen had doorgebracht dat ik de tel was kwijtgeraakt.'

Isaacs woede was bijna voelbaar. Zijn hele lichaam stond strak, en hij balde zijn vuisten in een uiterste poging om zich te beheersen.

Het enige waar ze aan kon denken, was dat ze hem moest kalmeren. Voorzichtig legde ze haar hand op zijn borst, en ze keek hem smekend aan. Zwijgend vroeg ze hem om rustig te blijven, en misschien probeerde ze hem ook te waarschuwen dat haar verhaal alleen maar erger zou worden. Hij legde zijn hand op de hare en gaf er een zacht kneepje in. Op die manier gaf hij niet alleen aan dat hij op haar stille verzoek inging, maar bood hij haar ook de geruststelling, de troost en de bemoediging die ze zo hard nodig had om verder te kunnen gaan.

Voordat ze haar verhaal kon hervatten, pakte hij voorzichtig haar hand, bracht die naar zijn mond en drukte zijn lippen er zachtjes op. Hij hield haar hand vast alsof het iets kostbaars en fragiels was en liet hem van zijn lippen naar zijn kaak glijden, zodat haar vingers op zijn stoppels rustten. Daar liet hij haar hand een poosje liggen, terwijl hij haar doordringend in de ogen keek. Uit zijn donkere blik sprak meer dan alleen medeleven, troost of zelfs bemoediging, maar ze kon niet precies benoemen wat ze er nog meer in las. Het bezorgde haar een volkomen onbekend gevoel. Ze had het nog nooit eerder ervaren, maar het beviel haar. Misschien een beetje te goed.

Zijn blik en aanraking veroorzaakten een intieme warmte in haar binnenste. Delen van haar ziel die al heel lang verkild waren, voelden aan alsof de zon er voor de eerste keer op scheen. Haar emotionele reactie op deze man was nog niet eens het meest verwarrende. En ook niet het feit dat ze hem zo moeiteloos vertrouwde, of dat zij, die zich nooit in haar leven veilig had gevoeld, nu het gevoel had dat niets en niemand haar ooit nog kwaad kon doen, zolang hij bij haar was.

Nee, hoezeer haar vertrouwen in deze strijder haar ook in de war bracht, ze stond nog veel meer versteld van haar lichamelijke reactie. Steeds wanneer hij haar aanraakte, wanneer hij haar zelfs maar met die doordringende, onderzoekende blik aankeek, was ze verbijsterd en beschaamd over het feit dat haar borsten opzwollen en gevoelig werden. Haar tepels tintelden en veranderden in harde knopjes die naar voren priemden alsof ze smeekten om zijn aanraking. En het meest opgelaten voelde ze zich wel over het feit dat haar intiemste lichaamsdeel vochtig en overgevoelig werd, en dat ze de plotselinge drang moest onderdrukken om zichzelf... daarbeneden aan te raken.

Ze haalde diep adem, beschaamd over haar eigen gedachten. Toen riep ze zichzelf tot de orde en bereidde zich erop voor haar verhaal af te maken.

Toen ze haar mond opendeed, drukte Isaac een tedere kus op haar handpalm, waarna hij haar hand in zijn schoot legde. In plaats van hem los te laten, vervlocht hij zijn vingers met de hare.

'Er werd een bijeenkomst belegd, en ieder sektelid moest die bijwonen. Ze sleepten me mee naar de vergaderzaal en wierpen me voor de ogen van de volledige groep op de grond. Opnieuw droegen ze me op om toe te geven dat ik het kwaad met me meedroeg en dat alleen God over leven of dood kon beslissen. Ze geboden me om Satan af te zweren, om mijn gave af te zweren en de ouderlingen om genade en vergeving te smeken.'

Tranen van woede stroomden over haar wangen toen ze de gebeurtenis herleefde alsof die pas de vorige dag had plaatsgevonden. Ze hief haar kin zodat ze Isaac recht in de ogen kon kijken.

'Ze eisten dat ik de ouderlingen om genade en vergeving zou smeken,' zei ze verbitterd. 'Niet God. Hun. Ze geloofden dat ze zelf goden waren en dat ze het recht hadden om mij van kwaadaardigheid te beschuldigen. Om te zeggen dat de duivel in me huisde, terwijl zij degenen waren die schuldig waren aan alles wat ze mij in de schoenen probeerden te schuiven.

Ik trotseerde hen. Ik ging tegen hen in. Dat was niet slim, maar hemel, ik kón niet doen wat ze van me eisten. Ik weet niet waar ik de kracht vandaan haalde om overeind te komen, maar dat deed ik, en ik keek hen een voor een recht in de ogen. Ik vertelde ze dat ze het fout hadden. Dat het kwaad in hén huisde, niet in mij. Dat God mij heeft gecreëerd en me mijn gave heeft geschonken, zodat ik anderen kan helpen. Ik vertelde ze dat Satan slecht is en dat hij nooit iemand de macht zou willen of kunnen geven om mensen te genezen, om goed te doen. Ze bonden me vast aan een paal en zeiden dat ze de demonen zouden uitdrijven, al was dat het laatste wat ze deden.'

'Allemachtig,' prevelde Isaac, haar stevig tegen zich aan trekkend. 'Liefje, hou op. Je hoeft dit niet te herleven.'

'Jawel,' zei ze met een snik. 'Je moet alles weten, Isaac. Zodat je begrijpt met wat voor soort mensen je te maken hebt en waarom ik moest ontsnappen aan de hel waarin ik zo lang heb geleefd.'

Hij legde zijn kin op haar hoofd en sloeg zijn sterke armen om haar heen, een veilige haven creërend waar het voelde alsof niets haar ooit nog pijn kon doen.

'Ik hield het vol zo lang als ik kon. Dat zweer ik,' zei ze met gebroken stem.

'Liefje, hou op,' smeekte Isaac haar opnieuw. 'Denk je dat je je tegenover mij moet verdedigen? Je hebt niets verkeerd gedaan, en ik weiger verdorie om je dat te laten denken. Je mag je niet schamen omdat je toegaf toen ze je bijna doodsloegen.'

'Dat is het nu juist. Ik was zo dom. Ze waren helemaal niet van plan om me te doden. Dat zouden ze nooit hebben gedaan. Ze straften me alleen en voerden een toneelstukje op. Pure veinzerij. Ze hadden me nodig voor hun eigen zelfzuchtige doeleinden en dachten niet aan de anderen in de sekte die mijn genezende gaven misschien nodig zouden hebben. Ze maakten me tot een paria. Het was een zorgvuldig in scène gezette manier om mij van de rest van de sekte te vervreemden, zodat de ouderlingen zeker wisten dat niemand me ooit zou helpen. Zodat ik geïsoleerd zou raken en er helemaal alleen voor zou staan. Op die manier konden ze met me doen wat ze wilden.'

Een grom ontsnapte aan Isaacs keel, zodat ze opschrok uit de gruwelijke herinneringen.

'Ze probeerden je niet alleen te isoleren, Jenna. Ze probeerden je te breken.'

'En daar zijn ze in geslaagd,' zei ze op doffe toon. Ze wendde haar gezicht af, zodat hij haar schaamte en zwakte niet kon zien.

'Onzin!' blafte Isaac, zo fel dat ze van schrik bijna van zijn schoot gleed.

Hij kalmeerde meteen, hoewel de woede nog in zijn ogen laaide, en trok haar weer in zijn armen. Hij verschoof een stukje, zodat hij haar gezicht met zijn handen kon omvatten. Zijn aanraking was verrukkelijk teder. Vederlicht gleden zijn duimen over haar wangen, zijn liefkozingen zo zacht als de vleugels van een vlinder.

'Kijk me aan, Jenna.'

Met enige tegenzin ontmoette ze zijn blik. De tranen welden opnieuw in haar ogen op toen ze de emoties in zijn blik las. Ontzag, tederheid, begrip. Medeleven, maar geen medelijden. Ze zag trots, waar ze een beetje van schrok, maar ook nog iets anders. Iets wat ze niet kon benoemen, omdat ze het nooit eerder had gezien. Het verwarmde haar vanbinnen en gaf haar een gevoel van vrede op een moment dat haar gedachten allesbehalve vredig waren.

'De vrouw die ik in mijn armen hou, is niet gebroken,' zei hij vol overtuiging. 'Ja, ze hebben je beschadigd – allemachtig, wat hebben ze je beschadigd – maar liefje, ze hebben je niet gebroken.'

Bij het horen van die woorden wilde ze nóg liever huilen.

'Waarom voel ik me dan zo gebroken, zo kapot vanbinnen?' vroeg ze met een klein, haperend stemmetje, haar keel dichtgeknepen van het snikken. 'Waarom voelt het dan alsof ik geen idee heb wie ik ben? Alsof ik niets ben, alsof ik niet eens besta? En alsof ik, zelfs al ben ik wel iemand, nooit in staat zal zijn om de stukken van die persoon weer aan elkaar te lijmen en altijd zal zijn wat zij van me hebben gemaakt?'

Isaac staarde haar aan met een blik waaruit zoveel medeleven en respect sprak dat ze zich het liefst tot een balletje zou willen oprollen, zo klein dat niemand haar ooit nog zou zien. Niet zou zien wie ze werkelijk was in plaats van de persoon die Isaac dacht te zien. Die zielige, zwakke vrouw die de kracht niet had gehad om zich te verzetten tegen datgene waarvan ze in haar hart had geweten dat het verkeerd was.

Hij keek naar haar alsof ze ertoe deed. Met een bewondering die ze niet verdiende – maar lieve hemel, wat wilde ze graag een vrouw zijn die een goede man waard was. Een man als Isaac, die elke dag tegen het kwaad vocht. Die naar haar keek zoals hij op dit moment deed. Alsof ze het verdiende. Maar dat was niet zo. Ze had hem en de mensen in zijn leven – mensen om wie hij overduidelijk veel gaf – slechts pijn, gevaar en bedrog gebracht. Hoe kon hij het zelfs maar verdragen om naar haar te kijken, laat staan met zoveel warmte, begrip en tederheid?

'Je bent niet de persoon die ze van je hebben willen maken, Jenna,' hield hij vol. 'Liefje, iedereen buigt, maar niet iedereen breekt. Als ze je hadden gebroken, als het ze was gelukt om je te vormen tot datgene wat zij voor ogen hadden, zou je dan nu hier bij mij zijn? Zou je dan de moed hebben gevonden om je tegen hen te verzetten, terwijl ze je keer op keer in elkaar hebben geslagen? Zou je dan een manier hebben gevonden om aan hen te ontsnappen en te vluchten, ondanks je angst voor de onbekende wereld die je tegemoet ging? Je kunt denken en zeggen wat je wilt, dat je een mislukking bent, dat je zwak bent en dat je niets goeds verdient. Maar liefje, iedere keer dat je zulke onzin uitkraamt, zal ik zeggen dat het nergens op slaat. Al duurt het eeuwig, ik zal je de vrouw laten zien die ik zie wanneer ik naar je kijk.'

Ze bloosde zo hevig dat het voelde alsof haar gezicht in brand stond.

'En ik zal je nog iets vertellen,' zei hij bloedserieus. 'Ik zorg ervoor dat ze je nooit meer terugkrijgen.'

Hij streelde haar wang, liet zijn knokkels zachtjes over haar huid glijden, zodat ze een tintelend spoor achterlieten.

'Ik zorg ervoor dat ze je nooit meer kwaad kunnen doen. En dat niet alleen. Mochten ze ooit gewond raken of, beter nog, op sterven liggen, dan zul jij geen vinger uitsteken om die ellendelingen te genezen.

Ik ben van plan om elk van die hufters op te sporen en hen te laten betalen voor iedere klap die ze je ooit hebben gegeven, voor iedere blauwe plek die ze je ooit hebben bezorgd en voor alles wat ze ooit tegen je hebben gezegd om jou het gevoel te geven dat je niets waard bent.'

Angst explodeerde in Jenna's hart, zo intens dat het haar bijna verlamde. 'Nee!' riep ze uit.

Isaac keek haar verbaasd aan, maar voordat hij iets kon zeggen, duwde ze zijn handen van haar wangen en sloeg haar eigen handen voor haar gezicht. Ze kreunde wanhopig, omdat ze wist dat ze hem haar laatste beschamende geheim zou moeten toevertrouwen. Datgene wat haar had gedwongen haar vluchtplan versneld uit te voeren.

'Liefje, wat is er?' vroeg hij bezorgd.

Ze keek op en zag hem ineenkrimpen toen hij de rauwheid in haar ogen zag. 'Je kunt niet achter hen aan gaan, Isaac,' zei ze hysterisch. 'De ouderlingen zijn niet degenen die me nu opjagen.'

Hoofdstuk 12

Isaac staarde Jenna geschokt aan. Een hevige woede brandde in hem, woede zoals hij nooit eerder had gekend en die hem over het randje dreigde te duwen. Was er nog meer? Werd zijn engel door een nog groter gevaar bedreigd dan hij al dacht? Hij stond er niet eens bij stil dat hij haar als zijn engel beschouwde. Ze was vanaf het allereerste begin van hem geweest, vanaf het moment waarop ze het prachtige licht van haar ziel met hem had gedeeld. Nu was ze een deel van hem, zo diep in hem verankerd dat hij niet hoefde te hopen of te denken dat hij haar ooit zou kunnen uitgraven. Op dit moment wist hij maar twee dingen: dat ze aan hem toebehoorde en dat hij haar tegen iedere bedreiging zou beschermen.

Hij stak zijn hand naar haar uit, maar ze dook weg, haar prachtige ogen overschaduwd door angst en zelfkritiek. Jammer dan. Hij sloeg zijn armen om haar heen en trok haar dicht tegen zich aan, tot ze zich niet langer tegen hem verzette en zich roerloos en snikkend tegen zijn borst aan nestelde. Zwijgend zwoor hij dat hij die ellendelingen zou laten boeten voor elke traan die ze ooit had gelaten omdat ze haar leven tot een hel hadden gemaakt.

'Jenna, liefje, kalmeer en stop met huilen,' zei hij, haar zachtjes heen en weer wiegend terwijl ze eindelijk uiting gaf aan maanden – jaren – van opgekropte pijn en ellende.

'Ik moet weten hoe ik je kan beschermen,' zei hij zacht, 'en dat betekent dat je me alles moet vertellen. Er is niets wat je niet met me kunt delen. Begrijp je dat? Er is niets waardoor ik ooit negatief over je zou gaan denken, en er is niets waardoor ik je ooit zal laten gaan.'

Ze stopte met snikken en zat helemaal stil. Zó stil dat het hem zorgen baarde. Toen keek ze naar hem op, en haar hart sprak uit haar ogen. Ze zag er zo onschuldig uit, maar hoe kon dat ook anders na het afgezonderde leven dat ze had geleid, zonder enige kennis van de wereld, behalve wat die sadistische hufters haar hadden verteld?

'Meen je dat?' vroeg ze, met iets van angst en bezorgdheid in haar stem.

Het harde staal rondom zijn hart smolt volledig. 'Ik zeg nooit iets wat ik niet meen, en ik doe geen beloftes die ik niet kan nakomen.' Hij keek haar doordringend aan, volledig open, zodat ze net zo makkelijk in zijn ziel kon kijken als hij in de hare.

Ze liet haar hoofd hangen en wrong nerveus in haar handen.

'Liefje, kijk niet zo,' zei hij. 'Vertel me waar je zo bang voor bent, zodat ik de dreiging weg kan nemen.'

'Ik wil niet dat er iets met jou of je mannen gebeurt omdat jullie mij proberen te helpen,' fluisterde ze.

'Jenna, kijk me aan,' zei hij voor de zoveelste keer. 'Vergeet je nu dat ik zonder jou dood zou zijn, en dat Shadow zonder jou in het ziekenhuis zou liggen?'

Ze keek alleen maar treuriger. 'Als ik niet had geprobeerd om je auto te stelen, zouden jullie allebei niet gewond zijn geraakt.'

'Maar dan zou ik jou niet hebben. Hier, nu, in mijn armen. Dat was het waard om bijna dood voor te gaan,' zei hij zacht.

Ze staarde hem geschokt aan en slikte een aantal keer in een poging haar emoties onder controle te krijgen. 'Het heeft niemand ooit iets kunnen schelen wat er met mij gebeurde,' zei ze zacht. 'Zolang ik maar deed wat de ouderlingen wilden.'

Isaac onderdrukte wederom de woede die in hem oplaaide en wachtte zwijgend tot ze haar laatste geheim met hem zou delen. Hij tilde haar van zijn schoot, legde haar op het matras, strekte zich naast haar uit en keerde zich naar haar toe, zodat ze elkaar aankeken.

Ze knipperde met haar ogen en bloosde ongemakkelijk. 'Dit kan niet,' fluisterde ze. 'Het is een zonde dat ik bij jou in bed lig. Het spijt me. Ik heb niet nagedacht toen ik naar je kamer kwam.'

'Jenna, luister eens heel goed naar me. Ten eerste ben ik blij dat je naar me toe kwam toen je bang was. Ik wil dat je altijd naar me toe komt als iets of iemand je angst aanjaagt. Ten tweede wil ik dat je alles vergeet wat ze je in die verdomde sekte wijs hebben gemaakt. Ze hadden het mis. Je wéét dat ze het mis hadden. Daarom wilde je zo graag ontsnappen. Niet alleen omdat ze je zo afschuwelijk behandelden en je voor hun eigen egoïstische doeleinden misbruikten. Nog los van dat alles hebben ze je de verkeerde dingen bijgebracht. Niet alleen verkeerd, maar zo verknipt dat ik het nauwelijks kan bevatten. Ik snap dat je niet in een paar minuten, een paar dagen of zelfs een paar weken los kunt laten wat ze je jarenlang hebben ingeprent, maar ik wil dat je vertrouwt op wat ik je vertel. Er is niets verkeerds aan het feit dat je in mijn bed ligt, en niet alleen omdat we alleen maar praten. Zelfs als we de liefde zouden bedrijven, zou het nog steeds niet verkeerd zijn.'

Ze keek verafschuwd. 'Nee! Dat wil ik niet. Dat wil ik nooit.' Ze huiverde. 'Dat is vreselijk.'

Hij klemde zijn kaken op elkaar en hield zijn boosheid binnen. 'Hebben ze je verkracht, Jenna? Hebben ze je met hun smerige handen aangeraakt? Hebben ze zich aan je opgedrongen? Hebben ze je ooit gedwongen om seks met iemand te hebben?'

Ze huiverde weer. 'Nee, maar ik heb gezien...' Ze schudde haar hoofd. 'Ik wil er niet over praten. Dwing me alsjeblieft niet om erover te praten,' smeekte ze.

'Ik wil maar één ding van je weten, liefje, en verder hoef je er nu nog niet over te praten.' Hij zei opzettelijk 'nu nog niet', omdat ze het later wel zouden moeten bespreken. Het was duidelijk een traumatisch onderwerp voor haar, en hij moest weten waarom. Zelfs al raakte hij zijn zelfbeheersing al kwijt bij de gedachte dat hij zou moeten aanhoren dat ze door iemand was aangerand.

'Heeft een van die rotzakken je ooit aangeraakt of je op een seksuele manier pijn gedaan?' bracht hij uit.

Ze bloosde, maar schudde haar hoofd. Godzijdank. Hij haalde een paar keer diep adem om de woede in te tomen die hem had gedreigd te verteren.

'Ik was een paria. Het was verboden. Maar niet waarom je zou denken. Het was niet omdat ze me beschermden of omdat het hun iets kon schelen wat er met me gebeurde. De ouderlingen hadden een dwaas bijgeloof – als ik ooit mijn maagdelijkheid zou verliezen, zou ik ook mijn helende gave kwijtraken. Ik was er dankbaar voor,' fluisterde ze. 'Hun onwetendheid is het enige waar ik ze ooit dankbaar voor ben geweest.'

Eindelijk kon hij weer ademhalen, tot ze haar volgende woorden sprak.

'Maar er kwam een eind aan,' zei ze, en angst overschaduwde opnieuw haar gezicht, rauwer dan de angst die ze eerder had getoond.

Voordat hij kon vragen wat ze bedoelde, ging ze verder, met een stem die even hevig trilde als haar lichaam.

'Ik was altijd van plan geweest om te ontsnappen,' bekende ze. 'Het was de enige manier om niet gek te worden: de gedachte dat ik op een dag zou ontsnappen. Maar ze hielden me continu in de gaten, en het grootste deel van de tijd zat ik opgesloten. De enige momenten waarop ik ooit uit mijn kamer weg wist te glippen, waren na een helingssessie. Omdat ik na afloop altijd zo zwak en uitgeput was, letten ze minder goed op. Ze dumpten me in mijn kamer, maar namen niet de moeite om me te bewaken. Ik overdreef mijn zwakte, deed net alsof ik na een genezing helemaal nergens meer toe in staat was. En dan glipte ik de vertrekken van een van de ouderlingen binnen, waar ze informatie bewaarden die verboden was voor de andere sekteleden. Zo kwam ik beetje bij beetje dingen te weten over de buitenwereld. Veel was het niet, omdat ik maar zo weinig tijd had om dingen te lezen. En het kwam ook door de verwarrende en tegenstrijdige leer van de sekte. Ik wist dat het jaren zou kosten om genoeg kennis te vergaren en mijn ontsnapping te plannen, maar dat kon me niet schelen. Het werd mijn obsessie, en de manier waarop ik de straffen kon verdragen.

Ik stelde me voor dat ik vrij was, dat ik ergens ver weg was en opging in de menigte. Dat niemand wist wie ik was of wat voor gave ik heb. Het enige wat ik wilde, was normaal zijn en een normaal leven leiden,' zei ze, en de tranen sprongen haar in de ogen.

'Die kans krijg je nu, liefje,' zei Isaac zachtjes. Hij omvatte haar wang en veegde het vochtige spoor liefkozend weg.

'Maar ik kan geen normaal leven leiden,' zei ze verdrietig. 'Ze zullen altijd naar me blijven zoeken.'

'Vertel me over die lui. Wie zijn ze? En als je op zo'n afgezonderde plek leefde, hoe is het dan mogelijk dat iemand buiten de sekte van je bestaan wist?'

'Omdat de ouderlingen me aan hen hebben verkocht,' antwoordde ze verbitterd.

'Wat? Aan wie hebben ze je verkocht, Jenna? Is dat de reden dat je bent gevlucht?'

Ze knikte ellendig en beet op haar lip om te voorkomen dat ze weer zou gaan huilen. 'Ik wist dat ik de gok moest wagen en moest proberen te ontsnappen, omdat ik geen tweede kans zou krijgen.'

'Aan wie hebben ze je verkocht?' herhaalde hij geduldig. 'Zijn dat de mannen die nu achter je aan zitten, die op mij en Shadow hebben geschoten?'

Ze kromp ineen. 'Ik weet niet precies wie ze zijn, maar ze zijn gevaarlijk,' fluisterde ze. 'Ze hadden wapens. Ze hadden altijd wapens. Ze boden de ouderlingen een hoop geld voor mij, maar de ouderlingen stelden voorwaarden. Een daarvan was dat ze de beschikking over mij zouden hebben wanneer ze mijn diensten nodig hadden, en een andere was dat ik ongeschonden zou blijven.'

Haar wangen gloeiden. 'Hun leider wilde me onder vier ogen spreken en vertelde me dat ik nu zijn eigendom was. Toen lachte hij en zei: "Die gestoorde rotzakken denken dat je gave zal verdwijnen als je je maagdelijkheid verliest, maar jij en ik weten allebei dat dat onzin is, toch?" '

Ze huiverde en drukte zich wat dichter tegen hem aan, hoewel hij betwijfelde of ze zich daar bewust van was.

'Hij zei dat hij er plezier aan zou beleven om me te ontmaagden, dat hij degene zou zijn die me zou ontgroenen, en dat zijn mannen me dan zo vaak konden hebben als ze wilden. Hij lachte nog harder en vertelde me dat de ouderlingen nooit meer gebruik zouden kunnen maken van mijn gave, wat hij hun ook had beloofd. Hij was van plan ze allemaal te vermoorden als ze me kwamen halen.'

Isaac vloekte hartgrondig en balde zijn handen tot vuisten, opnieuw overspoeld door de drang om te doden. Hij zou het doen ook. Hij zou ze stuk voor stuk vermoorden, zodat ze zijn engel nooit meer kwaad konden doen.

'De uitlevering zou een paar dagen later plaatsvinden, en ik wist dat ik moest ontsnappen. Ik moest het erop wagen, ook al zou ik tijdens mijn vluchtpoging sterven, want alles was beter dan aan die mannen te worden verkocht.'

Isaac kneep zijn ogen dicht. Zijn hart brak bij de gedachte dat iemand die zo onschuldig was, in haar jonge leven al aan zoveel kwaadaardigheid was blootgesteld. Dat ze de dood zo rustig had omarmd als een alternatief voor een bestaan vol misbruik en vernedering door de mannen die haar als een voorwerp hadden gekocht.

'God stond me bij,' zei ze tot zijn verbazing. Hij had gedacht dat ze al haar geloof in een hoger wezen zou hebben verloren, gezien de gruwelijke manier waarop de sekte God had afgespiegeld.

'Een van de ouderlingen kreeg een hartaanval. Hij lag op sterven, en ik werd erbij gehaald om hem te genezen. Iedereen wist hoe ernstig zijn toestand was, en tot ik hem genas, en daarna jou, had ik nog nooit iemand geheeld die zo dicht bij de dood was. Ik deed net genoeg om hem in leven te houden en deed toen alsof ik helemaal uitgeput was en nergens meer toe in staat. Ik zei tegen ze dat ik moest rusten en dat ik een tweede sessie zou moeten uitvoeren om de ouderling helemaal te genezen, maar dat hij niet dood zou gaan. En dat het na de tweede keer zou lijken of hij nooit een hartaanval had gehad en niet op het randje van de dood had gebalanceerd.'

Beschaamd sloeg ze haar blik neer. 'Ik wilde hem vermoorden, hem laten sterven,' fluisterde ze. 'Ik hielp hem alleen omdat ik wist dat het mijn laatste kans zou zijn om te ontsnappen.'

'Hij verdiende het om te sterven,' snauwde Isaac. 'Je hoeft je er geen seconde voor te schamen dat je wilde dat hij dood zou gaan. Na alles wat ze je hebben aangedaan, is het alleen maar menselijk om je zo te voelen. Zelfs God zou het je niet kwalijk nemen als je hem had laten sterven.'

Zijn woorden leken haar goed te doen, en ze haalde diep adem.

'Ze sleepten me terug naar mijn kamer en smeten me naar binnen, en daarna gingen ze allemaal terug om voor de ouderling te bidden. Te bídden,' zei ze minachtend. 'Hoe kun je tot God bidden om het kwaad in eigen persoon te redden? Het kwam niet bij ze op dat ik een ontsnappingspoging zou doen, want ze wisten hoe slecht ik er na een genezing aan toe was. En hoewel ik mijn toestand zwaar had overdreven, wás ik ook flink verzwakt. Het kostte me heel wat tijd om de kracht te verzamelen om naar de deur te kruipen en mezelf overeind te hijsen, zodat ik kon vluchten.

Ik had al eerder plattegronden in het kantoor van een van de ouderlingen gevonden, dus wist ik hoe het terrein eruitzag en welke kant ik op moest om de kortste route te vinden door het bos dat de gemeenschap omringde. Het lukte me om stilletjes het gebouw uit te glippen, en toen zette ik het op een lopen. Het was stikdonker, en ik was doodsbang. Ik kon niet zien waar ik naartoe ging, en ik kon alleen maar bidden dat ik in een rechte lijn door de bossen rende en niet in een kringetje rondliep.'

Isaacs maag ging op zijn kop staan toen hij zich voorstelde dat Jenna hulpeloos door het bos rende, nog verzwakt door de gedwongen helingssessie. Hij had nog nooit zo naar iemands bloed verlangd als hij nu verlangde naar het bloed van die ellendelingen. Hij had nog nooit overwogen om iemand in koelen bloede te vermoorden, maar op dit moment wist hij dat hij elk van hen met zijn blote handen zou verscheuren, mocht hij hen ooit te pakken krijgen.

'Kort nadat ik het bos in was gerend, hoorde ik dat ze de honden loslieten. Toen wist ik dat ze mijn ontsnapping hadden ontdekt.'

Ze huiverde en schoof nog wat dichter tegen hem aan, bijna alsof ze in hem wilde kruipen, zodat ze zich warm en veilig zou voelen.

'Ik wist dat ik maar heel weinig tijd had voordat ze me in zouden halen, dus ging ik sneller rennen en bad om genade. En om hulp. Net toen ik dacht dat er geen hoop meer was, kwam ik uit het bos op een grindweg terecht. Het begon net licht genoeg te worden om iets te kunnen zien, en een stuk verderop zag ik een oud tankstation langs de weg liggen. Ik vloog erop af, biddend dat ik mijn weg naar de stad zou vinden. Ik wist dat dat de laatste plek was waar ze me zouden zoeken, omdat ik nog nooit van het terrein af was geweest. Hoe zou ik me zelfs maar vijf minuten kunnen redden in zo'n grote stad als Houston? Ik kroop in de laadbak van een vrachtwagen die groente en fruit naar de stad vervoerde, en toen de chauffeur na een heel eind rijden stopte, sprong ik eruit en ging ervandoor.'

Ze drukte haar gezicht tegen zijn borst, en haar volgende woorden klonken gedempt door zijn huid.

'Het lot moet hebben bepaald dat ik zo dicht bij de parkeerplaats was waar jouw auto stond en dat je hem niet op slot had gedaan.'

'Ja,' zei hij rustig. 'Wat ben ik blij dat ik mijn sleutels in het contact had laten zitten.'

Ze trok zich een stukje terug, en hij zag dat ze fronste en dat haar ogen weer angstig stonden.

'Wat is er mis, Jenna?' vroeg hij met scherpe stem.

'Isaac, de ouderlingen hebben geen wapens, en zeker geen wapens waarmee ze je over zo'n grote afstand zouden kunnen raken.'

Ze pakte zijn hand en klemde die tegen haar borst, en hij voelde haar hart onder zijn handpalm tekeergaan.

'Hoe konden ze het weten?' fluisterde ze. 'Hoe is het mogelijk dat ze me zo snel hebben gevonden? Ze zouden me pas twee dagen later komen halen.'

Fronsend dacht hij na over haar woorden. 'Ze moeten het terrein de hele tijd in de gaten hebben gehouden, voor het geval je zou ontsnappen. Toen je dat inderdaad deed, zijn ze je gevolgd. Als ik je niet had gevonden toen je mijn auto probeerde te stelen, zouden ze je op de parkeerplaats hebben gegrepen. En anders zouden ze je zijn gevolgd en je van de weg hebben gedrukt. Of ze hadden je ontvoerd zodra je ergens stopte.'

'Hoe kan het dan dat jij en je mannen me vonden voordat zij er waren?'

Hij zuchtte. 'Toen mijn versterking arriveerde en we terug begonnen te schieten, werden ze afgeleid en gedwongen om zich te verdedigen. Ik betwijfel of ze weerstand hadden verwacht. Waarschijnlijk dachten ze dat ze je moeiteloos te pakken konden krijgen. Er zit een zendertje in mijn SUV dat ons regelrecht naar jou toe leidde. Helaas heb ik hén ook naar je toe geleid. Daardoor vonden ze het huis en schoten ze op Shadow toen we weg wilden gaan.'

Ze schoot rechtop in bed, en haar T-shirt spande om de weelderige rondingen van haar borsten. 'Dan zijn we hier ook niet veilig,' zei ze paniekerig.

'Maak je geen zorgen, liefje,' zei hij geruststellend. 'Als ze ergens in de buurt van dit huis zouden zijn, dan zouden we dat weten. Maar je hebt gelijk, we kunnen hier niet blijven. Ik zal wat telefoontjes moeten plegen terwijl we onze volgende stap plannen.'

Nerveus bevochtigde ze haar lippen, en Isaac kreunde bijna bij het zien van het onschuldige, sexy gebaar.

'Zal jou niets overkomen?' vroeg ze aarzelend. 'En je mannen?'

Zijn uitdrukking werd donker, en vanbinnen bevocht hij zijn woede. Ze maakte zich alleen maar zorgen om hem en zijn team. Er kwam geen woord over haar lippen over haar eigen veiligheid. Vond ze dat ze zo weinig waard was?

Natuurlijk vond ze dat. Wanneer had iemand haar ooit het tegendeel laten zien? Walging maakte zich van hem meester. Ze was haar leven lang gekleineerd, ze had keer op keer te horen gekregen dat ze onbelangrijk was, terwijl ze binnen een dag zijn hele wereld was gaan vormen.

Na een korte aarzeling sloeg hij zijn armen om haar heen, trok haar naar zich toe, begroef zijn ene hand in haar zijdezachte blonde krullen en bracht zijn mond naar haar gezicht.

Voorzichtig drukte hij zijn lippen op de hare, haar reactie peilend. Tot zijn verbazing verwelkomde ze zijn liefkozingen en kroop dicht tegen hem aan, alsof ze bestemd waren om in elkaar te passen. Hij verdiepte de kus, liet zijn tong over haar lippen glijden en verleidde haar zachtjes om ze voor hem te openen. Met een zucht deed ze haar lippen net ver genoeg uit elkaar om zijn tong in haar mond te kunnen laten glippen en de zoete smaak van de hare te laten proeven.

Niets had ooit zo goed gevoeld. Zo perfect. Ze was voor hem gemaakt, en hij voor haar, en hij zou nooit meer iets tussen hen laten komen. Hij zou keer op keer voor haar door het vuur gaan, haar beschermen tegen ieder gevaar dat haar bedreigde, want hij was nog nooit ergens zo zeker van geweest: ze hoorde bij hem. Iets wat zo goed voelde, moest wel zijn voorbestemd.

'Ik zorg ervoor dat niemand je ooit nog kwaad kan doen, Jenna,' fluisterde hij. 'Ik hoef het teken maar te geven, en mijn hele organisatie wijdt zich aan jouw veiligheid.'

Ze keek zo triest dat zijn hart zowat in duizend stukjes brak.

'Ik ben niemand, Isaac,' zei ze op een toon die hem vertelde dat ze het zelf oprecht geloofde. 'Je kunt niet alles voor mij op het spel zetten. Dacht je dat ik met mezelf zou kunnen leven als jou – of een van je teamgenoten – vanwege mij iets overkomt?'

'Je vergist je, liefje,' zei hij met zijn meest liefhebbende stem. 'Je betekent alles voor mij. Je bent mijn hele wereld. En als je denkt dat ik je zomaar laat gaan nu ik eindelijk dat deel van mezelf heb gevonden dat ik zoveel jaar heb gemist, dan zul je er snel achter komen dat je je vergist. Je hoort bij mij, Jenna. Begrijp je dat? En ik ben verantwoordelijk voor jouw welzijn, je veiligheid, je geluk. Ik zal je weer laten lachen en alles waar je ooit van hebt gedroomd uit laten komen. Als je me vertrouwt, dan zweer ik dat ik dat allemaal zal laten gebeuren.'

Ze keek geschokt en verdwaasd. Tranen zwommen in haar prachtige ogen terwijl ze hem verbijsterd aanstaarde. 'Meen je dat?'

'Ik ben nog nooit ergens serieuzer over geweest. Maar ik hoop dat dit niet van één kant komt, Jenna. Ik moet weten of je ook iets voor mij voelt. Kun je me de hoop geven dat ik hier niet alleen in sta, dat je zelfs maar een fractie voelt van wat ik voel wanneer ik in je ogen kijk, wanneer ik je aanraak, wanneer ik je kus?'

Ze bloosde en sloeg haar blik neer, maar niet op tijd om te voorkomen dat hij een diep verlangen in haar ogen las, een verlangen naar alles wat ze nooit had gehad en waar ze haar leven lang van had gedroomd. Het trof hem recht in zijn hart.

'Vertrouw me, Jenna.' Hij smeekte haast, terwijl hij nog nooit in zijn leven ergens om had gesmeekt. 'Geef me de kans om mezelf aan jou te bewijzen. Dat is het enige wat ik ooit van je zal vragen. Gewoon een kans. En je vertrouwen. Ik zal ermee omgaan als de kostbaarste geschenken die ik ooit heb gekregen.'

'Ik ben gebroken, Isaac. Hoe kun je dat willen? Hoe kun je mij willen?' vroeg ze in tranen. 'Hoe kan ik een man als jij ooit waard zijn?'

Hij trok een gezicht. 'Dat is echt complete flauwekul, en ik wil die woorden nooit meer over je prachtige lippen horen komen. Is dat duidelijk?'

Ze trilde, maar knikte. Haar wangen kleurden roze terwijl ze naar zijn lippen staarde, de lippen die haar zojuist hadden gekust. 'Ik heb het nooit geweten,' zei ze verwonderd.

Hij hield zijn hoofd schuin en legde zijn hand op haar wang. 'Waar heb je het over, liefje?'

'Dat kussen zoiets moois was,' bekende ze aarzelend. 'Zo intiem. Zoiets heb ik nooit eerder gevoeld, en ik begrijp niet goed wat het met me doet.'

Hij glimlachte teder naar haar en kuste haar opnieuw. 'Je zult het binnenkort begrijpen, liefje, samen met een heleboel andere dingen. Dat beloof ik je.'

Toen trok hij zich met een zucht terug. 'Ik wil dat je gaat liggen en probeert wat te slapen. Je bent uitgeput en hebt rust nodig voor alles wat je nog te wachten staat. Ik ga wat telefoontjes plegen en onze volgende stap plannen. Over een paar uur maak ik je wakker, en dan praat ik je helemaal bij. Afgesproken?'

Ze knikte langzaam en ging weer liggen, met haar hoofd op de zachte kussens. Toen trok hij het dekbed tot aan haar kin en gaf haar een laatste kus.

'Slaap lekker, lieve Jenna. Zorg dat je goed uitrust. Je moet sterk zijn voor alles wat er nog komt, dus beloof me dat je probeert te slapen en de details aan mij overlaat.'

'Ik beloof het.'

'Goed zo,' zei hij vol genegenheid. 'Lamp aan of uit?'

'Aan,' zei ze meteen. 'Ik hou niet van het donker.'

Hij boog zich over haar heen om haar een laatste kus te geven. 'Slaap lekker, lief,' fluisterde hij. 'Droom maar over mij.'

Hoofdstuk 13

Isaac toetste een aantal versleutelde codes in die alle DSS-leden waarschuwden dat er een noodsituatie was en dat ze zo snel mogelijk naar een van de safehouses moesten gaan. Hij zou DSS hier liever niet bij betrekken, maar na alles wat Jenna hem had verteld, besefte hij dat hij geen keus had.

Dit was veel te omvangrijk om in zijn eentje of zelfs met een klein team van collega's aan te kunnen pakken. Hij had iedere beschikbare persoon bij deze missie nodig. Het kon het verschil maken tussen leven en dood, tussen Jenna's redding en een ontvoering, waarna ze haar leven in een hel zou moeten doorbrengen.

Hij wist dat Tori, de jongste Devereaux-telg, en de vrouwen van Caleb, Beau en Zack de mannen om twee redenen zouden vergezellen. Ten eerste zouden hun echtgenoten hen nooit uit het zicht verliezen terwijl ze mogelijk gevaar liepen. En ten tweede, bedacht hij grijnzend, zouden de vrouwen er sowieso op staan om mee te komen, ook al zouden hun mannen daartegen protesteren. Zeker Ari zou zich niet laten tegenhouden. Als haar dierbaren werden bedreigd, dan stond die vrouw haar mannetje, zelfs al had ze geen ander wapen dan haar sluwe, wraakzuchtige brein.

Het was duidelijk dat Dane, Beau en Caleb niet blij waren met het feit dat Isaac en de vier nieuwste rekruten opgesloten zaten in een safehouse dat eigendom was van Eliza's man, Sterling.

'Ik waardeer het dat jullie allemaal zijn gekomen,' begon Isaac ernstig.

'Wat is er aan de hand, Isaac? Praat er niet omheen. Heeft het iets met Jenna te maken?' wilde Dane weten.

Isaac hield zijn handen omhoog terwijl Dex, Zeke, Knight en

Shadow opstonden van de bank, hun armen over elkaar sloegen en hem met een onpeilbare uitdrukking opnamen.

'We zijn hier omdat we hier willen zijn,' zei Shadow. Hij sprak zacht, maar ieder woord was duidelijk verstaanbaar. 'Dit heeft niets te maken met DSS of met onze baan, en het heeft al helemáál niets te maken met geld, dus prop je salarisstroken maar in je hol.'

Dane grinnikte, maar Beaus gezicht leek wel een donderwolk. 'Het lijkt me verstandig als je niet vergeet wie dat salaris betaalt,' snauwde hij.

'Volgens mij is Dane degene die ons heeft ingehuurd, die ons heeft opgeleid en die ons betaalt,' zei Dex. 'Dus als hij er niet mee zit – en ik heb hem nog geen bezwaar horen maken – hoef ik alleen maar verantwoording af te leggen aan hem en aan Isaac, aangezien Isaac de leiding heeft in dit onderzoek.'

Drie van de vier vrouwen die door Jenna nieuwsgierig waren opgenomen, rolden met hun ogen en trokken een gezicht naar de mannen voordat ze haastig naar Jenna toe liepen. De vierde vrouw bleef op haar plek staan, en het viel Jenna op dat ze er treurig en angstig uitzag. Nam ze het Jenna kwalijk dat zij hun levens op zijn kop had gezet?

'We zijn zo blij om je te ontmoeten, Jenna,' zei Ari hartelijk, nadat ze zichzelf en de andere twee, Ramie en Gracie, aan Jenna had voorgesteld. 'Nu je over ons drieën hebt gehoord, heb je vast gemerkt dat je minder alleen bent dan je denkt, en dat je zeker niet raar bent.'

Jenna trok haar wenkbrauwen vragend op, en Ari vertelde welke gave elk van de vrouwen bezat, hoe verschillend ze allemaal waren en hoe goed hun samengevoegde krachten van pas kwamen wanneer ze hun mannen weer eens uit de nesten moesten helpen.

Jenna's mond viel open, en Ramie en Gracie schoten in de lach. 'Dat moet je natuurlijk niet tegen hen zeggen, ook al is het de waarheid. Ze maken zichzelf het liefst wijs dat ze ons veilig thuis moeten houden, zodat ons niets kan overkomen.' Opnieuw sloeg ze haar ogen ten hemel. 'Voor het gemak vergeten ze dan dat we hun hachje heel wat keren hebben gered door onze talenten te combineren en de vijand uit te schakelen.'

Jenna keek naar de vrouw die in haar eentje aan de andere kant van de kamer stond, met haar armen beschermend om haar lichaam heen geslagen en haar hoofd gebogen, zodat niemand haar blik kon vangen.

'Wie is zij?' vroeg ze zacht. 'Ze ziet er zo... kwetsbaar uit.' Precies zoals Jenna zich voelde. Iets aan de andere vrouw raakte haar echter en maakte dat ze haar eigen penibele situatie vergat. Ze maakte zich zorgen dat de mensen die achter haar aan zaten, de gaven van de andere vrouwen zouden ontdekken.

Ramies ogen werden somber, en ze zuchtte. 'Dat is Tori. Ze is de jongere zus van Caleb en Beau. Ze heeft zoveel meegemaakt. Ook zij heeft een gave, maar voor haar levert het eigenlijk alleen maar frustratie en schade op.'

Verward trok Jenna haar wenkbrauwen op.

'Een paar jaar geleden is ze ontvoerd door een sadistische seriemoordenaar die vreselijke dingen met haar heeft gedaan voordat ze werd gered. Een paar uur voordat hij haar ging doden,' zei Ari met gedempte stem. 'Ze heeft dromen over de toekomst. Over dingen die gaan gebeuren, maar vaak kan ze de dromen niet duiden. Soms weet ze niet wie de mensen in haar droom zijn, zodat ze hen niet kan waarschuwen. En als ze over mensen droomt die ze wél kent, zijn de dromen niet duidelijk. Ze ziet beelden en situaties, maar niet de gebeurtenissen die daaraan voorafgaan. Daardoor voelt ze zich machteloos. Door haar dromen over de toekomst en haar nachtmerries over het verleden kan ze geen rust vinden en voelt ze zich nooit veilig. Logisch ook. Ik kan me niet voorstellen hoe het moet zijn om in haar schoenen te staan. Een van die dingen is al genoeg om iemand te breken, maar de combinatie van die twee? Ze denkt dat ze zwak is, maar ze realiseert zich niet hoeveel kracht je moet bezitten om te kunnen doorstaan wat zij heeft doorstaan, en nog steeds doorstaat, zonder in te storten. Ze is veel sterker dan ze zelf denkt.'

Jenna keek weer naar Tori, en haar hart stroomde over van medeleven. Ze was het met Ari eens. Dit was geen zwakke of onherstelbaar beschadigde vrouw. Als dat zo was, dan zou het haar niet lukken om het vol te houden en iedere dag weer door te komen.

Isaacs hartstochtelijke woorden doken weer in haar hoofd op, woorden die zo sterk leken op haar eigen gedachten over Tori. Hij had haar verteld dat ze niet gebroken, niet zwak was. Dat een zwakker iemand het nooit zo lang zou hebben volgehouden als zij en niet in staat zou zijn geweest om te ontsnappen.

Het was een verbijsterende openbaring, en het wierp een nieuw en onbekend licht op haarzelf. Zou hij gelijk hebben? Als het voor Tori gold, gold het dan ook voor haar? Ze zag zichzelf niet graag als een zwakke, hulpeloze en gebroken vrouw. Ze wilde sterk zijn. Ze wilde het respect waard zijn waarmee Isaac en de rest van zijn team haar leken te beschouwen. Misschien moest ze haar beeld van zichzelf bijstellen. Ophouden zich in zelfmedelijden te wentelen en zich als een hulpeloos sufferdje te gedragen. Als ze zichzelf al niet eens kon helpen, hoe kon ze dan van anderen verwachten dat die dat zouden doen?

'Je ziet eruit alsof je op het punt van instorten staat,' zei Gracie met haar zachte lieflijke stem. 'Waarom ga je niet even zitten? Dit gaat waarschijnlijk wel een poosje duren, en ik beloof je dat de meiden en ik je alles zullen vertellen als Isaac iets voor je verzwijgt.'

Ze glimlachte en onderdrukte een gaap. 'Nu je het zegt, ik ben best wel moe.'

Toen de vrouwen terugliepen naar hun mannen, trok Jenna zich aan de andere kant van de kamer terug en liet zich met haar rug tegen de muur op de grond zakken. Ze sloeg haar armen om haar knieën en trok ze naar zich toe.

Ze bekeek het tafereel vol afgunst. Toen ze zag met hoeveel liefde de mannen naar hun vrouwen keken, kreeg ze het gevoel dat ze iets miste wat ze niet eens een naam kon geven. Ze raakten hen voortdurend aan. Ze plantten kleine kusjes op hun hoofd, hun neus, hun hals, hun vingers. Iedereen voelde zich overduidelijk op zijn gemak. De ongetrouwde mannen reageerden goedgehumeurd, en afgaande op de roze gloed op de wangen van de vrouwen, genoten ze van de liefkozingen van hun mannen.

Zoiets had ze nooit eerder gezien. De mannen in de sekte kusten hun echtgenotes nooit. Ze toonden geen genegenheid, raakten hen nooit zomaar aan, plaagden ze niet. Bij het zien van de liefde die uit de ogen van deze mannen sprak, voelde ze gewoon de aanvechting om de kamer uit te vluchten.

Zou iemand ooit zo naar haar kijken? Ze was het product van de indoctrinatie van de sekte. Ze was geconditioneerd om te geloven dat het er overal in de wereld zo aan toeging als bij hen. Maar... had Isaac niet ongeveer op die manier naar haar gekeken als deze mannen naar hun vrouwen keken. En toen hij haar had gekust, was het idee dat kussen smakeloos was als sneeuw voor de zon verdwenen en was ze ondergedompeld, verdwaald in een wereld waarvan ze het bestaan nooit had bevroed. Wat betekende dat allemaal? Isaac kon toch niet zo snel zulke diepe gevoelens voor haar hebben ontwikkeld? Ze kenden elkaar nauwelijks. Aan de andere kant, hij was zo overtuigend. Of misschien zag en voelde ze gewoon wat ze wilde, stond de realiteit een heel eind af van de fantasie die ze had gecreëerd.

Hoe moest ze weten wat ze ervan moest denken? Wat ze moest geloven? Hoe kon zij, die nauwelijks iets wist over het leven buiten de sekte, weten wat echt was en wat niet? Haar brein was een chaos, en het lukte haar niet om al die nieuwe vreemde indrukken te verwerken, of om te geloven dat het gedrag van deze mensen normaal was. Stel dat zíj niet goed snik waren, en dat ze zelf als enige normaal was?

Ze verslikte zich bijna toen ze de rauwe lach onderdrukte die in haar keel opsteeg. Nee. Als iemand gestoord was, dan was zij het. Ze keek met zo'n sceptische blik naar de overduidelijke liefde tussen de echtelieden omdat het diep vanbinnen pijn deed om te beseffen dat deze vrouwen iets hadden waar zijzelf stiekem naar snakte.

Ze zou eerlijk tegen zichzelf moeten zijn, want dat was het enige wat ze nog kón doen, nu al het andere in haar leven een leugen was gebleken. De waarheid was dat ze stikjaloers was op Ramie, Ari en Gracie. Haar afgunst ging dieper dan de schaamte en de verwondingen die de ouderlingen haar hadden toegebracht. Het was geen ondiepe snee met gladde randen. Het was een rauwe wond die tot in haar ziel bloedde en die een lelijk litteken achterliet.

Was het een zonde om te willen hebben waar de meeste jonge meiden naar verlangden? In haar fantasieën hadden de bewoners van de buitenwereld heel andere relaties met elkaar gehad dan de sekteleden. Ze had gedroomd over een normaal leven met een man – een echtgenoot die van haar hield, die haar kinderen zou schenken en die zich niet bedreigd zou voelen door haar gave. Ze had echter nooit geweten of het er in de rest van de wereld écht anders aan toeging dan in de sekte. Nu ze de waarheid kende, versterkte dat haar verlangen alleen maar. Wat als het te laat voor haar was? Als ze te beschadigd was door haar verleden, als de littekens te diep waren, als niemand ooit nog met iets anders dan medelijden of walging naar haar kon kijken?

Het leek een eeuwigheid te duren tot de vrouwen en zelfs Isaac en zijn mannen eindelijk niet meer bezorgd haar kant op keken, maar onderling plannen begonnen te maken.

Ze duwde haar gezicht tegen haar knieën en wiegde heen en weer, zichzelf zo klein en zo onzichtbaar mogelijk makend, zodat niemand op haar zou letten. Ze verdroeg het medelijden en de boosheid in de ogen van de anderen niet. Zij waren tegen wil en dank bij een situatie betrokken geraakt die eigenlijk hun probleem niet was.

Ze moest hier zo snel mogelijk weg. Ze moest vluchten, zodat deze mensen, die al het goede in de wereld vertegenwoordigden, niet door haar zouden worden besmet en er niet onder zouden hoeven te lijden dat ze voor haar waren opgekomen.

Hoe graag ze ook wilde geloven dat Isaac om haar gaf, en hoe graag ze ook wilde dat zij voor hem zou zijn wat deze vrouwen voor hun echtgenoten waren, ze wist dat het geen realistische droom was. Ze zou hem het leven kosten. Misschien zou ze zelfs de andere mannen het leven kosten, en hoe moest ze de vrouwen dan in vredesnaam ooit nog onder ogen komen? Hoe moest ze zichzelf nog onder ogen komen? Hoe kon ze ooit nog in de spiegel kijken, wetend dat ze zoveel ellende en dood had veroorzaakt? Ze moest haar belachelijke dromen loslaten en de harde realiteit omarmen. Feit was dat niemand die haar na stond, ooit veilig zou zijn. Je kon van geen enkele man verwachten dat hij zijn leven lang over zijn schouder zou kijken, bevreesd dat de dood hem op de hielen zat. En ze zou er kapot aan gaan om Isaac weg te zien lopen, zeker nu ze kortstondig had ervaren hoe het leven met een man als hij zou zijn. Het deed vreselijk veel pijn om nu bij hem weg te gaan, maar als hij zou vertrekken nadat hij korte tijd de hare was geweest, zou haar hart onherstelbaar breken.

Het moest zo gaan. Niet alleen voor haar eigen zelfbehoud, maar ook ter bescherming van Isaac en alle anderen in deze kamer. Ze sloot haar ogen en nam even de tijd om zichzelf te sterken in haar besluit, beseffend dat dit haar enige optie was.

Op het moment dat ze haar hoofd een klein stukje optilde en naar de anderen gluurde, verstijfde ze. Wat een sufferd was ze! Als Gracie inderdaad gedachten kon lezen, was Jenna's plan waarschijnlijk kansloos. Hoe langer ze naar de vrouwen in de groep keek, hoe meer bittere afgunst er in haar opsteeg. Ze haatte hen niet en wenste hun geen kwaad toe, maar ze was stikjaloers op alles wat deze vrouwen hadden en zij niet.

Ze legde haar hoofd weer op haar knieën, voor het geval iemand haar zag staren, en om te voorkomen dat Gracie in haar hoofd zou kunnen kijken. Ze dook in elkaar en probeerde zich onzichtbaar te maken, terwijl ze ondertussen met gebogen hoofd naar de mensen gluurde die een paar meter verderop stonden. Bijna begon ze hysterisch te lachen, maar ze hield zich in en haalde diep adem, zichzelf dwingend om kalm te blijven.

Hoe dacht ze precies aan deze mannen te kunnen ontsnappen? Boos riep ze zichzelf tot de orde. Ze had er al een onmogelijke vlucht op zitten, en als ze het één keer kon, dan kon ze het nog een keer. Ze moest gewoon in zichzelf geloven. Maar eerst moest ze een uitweg zien te vinden, en daarna moest ze toeslaan wanneer de anderen het zo druk hadden met het smeden van plannen dat ze niet op haar letten.

Van frustratie blies ze zachtjes haar adem tegen haar knieën. Wie hield ze voor de gek? Seconden geleden had ze zichzelf nog voorgehouden dat ze eerlijk tegen zichzelf moest zijn, en nu haalde ze zich in het hoofd dat het haar best zou lukken om onopgemerkt weg te glippen. Ze kon echter niet besluiten wat erger was. Liegen tegen zichzelf of pessimistisch zijn. Het zou haar geen van beiden helpen om aan deze situatie te ontsnappen.

Ze weigerde echter om zich zomaar gewonnen te geven, hoe klein haar kansen op succes ook waren. Dus besloot ze om te stoppen met mokken en zwelgen in zelfmedelijden. Er was altijd een manier. Ze moest die alleen zien te vinden.

Zo onopvallend mogelijk pakte ze de speurtocht weer op. Tijdens haar gevangenschap in de sekte had ze geleerd om oneindig geduldig te zijn. Ze had geweten dat ze het juiste moment moest afwachten, en dat ze niet moest vluchten voordat ze een perfect plan had gesmeed. Een tweede kans zou ze immers niet krijgen. Een beetje geluk kon echter nooit kwaad, en ze kon alle geluk gebruiken.

Heel stilletjes en onopvallend tilde ze haar hoofd een stukje op en speurde de kamer af op zoek naar een uitgang die niet werd versperd door de mannen van DSS. Hemel, die kerels waren zo groot dat een van hen al een onoverkomelijk obstakel vormde.

Haar adem stokte toen haar blik op een luik in de vloer viel dat waarschijnlijk toegang gaf tot een kelder. Het was klein, en de grote gespierde mannen zouden er vermoedelijk nauwelijks doorheen passen. Voor haar, met haar slanke figuurtje, zou het echter niet te veel moeite moeten kosten om erdoorheen te glippen. Het luik zag eruit alsof het in jaren niet meer was gebruikt. Ze wist dat dit een van de best beveiligde safehouses van DSS was, dus gokte ze dat het luik toegang zou geven tot een vluchtroute, voor het geval het huis ooit belegerd zou worden.

Het luik bevond zich niet ver bij haar vandaan, en als ze er langzaam en vooral stilletjes naartoe kon schuiven, zou ze erdoorheen kunnen glippen voordat iemand in de gaten zou hebben wat er gebeurde.

Als ze eenmaal in de kelder was, moest er een manier zijn om weg te komen. Deze mannen zouden zich overal op hebben voorbereid, en waarschijnlijk waren er meerdere vluchtroutes, voor het geval het safehouse werd ontdekt en de andere uitgangen door de vijand werden geblokkeerd.

In gedachten hield ze een peptalk voor zichzelf, hoewel paniek haar bij de keel greep en over dreigde te gaan in hysterie. *Verman je, Jenna!* Het enige wat ze hoefde te doen, was het luik zo stilletjes mogelijk opzijschuiven, erdoorheen glippen, het weer op zijn plek schuiven, op zoek gaan naar de uitgang en ervandoor gaan alsof haar leven ervan afhing.

Niet háár leven. Isaacs leven. De levens van de mannen en vrouwen van DSS. Mensen die ze niet in gevaar kon en mocht brengen.

De eerste keer had ze ook haar weg in de stad weten te vinden, hoewel ze nog niet ver was gekomen toen ze Isaac tegen het lijf was gelopen en in de problemen was geraakt. Maar daar ging het niet om. Ze had het eerder gedaan, en ze kon het weer. Ze mocht zich niet door angst laten verlammen en moest zich realiseren dat dit geen spelletje was. Als ze faalde, zouden ze haar te pakken krijgen, en mogelijk zou dat iedere persoon in deze kamer het leven kosten. Als ze slaagde, kon ze blijven ademhalen en verdwijnen naar een plek waar ze nooit meer iemand in gevaar zou brengen.

Die gedachte bracht haar onmiddellijk tot bezinning, en ze nam zich voor om deze keer extreem voorzichtig te werk te gaan en niemand te vertrouwen. Ze had geboft dat Isaac iemand was gebleken die ze kon vertrouwen, maar stel dat ze had geprobeerd om de auto van iemand anders te stelen? Zonder Isaac zou ze nu in handen zijn van wrede monsters. Niet iedereen was zo goed als Isaac en zijn mannen, en van nu af aan zou ze geen enkel risico nemen, om te voorkomen dat iemand haar vertrouwen zou winnen en het vervolgens zou schaden.

Toen ze de eerste keer was gevlucht, had de angst haar kracht gegeven. Het had de adrenaline opgewekt die ze nodig had gehad om haar plan uit te voeren. Deze keer kon ze daar echter niet op rekenen. Als ze hier weg wilde komen en in leven wilde blijven, moest ze slim zijn en haar hoofd gebruiken.

Het maakte niet veel uit waar ze in de stad naartoe ging, zolang ze maar bij donkere steegjes en slecht verlichte straten vandaan bleef. Verdachte buurten. Alles wat haar zesde zintuig voor gevaar prikkelde. Deze keer zou ze scherp luisteren, in plaats van roekeloos door de straten rennen, wanhopig op zoek naar iets of iemand die haar bij haar vlucht kon helpen.

Ze moest zorgen dat ze in de drukke gedeeltes van de stad bleef, waar ze kon opgaan in de menigte. Winkelstraten. Een groot winkelcentrum, misschien. Het zou makkelijk zijn om zich onopvallend voort te bewegen tussen de duizenden mensen die rondscharrelden als mieren bij een mierenhoop.

Voordat ze haar plan uit kon voeren, moest ze echter een paar belangrijke dingen veranderen. Haar uiterlijk was simpelweg te opvallend, te herkenbaar. Daar moest ze iets aan doen, en grondig ook.

Haar haar en gezicht waren bepaald niet onopvallend. Isaac had haar 'een engel' genoemd – zijn engel – op een toon die haar het gevoel had gegeven dat hij haar écht als een engel zag, met haar lange, lichte, bijna witte haren, haar opvallend blauwe ogen en haar haast doorzichtige huid.

Ze moest haar haar verven. Ze wist dat het stom en ijdel was, maar ze kon zich er niet toe zetten om de lange lokken af te knippen. Het was haar enige daad van verzet. De ouderlingen hadden keer op keer gedreigd om haar hoofd kaal te scheren en haar op die manier tot nederigheid en gehoorzaamheid te dwingen. Ze had echter gezworen dat ze liever een eind aan haar eigen leven zou maken dan nog één lid van de sekte te genezen als ze dat dreigement zouden uitvoeren.

Uit de angst in hun ogen was gebleken dat ze wisten dat ze niet blufte, en dat klopte ook. Ze was al zoveel kwijtgeraakt. Waarom ging ze er überhaupt nog mee door? Het was een vraag die ze zichzelf in de loop der jaren tientallen keren had gesteld, om zichzelf vervolgens in slaap te huilen omdat ze geen antwoorden had.

Misschien waren ze overtuigd geraakt door de pure wanhoop die in haar gelaatstrekken geëtst stond, of door de uitzichtloze blik in haar ogen, waaruit sprak dat de dood de ultieme vrijheid voor haar was, een vrijheid waar ze diep naar verlangde. Hoe dan ook, ze hadden hun dreigement niet uitgevoerd. Wel hadden ze haar bewaking verdubbeld en haar gedwongen om te eten, of ze nu wilde of niet.

Ze duwden regelmatig een slangetje door haar neus en hielden haar in bedwang terwijl ze haar sondevoeding toedienden. Kennelijk vreesden ze dat ze inderdaad een eind zou maken aan haar leven, en daarmee aan al haar pijn, vernedering en ellende.

Ze zou zich moeten schamen dat ze hen in die waan had gelaten. Dat ze hen had laten denken dat ze zo zwak was dat ze liever zelfmoord zou plegen dan tot haar laatste snik voor haar vrijheid te vechten. Ze had er echter kostbare tijd mee gewonnen, tijd die ze nodig had gehad om de belofte waar te maken die ze zichzelf had gedaan toen ze nog maar een jong meisje was dat opgesloten zat op een plek waar ze de stank van het kwaad kon ruiken en er zo misselijk van werd dat ze 's avonds vaak alles weer uitspuugde wat ze haar gedurende de dag hadden gedwongen te eten.

Hoewel ze weigerde om zelfs maar een centimeter van haar haar af te knippen – iets wat wel eens de grootste fout van haar leven kon blijken te zijn – kon ze haar uiterlijk op andere manieren veranderen. Ze kon haar lokken verven, in een kleur die zo afweek van die van haarzelf dat niemand haar ooit zou herkennen. Rood was geen optie. Ze zag zichzelf gewoon niet als een roodharige. Maar donkerbruin kon wel, of zelfs zwart.

Ze dacht er even over na en besloot haar haar zwart te verven, inktzwart, zoals een sterreloze nachtelijke hemel. Dat bood haar de beste kans om zich door de schaduwen voort te bewegen zonder ontdekt te worden. Met een beetje geluk zou de hemel bewolkt zijn, zodat de maan en de sterren haar niet met hun licht zouden verraden. Dan zou ze de beste kans maken om niet gevonden te worden.

Beter nog, het zicht zou beperkt zijn tot hooguit een meter, in plaats van een grotere afstand.

Ze had nieuwe kleren nodig, iets heel anders dan de vodden waarin ze uit de sekte was gevlucht, maar tegelijk iets wat geen aandacht op haar zou vestigen. Nee, ze moest er... doorsnee uitzien. Een spijkerbroek. Eentje zonder scheuren of gaten erin. Een broek die haar paste en niet twee of drie maten te groot was, zodat ze eruitzag alsof ze hem uit een vuilnisbak had gevist.

Haar bovenkleding zou juist ruim moeten zijn, om haar rondingen te verbergen. Ze had haar volle borsten, heupen en billen – waar mannen naar staarden met een blik die haar angst aanjoeg – vaak vervloekt.

Een sweater zou perfect zijn, en gelukkig was het winter, hoewel het rond Houston nooit erg koud werd. Bijkomend voordeel: een sweater was verhullend genoeg om geen beha te hoeven dragen.

Shit, ze vergat iets. Ze kon niet zonder schoenen, en schoenen waren duur. Misschien kon ze een betaalbaar paar bij een tweedehandswinkel op de kop tikken, wanneer ze op zoek ging naar de andere spullen die ze nodig had voor haar vermomming.

Ze kromp ineen toen ze nog iets bedacht. Zoals Isaac zo geduldig aan haar had uitgelegd, was het niet realistisch dat ze de ideeën die haar haar hele leven waren ingeprent, zomaar los zou kunnen laten. Het zou tijd kosten om te ontdekken hoe de echte wereld in elkaar stak en welke omgangsnormen er in de maatschappij golden. Om de walgelijke beginselen los te laten die de ouderlingen in de hoofden van jonge, makkelijk te beïnvloeden mensen plantten. Dat kon niet van de ene op de andere dag. Isaac had gezegd dat het haar weken, maanden of zelfs nog langer kon gaan kosten om zich aan te passen en om niet alleen aan zichzelf, maar ook aan anderen toe te geven dat de mensen die haar gevangen hadden gehouden, haar de ene na de andere leugen door de strot hadden geduwd.

Ze zette deze zorgen resoluut van zich af en besefte dat ze make-up zou moeten kopen en ermee zou moeten experimenteren, of naar een specialist zou moeten gaan die haar kon leren hoe ze haar gezicht kon veranderen.

Ze had haar haren altijd los gedragen, niet omdat ze dat zelf wilde, maar omdat de ouderlingen haar dat hadden opgedragen, en ze kon niet wachten om het op te steken, zoals ze andere vrouwen had zien doen. Ze vond het er mooi uitzien. Zorgeloos, zelfs. Alsof het die vrouwen niets kon schelen wat anderen van hen dachten, en ze hun haren gewoon droegen zoals zij het zelf het prettigst vonden. Ze zou er alles voor overhebben om zich zo zelfverzekerd te voelen.

Terwijl ze het lijstje in gedachten opnieuw doornam om te controleren of ze niets was vergeten, zonk de moed haar in de schoenen. Hete tranen prikten in haar ogen vanwege de dwaze gedachte dat ze normaal zou kunnen zijn, zonder te worden achtervolgd door maniakken die iedereen uit de weg zouden ruimen die haar probeerden te helpen. Het was een onmogelijke droom, en ze veegde haar natte wangen droog, woedend dat ze zich in zelfmedelijden wentelde terwijl ze een plan zou moeten smeden om hier zo snel mogelijk weg te komen.

Ze had geen geld, en toen ze dat besefte, maakte haar maag een rare buiteling en schudde ze haar hoofd. Het was overduidelijk dat de man van Eliza in het geld zwom. In feite leek geen van Isaacs mannen of Isaac zelf om geld verlegen te zitten. Zouden ze een paar honderd dollar überhaupt missen? Ze zou niet méér meenemen dan ze nodig had om de nodige veranderingen in haar uiterlijk aan te brengen, en daarna kon ze op zoek gaan naar een baantje. Die gedachte maakte haar echter alleen maar wanhopiger.

Ze had geen geboortebewijs. Geen identiteitskaart. Geen idee hoe oud ze precies was of hoe ze voluit heette. Geen enkele werkervaring, behalve als slaaf van een stelletje megalomane sekteleiders, en dat leek haar nauwelijks iets wat in haar voordeel zou werken bij een sollicitatie.

Bovendien wilde ze geen baan die haar alleen maar aan de schaamte en de vernedering van haar vroegere leven zou herinneren. Ze kon niet kieskeurig zijn. Dat besefte ze heel goed. Ergens wist ze wel dat ze dankbaar zou moeten zijn voor iedere baan die ze kon krijgen, maar alles in haar protesteerde ertegen dat ze behandeld zou worden als iemand die minder kon en minder waard was dan andere mensen.

Ze sloot haar ogen en wiegde harder heen en weer. Haar tranen doorweekten de knieën van haar spijkerbroek. Toen dook er een vage herinnering in haar hoofd op, en ze fronste haar voorhoofd. Het was een herinnering van een paar jaar geleden, een van de weinige keren dat het haar was gelukt om ongezien het kantoor van een van de ouderlingen binnen te glippen. Ze had de plattegrond van de gebouwen en het terrein bestudeerd en de beste vluchtroute uitgestippeld, maar toen had ze een recente krant zien liggen en die uit nieuwsgierigheid doorgebladerd. Ze was gestopt bij een artikel waarin stond dat steeds meer bedrijven hun werknemers zwart uitbetaalden, zonder te vragen naar referenties, een identiteitsbewijs, werkervaring of zelfs leeftijd. Welke persoon met enig gezond verstand zou haar in dienst nemen zonder iets over haar te weten, zelfs al werd ze zwart uitbetaald?

Toch was het een verleidelijk idee. Het zou een droom zijn die uitkwam. Ze kon werken tot ze genoeg geld had gespaard, en dan kon ze de stad verlaten en een veilige plek zoeken om een nieuwe start te maken. Een plek waar niemand wist wie ze was of waartoe ze in staat was. Ze zou gewoon een anonieme inwoner zijn. Hoe hard ze het ook probeerde, ze kon haar opwinding niet onderdrukken. Het was stom om hoop te koesteren die waarschijnlijk weer de bodem zou worden ingeslagen, maar ze moest het proberen. Opgeven lag niet in haar karakter. Anders zou ze al jaren geleden hebben gedaan wat de ouderlingen van haar wilden.

Hoofdstuk 14

Isaac was zo druk bezig geweest met het plannen van hun strategie dat hij het laatste halfuur niet meer op Jenna had gelet. Zodra hij dat besefte, draaide hij zich geschrokken om en keek of ze er nog was. Toen hij haar tegen de muur aan de andere kant van de kamer zag zitten, met haar benen beschermend tegen haar borst geklemd, versnelde zijn hartslag. En toen hij het veelzeggende trillen van haar schouders zag, vloekte hij binnensmonds.

Haar gezicht was verborgen tegen haar knieën en haar haren hingen voor haar gezicht, zodat haar uitdrukking volledig schuilging achter het zijdezachte gordijn. Hij hoefde haar echter niet te zien om te weten dat ze stilletjes zat te huilen en haar best deed om haar verdriet voor de anderen te verbergen. Ze zag er zo eenzaam en kwetsbaar uit dat hij een steek in zijn hart voelde, en hij zwoor om haar pijn weg te nemen. Ze leed, maar dat gold ook voor hem, omdat hij het niet verdroeg dat deze beeldschone, onzelfzuchtige vrouw zoveel verdriet had. Het bezorgde hem een gevoel van machteloosheid, een emotie die hij in zijn werk maar zelden meemaakte.

Ze was echter geen werk, geen opdracht. Ze was verdorie alles.

'We zijn klaar,' zei hij met scherpe stem, zonder zijn blik van Jenna's verslagen gestalte af te wenden. Hij vond het vreselijk dat ze in stilte zat te huilen en probeerde om hen niet tot last te zijn – tot last, nota bene! Hij liep naar haar toe, bukte, sloeg zijn armen om haar heen en trok haar overeind, haar geschrokken kreetje negerend. 'Stil maar, liefje,' mompelde hij, terwijl hij haar optilde en naar de slaapkamer droeg. 'Laat mij voor je zorgen. Je hoeft je nergens druk om te maken. In mijn armen hoef je nooit bang of onzeker te zijn.'

Ze ontspande en nestelde zich dicht tegen hem aan terwijl hij de slaapkamer binnenging en de deur achter hen dichtduwde. Hij liet haar pas los toen hij haar op het bed had gelegd, en toen keek hij een poosje op haar neer. Met tegenzin liet hij haar een paar seconden alleen om een van zijn ruime T-shirts te pakken, zodat ze iets had om in te slapen.

Hij liep terug naar het bed en begon haar uit te kleden, langzaam, om haar geen schrik aan te jagen. Ze slikte, en een kleine zucht ontsnapte aan haar volle lippen. Haar wangen kleurden rood toen ze haar armen vlug om haar bovenlichaam sloeg om haar borsten te bedekken.

'Je hoeft niet verlegen te zijn, Jenna. Je bent perfect. Zo mooi dat het pijn doet. Ik wil dat je iets comfortabels aantrekt om in te slapen. De meisjes hebben kleren en schoenen voor je meegebracht, maar vanavond slaap je in mijn T-shirt; zie het maar als een soort verbintenis tussen ons beiden.'

Ze bloosde weer, maar deze keer glansden haar ogen van vreugde, en haar treurige uitdrukking verdween als sneeuw voor de zon terwijl ze vol aanbidding naar hem staarde. Ze gaf hem het gevoel dat hij een held was, de enige man in de wereld. En zolang hij de enige man in haar wereld was, lukte het hem om adem te halen zonder te worden overspoeld door de steeds aanwezige angst haar te verliezen. De angst dat ze uit zijn wereld zou verdwijnen en ieder kruimeltje van goedheid en licht met zich mee zou nemen.

Hij besefte wederom dat ze zijn hele wereld vormde, dat er voor hem niemand anders bestond, maar hij moest ervoor zorgen dat hij dezelfde plek in haar wereld en haar toekomst in zou nemen. Hij zou er alles voor overhebben om haar tot de zijne te maken, om haar zo stevig aan hem te binden dat er voor hen beiden geen hoop meer was op ontsnapping.

Met trillende handen trok hij het shirt over haar hoofd en schoof het langzaam omlaag. Zijn knokkels gleden zachtjes langs de rondingen van haar borsten. Ze hapten allebei naar adem, en plotseling waren haar pupillen zo groot dat ze haar lichtblauwe irissen vrijwel helemaal bedekten. Er was nog maar een smal ringetje zichtbaar rond de donkere cirkels.

Haar borst zwoegde op en neer, alsof ze moeite had met ademhalen, maar zelf hield hij zijn adem al in sinds hij haar verleidelijke rondingen had ontbloot om haar zijn shirt aan te trekken. Zijn borst brandde van het zuurstoftekort, en pas toen ze weer helemaal bedekt was, lukte het hem om lucht in zijn hunkerende longen te zuigen.

'Nu moet je slapen, liefje,' zei hij, terwijl hij haar instopte. 'Je hebt een zware dag voor de boeg, en misschien is dit wel je laatste kans om goed uit te rusten.'

Plotseling keek ze bezorgd, en het leek of ze iets wilde vragen, maar het niet durfde.

'Wat is er, liefje?'

'Waar ben jij vannacht?' vroeg ze met afgewende blik.

'Waar je maar wilt,' zei hij simpelweg. 'Wil je dat ik hier blijf? Wil je dat ik bij jou in bed slaap?'

Nerveus bevochtigde ze haar lippen, en even lag er een zweem van triestheid in haar ogen. 'Ik wil dat je me vasthoudt,' zei ze met trillende lippen. Wat ging er in haar hoofd om? Waar dacht ze aan? Het dreef hem tot waanzin dat hij niet in één klap alle zorgen, alle angst en alle verdrietige gedachten uit haar hoofd kon verjagen.

'Ik wil niets liever dan dat je in mijn armen slaapt,' zei hij. Hij legde zijn vinger onder haar kin en tilde die op, zodat hij zijn diepste verlangen kon volgen en haar mond kon veroveren.

Hij wilde dat haar smaak op zijn tong gebrand zou worden en dat haar geur zijn neusgaten zou vullen tot hij haar elke minuut van elke dag kon ruiken en proeven.

Het kostte hem al zijn zelfbeheersing om hun kus te verbreken.

Hij wilde zó graag met haar naar bed dat het pijn deed. Ze verdiende het echter om aanbeden te worden. Hij wilde met zorg, aandacht en respect de liefde met haar bedrijven, wanneer ze alle tijd in de wereld hadden, en niet wanneer ze elk moment konden worden gestoord omdat het safehouse werd aangevallen.

Het zou echter binnenkort gebeuren. Zodra ze haar naar een veilige locatie hadden gebracht, een plek die zo afgelegen en versterkt was dat niemand er zelfs maar in de buurt zou kunnen komen zonder zijn ongeluk tegemoet te lopen. Opnieuw was hij Sterling zijn dankbaarheid verschuldigd, en niet voor de eerste keer bracht hij zichzelf in herinnering dat Sterling heel anders was dan hij leek. De man was een eigenheimer die zich slechts aan zijn eigen regels hield, en hij nam de bescherming van zijn vrouw bijzonder serieus. Nu bood hij Jenna dezelfde bescherming. Isaac was niet te trots om alle hulp te accepteren die hij kon krijgen, zolang zijn engel maar geen gevaar liep. En als ze eenmaal veilig verscholen zaten in Sterlings ondoordringbare fort, zou Isaac claimen wat hem toekwam en Jenna zo stevig aan zich binden dat ze nooit meer vrij van hem zou zijn.

Hij kleedde zich uit tot op zijn boxershort, en hij moest bijna glimlachen om Jenna's verlegen blik, vol nieuwsgierigheid en vrouwelijke waardering. Haar onschuld betoverde hem. Hij had nooit veel waarde aan maagdelijkheid gehecht. Het besef dat hij Jenna's eerste – en laatste – minnaar zou zijn, de enige man die haar ooit zou bezitten, maakte echter een hevige bezitsdrang in hem wakker.

Zijn innerlijke holbewoner kwam grommend naar de oppervlakte, en hij voelde de drang om op zijn borst te trommelen en zijn territorium te markeren. Meerdere keren. Hij wilde niet eens dat een andere man naar haar zou kijken, laat staan haar aanraken. Hij had zichzelf nooit als een jaloers type beschouwd, maar nu werd hij gek bij het idee dat iemand anders Jenna ooit zou liefkozen. Het kon hem niets schelen wat andere mensen daarvan vonden. Hij was in zijn eentje verantwoordelijk voor Jenna's welzijn, bescherming en geluk, en de enige van wie hij wilde dat ze dat zou accepteren, was de vrouw die dicht tegen hem aan lag, klein en kwetsbaar naast zijn veel grotere lichaam.

'Ga maar slapen, liefje,' fluisterde hij in haar oor. 'Ik wens je mooie dromen, en dromen over mij.'

'Dat is hetzelfde,' fluisterde ze terug. Haar adem streek als zijde langs de huid van zijn hals. Hij greep haar stevig vast, té stevig, overweldigd door haar lieve woorden. Woorden die hem de hoop gaven dat ze op een dag even hevig naar hem zou verlangen als hij naar haar. Maar tot die tijd – tot ze zou accepteren wie ze voor hem was en zou zijn – had hij genoeg liefde, begeerte en vastberadenheid voor hen beiden, en niets zou hem er ooit toe brengen om het kostbare geschenk te laten gaan waar hij zijn hele leven op had gewacht.

'Geef me nog een laatste kus,' zei ze. In haar stem klonk een verlangen door dat hem van zijn stuk bracht en nerveus maakte. Iets aan haar toon zat hem dwars, en zijn maag verkrampte, een duidelijk teken dat er iets niet in orde was. Maar wat?

Ondanks het waarschuwende stemmetje in zijn hoofd was hij niet in staat haar verzoek af te wijzen. Hij kroop tegen haar aan, zodat elk stukje van haar huid door de zijne werd bedekt, en veroverde haar lippen, krachtiger dan hij tot nu toe had gedaan. Hij zoog haar smaak en satijnzachte zoetheid in zich op alsof hij uitgehongerd was en zij zijn eerste maaltijd in weken vormde. Ze jammerde zachtjes en bewoog rusteloos tegen hem aan, wanhopig haast, alsof ze in hem wilde kruipen. In dat ene sensuele moment waren ze één persoon, niet twee aparte wezens. Niets scheidde hen, er was nog geen centimeter ruimte tussen zijn lichaam en het hare. Niets had ooit zo verdomd perfect gevoeld. Zo prachtig en zo kloppend.

'Je bent van mij, Jenna.' Hij fluisterde de woorden zo zachtjes dat ze verloren gingen in haar ademtocht en alleen voor hemzelf hoorbaar waren. 'Ik laat je nooit meer gaan. Er is niets wat ik niet zou doen om je terug te krijgen als je ooit van me afgenomen zou worden.'

Met het geduld dat Jenna had geholpen om al die jaren in de sekte te overleven, lag ze roerloos in Isaacs armen te wachten tot hij in slaap zou vallen. Toen ze zeker wist dat hij zich had overgegeven aan zijn eigen behoefte aan rust en herstel, maakte ze zich tergend langzaam los uit zijn omarming en schoof bij hem vandaan. Ze hield haar adem in en bleef doodstil liggen zodra zijn ademhaling ook maar iets veranderde. Toen ze zich eindelijk had bevrijd en stilletjes uit bed was geglipt, bekeek ze vlug de kleren die in de kast hingen, op zoek naar iets wat geschikt was voor haar plannen.

Nadat ze als laatste warme sokken en een paar stevige wandelschoenen had aangetrokken, deed ze de kast dicht. Hoewel ze wist dat ze direct moest vertrekken, bleef ze even bij het voeteneind van het bed staan om naar Isaacs slapende gestalte te kijken. Schuldgevoel en spijt overspoelden haar bij het idee dat ze op het punt stond de man te verraden die bereid was geweest alles op het spel te zetten om haar te beschermen. Het liefst zou ze de realiteit buitensluiten en ontsnappen naar een fantasiewereld waarin alleen zij tweeën bestonden en waarin ze elke nacht veilig in zijn armen kon slapen. Ze moest hem echter beschermen, hem en alle anderen die hun leven op het spel zetten om haar te verdedigen tegen een onbekende, machtige vijand die al had laten zien nergens voor terug te deinzen om haar in handen te krijgen. Ze onderdrukte haar verdriet en hardde zichzelf tegen datgene wat er ging komen, tegen de pijn die ze zou voelen. En niet alleen zij. Ze wist dat Isaac net zozeer onder haar verraad zou lijden als zijzelf.

'Vaarwel, Isaac,' fluisterde ze zacht. 'Je bent het enige goede dat ik ooit heb gekend. Ik zal je nooit vergeten en altijd van je blijven houden, maar ik kan niet toestaan dat je je leven voor me opoffert.'

Ze onderdrukte haar tranen, sloop stilletjes de kamer uit en zocht haar weg naar de woonkamer, waar het luik naar de kelder zich bevond. Met ingehouden adem schoof ze het luik opzij. Ze boog zich naar voren en voelde in het gat tot haar hand tegen de sporten van een houten ladder stootte. Vlug klom ze langs de ladder omlaag, met haar voeten naar de sporten tastend tot ze ver genoeg was afgedaald om haar hand omhoog te steken en het luik weer op zijn plek te schuiven.

Het donker was griezelig, en ze moest op de tast haar weg omlaag zoeken. Eindelijk bereikte ze de bodem. Het rook naar aarde. Ze stak haar armen eerst voor zich uit en toen opzij, tot haar handen op een stevige aarden muur stuitten. Ze bevond zich in een tunnel. Die hoefde ze alleen maar te volgen en dan zou ze vrij zijn. Dan was haar ontsnapping succesvol. Maar iedere stap die haar verder bij Isaac vandaan bracht, bezorgde haar een nieuwe golf van verdriet.

Het leek een eeuwigheid te duren, maar uiteindelijk kwam ze struikelend tevoorschijn uit de tunnel, die uitkwam in een bos. Ze begon te rennen, met de bedoeling zo snel mogelijk zo veel mogelijk afstand tussen haar en de anderen te creëren. Ze had geen idee waar ze was of waar ze naartoe ging. Ze wist alleen dat ze nog geen minuut mocht verspillen. Dus holde ze het dichte bos in dat het huis omringde en dat haar deed denken aan haar vlucht uit de sekte. Het leek een eeuwigheid te duren tot ze een open plek bereikte. Even bleef ze staan, aan de grond genageld. De dichte begroeiing mocht dan eng zijn, het vooruitzicht om zich op open terrein te begeven was nog angstaanjagender. Ze moest zo snel mogelijk dekking zoeken.

Ze had nog maar tien stappen genomen toen er plotseling een grote man tevoorschijn kwam die haar de weg versperde. Ze slaakte een geschrokken kreet en draaide zich razendsnel om, zodat ze ervandoor kon gaan. Tot haar enorme schrik bleek ze echter te zijn omringd.

'Tjonge,' zei de man die grijnzend voor haar stond. 'Dat was ongeveer even makkelijk als een lolly afpakken van een peuter. Je bent regelrecht in onze handen gelopen, Jenna. Ik vraag me af waarom je hier in je eentje ronddwaalt, maar het maakt mijn taak een heel stuk eenvoudiger, dus mij hoor je niet klagen.'

Voordat Jenna zijn woorden tot zich door kon laten dringen, ging er een stroomstoot door haar lichaam en was ze plotsklaps volledig verlamd. Ze klapte als een marionet in elkaar, met spieren die spastisch schokten. Tranen van pijn en schok gleden geluidloos over haar wangen terwijl ze stuiptrekkend op de grond lag en hulpeloos en vol afgrijzen omhoog staarde, recht in het gezicht van het kwaad.

Hoofdstuk 15

Zodra Isaac wakker werd, voelde hij dat er iets mis was. Hij stak zijn hand uit naar Jenna, op zoek naar de geruststellende aanwezigheid van haar zachte lichaam. Toen zijn hand slechts met afgekoelde lakens in aanraking kwam, schoot hij overeind en keek paniekerig de kamer rond. Het huis was veel te stil, en de afwezigheid van Jenna bracht hem onmiddellijk in staat van paraatheid. Hij sprong uit bed, rende de gang in en schreeuwde haar naam, terwijl de eerste zonnestralen het huis verlichtten.

Hij stormde de woonkamer in en vloekte toen die leeg bleek te zijn. Daarna sprintte hij naar de keuken, misselijk van ongerustheid. In de donkere keuken brulde hij opnieuw haar naam, en door het hele huis klonk het geluid van de andere leden van DSS en hun vrouwen die uit bed sprongen en haastig naar hem toe kwamen.

'Heeft iemand Jenna gezien?' blafte Isaac, toen iedereen de woonkamer binnenstroomde. De anderen keken ernstig en bezorgd, en dat vertelde hem alles wat hij moest weten. Jenna was niet bij een van hen, en het was onmogelijk dat iemand de slaapkamer binnen was geslopen en haar uit zijn armen had gestolen. Dat kon maar één ding betekenen, en hij las het besef ook op de gezichten van zijn teamgenoten.

'Shit!' vloekte Shadow.

Isaac stond aan de grond genageld van de schok. Hoe was dit mogelijk? Hij was verlamd tot aan zijn tenen en niet in staat om ook maar een woord uit te brengen. Lieve hemel, waarom was ze ervandoor gegaan? Had hij zich blindelings laten bespelen? Had hij zich zo in haar vergist?

Onmogelijk. Hij weigerde te geloven dat ze tegen hem had gelogen, dat ze hem had gebruikt tot ze zijn bescherming niet langer nodig had. Dat kon niet waar zijn. Er moest een andere verklaring zijn.

Hij bestudeerde de gezichten van de anderen en zag ook bij hen het geleidelijke besef verschijnen. Het liefst zou hij iets kapotslaan, tegen hen roepen dat ze het mis hadden, maar hij zei niets, totdat Knight zachtjes zijn naam sprak.

Verdwaasd draaide hij zich om en zag dat Knight bij het luik in de vloer van de woonkamer stond, met een grimmige uitdrukking op zijn gezicht. 'Dit moet je zien, man. Het luik zit niet helemaal op zijn plek, wat betekent dat iemand het heeft gebruikt nadat we het huis gisteravond hebben afgesloten.'

Isaac ging door het lint. Hij ramde met zijn vuist tegen de muur en liet een groot gat achter in het pleisterwerk.

'Isaac, hou op.' Eliza's geruststellende stem klonk vlak bij hem, maar hij wilde niet worden gerustgesteld. Zijn hart was verdorie zojuist uit zijn borst gerukt. Niets kon zijn pijn wegnemen, of het gevoel van verraad dat als een mes in zijn borst stak.

De woorden van Ramie drongen echter wel tot hem door, en hij draaide zich naar haar toe zodra ze sprak.

'Ik kan haar vinden, Isaac,' zei ze met een zachte blik in haar ogen, ogen die te oud waren voor haar gezicht. Ogen die werden overschaduwd door de herinnering aan de gruwelijke moorden die waren gepleegd door de mannen van wie ze het slachtoffer was geweest en die ze voor het gerecht had helpen slepen.

'Nee, Ramie!' protesteerde Caleb. 'Liefje, doe jezelf dit alsjeblieft niet aan. Je hebt geen idee waar je aan begint.'

Ondanks de hoop die kortstondig in hem was opgelaaid bij het horen van Ramies woorden, wilde Isaac niet dat ze haar leven op het spel zou zetten voor een vrouw die hen allemaal had verraden.

'Caleb, als ze in haar eentje is vertrokken, wat zou mij dan voor vreselijks kunnen overkomen?' vroeg Ramie. In haar stem klonk de milde irritatie door waarmee ze vaker op de bezorgdheid van haar man reageerde. 'In elk geval kan ik ontdekken waar ze zich bevindt, of ze veilig is en waarom ze is vertrokken.' Die laatste woorden richtte ze tot Isaac, alsof ze maar al te goed wist dat hij antwoorden wilde op zijn vragen.

Verdorie, hij wilde niets liever dan weten waarom ze was weggegaan.

'En zelfs als híj het niet wil weten, dan wil ik het wel,' zei Shadow, die duidelijk geïrriteerd was. 'Ik ben haar niet alleen mijn leven verschuldigd, maar ik geloof geen seconde dat ze ons heeft verraden. Als ze is vertrokken, had ze daar een verdomd goede reden voor. Ik wil weten wat die reden is, in plaats van een oordeel over haar uit te spreken zonder al de feiten te kennen.'

'Ik ben het met je eens,' zei Knight vanuit de deuropening. 'Je maakt mij niet wijs dat ze ons voor de gek hield. We moeten erachter zien te komen waar ze zo vreselijk van geschrokken is dat ze op de vlucht is geslagen, en wel meteen. Waar leidt de tunnel onder het luik naartoe? Want daar is ze waarschijnlijk naar op weg, terwijl wij hier onze tijd staan te verspillen.'

Isaac knipperde met zijn ogen en gaf zichzelf ondertussen een flinke schop onder zijn kont. Terwijl hij zich in angst, verdriet en ongeloof wentelde, toonden zijn teamgenoten vertrouwen in Jenna. Wat voor hufter was hij eigenlijk? Het was zijn eigen stomme schuld dat het haar was gelukt om weg te glippen. Hij had dat nooit mogen laten gebeuren.

Toen hij naar het luik wilde lopen, nam Dane het woord. 'De tunnel leidt naar een dichtbegroeid stuk bos, met een open plek op ongeveer driekwart kilometer van het huis. Shadow, jij gaat met mij mee. We doorzoeken de tunnel en kijken of we een spoor van Jenna kunnen ontdekken. De rest van jullie verspreidt zich over het terrein en onderzoekt elke mogelijke vluchtroute.'

Zijn gezicht verzachtte toen hij naar Ramie keek. 'We moeten de knoop snel doorhakken. Ramie is de enige die deze beslissing kan nemen. En laten we eerlijk zijn: als we de dames in het verleden als porseleinen poppetjes hadden behandeld, zou Lizzie vandaag niet onder ons zijn.'

Toen de woorden van Dane tot de mannen doordrongen, verscheen er grimmige acceptatie op hun gezichten. Caleb wendde zich af, met een berustende uitdrukking, maar met pijn en angst in zijn ogen. Beau en Zack wisselden een ongemakkelijke blik, beseffend dat Dane gelijk had. Zonder de meisjes zou Lizzie zijn omgekomen in het pakhuis waar ze gemarteld werd door de mannen die de levens van Ari en Gracie tot een hel hadden gemaakt. Isaac wist wat voor offer Ramie zou brengen en vond het vreselijk, maar wat moesten ze anders? Zou hij Jenna ooit verbieden om haar gave te gebruiken om een van zijn teamgenoten te redden? Zelfs al wist hij wat het met haar deed? Nee. Dat zou hij niet, terwijl hij nu veel beter begreep waarom Caleb Ramie zo fel beschermde en zich zo'n zorgen om haar maakte.

'Zack en ik nemen de oostelijke uitgang,' zei Beau. Hij wierp een blik naar zijn vrouw, waarmee hij haar zwijgend opdroeg om geen tegenwerpingen te maken. Ari rolde met haar ogen, en Gracie deed hetzelfde toen Zack haar net zo'n nadrukkelijke blik toewierp.

'Jij blijft ook hier, Tori,' zei Caleb op veel zachtere toon tegen zijn zus.

Ari en Gracie gingen meteen aan weerszijden van Tori staan en sloegen een arm om haar slanke middel, een stille boodschap aan Caleb en Beau dat ze voor hun zusje zouden zorgen. Caleb zond hun een dankbare blik en keerde zich toen weer naar zijn vrouw om. Hij trok haar in zijn armen en hield haar stevig vast, alsof hij al wist dat ze zou doen wat nodig was om Jenna te vinden.

Iedereen vertrok om te gaan zoeken, en Isaac bleef achter met Ramie, Caleb, Ari, Gracie en Tori.

Hij wachtte gespannen af terwijl hij de stilzwijgende interactie tussen Ramie en Caleb gadesloeg. Daarna richtte hij zijn aandacht volledig op Ramie, beseffend hoe onzelfzuchtig ze haar talenten steeds weer ter beschikking stelde, maar ook hoeveel spanning dit tussen haar en haar man veroorzaakte. Ze keek naar Caleb, met een uitdrukking waar vastberadenheid uit sprak, maar met ogen waarin liefde en begrip voor Calebs bezorgdheid te lezen viel.

'Caleb, ik kan dit,' fluisterde ze. 'Ik red me wel. Ik zou het mezelf niet vergeven als ik Jenna niet hielp. Ik moet dit doen, en ik wil dat je het begrijpt.'

Caleb ademde diep in, maar hij keek met zoveel liefde en bezorgdheid naar zijn vrouw dat Isaacs borst er pijn van deed. Uit Calebs blik spraken alle emoties die Isaac zelf voor Jenna voelde.

'Dat weet ik, liefje. Dat weet ik.' Hoewel hij erin berustte dat Ramie geen keus had, klonk er iets van machteloze frustratie in Calebs stem door. 'Maar als er iets misgaat, wat dan ook, dan maak ik er meteen een einde aan,' zei hij resoluut. 'Ik zet jouw leven niet op het spel. Vraag nooit van me om het risico te nemen dat ik jou kwijtraak. Ik zal geen seconde aarzelen.'

Hij keek verontschuldigend naar Isaac, hoewel zijn woorden tot Ramie waren gericht. Isaac begreep het. Hij begreep het heel goed. Hij had het recht niet om een andere man te vragen het leven van zijn vrouw in de waagschaal te stellen voor de vrouw van wie Isaac hield, hoe bang hij ook was dat Caleb het proces zou onderbreken en dat Ramie niet in staat zou zijn om Jenna te traceren.

'Zullen wij de kamer uit gaan?' vroeg Ari, met een knikje naar Gracie en Tori.

'Nee.' Caleb en Ramie gaven gelijktijdig antwoord.

'Hou je gewoon aan de gebruikelijke instructies,' zei Ramie. 'Onderbreek me niet en zeg niets. Luister goed naar alles wat ik zeg, en wees alert op nuttige informatie.'

Wat ze er niet bij zei, was dat ze zich na een moeizame sessie niet alleen weinig details zou herinneren, maar dat ze volledig van de wereld zou zijn. Ze kon er zelfs aan bezwijken, en dat was de reden waarom Caleb doodsangsten uitstond wanneer ze haar talenten aansprak.

De vrouwen liepen naar Isaac toe, en hij begreep wat hun bedoeling was. Gracie stak haar arm door de zijne, terwijl Ari de hare om zijn middel sloeg.

'We krijgen haar wel terug, Isaac,' fluisterde Ari. 'Je mag de hoop niet opgeven. Ramie vindt haar wel.'

Maar tegen welke prijs? En belangrijker nog, wat zou ze zien? Zou ze te laat zijn om Jenna's leven te redden? Hij schudde zijn hoofd, omdat hij wist dat het zinloos was om zulke hopeloze gedachten de ruimte te gunnen. Hoop klauwde in zijn borst en streed met de gruwelijkste scenario's die hij kon bedenken.

Er was een kans dat het Ramie niet zou lukken om contact met Jenna te maken, omdat het al te laat was. Of misschien zou ze ontdekken dat Jenna hem werkelijk had verraden. Kordaat onderdrukte hij die gedachte en vocht om zijn zelfbeheersing te hervinden. Zodra hij erop durfde te vertrouwen dat hij kon spreken zonder dat zijn stem zou breken, vroeg hij aan Ramie: 'Wat heb je nodig?'

'Het laatste voorwerp dat ze heeft aangeraakt, voor zover je weet,' antwoordde ze met een hoopvolle blik.

Haastig liep hij naar de slaapkamer. Ondertussen draaide zijn brein op volle toeren. Wat kon Ramie gebruiken? Jenna had niets bij zich gehad, alleen de kleren die ze had gedragen. En die had Lizzie. Verdorie. Langzaam draaide hij zich om, trachtend iets te bedenken waar Ramie mee uit de voeten kon. Zijn blik viel op het shirt dat Jenna de afgelopen nacht had gedragen – zíjn shirt. Een nacht die ze in zijn armen had doorgebracht, voordat ze was verdwenen. Hij griste het van de grond. Het zou goed genoeg moeten zijn. En zo niet… Daar wilde hij niet aan denken. Het moest werken, want anders zou er nog maar één ding op zitten: op zoek gaan naar een sekte op een onbekende locatie, inbreken, proberen iets te vinden wat aan Jenna toebehoorde en dat stelen. Allemachtig, wat een puinzooi.

Hij beende de woonkamer in en hurkte voor de leunstoel waarin Ramie was gaan zitten. 'Dankjewel,' fluisterde hij aangedaan. 'Ik weet dat ik dit niet van je mag vragen, dat het te veel is, maar...'

'Hou op,' zei Ramie zachtjes. 'Je hebt me niets gevraagd. Ik heb het zelf aangeboden. En als we Jenna ermee kunnen redden, dan is het niet te veel. Ik heb in haar schoenen gestaan. Ik weet wat het is om doodsbang te zijn en te denken dat er niemand is die je kan helpen. En toen ontdekte ik dat het tegendeel waar was.' Ze wierp een liefhebbende blik op haar somber kijkende echtgenoot. 'Laten we Jenna hetzelfde bewijzen.'

Hij slikte de brok in zijn keel weg, vurig hopend dat Ramie de omvang van zijn dankbaarheid begreep. Hij knikte, kwam overeind en deed een paar stappen naar achteren om haar de ruimte te geven.

Behoedzaam reikte Ramie naar het shirt. Hoewel ze haar best deed om het te verbergen, werd haar angst in haar ogen weerspiegeld. Toen ademde ze diep in, greep het shirt stevig vast en deed haar ogen dicht. Seconden gingen voorbij, en Isaacs angst werd steeds groter. Toen zag hij dat Ramies ogen begonnen te bewegen achter haar gesloten oogleden, en dat ze haar vingers strakker om de stof van het T-shirt klemde.

De kleur trok uit haar gezicht weg, en Isaac moest al zijn zelfbeheersing aanspreken om niet op haar af te stormen en antwoorden te eisen. Uit ervaring wist hij dat het tijd kon kosten voordat ze in staat zou zijn om nuttige informatie te geven.

De adrenaline gierde door zijn lichaam, zijn handen beefden, zijn spieren vormden strakke knopen terwijl hij zichzelf dwong om roerloos en zwijgend te blijven staan. Hij mocht Ramie niet onderbreken. Dan zou ze het contact met Jenna wellicht verliezen, en daarmee hun enige kans om te ontdekken waar zijn engel was.

Plotseling vlogen Ramies ogen open, en een ongekende angst sprak uit haar blik. Ze hapte naar adem, en Caleb ging wat dichter bij haar staan. Toen sprak ze, maar niet met haar eigen stem. 'Doe me alsjeblieft geen pijn. Alsjeblieft. Ik zal doen wat jullie willen. Alsjeblieft.' Het laatste woord bracht ze jammerend uit, en Isaac zakte bijna door zijn knieën toen hij zich realiseerde dat hij Jenna hoorde spreken.

'Waar ben je, liefje?' vroeg hij smekend, niet langer in staat om te zwijgen. 'Vertel me waar je bent.'

Ramies gezicht bleef echter uitdrukkingsloos, en hij besefte dat het zinloos was om haar iets te vragen. Jenna was niet hier. Ze was ergens waar ze mensen moest smeken om haar geen pijn te doen, en hij kon niets doen om daar een eind aan te maken. Hij kon alleen maar machteloos in het huis staan waar ze veilig was geweest en bidden dat het niet te laat was.

Toen vloog Ramie naar achteren en sloeg met verbijsterende kracht tegen de rugleuning van de stoel. Een kreet van pijn spleet de lucht, en tot afschuw van Isaac en Caleb verscheen er een grote rode handafdruk op Ramies schrikbarend bleke gezicht. Ze zakte opzij en dreigde uit de stoel te glijden, maar Caleb sprong naar voren om haar op te vangen. Zachtjes streek hij met zijn handen door haar haren, fluisterend dat hij bij haar was, smekend of ze naar hem terug wilde komen.

Isaac stond aan de grond genageld van angst en woede. Wat was er zojuist in vredesnaam gebeurd? Geschokt staarde hij naar de rode afdruk op Ramies wang. Was dit wat Jenna moest verduren terwijl hij hier hulpeloos stond, slechts in staat om door de ogen van een derde persoon toe te kijken? Tranen brandden in zijn ooghoeken, en even moest hij zijn blik afwenden van Ramie, die er immens kwetsbaar uitzag in de armen van haar echtgenoot. Anders vreesde hij dat hij zijn gezonde verstand zou verliezen.

Hij dwong zichzelf weer naar haar te kijken. Zijn keel was zo strak dichtgeschroefd dat hij niet wist of hij een woord uit zou kunnen brengen. Hij deed zijn mond open om Ramie te vragen waar Jenna in godsnaam was, maar de scherpe blik van Caleb weerhield hem daarvan.

'Niet nu,' siste Caleb, overduidelijk woedend over het geweld dat zijn vrouw was aangedaan, al was het dan via iemand anders. Zijn handen gleden over haar lichaam, alsof hij wilde controleren of ze nog ergens anders pijn had. Toen duwde hij zijn gezicht in haar haren. Tranen glinsterden in zijn eigen ogen terwijl hij haar zachtjes heen en weer wiegde. 'Geef haar de tijd om te herstellen!'

'Nee, we mogen geen tijd verliezen,' zei Ramie op dringende toon. De angst in haar stem bezorgde Isaac een steek van paniek. 'Ze is zo bang. En terecht. Ik weet precies waar ze is.' Ze keek Isaac smekend en met betraande ogen aan. 'Het is niet ver hiervandaan, maar ze zijn van plan om haar daar snel weg te halen. We moeten nu gaan!'

Hoofdstuk 16

Jenna lag verzwakt op de koude harde vloer in het vertrek waar ze een uur geleden achteloos was neergesmeten. Haar handen en voeten waren zo strak vastgebonden dat ze er geen gevoel meer in had. Stijfjes trok ze haar knieën op en probeerde haar gevoelloze lichaam wat warmer te krijgen.

Haar hoofd deed pijn van de harde klap die ze had gekregen, maar gelukkig was hun belangrijkste doel geweest om haar op te sluiten, zodat ze haar naar een meer afgelegen locatie konden verplaatsen. Ergens in de buurt van het safehouse waar Isaac en de andere leden van DSS haar naartoe hadden gebracht.

Haar ogen prikten, maar ze weigerde aan de tranen toe te geven. Ze zou hun niet de genoegdoening gunnen om te zien dat ze zoveel macht over haar hadden. Ze was allang dankbaar dat ze haar voorlopig met rust lieten terwijl ze voorbereidingen troffen om te vertrekken. Ze verwachtten vergelding van Isaac en zijn mannen, en ze was niet van plan om ze te vertellen dat Isaac geen idee had waar ze was. Zolang ze zich druk maakten om een niet-bestaande bedreiging, zouden ze geen aandacht aan haar besteden. Voorlopig.

Hoeveel verdriet het haar ook deed dat ze was vertrokken zonder dat Isaac wist waarom, ze had geweten dat ze de juiste beslissing had genomen zodra ze haar tijdelijke gevangenis in het oog had gekregen. Tientallen gewapende mannen patrouilleerden over het terrein en in het gebouw. Dit was heel anders dan de sekte. Het terrein was afgezet met een muur met prikkeldraad erop, in elk vertrek hingen verschillende tv-schermen, en de mannen spraken in piepkleine apparaatjes die in verbinding leken te staan met speakertjes in hun oren. En hier werd ze nog maar tijdelijk vastgehouden! Waar ze haar naartoe zouden brengen, was de bewaking nog veel strenger, volgens de maniak die haar had verteld dat ze nu zijn eigendom was en dat het in haar eigen belang was om dat zo snel mogelijk te accepteren.

Hoeveel verdriet ze ook had over de dingen waar ze zo kort van had mogen genieten en die nu voorgoed waren verdwenen, ze wist dat ze het juiste had gedaan. Isaac en zijn mannen waren geen partij voor de zwaarbewapende bewakers die haar tijdelijke gevangenis bemanden. Ze waren dik in de minderheid, en als ze een reddingspoging zouden wagen, zou dat hun ondergang betekenen. Jenna zou het niet verdragen als de mensen die zo aardig tegen haar waren geweest, dat met de dood zouden moeten bekopen.

Het had haar jaren gekost om aan de ouderlingen te ontsnappen, en deze mannen waren veel beter toegerust om haar gevangen te houden. Ze wist dat ze nooit meer vrij zou zijn, maar in elk geval had ze de herinnering aan een paar gestolen dagen om zichzelf in te verliezen, terwijl ze eerder niets anders had gekend dan datgene wat de sekte haar had toegestaan te kennen.

Ze deed haar ogen dicht en zocht troost in de prachtige herinneringen die ze had gecreëerd. De nieuwe en verbazingwekkende wereld die ze had ontdekt. De vriendelijkheid die de vrouwen van de DSS-leden haar hadden getoond, en het besef dat datgene wat ze met Isaac had gedeeld – hoe kort ook – heel bijzonder was geweest.

De kussen. De verschillende soorten kussen. Lippen die op haar hoofd werden gedrukt door iemand die het werkelijk iets kon schelen wat er met haar gebeurde. En de kussen op haar mond, van iemand die naar haar verlangde. Naar háár.

Het was te emotioneel om terug te denken aan Isaacs kussen, en nu verloor ze dan toch de strijd met de tranen. Ze biggelden over haar gekneusde wangen, en ze besefte dat niet alle mannen zoals de ouderlingen waren, of zoals de criminelen die in drugs en dood handelden en die haar van de sekte hadden gekocht alsof ze een voorwerp was.

Mannen zoals Isaac, zoals zijn collega's van DSS, hadden haar een volledig nieuwe kijk op mannen en relaties gegeven, en haar doen beseffen dat ze in het verleden aan foute voorbeelden blootgesteld was geweest. Het deed pijn dat ze al het moois was kwijtgeraakt dat ze de afgelopen paar dagen had mogen ontvangen. Heel even voelde ze spijt, maar ze onderdrukte dat gevoel resoluut. Er was geen plaats voor in haar gedachten of in haar hart. De mannen die op haar joegen, waren heel dicht bij het safehouse gekomen. Als ze niet was vertrokken, waren ze haar komen halen en zou het in een bloedbad zijn geëindigd.

Nee, ze zou nooit meer vrij zijn, en ze zou nooit meer de liefde kennen die Isaac haar zo onzelfzuchtig had geschonken. Ze zou dat verlies echter te boven komen, want zolang zij gevangenzat, waren Isaac en zijn collega's veilig. Daarvoor zou ze alles verdragen wat haar overmeesteraars voor haar in petto hadden.

Isaac wachtte ongeduldig, gehuld in het donker buiten de zwaar versterkte oude fabriek waarvan de buitenkant er zo vervallen uitzag dat je indruk kreeg dat het om een verlaten en leegstaand complex ging. Maar niets was minder waar. Hij en de anderen wachtten tot Shadow het terrein had verkend, zodat ze precies wisten waar ze mee te maken hadden en hopelijk een idee kregen waar Jenna precies werd vastgehouden.

Vanaf het moment waarop Ramie helder genoeg was geweest om hun specifieke informatie te geven, was Isaac verlamd geweest van angst. De ellendige rotzak die Jenna van de sekte had gekocht, had nogal een reputatie voor het aanschaffen en doorverkopen van spullen. Drugs, voornamelijk. Het lukte hem al jarenlang om uit de gevangenis te blijven, omdat iedereen die toezegde tegen hem te getuigen, op mysterieuze wijze verdween of op een gruwelijke manier het loodje legde – een duidelijke boodschap aan iedereen die het in zijn hoofd haalde om te proberen de wrede drugsbaron ten val te brengen.

Hij noemde zichzelf Jezus en beweerde dat hij de zoon van God was. Hoe toepasselijk dat hij uitgerekend bij een sekte op zoek was gegaan naar onsterfelijkheid en door puur geluk op Jenna was gestuit. Een vrouw die hem oneindig in leven kon houden, tot de dag dat ze zelf overleed. Die wetenschap bemoedigde Isaac slechts een beetje. Jezus, of Jaysus, zoals hij werd genoemd door justitie en de verschillende speciale eenheden die hem al jaren achter de tralies probeerden te krijgen, zou Jenna tot zijn laatste snik beschermen en iedereen uit de weg ruimen die haar bij hem probeerde weg te halen. Want als Jenna dood zou gaan – of erin zou slagen om te ontsnappen – dan zat Jaysus tot aan zijn nek in de stront, en op dit moment had Isaac grote zin om iedereen te lijf te gaan die ook maar iets te maken had met de gevangenenneming van zijn engel.

Helaas beschikte DSS niet over de tijd of de mankracht om de oude fabriek binnen te vallen en Jaysus voor het gerecht te slepen. Het plannen van een dergelijke missie zou dagen in beslag nemen, en ze zouden heel wat meer mensen nodig hebben, en moeten samenwerken met de plaatselijke politie. Man, waarschijnlijk zouden ze er zelfs militairen bij moeten halen, want de drugsbaron beschikte over een leger van krankzinnig loyale kerels, die allemaal bereid waren om voor hun leider te sterven.

Dit was dus noodzakelijkerwijs een geheime missie, en niemand mocht weten dat ze hier waren geweest totdat ze een heel eind weg waren met Jenna. Isaac was zo nerveus dat de zenuwen een gat in zijn binnenste hadden geknaagd ter grootte van de Grand Canyon.

Ieder lid van DSS had zich voor deze missie aangemeld, zelfs de mannen die Jenna niet eens hadden ontmoet en niets over haar omstandigheden wisten. Isaac was verdomd dankbaar voor de loyaliteit en het eergevoel van zijn teamgenoten, want zelfs nu de voltallige DSS bij de operatie betrokken was, waren ze nog steeds ver in de minderheid. En terwijl hij hier duimen stond te draaien, had hij geen idee wat Jenna moest verduren. Nee, Jaysus zou haar niet doden, maar hij zou haar leven tot een hel maken om haar tot absolute gehoorzaamheid te dwingen. Precies zoals die verdomde sekte – een andere naam, andere doeleinden, maar net zo goed volkomen gestoord.

Isaac keerde zijn gezicht naar boven en sloot zijn ogen om te bidden.

Ik weet dat U en ik elkaar nauwelijks kennen, God. Ik heb niet meer met U gesproken sinds ik een kind was. Ik was boos – boos en verbitterd – omdat U mijn smeekbede om mijn familie te redden niet verhoorde en me zo lang alleen liet zijn. Maar Jenna heeft haar geloof in U niet verloren, ook al werd haar een gestoord en vertekend beeld van U voorgespiegeld.

Als zij nog geloof en vertrouwen in U kan hebben, dan moet ik dat toch ook kunnen? Ik leer van haar. Door U door haar ogen te bekijken, word ik wijzer, en ik probeer een beter mens te zijn. Ik begin te begrijpen dat niets zomaar gebeurt, zelfs als je de redenen op het moment zelf niet begrijpt. En dat gebeden misschien niet altijd worden verhoord op de manier waarop je dat zou willen, maar dat dat uiteindelijk wel gebeurt. Waak alstublieft over haar. Ze is een engel. Ik zweer U dat ik haar met mijn leven zal beschermen en dat ik nooit iets zal doen waardoor ze gaat twijfelen aan haar geloof in U en Uw genade. Ik ben Uw bescherming niet waard, maar zij wel. Ik vraag U omwille van haar om haar te sparen, niet omwille van mijzelf, hoewel ik egoïstisch ben en met hart en ziel naar haar verlang. Ik weet niet of U me kunt horen, of dat U niet meer naar me luistert sinds ik U al die jaren geleden de rug toekeerde, maar ik smeek U om een van Uw engelen te redden, en ik vraag U nog maar één ding. Dat U haar aan mij toever-

trouwt, dat U mij redt door haar te redden, omdat ik zonder haar verloren ben. En ik realiseer me eindelijk dat U mijn smeekbede om niet alleen achter te blijven, wel degelijk hebt verhoord, want U hebt me Jenna gegeven. Ik probeer geduld te leren, God, en dat valt niet mee, maar als Jenna mijn beloning voor dat geduld is, dan zal ik nooit meer iets van U vragen. Alleen haar.

Hij liet zijn hoofd zakken, geschokt door zijn natte wangen en de zware pijn in zijn hart. Plotseling voelde hij zich echter ondersteund door een straaltje hoop dat op hem neerscheen en hem verwarmde, als de stralen van de zon op het middaguur van een zomerdag.

'Dank U,' fluisterde hij. Meer kon hij niet uitbrengen. Zijn lippen trilden, en zijn hart voelde plotseling zo vol van liefde en opluchting dat het hem duizelig maakte. Dit ging hem lukken. Hij wist het net zo zeker als hij wist dat Jenna de enige vrouw was van wie hij ooit zou houden. Voordat de avond voorbij was, zou hij haar weer in zijn armen hebben, waar ze thuishoorde. En als hij zich aan zijn belofte zou moeten houden door haar aan zijn bed vast te binden, zou hij zich daar niet schuldig over voelen, want ze zou nooit meer bij hem weg kunnen lopen.

Een gevoel van vastberadenheid verdreef de angst en het vreselijke voorgevoel dat zich van hem meester had gemaakt toen hij somber naar Jenna's gevangenis had gestaard. Nu wachtte hij vol verwachting tot Shadow het teken zou geven dat de kust veilig was, zodat zijn mannen zich konden verspreiden, naar binnen glippen en ongezien ontsnappen met Jenna. Daarna zouden ze zo snel mogelijk naar een veilige plek vluchten waar hij haar een paar dingen duidelijk kon maken, onder andere dat ze het nooit meer in haar hoofd moest halen om iets krankzinnigs te doen om hem en de anderen te beschermen.

Hij schoot bijna in de lach bij dat idee, en hij wist dat zijn mannen ook dolgraag een paar woordjes met haar zouden wisselen. Ze zouden echter moeten wachten tot hij haar uit zijn bed zou laten, en dat kon wel eens een hele poos gaan duren.

Hoewel ze geen tijd hadden gehad om een volledige aanval op poten te zetten, beschikten ze over een paar briljante strategen, en niet te vergeten Quinn Devereaux, de jongste van de broertjes Devereaux en hun hoogstpersoonlijke technische superbrein. Het was Quinn gelukt om toegang te krijgen tot de plattegrond van de fabriek en hen van infrarood satellietbeelden te voorzien waarmee ze het gerenoveerde geraamte vanbinnen konden bekijken. Dankzij hem wisten ze precies hoeveel vertrekken en vluchtroutes er waren, en, het belangrijkst van al, wat de meest waarschijnlijke plek was waar Jenna werd vastgehouden.

Ze hadden het tot in de puntjes uitgedacht. Op anderhalve kilometer hiervandaan stond een bestelbusje geparkeerd waar ze allemaal in pasten en snel mee zouden kunnen vluchten. Achter het stuur zat Brent, een voormalige autocoureur die al vanaf het begin voor DSS werkte. Zodra hij het teken kreeg, zou hij eraan komen, en anders zou hij op hen wachten, klaar om weg te scheuren.

Eindelijk had Isaac het vertrouwen dat hun plan zou werken, terwijl hij er eerder niet eens op had durven hopen. De mogelijkheid van een mislukking had zo zwaar op hem gedrukt dat hij er bijna onder was bezweken.

Het strijdlustige deel van hem baalde er enorm van dat hij niet direct de kans zou krijgen om de klootzak te mollen die Jenna pijn had gedaan. Haar veiligheid ging echter boven alles, dus zou hij wachten. Er kwam heus nog wel een kans, en hij verheugde zich er nu al op. Hij wist dat die gestoorde hufter het niet zomaar op zou geven als zijn eerste poging om Jenna in handen te krijgen mislukte. En als hij een tweede poging zou wagen, zou Isaac wraak nemen – en dan zou het de drugsbaron berouwen dat hij Jenna ook maar een haar had gekrenkt.

Er klonk een klik in zijn oortje, het afgesproken signaal dat Shadow binnen was. Er volgden meer klikjes, vlug achter elkaar, terwijl de mannen een voor een hun positie innamen, erop vertrouwend dat Shadow hen van de juiste informatie had voorzien. Hoofdschuddend glipte Isaac door het gat dat Shadow met een metaalschaar in het hek had geknipt. Aanvankelijk hadden de nieuwe rekruten van DSS gegrinnikt om Shadows zelfgekozen bijnaam. De man had hun echter al vlug het zwijgen opgelegd met zijn griezelige vermogen om zich onzichtbaar voort te bewegen.

Dane en Capshaw voegden zich bij Isaac, bij een achteringang die volgens de plattegronden van Quinn toegang gaf tot de ruimte die voorheen als keuken had gediend. De keuken grensde aan de oude wasserette, maar die had geen deur naar buiten, terwijl dat nu juist het vertrek was dat ze binnen wilden dringen. Dex had gegrijnsd toen Quinn hun de oorspronkelijke blauwdruk van het gebouw had laten zien, en toen hij hen had gewezen op de verschillende waskokers, die allemaal hun oorsprong hadden in kamers op de bovenverdieping, hadden de anderen beseft waarom hij zo vrolijk was.

De rest van Isaacs teamgenoten kwam vanuit verschillende richtingen toegestroomd, maar hun gezamenlijke doel was om de wasruimte binnen te komen. Quinn had geconcludeerd dat er op de bovenverdieping twee kamers met toegang tot de oude kokers waren waar Jenna kon worden vastgehouden, twee raamloze vertrekken in het midden van het rechthoekige gebouw.

Isaac, Dane en Capshaw voegden zich als laatsten bij de rest, en Knight wierp hun een opgeluchte blik toe.

'We moeten hier zo snel mogelijk weg,' fluisterde Zeke. 'Er komen drie bewakers onze kant op.'

Dane wendde zich tot Eric. 'Roep Brent op en vraag hem om het busje naar het zuidelijke kwadrant te rijden, waar we door het hek zijn gebroken. Als hij in de buurt van de bomen blijft, is er genoeg dekking, en vanaf dat punt loopt er een goed begaanbare weg naar de snelweg. Op deze manier kunnen we heel wat tijd besparen als we Jenna eenmaal hebben.'

De anderen knikten instemmend en stopten toen vlug hun wapens weg, zodat ze geen herrie zouden maken als ze de kokers in zouden klimmen. Ze zorgden er echter wel voor dat ze er makkelijk bij zouden kunnen, voor het geval er iets misging.

Isaac stak zijn handen omhoog, zette zich schrap tegen de smalle wanden van de koker en duwde zich toen omhoog, het proces herhalend tot hij bij het luik was dat toegang gaf tot de kamer op de bovenverdieping. Hij stak zijn hand omhoog om de mannen achter hem tot stilstand te brengen, en gebaarde toen dat ze op zijn teken moesten wachten. Hij telde af met zijn vingers en toen hij bij drie was, beukte hij de planken weg die de toegang tot de oude koker versperden en dook erdoorheen. Rollend over de grond richtte hij zijn wapen en speurde de kamer af naar eventuele doelwitten.

Toen zijn blik op de in elkaar gedoken gedaante op de vloer viel, een meter of twee verderop, barstte zijn hart bijna uit zijn borst.

Jenna!

'Geef me dekking,' fluisterde hij naar de anderen. Toen krabbelde hij overeind, haastte zich naar haar toe en pakte zijn mes om de touwen los te snijden waarmee haar handen en haar voeten zaten vastgebonden.

Woede kolkte door zijn aderen toen hij het strakke touw losmaakte en de rauwe bloederige afdrukken op haar polsen en enkels zag. Met een ruk trok hij haar overeind en nam haar in zijn armen. Hij hield haar zo strak vast dat hij haar hart wild tegen zijn borst voelde slaan. Toen hield hij haar een stukje van zich af om te kijken of ze gewond was.

Haar blonde haar zat door de war, en toen hij de blauwe plek en het opgedroogde bloed op haar wang zag, sperde hij zijn neusgaten wijd open van woede. Maar ze ademde. Ze leefde nog, en hij hield haar in zijn armen. Voor het eerst sinds hij in zijn eentje wakker was geworden en had beseft dat ze weg was, ontspande hij en lukte het hem om zonder gigantische inspanning adem te halen.

Haar lippen vormden een verraste O, en haar geschokte uitdrukking maakte plaats voor verbijstering.

'Wat doe jij hier?' fluisterde ze. Haar toon werd dringender toen ze Isaacs teamgenoten zag.

'Jullie mogen hier niet zijn!' zei ze geschrokken. 'Lieve hemel, ze zullen jullie allemaal doodschieten. Jullie moeten hier weg. Snel! Ik smeek je, Isaac. Maak dat je wegkomt!'

Ze wrong in haar handen, waardoor ze de aandacht op de rauwe, bloederige afdrukken op haar polsen vestigde. Alle mannen staarden naar de blauwe plek op haar gezicht en de beschadigde huid van haar armen en benen. Hun uitdrukking was moordzuchtig, en dat Jenna hun smeekte om weg te gaan maakte hen alleen maar nijdiger.

'Denk maar niet dat ik ergens naartoe ga zonder jou,' snauwde Isaac, terwijl hij haar onwillige lichaam naar de waskoker loodste.

Ze wierp Dane een smekende blik toe. 'Ze zullen jullie allemaal opsporen,' zei ze met gebroken stem.

'Mooi,' zei Dane grimmig. 'Ik verheug me erop.'

'Anders ik wel,' zei Zeke grommend.

Jenna staarde hen verbijsterd aan. Toen liet ze berustend haar schouders zakken.

'We laten niemand achter, liefje,' zei Shadow, en hij omhelsde haar kort. 'Zo gaan we niet te werk. Kom op, voordat ze ons ontdekken.'

Ze verstijfde van angst, en haar blik schoot naar de deur van de kamer. Overal klonk onderdrukt gevloek. Het maakte de mannen laaiend dat Jenna zo bang was, en dat ze geen idee hadden wat ze had moeten verduren nadat Ramie het contact met haar was verloren. Het was al erg genoeg dat ze wisten wat er met haar was gebeurd toen Ramie nog wél contact had. Ze waren echter ook boos dat Jenna hun zelfs nu nog smeekte om hun eigen hachje te redden en haar zo over te leveren aan een bestaan vol vernedering en pijn.

De mannen omringden haar en vormden een beschermende kring. Toen Jenna dat zag, glinsterden er tranen in haar ooghoeken.

'We moeten gaan,' zei Dane kortaf. 'Brent heeft zijn positie ingenomen, en we hebben vijf minuten om naar het afgesproken punt te komen. Wegwezen dus.'

Zonder Jenna de kans te geven om verder te protesteren, tilde Isaac haar op en liep naar de opening van de waskoker.

Shadow ging voor hem staan. 'Ik ga eerst. Dan kan ik haar onderaan opvangen en controleren of er niemand is.'

'Ik kom direct achter je aan,' zei Dane grimmig. 'Ik geef een teken als de kust veilig is. Als jullie ook maar iets horen wat je niet vertrouwt, zoek dan meteen een andere uitweg.'

Zonder nog een seconde langer te wachten, stak Shadow zijn voeten in de koker en schoof zijn grote lichaam door de smalle doorgang. Zijn brede schouders pasten er maar net in. Dane gleed zonder aarzelen achter hem aan. Isaac droeg Jenna naar het gat en draaide haar om, zodat haar benen als eerste in de koker zouden verdwijnen.

Ze greep hem stevig vast en keek hem angstig aan. 'Waar komt dat gat uit?'

'Het is een waskoker, je hoeft je geen zorgen te maken. Shadow en Dane vangen je op. Ze zorgen ervoor dat je niets overkomt. Ik kom direct achter je aan. Dat beloof ik.'

Met tegenzin liet ze los, maar haar handen beefden toen hij haar liet zakken.

'Gebruik je handen om geleidelijk af te dalen,' zei Isaac. 'Duw ze tegen de wanden en laat je langzaam zakken.'

Ze keek om naar de mannen die achter Isaac stonden en met hun wapens in de aanslag de deur in de gaten hielden.

'Het spijt me,' bracht ze uit. 'Jullie hadden nooit moeten komen.'

Terwijl de anderen afkeurende geluiden maakten en Isaac zijn bloeddruk voelde stijgen tot hij bijna ontplofte, liet ze hem los en verdween uit het zicht. Hij dook naar voren, zich vasthoudend aan de rand van het gat, en luisterde aandachtig.

'Ik heb haar,' riep Shadow zachtjes omhoog. 'En nu wegwezen. We hebben geen tijd te verliezen.'

Een voor een schoten de mannen door de koker en kwamen in de wasruimte terecht. Het was een muf en verwaarloosd vertrek, met brokkelende muren en scheuren in het plafond en de fundering.

'Hoe vaak zijn ze bij je geweest, liefje?' vroeg Dane aan Jenna, terwijl ze met zijn allen naar de deur liepen.

'Ze lieten me alleen nadat ze me de eerste keer...' Haar stem stierf weg en ze sloeg haar blik neer. Haar wangen kleurden roze van schaamte.

De mannen wisselden grimmige blikken. Ze wisten precies wat er die eerste keer was gebeurd, en hoe woedend Isaac ook was op de hufter die Jenna had mishandeld, het was een opluchting dat niemand haar daarna nog had lastiggevallen.

'Ze bonden me vast en lieten me achter op de vloer,' zei ze. Ze hief haar kin, en er schitterde een uitdagende blik in haar ogen. Bijna alsof ze zichzelf berispte omdat ze zich schaamde voor iets waar ze niets aan kon doen. Als ze nu nog in andere opzichten haar verstand zou gebruiken... 'Ik geloof niet dat ze bang waren dat ik zou ontsnappen. Ze waren te druk bezig om hun vertrek naar een beter beveiligde locatie te plannen.'

Opnieuw sloeg ze haar blik neer, maar Isaac zag de woede die in haar ijsblauwe ogen brandde. Het was een verbijsterende tegenstelling. Vuur en ijs.

'Het kostte ze weinig moeite om me te overmeesteren. Hij lachte me uit en zei dat ik het veel te makkelijk maakte en dat hij teleurgesteld was. Toen zei hij dat ik dan wel uit mijn safehouse had weten te ontsnappen, maar dat hij me nu naar een plek zou brengen waar ik nooit meer weg zou komen. Volgens mij vond hij zichzelf erg amusant. Hij zei dat hij de mensen die zich tegen hem zouden verzetten, misschien wel zou martelen, zodat hij ze bij wijze van gezelschap naar me toe kon sturen.'

Ze begon te fluisteren, en er klonken tranen door in haar stem.

'Maar hij zei ook dat hij nooit zou toestaan dat ik ze zou genezen. Hij wilde ze gewoon kwellen met mijn aanwezigheid en de wetenschap dat ik ze zou kunnen helen, en hij wilde dat ik ze zou zien sterven, omdat hij precies wist wat dat met iemand zoals ik zou doen.'

Ze huiverde, en Isaac sloeg zijn arm geruststellend om haar heen.

Knight stak zijn hoofd om de deur om de gang te inspecteren die naar de keuken liep. Toen hij knikte dat de kust veilig was, duwde Isaac Jenna naar voren. Hij wilde haar hier zo snel mogelijk weg hebben.

Net toen hij en Jenna de gang in wilden stappen, waar iedereen die daar toevallig liep hen zou kunnen zien, maakte ongerustheid zich van hem meester. Zonder te controleren of zijn waarschuwende voorgevoel klopte, trok hij Jenna naar achteren en ging voor haar staan. Ze struikelde, maar Shadow ving haar op en sloeg snel zijn hand voor haar mond zodat ze geen geluid kon maken.

De overgebleven mannen drukten zich tegen de muur, zodat ze onzichtbaar waren voor degene die door de gang kwam aanlopen – tenzij die de wasruimte binnen zou gaan. Isaac hoopte dat de anderen de keuken al hadden verlaten en buiten op hen wachtten. Zo niet, dan zaten ze allemaal in de problemen. Hij zag de gestalte van een grote man langs de wasruimte lopen en bij de deur van de keuken blijven staan. De man keek de keuken in en maakte een brommend geluid. Toen keek hij op zijn horloge, vloekte en sprak in een walkietalkie.

'Wanneer gaat Chopper verdorie eindelijk eens iets te eten maken?'

'Dat gaat hij niet doen, sukkel,' klonk het krakende antwoord via de walkietalkie.

'Waarom niet? Ik verga van de honger, en de anderen ongetwijfeld ook.'

'Misschien moet je eerst maar eens je bevelen uitvoeren, in plaats van je druk maken over je volgende maaltje,' zei de stem tartend.

Jenna verstijfde en sloeg haar hand voor haar mond, alsof ze moest overgeven. Ze beet op haar gebalde vuist en kokhalsde.

Shadow sloeg zijn arm ter ondersteuning om haar heen, trok zachtjes haar gekromde vingers uit haar mond en wreef over de afdrukken die haar tanden in haar huid hadden achtergelaten.

'Die handen hebben wel genoeg geleden,' fluisterde hij vlak bij haar oor. 'Hij kan je geen pijn doen, Jenna. Dat zullen we nooit laten gebeuren.'

Haar blik vloog naar zijn gezicht, en haar uitdrukking was zo ellendig dat Isaacs maag verkrampte.

'Wat is er?' vroeg Shadow, fronsend om haar extreme reactie.

'Hij zal hem vermoorden,' bracht ze moeizaam uit. Opnieuw kokhalsde ze, maar deze keer slikte ze het weg en balde haar vuisten. 'We moeten snel zijn. Hij is een van de mensen over wie ik jullie heb verteld. Een van de mensen die hij zal martelen omdat ze hem boos hebben gemaakt. Daarna zal hij hem naar mij toe brengen, precies zoals hij heeft beloofd, en hem dood laten gaan terwijl ik moet toekijken.'

Tranen biggelden over haar wangen terwijl de anderen geschokte blikken wisselden. Ze sprak met de overtuiging van iemand die het al eens had zien gebeuren.

Een geluid in de gang leidde Isaacs aandacht af, en zijn blik schoot naar de man die bij de keukendeur had gestaan. Hij werd nu geflankeerd door twee andere mannen, en de man die had geklaagd dat hij honger had, was zo wit geworden als een laken en smeekte de anderen om hem met rust te laten.

Allemachtig. Hij keek snel terug naar Jenna, beseffend dat er heel wat meer was gebeurd dan wat Ramie had gezien.

'We moeten nu weg!' zei Jenna op dringende toon. 'We hebben maar een paar minuten voordat ze ontdekken dat ik ontsnapt ben.'

Gal steeg op in Isaacs keel, en Shadow zag er al niet veel beter uit. Zodra de gang leeg was, greep Isaac Jenna's hand vast. Shadow ging aan de andere kant naast haar staan, en de rest groepeerde zich rond hen.

Ze renden de keuken in en via de achterdeur naar buiten. Ze wisten dat het veilig was, omdat Dane hen anders zou hebben gewaarschuwd. Dane, die op zijn uitkijkplek geposteerd stond, keek opgelucht op toen hij hen zag verschijnen. De anderen zaten op verschillende plekken verstopt, maar nu haastten ze zich allemaal naar het gat in het hek.

'We moeten hier weg!' blafte Isaac naar Dane.

De mannen sprintten ervandoor, snelheid verkiezend boven dekking. Isaac tilde Jenna op, wierp haar over zijn schouder en rende achter zijn teamgenoten aan.

'Wat heeft die verknipte klootzak Jenna in vredesnaam aangedaan?' fluisterde Shadow, die naast Isaac kwam rennen.

Isaac sloot heel even zijn ogen. Hij antwoordde met gedempte stem, zodat Jenna hem niet kon horen. 'Dat lijkt me wel duidelijk, en ik wil niet dat ze het nu moet herleven. Toen ik het besefte, moest ik zowat overgeven. En allemachtig, Shadow, heb je haar ogen gezien?'

Shadows uitdrukking werd grimmig. 'Ik ga die ellendeling opsporen, al is dat het laatste wat ik doe.'

Er gingen alarmbellen af in Isaacs hoofd. 'Je moet bij mij blijven, man. Je hoeft niet op zoek naar Jaysus. Hij komt wel naar ons toe, en dan heeft Jenna alle bescherming nodig die ze kan krijgen.'

Shadow wierp een blik op Jenna. Ze hing over Isaacs andere schouder, maar hij hield haar goed vast, zodat ze zo min mogelijk door elkaar werd geschud terwijl ze de afstand overbrugden tussen de oude fabriek en de plek waar Brent op hen wachtte.

'Komt voor elkaar, makker,' zei Shadow. Zijn woorden vormden een kalme belofte.

Hoofdstuk 17

Isaac keek naar Jenna, die in elkaar gedoken tussen het groepje grimmig kijkende DSS-leden in het busje zat. Haar gezicht was bleek, haar ogen waren groot en gevuld met allerlei emoties die hem stuk voor stuk woedend maakten. Schuldgevoel, angst, verdriet. Het liefst zou hij haar in zijn armen nemen en haar nooit meer loslaten, maar dat kon hij pas doen wanneer hij wist waarom ze ervandoor was gegaan, en wat er in vredesnaam door haar hoofd was gegaan voordat ze was gevlucht. Hij moest zijn verlangen dus onderdrukken – wat nog niet meeviel, nu hij op het punt stond om door het lint te gaan.

Er hing een zware stilte in het busje, en iedereen leek ervoor te kiezen om het onderwerp te mijden dat hen allemaal bezighield. Iedereen, behalve Shadow, die zich tot Jenna's beschermer had ontpopt. Nog iets waar Isaac gemengde gevoelens over had. Aan de ene kant was hij blij dat Jenna op Shadows bescherming kon rekenen, maar aan de andere kant maakte het hem pisnijdig. Jenna's welzijn was zíjn verantwoordelijkheid, en niet die van iemand anders. Zijn teamgenoot kon de grens maar beter niet overschrijden, anders had hij een serieus probleem.

Shadow draaide zich om en keek naar Jenna. Ze staarde door de ramen in de achterdeur van het busje naar buiten, en in gedachten was ze duidelijk mijlenver weg. De meeste mannen hingen in verschillende houdingen tegen de zijwanden van het busje, maar Jenna was naar de achterkant geschoven, alsof ze zich van iedereen wilde afzonderen. Alleen Isaac had niet toegestaan dat ze afstand creëerde tussen hem en haar. Hij was gewoon iedere keer met haar mee geschoven.

'Gaat het wel, liefje?' vroeg Shadow bezorgd.

Jenna keek geschrokken op, alsof het haar overviel dat iemand vroeg hoe het met haar ging. Dacht ze soms dat ze allemaal boos op haar waren? Dat er iets was veranderd in Isaacs gevoelens voor haar? Verdorie. Zodra ze in het volgende safehouse waren, zou hij eens goed met haar moeten praten.

Tranen glinsterden in haar ogen, en Isaac klemde zijn kaken zo strak op elkaar dat het een wonder was dat zijn tanden niet braken.

'Het spijt me zo,' bracht ze uit, zonder Shadows vraag te beantwoorden. 'Dat ik steeds maar weer problemen voor jullie veroorzaak. Het was niet mijn bedoeling dat jullie dit zouden doen, dat jullie zo'n risico zouden nemen. Ik wist alleen niet wat ik anders moest doen. Jullie hebben al zoveel voor me gedaan, en ik maak er steeds weer een bende van.'

Ze deed haar ogen dicht en wendde haar gezicht af. Shadows uitdrukking was zo donker dat het leek of hij elk moment kon ontploffen.

'Spijt het je dat je niet meer bij die rotzakken bent die je God weet wat aan wilden doen?' beet hij haar toe. 'Allemachtig, Jenna, besef je wel wat er met je had kunnen gebeuren? Wat ze je aan hadden kunnen doen? Verwachtte je nou echt dat we je zomaar de rug zouden toekeren en je aan die hufters zouden overleveren? Denk je dat je maar zo weinig waard bent?'

Hij keek vol afschuw naar Isaac, alsof hij dacht dat Isaac haar niet had verteld hoeveel ze betekende, niet alleen voor hem, maar ook voor Shadow. Isaac wist niet precies wat er was gebeurd toen Jenna Shadow had genezen, maar hij wist wel dat er op dat moment een band tussen die twee was ontstaan, net zoals dat was gebeurd toen Jenna zijn wonden had geheeld. Ze had iets in beide mannen veranderd, ze had hun allebei iets gegeven wat ze nooit eerder hadden gehad en waarvan ze niet hadden geweten dat ze het nodig hadden.

‘Ik wil gewoon niet dat een van jullie gewond raakt of sterft vanwege mij,’ zei Jenna. Inmiddels biggelden de tranen in vochtige sporen over haar wangen. ‘Dat zou ik niet kunnen verdragen.’

‘Dacht je dat wij niet precies hetzelfde met jou hebben?’ brulde Isaac, zodat Jenna hem verschrikt aankeek. ‘Verdorie, Jenna. Wees niet bang voor me. Je hoeft nooit bang voor me te zijn. Ik zal je nooit pijn doen, en ik zweer dat ik iedereen om zeep help die dat wel doet.’

Isaacs reactie leek Shadow tevreden te stellen, maar hij wierp Jenna een strenge blik toe. De meeste mensen zouden zich daar waarschijnlijk door laten afschrikken, maar er lag ook een zekere tederheid in die blik die heel onkarakteristiek voor Shadow was.

‘Beloof me dat je nooit meer zoiets stoms zult doen,’ zei Shadow. Hij bleef haar strak aankijken, maar zijn gezicht werd zachter toen hij haar tranen zag. ‘We kunnen je alleen beschermen als je ons daar de kans toe geeft.’

Ze wilde iets zeggen, maar hij hief zijn hand.

‘Ik wil niet meer horen dat je ons wilt beschermen of dat je je zorgen om ons maakt,’ zei hij, en hij staarde haar nog nadrukkelijker aan. ‘Ik wil alleen maar dat je belooft om te doen wat we je hebben opgedragen, en dat je ons ons werk laat doen.’

Jenna beet op haar onderlip en draaide haar gezicht weer naar het raam, maar Isaac en de anderen hadden de verse tranen al gezien die over haar bleke wangen stroomden.

Shadow wierp Isaac een betekenisvolle blik toe. In feite keek iedereen in het busje hem aan met een blik die hem vertelde dat hij er maar beter voor kon zorgen dat Jenna het idiote idee uit haar hoofd zette dat ze haar leven moest wagen om dat van hen te redden. Dane zag eruit alsof hij op het punt stond om ook een duit in het zakje te doen, maar Isaac legde hem het zwijgen op door hem nadrukkelijk aan te staren. Jenna had de boodschap nu wel begrepen, of misschien ook niet, maar dan kwam dat nog wel. Het was in elk geval niet aan deze mannen om haar duidelijk te maken dat ze Isaacs hele bestaan vormde. Dat was zijn taak, verdorie, en als ze het nu nog niet snapte, dan zou hij ervoor zorgen dat het vanavond nog tot haar doordrong.

Hij slikte en perste zijn lippen op elkaar, hoeveel moeite het hem ook kostte om te wachten. Hij weigerde echter om zijn gevoelens voor Jenna in het bijzijn van de anderen uit te spreken, en hij zou haar zeker niet de les lezen waar de anderen bij waren. Dan zou ze alleen nog maar meer overstuur raken. Het enige wat hij deed, was iedereen een blik toewerpen die heel duidelijk maakte dat ze zich erbuiten moesten houden.

De anderen wendden hun aandacht af van Isaac en Jenna, en de rest van de rit legden ze in stilte af.

Isaac verdroeg het echter niet langer dat Jenna zo afstandelijk tegen hem deed. Zelfs al zou hij moeten wachten tot ze alleen waren voordat hij uitgebreid met haar kon praten, hij wilde niet dat ze nog een seconde langer zou denken dat hij boos op haar was. Hij was over van alles nijdig, maar hij was niet boos op haar.

Hij boog zich naar haar toe, liet zijn ene arm achter haar rug glijden en de andere onder haar benen en tilde haar op zijn schoot.

Ze staarde hem met grote ogen aan, en haar blik brak bijna zijn hart. Er lag zoveel angst in haar ogen, alsof ze verwachtte dat hij tegen haar tekeer zou gaan. Hij sloeg zijn beide armen om haar heen en trok haar stevig tegen zijn borst, zó stevig dat hij betwijfelde of ze nog lucht kreeg. Dat was niet meer dan eerlijk, want zelf had hij al niet meer vrijuit kunnen ademen vanaf het moment waarop hij wakker was geworden en had ontdekt dat ze uit zijn bed was verdwenen.

Hij begroef zijn lippen in haar haren en drukte een kus op haar hoofd, haar zoete geur inademend. Hij genoot ervan om haar in zijn armen te hebben, en het voelde alsof hij eindelijk bevrijd was uit de hel waarin hij urenlang had verkeerd.

'Doe me dat nooit meer aan, Jenna,' fluisterde hij. 'Liefje, ik krijg geen lucht als jij niet bij me bent. Zweer dat je nooit meer bij me weggaat.'

Ze gaf geen antwoord, maar ontspande langzaam. De spanning vloeide uit haar spieren, en haar lichaam versmolt met het zijne als de ontbrekende helft van een geheel. Hij deed zijn ogen dicht en ademde diep door zijn neus tot zij nog het enige was wat hij rook en het enige wat hij voelde. Nooit wilde hij meer in onzekerheid over haar zitten, zich afvragend waar ze was, of ze gewond was, of bang. Dat zou hij niet overleven.

Hoe verdroegen Caleb en Beau in vredesnaam de beproevingen die hun vrouwen dankzij hun gave moesten doorstaan? Hoe had Zack het volgehouden om tien jaar lang niet te weten waar Gracie was? Hoe had hij het volgehouden om zich elk uur van elke dag af te vragen wat er met haar was gebeurd, of ze gewond was, of ze hem nodig had, of ze zelfs nog in leven was?

Allemachtig, hoe was het mogelijk dat Sterling niet krankzinnig was geworden nadat Eliza zich voor zijn lichaam had geworpen en de kogel had opgevangen die hem zou hebben gedood, waarna ze dagenlang in coma had gelegen en de artsen haar maar vijf procent overlevingskans hadden gegeven?

Het deed iets met een man om de vrouw van wie hij hield een onvoorstelbare lijdensweg te zien doormaken. Het was een ervaring die je nooit kon vergeten. Je kon het gevoel hooguit onderdrukken, maar het zou altijd weer op onbewaakte momenten de kop opsteken, en opduiken in nachtmerries die je met niemand deelde omdat het te veel pijn deed om erover te vertellen.

Hij huiverde bij de gedachte dat hij Jenna bijna was kwijtgeraakt. Ze maakte al zozeer deel uit van al zijn gedachten dat hij zich zijn wereld zonder haar niet meer kon voorstellen. Zweetdruppeltjes parelden op zijn voorhoofd, en met moeite schudde hij de angst van zich af die zijn keel nog steeds beklemde.

Ze was hier. In zijn armen. Hij hield haar vast, en ze was ongedeerd.

Godzijdank.

Ze reden de ondergrondse parkeergarage in van een gebouw van dertig verdiepingen, dat eruitzag als een doorsnee kantorencomplex, compleet met een overzicht van bedrijven die zich op iedere verdieping bevonden. In werkelijkheid huisde er echter slechts één bedrijf in dit gebouw, en dat lag recht in het midden, op de vijftiende verdieping. Die hele verdieping was omgebouwd tot een versterkt toevluchtsoord, inclusief een volledige keuken, een eetgedeelte, twee grote woonkamers, zes slaapkamers en een wapenmagazijn waar ieder wapen lag waar DSS over beschikte, waaronder een aantal exemplaren dat zelfs het leger niet bezat.

Het gebouw was zo'n beetje tegen alles bestand, behalve een rechtstreekse raketaanval. Isaac wilde er niet eens aan denken hoeveel geld het had gekost om een volledige wolkenkrabber om te bouwen tot een ondoordringbaar fort. In het verleden had hij grapjes gemaakt over de paranoïde denkwijze die ertoe had geleid om zo'n enorme veiligheidszone te creëren, maar nu lachte hij niet meer, en hij was verdraaid dankbaar dat Dane zich op het ergste had voorbereid.

De leider van DSS was een zwijgzame man, en er was waarschijnlijk maar één persoon bij DSS die zijn hele verhaal kende – Eliza. Isaac betwijfelde echter of zij écht alles van hem wist. Dane kwam duidelijk uit een rijke familie, maar hij liep er niet mee te koop en gedroeg zich onopvallend, stilletjes en opmerkzaam. Hij had connecties waar de meeste geheim agenten een moord voor zouden plegen, maar hij verraadde zijn bronnen nooit, noch vertelde hij hoe hij aan de geavanceerde wapens of de informatie kwam waar hij op bijzonder handige momenten mee op de proppen kwam.

Zijn motto was niet 'bereid je op het ergste voor'. Het was 'verwacht het ergste, en zorg dat je er klaar voor bent om het een kopje kleiner te maken'. Isaac zou nooit meer grapjes maken ten koste van Dane.

Strikt genomen was het gebouw geen eigendom van DSS. Het behoorde in zijn geheel toe aan Dane. Iemand met de rijkdom en de connecties van Dane zou zich makkelijk arrogant kunnen opstellen en voorwaarden kunnen verbinden aan datgene wat hij DSS en zijn werknemers bood, maar zo stak Dane niet in elkaar. Hij beschouwde alle agenten als zijn familie en waakte over hen als een leeuwin over haar welpen. Daarom zat hij nu ook tussen de andere mannen in het busje. Omdat hij nauw betrokken was bij het grootste deel van de missies, overigens zonder dat hij erop stond om iedere keer de leiding te hebben – iets wat Isaac zeer in zijn baas bewonderde.

Hij had een aantal van zijn teamgenoten zien profiteren van Danes middelen, maar nu Danes bescherming ook Jenna omvatte, realiseerde hij zich pas hoe belangrijk het was dat Dane zo zorgvuldig met zijn mensen omsprong. Dane had al op zijn absolute loyaliteit en toewijding kunnen rekenen, maar nu kon hij daar Isaacs diepe dankbaarheid bij optellen, omdat hij de belangrijkste persoon uit Isaacs leven beschermde. Dat was een schuld die hij nooit zou kunnen terugbetalen.

In plaats van Jenna uit het busje te helpen stappen, tilde Isaac haar simpelweg op, terwijl de anderen uit het busje sprongen en een beschermende kring om hen heen vormden. Vlug liepen ze naar de beveiligde lift die hen naar de vijftiende verdieping zou brengen, terwijl Dane een snel telefoontje naar Caleb pleegde om hem te vertellen dat ze Jenna bij zich hadden en om zich ervan te verzekeren dat alles in orde was in het safehouse waar Caleb, Beau, Zack en Sterling met hun vrouwen en Tori waren achtergebleven.

Dane en Isaac waren allebei door het lint gegaan toen Beau en

Zack en ook Lizzie erop hadden aangedrongen dat ze mee zouden gaan met de missie om Jenna te redden. Wat Isaac betrof, moesten de vrouwen koste wat kost beschermd worden, zeker in een situatie met zoveel onbekende factoren, waarin ze allemaal een doelwit waren.

De vrouwen hadden al veel te veel pijn en ellende moeten doormaken, en het laatste wat Isaac wilde, was dat ze bij zijn strijd betrokken zouden raken. Hij, de rest van zijn teamgenoten en Dane konden Jenna prima beschermen zonder de veerkrachtige vrouwen met hun verbijsterende gaven in gevaar te brengen.

Isaac hield zijn kaken stijf op elkaar geklemd terwijl hij Jenna naar een van de meest afgelegen slaapkamers bracht. Zijn tanden deden er pijn van, maar hij was niet van plan om nog een woord te zeggen tot Jenna en hij alleen waren en onder vier ogen met elkaar konden praten.

Dane zou een volledig verslag willen, en hij zou hun volgende stap willen plannen. Hij zou echter moeten wachten tot Isaac het belangrijkste geregeld had. Eerst moest hij zich ervan verzekeren dat Jenna nooit meer zou proberen bij hem vandaan te vluchten, zelfs al had ze het idee dat ze de juiste beslissing nam.

Hoe hard hij ook zijn best deed, hij kon de onrust in zijn binnenste niet onderdrukken. Die werd met de seconde heviger en stond op het punt om los te barsten, of ze nu alleen waren of niet.

Toen ze eindelijk in de slaapkamer waren, schopte hij de deur achter zich dicht en draaide hem op slot, zonder Jenna neer te zetten. Eigenlijk wilde hij haar niet loslaten, maar hij wist dat hij op ontploffen stond, en dat mocht niet gebeuren terwijl ze zo dicht bij hem was.

Hij liet haar op het bed zakken en deed toen een paar stappen naar achteren. Zijn neusgaten gingen wijd open terwijl hij een paar keer achter elkaar diep inademde.

'Waarom ben je zo boos op me?' vroeg Jenna zacht, met ongeruste ogen naar hem opkijkend.

Hij legde zijn handen achter in zijn nek en blies zijn adem uit. 'Ik ben niet boos op je, liefje.'

Ze keek hem ongelovig aan. 'Oké, waarom ben je dan boos?'

Hij sloot zijn ogen en schudde zijn hoofd, biddend dat hij zijn zelfbeheersing niet zou verliezen. Hij beefde letterlijk van woede. Omdat ze zo'n laag zelfbeeld had. Omdat hij er niet in was geslaagd haar te beschermen. Omdat hij zich zo hulpeloos en onzeker voelde, en niet wist of het hem zou lukken om haar veiligheid te waarborgen tot de rotzakken die Jenna als hun bezit beschouwden, in de val waren gelokt en gevangengenomen, of als beesten waren opgejaagd en een gigantisch pak slaag hadden gekregen. Dat laatste had zijn voorkeur, maar hij kon Jenna niet alleen laten. Nog geen seconde, want er zaten twee machtige vijanden achter haar aan, en die hadden allebei overal hun spionnen.

'Wat haalde je je in vredesnaam in je hoofd, Jenna? Je bent regelrecht in hun handen gelopen, en ik kon helemaal niets doen om dat te voorkomen. Ik wist niet eens dat je in gevaar verkeerde, dat je bang was, dat ze je pijn deden, tot het te laat was om nog in te kunnen grijpen. Je hebt geen idee hoe dat voelt, liefje. Geen. Enkel. Idee. Anders zou je niet in staat zijn om adem te halen, net als ik. Je zou niet kunnen staan, zitten of wat dan ook doen zonder dat je knieën zo zwak zouden aanvoelen dat je bijna door je benen zakte. Je handen zouden zo hevig beven dat je nog geen doelwit vanaf tien meter zou kunnen raken met een verdomde granaatwerper! Ik heb me nog nooit in mijn leven zo machteloos gevoeld!'

Zijn huid was klam van het zweet toen alle opgekropte angst eindelijk naar buiten kwam. Het kostte hem grote inspanning om te blijven staan in plaats van op zijn knieën te vallen, zo verzwakt was hij van opluchting.

'Je hebt geen idee wat ik me in mijn hoofd haalde, zonder dat ik iets kon doen om je te beschermen. Ik voelde me zo machteloos, Jenna. Lieve hemel, zulke angst wil ik nooit meer voelen. Ik kan het nog proeven. Ik denk niet dat ik die smaak ooit nog kwijtraak. Zes uur, liefje. Zes uur lang was ik je kwijt, en ik wist niet of ik je terug zou krijgen, of hoe je eraan toe zou zijn als dat zou lukken. Ik vreesde het ergste, en als ik zeg het ergste, bedoel ik het állerergste. Je kunt je niet voorstellen wat voor gruwelijke dingen ik me in mijn hoofd haalde en wat dat met me deed.'

Hij huiverde hevig, en opnieuw verkrampte zijn maag van de misselijkheid. 'Ik zal die zes uur nooit meer vergeten.'

Hij ging wat dichter bij haar staan, trachtend zijn chaotische emoties onder controle te houden, maar het was een strijd die hij in rap tempo aan het verliezen was.

'Nooit meer, Jenna. Ik zal nooit meer vergeten hoe het was om wakker te worden en te ontdekken dat je weg was, en diep vanbinnen te weten dat er iets verschrikkelijk mis was.'

Ze keek licht verward. 'Ik heb uitgelegd waarom ik het deed,' zei ze zacht. Ze sloeg haar blik neer en wrong nerveus in haar handen. 'Ik wilde jullie beschermen. Ik betaal jullie niet eens, Isaac, en je hebt me zelf verteld dat dit jullie werk is. Jullie beschermen mensen. DSS is een bedrijf, en bedrijven moeten geld verdienen. Ik mag dan niet veel over de echte wereld weten, maar dat weet ik nog wel.' Ze klonk een beetje verbitterd. 'Ik slokte niet alleen jullie mankracht op, maar door mij verkeerden jullie ook nog eens allemaal in levensgevaar. We weten immers dat ze míj niet gaan vermoorden. In elk geval niet tot ze hebben wat ze willen, en zelfs dan zou het niet logisch zijn om me te doden. Jullie zijn niet belangrijk. Door jullie te vermoorden, komen ze juist een stap dichter bij datgene wat ze willen. Mij.'

Ze hield haar hoofd schuin en wierp hem een blik toe die een mengeling was van pure verwarring en diepe triestheid. Ze zag er zo verloren uit dat hij het wel kon uitschreeuwen van frustratie. Niets wat hij zei, leek tot haar door te dringen. Niets wat hij deed, leek haar blij te maken of haar te laten glimlachen, terwijl ze was geboren voor vrolijkheid en zonneschijn.

'Ik zou denken dat jullie me allemaal het liefst zouden zien vertrekken. Denk je dat Caleb, Beau, Zack of Wade zijn vrouw wil kwijtraken? Of de Devereaux hun zusje? Denk je dat ook maar een van je teamgenoten wil sterven voor een vrouw die ze niet eens kennen? Je kunt niet zomaar alles stopzetten en alle mankracht van je bedrijf voor mij inzetten.'

'Nou en of ik dat kan!' brulde Isaac, en ze schrok. Hij staarde haar ongelovig aan. 'Lieve hemel, mens, je snapt er niks van.'

Hij wierp zijn hoofd achterover en staarde naar het plafond. Masseerde de achterkant van zijn nek, terwijl hij met zijn andere hand vermoeid over zijn ogen wreef.

'Allemachtig,' mompelde hij hoofdschuddend. Even was hij sprakeloos. Hij had geen idee wat hij moest antwoorden op de flauwekul die zojuist over haar lippen was gekomen. Het ergste was nog wel dat ze het zelf geloofde. Dit was de allerbelangrijkste strijd die hij ooit had gevoerd, en hij was zo dik aan het verliezen dat het niet grappig meer was.

Ze staarde hem verbijsterd aan. 'Wat? Wat snap ik niet, Isaac? Ik begrijp hier helemaal niets van. Ik ken de regels van de echte wereld niet. Ik doe mijn best, maar ik weet niet wat er van me wordt verwacht!'

Hij overbrugde de afstand tussen hen, trok haar tegen zich aan en liet toen zijn handen omhoogglijden om haar gezicht te omvatten, zodat ze gedwongen werd om hem aan te kijken. Hij legde zijn ziel en zaligheid in zijn woorden, vurig hopend dat hij tot haar door zou dringen, dat ze zou begrijpen en accepteren wat hij te zeggen had.

Zijn uitdrukking was fel, zijn toon was fel, maar hij goot alle liefde die hij voor deze vrouw voelde in zijn woorden en in zijn blik, zodat ze recht in zijn hart kon kijken. Want God wist dat hij naakt en kwetsbaar voor haar stond, zo naakt en kwetsbaar als een man maar kon zijn. Het scheelde gevaarlijk weinig of hij liet zich op zijn knieën vallen om haar te smeken.

Hij gooide het er allemaal uit. Hij deed geen enkele poging om zijn toon of emoties te matigen, of zelfs maar een kalm en rationeel gesprek met haar te voeren. Hij wilde zo graag uitschreeuwen dat hij van haar hield dat rationele gedachten of handelingen onmogelijk waren. Het kon hem geen bal schelen als de hele verdieping zijn verhitte liefdesverklaring hoorde, zolang die maar doordrong tot die ene persoon die ertoe deed. Zolang zij het maar voelde.

'Wat je niet snapt, is dat ik om je geef, Jenna. Ik geef zoveel om je dat ik het bijna niet verdraag. De gedachte dat we ooit gescheiden zouden raken, doet pijn. Het idee dat ik je niet kan beschermen, dat ik je in de steek heb gelaten, daar ga ik kapot aan!'

Ze keek geschokt en staarde hem sprakeloos aan.

'Ik ben zo nauw bij je betrokken dat het me nooit meer zal lukken om me van je los te maken, en liefje, ik zou het niet anders willen. Ik wil zo wanhopig graag de liefde met je bedrijven dat mijn verlangen me verteert. Ik wil je naakt nemen, met niets tussen ons in, zodat ik jouw huid op de mijne voel, zo dicht bij elkaar als twee mensen ooit kunnen zijn. Ik wil je een baby geven. Mijn baby. Zodat je voor altijd aan me gebonden bent, zonder dat je nog aan me kunt ontsnappen. Ik vind het een heerlijk idee om jou met een dikke buik te zien, met mijn kindje erin, en voor altijd van je te houden. Om een gezin met je te stichten..

Ik ga heel goed voor je zorgen, liefje,' zei hij. Hij liet zijn handen over haar wangen glijden en smeekte haar met zijn woorden en blik om hem te begrijpen en te accepteren. 'Niemand zal ooit méér van je houden dan ik. Ik heb er alles voor over om jou gelukkig te maken en je de rest van ons leven te beschermen. Als je wilt, geef ik je de maan. Ik zal je alles geven wat je ooit hebt gewild of waar je ooit van hebt gedroomd, behalve...'

Hij liet haar gezicht los en haalde zijn hand door zijn haar. Hij voelde schaamte, maar voor schaamte of trots was nu geen plek.

'Ik zal je nooit laten gaan,' zei hij met een stem vol emotie. Hij wachtte tot ze hem met een blik zou veroordelen. Tot angst of teleurstelling haar prachtige blauwe ogen zou vullen. Hij zette zichzelf schrap voor een afwijzing, maar ging dapper verder, vastberaden om haar alles te geven wat hij te geven had. Zonder aarzelen legde hij zijn ziel voor haar bloot.

'Dat kan ik je niet geven, liefje. Dat is het enige wat ik je altijd zal ontzeggen, want ik ben een egoïstische klootzak en ik zou het niet verdragen om je kwijt te raken.'

Hij haalde diep adem en liet haar precies zien wat voor man hij was. Zelfzuchtig. Vastberaden. En zo verliefd dat ze iedere leegte vulde die hij jarenlang had verborgen en had geaccepteerd als een pijnlijk maar blijvend deel van zijn leven.

'Als het moet, dan bind ik je elke avond aan mijn bed vast, zodat je niet weg kunt. Ik zal er alles aan doen om je bij me te houden. Ik zal je de wereld geven, alles wat je hartje begeert, en kan alleen maar vurig hopen dat het nooit je hartenwens zal zijn om vrij te zijn van mij, want dat is het enige wat ik je niet kan geven. Je vrijheid. Ik kan het niet, Jenna. Ik wilde dat ik een betere man was, maar verdorie, als dat betekent dat ik jou moet laten gaan, dan wil ik die man niet zijn.

Man, wat een hufter ben ik dat ik zulke dingen denk en ze nog hardop uitspreek ook. Je bent het grootste deel van je leven een gevangene geweest, en nu weiger ik om je vrij te laten. Maar liefje, het zal een gevangenis met gouden tralies zijn. Ik zweer dat ik je in de watten zal leggen en dat ik zo goed voor je zal zorgen en zoveel van je zal houden dat je het nooit als een gevangenis zult zien, maar als een thuis waar je altijd mag blijven. Bij een man die meer van jou houdt dan van het leven zelf.'

Zijn uitdrukking werd nog serieuzer, en hij keek haar nadrukkelijk in de ogen. Hij besefte dat alles hiervan afhing. Dat niets ooit nog belangrijker zou zijn dan dit moment. Geen enkele taak, geen enkele missie zou ooit zo noodzakelijk zijn voor zijn overleving.

'Ik zal je met mijn leven beschermen. Jij en onze kinderen. Elke dag die wij samen zullen doorbrengen, zal ik mijn uiterste best doen om je alles te geven wat je ooit zou kunnen wensen, en de enige beloning die ik wil of nodig heb, zijn jouw glimlach en geluk. Voor die dingen zal ik keihard werken. Alles wat ik van nu af aan doe, is voor jou, liefje. Alleen voor jou.'

Ze zag eruit alsof haar emoties haar dreigden te overweldigen. Hete tranen stroomden als riviertjes over haar gezicht en drupten op zijn hand. Het waren er zoveel dat hij ze onmogelijk nog weg kon vegen.

'Het spijt me,' bracht ze uit. 'Ik wilde je geen pijn doen. Ik wist het niet. Ik besefte het niet.'

Niets ervan. Hij accepteerde geen verontschuldigingen van haar. Hij legde haar met een kus het zwijgen op en likte over haar lippen totdat ze die voor hem opende. Toen veroverde hij haar mond, strelend, proevend, genietend van haar zoete smaak. Hij trok haar zo dicht tegen zich aan dat er geen ruimte meer tussen hen was en legde zijn hand op de achterkant van haar hoofd, zodat ze geen kant meer op kon terwijl hij haar mond met een eindeloze kus veroverde.

Niets had ooit zo heerlijk gevoeld of geproefd. Niets was ooit zo perfect geweest als haar kleine zachte lichaam in zijn armen. Hij wilde hier een leven lang van genieten, hij wilde haar iedere dag vasthouden en haar nabijheid koesteren. God, laat me dat alstublieft gegund zijn. Hij wist dat hij had gezworen om nooit om iets anders te vragen dan dat ze veilig zou zijn, dat hij haar terug zou krijgen, maar er was nog één ding waar hij om moest smeken. Dat ze voor altijd de zijne zou zijn.

'Je hoeft nooit sorry te zeggen,' zei hij resoluut, toen hij zich eindelijk had losgemaakt. Hij streek met zijn duimen over haar wangen en nam ieder stukje van haar verfijnde gelaatstrekken in zich op, de schoonheid die zo helder vanuit haar binnenste straalde dat het hem bijna verblindde. 'Kijk nooit meer achterom, alleen naar voren. Geef me de kans om je gelukkig te maken en je liefde te winnen. Ik zal eeuwig geduld hebben, als dat nodig is; want hoelang het ook duurt, als je die woorden uiteindelijk zegt, zal dat het wachten waard zijn geweest.'

'Ik hou al van je,' bracht ze uit, haar stem verstikt door de emotie. 'Ik hou al van je vanaf het eerste moment waarop ik je aanraakte. Toon me je liefde, Isaac. Alsjeblieft. Je hebt me de woorden gegeven. Laat me nu ook zien hoe het echt hoort te zijn.'

Hoofdstuk 18

Isaac verstijfde. Zijn handen, die haar prachtige gezicht nog steeds omvatten, trilden terwijl hij de mooiste woorden opzoog die hij ooit in zijn leven had gehoord. Hij kreeg geen lucht. Er zat zo'n grote brok in zijn keel dat hij niet in staat was om zuurstof naar binnen te krijgen. Zijn hart ging als een bezetene tekeer, en zijn oogleden prikten alsof ze in brand stonden.

'Weet je het zeker, mijn lieve engel?' wist hij eindelijk met gevoelloze lippen uit te brengen. 'Want het is al genoeg voor mij om te weten dat je van me houdt. Dat zal altijd genoeg zijn. Als je er nog niet klaar voor bent om de liefde met me te bedrijven, dan kunnen we wachten. Ik kan wachten. Zo lang als nodig is, tot je zeker weet dat je dit wilt – dat je mij wilt. We hebben alle tijd.'

Ze legde haar hand op de zijne en draaide haar hoofd toen opzij, haar mond tegen de hand drukkend die haar wang omvatte. Ze deed haar ogen dicht en plantte een kusje op zijn grote hand. Daarna hield ze hem eenvoudigweg vast, met zijn handen tegen haar gezicht gedrukt.

'Jij bent het enige waar ik zeker van ben, de enige vastigheid in mijn leven. Je bent het enige waar ik niet aan twijfel, na zoveel jaren van angst, hopeloosheid en onzekerheid. Ik mag dan nooit hebben gezien hoe liefde eruitziet, maar ik weet wel wat liefde níét is. Ik weet ook dat ik gevoelens voor jou heb die ik nooit voor iemand anders heb gehad. Dus ja, Isaac, ik ben er klaar voor. Ik wacht al mijn hele leven op je. Laat me niet nog langer wachten,' smeekte ze.

Hij voelde zich overweldigd, en het duurde even voordat hij zichzelf weer in de hand had en de golf van emotie had onderdrukt die hem uit balans had gebracht. Hij knipperde de tranen weg die zijn zicht vervaagden. Toen bracht hij zijn mond naar de hare en kuste haar met een tederheid die hij niet van zichzelf kende.

'Ik zal het rustig aan doen, liefje,' fluisterde hij. 'Ik wil je geen pijn doen.'

Hij werd gekweld door het feit dat hij haar pijn zou doen, hoe voorzichtig hij ook zou zijn. Ze was een maagd. En alsof dat nog niet genoeg was, was ze ook nog eens klein en tenger, en hij was een grote, breedgebouwde man die haar makkelijk zou kunnen verpletteren zonder het zelfs maar in de gaten te hebben.

Zijn penis was stijf en drukte pijnlijk tegen de stof van zijn broek. Hij kreunde. Hij was overál groot. Hoe zou hij ooit in haar passen? Daar kwam nog bij dat hij nu al op het punt stond om klaar te komen, en hij was nog niet eens bij haar binnengedrongen. Hij betwijfelde of hij veel verder zou komen dan het eerste stukje voordat hij zijn hoogtepunt bereikte. Hoe kon ze daar nu van genieten? Het laatste wat hij wilde, was dat haar eerste kennismaking met seks in twee seconden voorbij zou zijn en dat ze zich af zou vragen of dat alles was.

Man, hij moest zichzelf in de hand houden. Dus voorlopig hield hij zijn broek mooi aan. Hij moest dit bijzonder maken voor haar. Hij wilde dat ze zou genieten, dat ze zijn naam van genot zou uitschreeuwen wanneer ze klaarkwam.

Hij trok zich een stukje terug en liet zijn handen over haar lichaam omlaagglijden tot hij bij de zoom van haar shirt was. Hij schoof zijn vingers eronder, maar toen stopte hij en keek haar recht in de ogen.

'Ik ga je uitkleden, liefje. Ik wil niet dat je bang bent of je opgelaten voelt. Je bent de prachtigste vrouw die ik ooit heb gezien, en ik wil je laten zien hoe mooi ik je vind. Maar als ik te snel ga, als ik iets doe waar je van schrikt, laat het me dan weten. Dan neem ik gas terug, tot het goed voor je voelt om verder te gaan. Oké?'

‘Oké,’ fluisterde ze, nerveus haar lippen bevochtigend.

Hij nam haar ernstig op. ‘Beloof het me, lieve engel. We hebben alle tijd van de wereld. Beloof me dat je het zegt als je bang bent, als ik je pijn doe of als je wilt stoppen.’

Ze glimlachte, en het leek of de hele kamer plotseling in zonlicht baadde. Hij voelde de warmte in zijn botten, in zijn aderen, in zijn hele lichaam.

‘Dat beloof ik,’ zei ze.

Langzaam schoof hij haar shirt omhoog, zonder zijn ogen ook maar een seconde van haar gezicht af te wenden. Op die manier wist hij zeker dat ze niet in paniek raakte. Toen hij het shirt tot boven haar borsten had geschoven, stopte hij.

‘Doe je armen omhoog,’ zei hij hees.

Langzaam hief ze haar armen boven haar hoofd. Vlug trok hij haar shirt uit en gooide het op de grond. Toen legde hij zijn handen op haar heupen en trok haar naar zich toe. Ze liet zich achterovervallen, zodat ze op haar rug op het bed lag, haar haren uitgespreid in een waterval van krullen. Hij friemelde aan haar spijkerbroek en ritste die met trillende vingers open. Terwijl hij de denimstof over haar heupen schoof, boog hij zich naar voren en drukte zijn lippen op haar zachte buik.

Ze schokte, en er kwam een zachte kreun over haar lippen. Hij wreef met zijn neus over haar navel en grinnikte toen ze onbeheersbaar huiverde en er kippenvel op haar huid verscheen. Terwijl hij verderging met het kussen, likken en knabbelen aan haar buik, trok hij haar broek verder omlaag. Hij maakte zich net lang genoeg van haar los om de broek ongeduldig over haar voeten te trekken.

Zachtjes duwde hij haar benen uit elkaar en staarde naar het doorschijnende slipje dat dat deel van haar bedekte dat hij dolgraag wilde proeven. Hij wilde dat ze in zijn mond klaar zou komen. Hij wilde haar laten zien wat een genot hij haar kon bezorgen, zodat ze helemaal slap en bevredigd zou zijn voordat hij bij haar binnendrong.

Hij stak zijn hand uit en drukte met zijn wijsvinger op haar slipje, precies tussen de gezwollen lippen van haar vagina. Hij kreunde.

'Je bent zo nat voor me, liefje. Al dat lekkers ligt klaar voor mij om op te likken.'

Ze bloosde hevig, maar haar ogen waren glazig van de hartstocht. Ze leek bijna dronken, met haar gezwollen lippen, warrige haar en wazige blik. Ze staarde hem aan, en toen zei ze iets wat hem verraste.

'Ja, Isaac, het is allemaal voor jou. Alleen voor jou.'

Allemachtig. Zijn penis was zo hard dat het pijn deed, en hij voelde vocht aan de binnenkant van zijn ondergoed terwijl hij zijn best deed om niet ter plekke klaar te komen. Hij legde een hand op zijn kruis en kneep hard terwijl hij een paar keer diep ademhaalde.

Jenna hield haar hoofd schuin en keek verward naar hem op. 'Waarom heb je pijn?' vroeg ze fronsend.

Hij lachte, maar het klonk niet overtuigend. 'Je hebt geen idee, liefje. Ik verlang zo naar je dat ik al bijna klaarkom als ik naar je kijk en je al die dingen hoor zeggen en weet dat ik je eindelijk ga proeven. En ik heb mijn kleren nota bene nog aan.'

'Trek ze dan uit,' fluisterde ze. Haar ogen glommen plotseling van nieuwsgierigheid en begeerte.

Hij kreunde. 'Nog niet, liefje. Ik ga niet over je heen klaarkomen voordat ik de kans heb gehad om jou genot te bezorgen. Ik kom pas klaar als ik in je ben.'

Ze bloosde weer, maar ze glimlachte, en haar hele gezicht lichtte op.

Hij boog zich naar voren, duwde zijn neus en zijn mond tegen haar vochtige slipje en ademde haar bedwelmende vrouwelijke geur in. Die was zoet als nectar. Hij sloot zijn ogen en voelde zich haast dronken worden terwijl hij haar zo diep mogelijk inademde.

'Isaac, alsjeblieft,' zei ze, en ze kronkelde onder hem.

Hij keek omhoog en ontmoette haar blik. 'Vertel me wat je wilt, liefje. Je weet dat ik je alles zal geven.'

'Ik wil... dat je me aanraakt,' zei ze wanhopig. 'Er gebeurt iets, maar ik weet niet wat. Ik weet alleen dat je me aan moet raken en dat het dan beter wordt.'

Hij plaagde haar niet door de kwelling te rekken. Met een ruk scheurde hij het slipje van haar lijf en gooide het op de grond. Toen boog hij zich weer omlaag en gebruikte zijn schouders om haar benen verder te spreiden.

'Zet je schrap, baby, want ik ga je verslinden,' zei hij grommend.

Hij duwde zijn tong tussen haar zachte vlees en likte omhoog tot hij bij haar clitoris was. Met het puntje van zijn tong draaide hij rondjes om het harde knopje. Haar hele lichaam verstijfde, en ze slaakte een kreet, maar vroeg hem niet om te stoppen.

Hij ging een stukje lager en verkende haar kleine opening, tot hij eindelijk zijn tong naar binnen liet glijden en precies datgene deed wat hij het liefst met zijn penis zou doen.

'O hemel, Isaac! Wat doe je? Wat gebeurt er met me?' vroeg ze verbijsterd.

'Sst, liefje,' zei hij geruststellend. 'Verzet je er niet tegen. Laat me mijn gang gaan en vertrouw me. Ik zal goed voor je zorgen.'

'Maar het voelt alsof ik zo dadelijk in duizend stukjes uit elkaar ga spatten!' protesteerde ze.

'Ik ga je alleen maar genot bezorgen,' zei hij. Gretig ging hij verder met likken en zuigen, om geen enkele druppel te verspillen die haar lichaam hem schonk. Hij wilde dat ze in zijn gezicht klaar zou komen, dat haar allereerste orgasme in zijn mond zou plaatsvinden. En het tweede rond zijn penis.

Hij bewoog zijn tong binnen in haar, en ze begon luider te kreunen. Haar benen trilden, en ze schokte met haar heupen, alsof ze het bijna niet kon verdragen. Hij drukte zijn vinger tegen haar clitoris en begon die zachtjes te masseren, terwijl hij zijn tong in haar honing bleef baden.

'Isaac!' riep ze paniekerig.

'Geef je eraan over, Jenna. Vertrouw me. Ik zal je nooit pijn doen,' stelde hij haar gerust. 'Laat het gebeuren. Geef me wat ik wil.'

Haar hele lichaam verstijfde, en hij vervolgde zijn ritme, beseffend dat ze bijna bij haar hoogtepunt was. Toen ze nog heviger begon te trillen en nog vochtiger werd, sloot hij zijn mond over haar opening, om geen druppeltje nectar mis te lopen wanneer ze klaarkwam.

Ze kromde haar rug, haar heupen kwamen los van het matras en een kreet weerklonk door de kamer. Ze schreeuwde zijn naam, en plotseling vloeide zijn mond vol met de zoetste smaak die hij ooit had geproefd. Ze trilde onder hem terwijl hij haar zachtjes teruggebracht van haar orgasme.

Toen hij elk druppeltje van haar af had gelikt, richtte hij zich op en gleed over haar lichaam omhoog, een spoor van kussen trekkend van haar buik tot aan haar borsten. Haar uitdrukking was verdwaasd, en in haar ogen lag een tevreden gloed terwijl ze hem loom gadesloeg bij het liefkozen van haar borsten. Toen hij zijn mond over een harde tepel sloot en er krachtig aan zoog, trok haar lichaam krom. Haar mond vloog open, en haar ogen stonden plotseling weer helemaal alert.

'Ik ga je weer naar het randje brengen, baby,' zei hij ruw. 'Ik wil dat je weer op het punt van klaarkomen staat wanneer ik bij je binnendring. De eerste keer kwam je in mijn mond. De tweede keer ga je over mijn penis komen.'

Ze bevochtigde haar lippen, en begeerte laaide op in haar ogen. Toen hij zich weer naar voren boog om haar borsten met aandacht te overladen, drukte ze haar vingers in zijn schouders, zijn huid markerend met haar nagels.

Hij deed zijn ogen dicht en kreunde. 'Ja, baby, ja. Laat je sporen maar achter op mijn huid. Laat maar zien dat ik van jou ben, zoals jij van mij bent.'

Hij richtte zijn aandacht op haar andere borst en trok met zijn tong een vochtig spoor rond de tepel. Het verrukkelijke roze puntje stak naar voren, alsof het smeekte om zijn aanraking. Hij sabbelde er zachtjes aan, zodat het nóg harder werd, en toen nam hij de hele tepel in zijn mond.

Hij zoog er krachtig aan en gaf toen de andere borst dezelfde behandeling. Jenna kronkelde onder hem, betastte hem wild met haar handen en liet haar sporen achter op zijn huid.

Al kussend trok hij een spoor van haar borsten naar de kwetsbare huid van haar hals, en verder omhoog naar haar oor. Zachtjes zoog hij aan haar oorlelletje, terwijl ze onbeheersbaar beefde onder zijn grote lichaam. Hij bedekte haar helemaal. Ieder stukje van haar lichaam drukte tegen zijn huid. Ze was een deel van hem, een essentieel deel van hem. Het allerbeste deel van hem. Ze maakte een betere man van hem. Ze maakte dat hij een betere man wilde zijn. Voor haar. En voor de kinderen die ze op een dag zouden krijgen. Zijn toekomst had er nooit beter uitgezien dan nu, en dat allemaal dankzij de aanraking van een engel.

Zijn mond gleed langs haar kaak tot hij uiteindelijk opnieuw haar mond veroverde. Hij stak zijn tong naar binnen en deelde de smaak van haar nectar met haar. Zijn lichaam snakte ernaar om het hare binnen te dringen, zo diep dat ze nooit meer vrij van hem zou zijn. Zijn penis was hard en gezwollen, strak omhoog gericht, zodat hij tegen zijn buik drukte.

In een ommezien had hij zijn kleren uit en toen ze omlaagkeek, werden haar ogen groot van angst en verwachting.

Ze keek hem weer aan en beet nerveus op haar lip. 'Isaac, dit gaat nooit goed. Hoe moet je in mij passen? Je bent zo... groot,' bracht ze uit.

Voordat ze aan haar paniek kon toegeven, legde hij haar met een lange hartstochtelijke kus het zwijgen op. Toen ze allebei ademloos waren, liet hij haar lippen los en keek haar liefdevol in de ogen.

'Je bent voor mij gemaakt, Jenna. Je bent mijn eigen lieve engel. Je zult zien dat het past. Wij zullen altijd passen. Je bent de andere helft van mijn ziel, de ontbrekende helft. Wij passen zo naadloos in elkaar dat ik niet eens meer weet waar mijn lichaam ophoudt en het jouwe begint. Wees niet bang, mijn liefste. Ik zal je nooit opzettelijk pijn doen. Het zal maar heel even onprettig aanvoelen, en daarna breng ik ons allebei naar de hemel. Vertrouw je me?'

Ze knikte, maar aan haar ogen zag hij dat ze er nog niet gerust op was.

Hij boog zich over haar heen en kuste haar, terwijl hij tegelijk zijn ene hand tussen haar benen liet glijden. Ze was nat van verlangen, zelfs nadat hij even daarvoor al haar vocht had opgelikt. Zachtjes duwde hij zijn vinger bij haar naar binnen, terwijl hij zijn mond weer naar haar borsten liet afdalen.

Toen zijn vinger bij haar binnendrong, verstijfde ze een heel klein beetje, maar ze klemde zich aan hem vast, en steeds wanneer hij aan haar tepels zoog, voelde hij haar natter worden.

'Wanneer ik in je kom, wil ik dat je je benen om mijn middel slaat en mijn schouders vasthoudt. Oké, liefje? Kun je dat voor me doen?' vroeg hij teder.

Ze knikte met grote ogen.

'Je bent klaar voor me, baby. Je lichaam is er klaar voor. Je bent zo nat en heet, zo zacht,' mompelde hij.

Bij het horen van zijn geruststellende woorden ontspande ze.

Hij bracht zijn erectie tussen haar benen en wreef met het topje over haar satijnzachte vlees tot het helemaal met haar vocht was bedekt. Hij plaatste de eikel tegen haar kleine opening en duwde zachtjes, zijn hand vrijmakend voor andere dingen.

Toen liet hij zijn lichaam op het hare zakken en bedekte haar, leunend op zijn ene elleboog, zodat hij haar niet verstikte. Met zijn andere hand wreef hij zachtjes over haar clitoris.

Ze sloeg haar benen om zijn middel, zoals hij haar had gevraagd, en steeds wanneer hij met haar clitoris speelde, klampte ze zich aan hem vast. Haar hoofd was naar achteren gebogen, haar borst geheven, en ze bood de mooiste, meest erotische aanblik die hij ooit had gezien.

'Hou vol, baby,' fluisterde hij. 'Ik zal proberen het eerste stukje snel te doen.'

Ze deed haar ogen open, verward door zijn woorden.

'Ik hou van je,' zei hij. 'Ik zal altijd van je houden.'

Toen drong hij bij haar naar binnen, hard en diep, de kwetsbare barrière van haar onschuld doorbrekend. Ze slaakte een kreet, en tranen schitterden in haar ogen terwijl ze zijn schouders vastgreep. Zijn hart brak zowat in tweeën toen hij een traan over haar wang zag glijden.

'Het spijt me, liefje,' zei hij, en hij kuste haar zacht. 'Het spijt me zo dat ik je pijn doe. Blijf maar heel stil liggen. Ik beweeg niet tot de pijn wegebt, en dan zorg ik dat het fijn voelt. Ik zweer het. Vergeef me alsjeblieft,' smeekte hij.

Ze liefkoosde zijn gezicht met haar ene hand en glimlachte beverig naar hem. 'Ik weet dat je me geen pijn wilde doen, Isaac. Ik schrok alleen even, dat is alles. Zal het elke keer zo zijn? Ik bedoel, aan het begin?'

Ze voelde zich duidelijk ongemakkelijk bij het stellen van die intieme vraag, en hij kuste haar opnieuw.

'Nee, liefje, het zal nooit meer zeer doen. Omdat je een maagd was, is het de eerste keer vaak pijnlijk, omdat het maagdenvlies dan scheurt. Maar nu is dat weg, en van nu af aan zul je er alleen maar genot aan beleven.'

Terwijl hij haar geruststelde, wreef hij zachtjes met zijn vingers over haar clitoris. Hij voelde haar lichaam samentrekken, en zijn penis werd in een vloedgolf van opwinding gehuld.

Voorzichtig omvatte ze hem met de wanden van haar vagina. Hij kreunde en sloot zijn ogen, zijn tanden op elkaar klemmend.

'Genade, baby,' zei hij met een gekwelde stem. 'Als je zo doorgaat, kom ik veel te snel klaar en dan is het alweer voorbij.'

Ze glimlachte en bracht haar heupen omhoog, zodat hij verder in haar verdween.

Hij vloekte en probeerde zich terug te trekken, maar ze klemde haar benen strak om zijn middel, zodat hij geen kant meer op kon.

'Het doet niet zo'n pijn meer,' zei ze verlegen. 'Het tintelt helemaal. Ik wil dat je op en neer gaat.'

Met meer beheersing dan hij ooit had gedacht op te kunnen brengen, ging hij iets verder bij haar naar binnen. Toen trok hij zich terug, kreunend terwijl ze trillend over zijn erectie schoof. Toen hij er bijna helemaal uit was, drong hij haar krachtig binnen, zo diep als hij kon.

Haar ogen werden groot, en haar benen trilden hevig. Ze groef haar hielen in zijn rug. 'Alsjeblieft,' smeekte ze. 'Ik wil... Ik weet niet wat ik wil,' zei ze gefrustreerd.

'Ik weet wat je nodig hebt, baby,' zei hij liefdevol. 'Hou me stevig vast.'

Zodra ze haar armen en benen om zijn lichaam had geslagen, begon hij harder en sneller te stoten. Hij kon zich niet langer inhouden, zijn bewegingen niet meer controleren. Hij ging steeds sneller, en zijn heupen sloegen tegen haar billen terwijl hij de maximale diepte bereikte, elke centimeter van zijn penis omhuld door haar hitte.

Het zweet brak hem uit, en ook uit Jenna's uitdrukking sprak inspanning.

'Ik wil dat je nog een keer klaarkomt,' zei hij met opeengeklemde tanden. 'Geef je over, Jenna. Laat het gebeuren.'

Hij duwde zijn duim wat steviger tegen haar clitoris en draaide er snellere cirkeltjes mee. Tegelijk boog hij zijn hoofd en zoog op haar tepel, zijn tanden gebruikend om een heel klein steekje van pijn te veroorzaken.

Meer had ze niet nodig. Haar blik schoot naar de zijne, en haar mond ging open en liet een geluidloze kreet ontsnappen. Haar lichaam verstijfde, en het leek haast of ze pijn had. Precies toen hij dacht dat hij het geen seconde meer zou volhouden, werd hij omringd door een plotselinge vloed van zachte, hete bevrijding.

Hij schreeuwde haar naam en begroef zijn gezicht in haar hals terwijl hij zo diep mogelijk haar lichaam binnendrong. Zijn ontlading schoot pijnlijk haar warme, uitnodigende haven binnen. Nog nooit was hij zo intens klaargekomen. Hij voelde het uit haar lekken, aan de binnenkant van haar dijen en aan de buitenkant van de zijne.

Nog nooit in zijn leven had hij zich zo bevredigd gevoeld, zo compleet. Hij had zijn thuis gevonden. Zij was zijn thuis. Thuis was niet een plek, niet een woning. Thuis was zij. Zijn engel. Waar ze ook was, zolang hij bij haar was, was hij thuis.

Hoofdstuk 19

Toen Jenna wakker werd, lag ze half over Isaacs lichaam gedrapeerd. Slaperig keek ze omhoog om te zien of hij al wakker was. Tot haar verbazing staarde hij haar aandachtig aan, en hij liet zijn hand liefkozend over haar rug glijden.

'Tijd om op te staan, dan kan ik ontbijt voor je maken,' zei hij, zijn ogen nog vol begeerte.

Ze gaapte loom en sloeg haar armen om zijn middel. 'Ik heb geen honger. Kunnen we niet gewoon in bed blijven?' vroeg ze pruilend.

Hij grinnikte en kuste haar op haar hoofd. 'Liefje, we zijn deze kamer al drie dagen niet uit geweest. Je moet langzamerhand uitgehongerd zijn.'

Ze staarde hem verbijsterd aan. 'Drie dagen?'

Hij grijnsde. 'Het verbaast me niets dat je de tijd uit het oog bent verloren – tenslotte heb ik je aardig beziggehouden. Ik heb je geen seconde rust gegund.' Zijn grijns verdween en er verscheen bezorgdheid in zijn ogen.

Ze bloosde verlegen, maar schonk hem een stralende glimlach. 'Ik had ook helemaal geen behoefte aan rust. Bovendien denk ik dat ik jou net zozeer heb uitgeput als jij mij.'

Hij lachte en gaf een plagend kneepje in haar neus. 'Mij hoor je niet klagen, liefje. Maar je moet nu wel gaan douchen en iets eten, en ik moet me bij de anderen melden, voordat iemand komt kijken of we nog leven.'

Paniek overspoelde haar, en ze krabbelde uit bed, haastig zoekend naar haar kleren. Het zou wel heel vernederend zijn als iemand binnen kwam lopen en hen naakt in bed zag liggen. Isaac pakte echter haar hand, trok haar weer op het bed en kuste haar hartstochtelijk, zodat ze alles en iedereen vergat.

'Ik plaagde je maar, liefje. Ze wagen het echt niet om hier binnen te komen. Niemand ziet wat van mij is. Van nu af aan zal niemand ooit nog zien wat aan mij toebehoort.'

Bij het horen van zijn woorden begon ze te gloeien. Ze voelde zo'n intense tevredenheid en zoveel liefde dat ze de stortvloed aan emoties haast niet kon verwerken. 'Dat meen je echt, hè?'

Fronsend bestudeerde hij haar gezicht. 'Kennelijk heb ik je daar niet voldoende van weten te overtuigen. Misschien moet ik nóg drie dagen met je in bed doorbrengen, tot je echt begrijpt dat je van mij bent, Jenna. Jij behoort aan mij toe, en ik aan jou. Over zulke dingen maak ik geen grapjes. Die woorden heb ik nog nooit tegen een vrouw gezegd. Alleen tegen jou. Jij zult altijd de enige voor mij zijn.'

'Oké, oké, ik ga al!' zei ze lachend. Toen werd haar toon spijtig. 'Ik weet alleen niet of het me zal lukken om naar de douche te lopen.'

Hij keek haar aan alsof ze niet goed snik was om zelfs maar te overwegen om te gaan lopen, en toen tilde hij haar op en droeg haar naar de badkamer.

'Wie zei iets over lopen? Je hebt me zo laten schrikken dat ik je geen seconde meer uit het zicht laat. Sterker nog, ik wil dat je voortdurend zo dichtbij bent dat ik je aan kan raken, want ik ben van plan om dat heel vaak te doen. Als het op jou aankomt, heb ik geen enkele zelfbeheersing,' mompelde hij.

'Je doet alsof dat erg is,' zei ze plagend.

Na haar lange, ontspannen douche had ze meteen weer zin om hem terug te slepen naar bed en hem te vragen de brandende begeerte te blussen die hij in haar binnenste had gestookt. Hij hielp haar echter onder de douche uit en droogde haar zorgvuldig af. Hij borstelde zelfs haar lange haar, dat helemaal door de war zat als gevolg van hun liefdesmarathon. Daarna gaf hij haar een tik op haar billen en droeg haar op om zich aan te kleden.

Eindelijk verlieten ze de slaapkamer en liepen naar de keuken, waar Isaac haar op een van de krukken aan het kookeiland liet zitten, met instructies om zich niet te verroeren terwijl hij hun ontbijt klaarmaakte. Jenna voelde zich opgelaten bij de gedachte dat de mannen in de kamer ernaast zaten, en dat ze heel goed wisten hoe Isaac en zij de afgelopen drie dagen hadden doorgebracht.

Ze staarde omlaag en wrong nerveus haar handen. Af en toe keek ze vanuit haar ooghoek in de richting van de woonkamer.

Isaac zette een bord voor haar neus waar zoveel voedsel op lag dat ze niet dacht dat ze het ooit op zou kunnen krijgen. Toch genoot ze van de luxe om alles te mogen eten, in plaats van alleen de groenten waar ze zo lang op had moeten teren.

'Maak je geen zorgen, liefje,' zei Isaac zacht. 'Niemand zal iets zeggen, het laatste wat ze willen is dat jij je opgelaten voelt.'

Ze knikte. Het was ook stom dat ze zich daar druk om maakte. Isaacs teamgenoten waren steeds aardig tegen haar geweest, en ze hadden haar niet één keer de indruk gegeven dat ze ooit iets zouden doen waar zij zich ongemakkelijk bij zou voelen.

Opgewonden bekeek ze alles wat op het bord lag. Ze had nog nooit zoveel verrukkelijks bij elkaar gezien. Toen haar wangen pijn begonnen te doen, besefte ze dat ze als een idioot zat te grijnzen, maar ze kon haar verrukking over de nieuwe ervaring gewoon niet onderdrukken. Over de vrijheid om te eten – of niet te eten – waar ze maar zin in had.

Toen ze het bord uitgebreid had bestudeerd, pakte ze haar vork en staarde fronsend naar het feestmaal dat Isaac heel eenvoudig 'ontbijt' had genoemd. Wat wilde ze als eerste proeven? Alles zag er even lekker uit, hoewel ze geen idee had wat het allemaal was. Ze bloosde beschaamd. Zelfs een kind zou de gerechten op het bord herkennen. Plotseling was ze niet meer zo opgetogen over de nieuwe ervaring.

Ze voelde Isaacs blik op zich rusten en keek op zonder haar hoofd op te tillen. Isaac sloeg haar met zo'n treurige uitdrukking gade dat ze zich opgelaten voelde, en plotseling had ze geen trek meer.

Zonder op te kijken schoof ze het bord weg en staarde naar de vork die ze nog in haar hand had, wensend dat er een gat in de grond zat waar ze in kon verdwijnen.

'Liefje, eet het toch lekker op,' zei Isaac op milde, gepijnigde toon.

Ze deed haar ogen dicht, en nog geen tel later voelde ze dat Isaac op de kruk naast haar kwam zitten.

'Je hoeft je nergens voor te schamen,' zei hij. Hij klonk oprecht, en toen ze de moed bijeen had geraapt om hem aan te kijken, zag ze diezelfde oprechtheid weerspiegeld in zijn uitdrukking.

'Ik wilde je de kans geven om nieuwe dingen te proberen,' legde hij uit. 'Daarom heb ik er een feestmaal van gemaakt. Op deze manier kun je ontdekken wat je lekker vindt en wat niet, en dat is handig voor mij om te weten. Dan weet ik zeker dat ik je nooit iets voorzet waar je niet van houdt.'

Ze staarde hem verward aan. 'Vind je het dan niet erg als ik iets laat staan wat jij voor me hebt klaargemaakt? Het zou toch heel onbeleefd van me zijn om iets niet te waarderen waar jij moeite voor hebt gedaan?'

Nerveus staarde ze weer naar het bord. Het idee dat ze iets niet zou lusten wat hij voor haar had gemaakt, vervulde haar met angst.

Met een zucht legde hij zijn hand op haar knie en draaide haar om, tot ze tegenover elkaar kwamen te zitten. Toen legde hij zijn vinger onder haar kin en duwde die omhoog, zodat hun blikken elkaar ontmoetten.

'Liefje, iedereen lust wel een aantal dingen niet. Dat is volkomen menselijk. Je vindt nergens twee mensen die van precies dezelfde dingen houden. Ik wil dat je iedere keer van je eten geniet als we samen aan tafel zitten, en daarvoor zullen we met voedsel moeten experimenteren totdat je weet wat je lekker vindt, wat je niet zo lekker vindt en waar je helemaal gek op bent. En dan ontdek je vanzelf dat er ook dingen zijn die ik voor geen goud in mijn mond stop.'

'Echt?' vroeg ze hoopvol. 'Dus je wordt niet boos als ik iets niet lekker vind wat jij voor me gemaakt hebt?'

'Ik zal nooit boos op je zijn als je eerlijk tegen me bent. Wat me boos zou maken, is als je iets op zou eten wat je helemaal niet lust, omdat je niet tegen me durfde te zeggen dat je het niet lekker vond.'

Hij grijnsde en gaf een kneepje in haar neus. 'Ik weet al dat ik je beter geen groente voor kan zetten, want anders slaap ik op de bank.'

Ze knipperde verrast met haar ogen, en toen ze besefte dat hij haar plaagde, lachte ze opgelucht.

'Dus eet je nu op wat je lekker vindt, en laat je de rest staan?'

Na zijn uitleg voelde ze zich een tikje dwaas, en dus knikte ze en stak haar hand gretig uit naar het bord. Ze probeerde alles wat erop lag, proefde de smaken en texturen, en probeerde te ontdekken wat ze het lekkerst vond en wat ze niet lustte.

Ze wees naar alles wat ze had geproefd en vertelde Isaac wat ze ervan vond. Wat de roereieren betrof, wist ze het zo net nog niet, maar het spek vond ze verrukkelijk, en ze at het helemaal op. Daarna staarde ze een beetje misselijk naar de laatste kruimeltjes en besloot dat ze het voortaan zou laten staan. De gebakken ham en het verse fruit waren echter een succes, en ze likte haar vingers er letterlijk bij af.

Toen ze helemaal vol zat, schoof ze haar bord met een tevreden zucht weg. 'Ik zit bomvol,' verklaarde ze kreunend. 'Ik moet alweer naar de wc.'

Isaac gaf haar een kus. 'Als je maar snel terugkomt.'

Ze glimlachte en liep de keuken uit.

Toen Isaac de ontbijtborden stond af te wassen, riep Shadow hem vanuit de deuropening tussen de keuken en woonkamer.

'Dit moet je zien, makker,' zei hij met gedempte stem. Hij knikte in de richting waarin Jenna was verdwenen om Isaac te laten weten dat zij dit beter niet kon zien.

Jenna kwam echter precies op dat moment binnenlopen en zag de uitdrukking op Shadows gezicht. Shadow vloekte binnensmonds en keek verontschuldigend naar Isaac.

'Wat is er aan de hand?' vroeg Jenna. Haar vrolijke uitdrukking had plaatsgemaakt voor ongerustheid.

Isaac vloekte toen hij de verandering in haar gezicht zag.

'Je kunt me niet overal tegen beschermen,' zei Jenna zacht.

'O nee?' blafte hij.

Ze keek hem uitdagend aan. 'Wat het ook is, het kan me geen kwaad doen. Wij zijn hier, en zij zijn ergens anders. Ik krijg er niets van om iets op tv te zien. Alleen mensen kunnen mensen kwaad doen, en daarvoor moeten ze ze eerst te pakken krijgen. Ik mag dan niet zo slim en hopeloos naïef zijn, maar hoe moet ik ooit nieuwe dingen leren als je alles voor me afschermt? Ik moet weten wat er speelt. Het enige wat me bang maakt, is niet weten wat er gaande is.'

'Je bent niet dom en niet naïef, en ik wil niet dat je steeds zulke dingen over jezelf zegt,' zei hij fel. 'Verdorie, Jenna, je leeft al vanaf je vierde afgezonderd van de wereld. Niemand verwacht van je dat je alles in een paar dagen leert, en daarom beschermen we je en helpen we je om de kennis op te doen die je nodig hebt. Maar je moet ons ons werk laten doen en naar ons luisteren, zodat we je kunnen beschermen.'

'We hebben een paar minuten,' zei Shadow rustig. 'Het is nu reclame, en wanneer het nieuws weer begint, gaan ze verder met het belangrijkste onderwerp.' Hij keek Jenna ernstig aan. 'Het is jouw beslissing. Je moet alleen snel bedenken of je het wilt zien.'

Hoewel Isaac wist dat Shadow gelijk had en dat hij Jenna niet kon blijven behandelen alsof ze bij de minste tegenslag in zou storten, baalde hij er nog steeds van dat hij haar niet tegen pijn en zorgen kon beschermen. Hij wist dat dit zichtbaar was in zijn uitdrukking en gespannen lichaamstaal.

Jenna keek ongerust. Haar lippen trilden, en het was duidelijk dat ze vocht tegen de tranen. Verdorie. Hij had haar niet overstuur willen maken of haar willen kwetsen, maar hij had werkelijk geen idee hoe hij haar duidelijk moest maken dat ze niet minderwaardig was. Dat ze ertoe deed, dat hij dankzij haar kon ademhalen, voor haar 's ochtends uit bed kwam. Hij bracht zijn dagen niet langer door met het automatisch afhandelen van zijn dagelijkse taken, maar genoot in plaats daarvan van ieder moment dat hij met haar doorbracht. En hij stond zichzelf toe om dingen te voelen waar hij nooit eerder van had durven dromen. Hoop. Opwinding over de toekomst. Het idee dat hij zich de rest van zijn leven uit de naad zou werken om haar gelukkig te maken. Zijn leven was te lang in beslag genomen door schaduwen en duisternis, verborgen plekken die hij niet durfde te verkennen uit angst om pijnlijke herinneringen los te maken en terug te denken aan alle fouten die hij had gemaakt. Want als hij dat zou hebben gedaan, was er geen weg terug meer geweest. Dan had hij weg moeten lopen van alles wat hij kende, van de mensen die hem als een familielid hadden omarmd, omdat hij hen niet in de ogen zou kunnen kijken en zou kunnen doen alsof alles in orde was. Perfect. Gewoon, net als anders.

Het had hem maanden gekost om te stoppen met drinken, en toen nog een jaar om zijn lichaam weer in vorm te krijgen, gezond te eten, of überhaupt te eten. Hij had zijn werk kunnen doen omdat hij er heel bedreven in was geworden om zich afstandelijk en onaangedaan te gedragen, door zijn emoties te verbergen en nooit iets uit zijn gezicht te laten spreken. Hoe goed hij er echter ook in was geworden om zowel de anderen als zichzelf tijdens het werk voor de gek te houden, de nachten waren een heel ander verhaal.

In die onbewaakte, kwetsbare uren hadden de nachtmerries hem beslopen, zoekend naar de kleinste kiertjes in de barrières van zijn brein, zodat ze op geniepige wijze zijn dromen konden binnendringen. Dan voelde hij zich een bedrieger, omdat hij overdag veinsde dat alles in orde was en 's nachts de gebeurtenissen herleefde waaraan hij bijna ten onder was gegaan. En nog steeds was hij niet volledig geheeld. Dat wist hij, omdat hij soms nog zwetend ontwaakte uit nachtmerries, met een hart dat zo hevig tekeerging dat hij bang was dat hij een hartaanval had. Het kwam alleen minder vaak voor dan eerst.

En toch had Jenna met die ene aanraking niet alleen de gapende, dodelijke wond in zijn borst geheeld, maar ook zijn hart en ziel met zoveel licht, zonneschijn en warmte gevuld dat hij heel even had gedacht dat hij echt was gestorven en zich in de hemel bevond. Ondanks de zonden die hij in het verleden had begaan.

Maar bovenal had ze de last van zijn schouders genomen die hij al jaren met zich meedroeg, de ondraaglijke last van verdriet en schuldgevoel. Hij had zichzelf niet toegestaan om vrij te zijn, had niet geprobeerd om te vergeven of te vergeten, omdat dit zijn verdiende straf was. En in de plaats van alle pijn en wroeging waar hij zo lang mee had geleefd, had Jenna hem het kostbaarste gegeven wat hij ooit had mogen ontvangen, na haar liefde, haar vertrouwen en haar onschuld. Vergiffenis. Bevrijding van de haat die hij voor zichzelf voelde, van het oordeel dat hij al die jaren over zichzelf had geveld.

Op de een of andere manier had ze alle lelijke, donkere leegtes verjaagd die hij diep had begraven, in een poging om ze niet alleen voor de anderen maar ook voor zichzelf te verbergen, zodat hij kon doen alsof ze er niet waren, tot ze brullend aan de oppervlakte kwamen. Ze had die leegtes gevuld met een engelachtig licht dat zo helder was dat het nooit afgedekt of verduisterd zou kunnen worden. Dat licht straalde van haar af en omhulde alles waar ze haar gave op richtte. Natuurlijk, bruisend, zoals haar sprankelende ogen en het lange blonde haar dat in een waterval van wilde krullen over haar rug tuimelde. Ze had het onmogelijke gedaan. Ze had de gapende wonden in zijn ziel geheeld, zodat ze nooit meer rauw of pijnlijk zouden zijn, ook niet op momenten van zwakte en kwetsbaarheid.

Ze had hem een wonder gegeven waar hij niet om had durven vragen of bidden. Iets waar hij wanhopig naar had verlangd, ook al wist hij dat hij het niet verdiende.

Vrede.

Vrede die niet weggevaagd kon worden op schuldbewuste momenten, wanneer het verleden weer opdook om hem te kwellen. Het maakte nu een blijvend onderdeel van hem uit, net zozeer als zij een blijvend deel van hem was – het allerbeste deel. Zelfs nu deed het nog pijn om terug te denken aan de schoonheid van dat moment, toen ze hem had aangeraakt en alle barrières waren weggevallen. Hun harten en zielen hadden elkaar herkend, en in die korte seconden waarin de tijd stil leek te staan, waren ze met elkaar verbonden geraakt zoals Isaac zich nog nooit met een ander mens verbonden had gevoeld. Hij geloofde geen seconde dat er ergens ter wereld twee andere mensen waren die iets deelden wat zo onverklaarbaar was als de band die zich direct en onherroepelijk tussen hem en Jenna had gevormd.

En omdat ze niet alleen zijn lichamelijke wonden had geheeld, maar ook licht had geworpen in een wereld die voor hem zo lang donker was geweest, had hij sinds zijn ontmoeting met haar geen enkele nachtmerrie meer gehad. Hij besefte dat geen enkele vrouw ooit zoals zij zijn hele hart en ziel zou bezitten. Als hij haar ooit kwijt zou raken – en het deed al pijn om daar zelfs maar aan te denken –

zou hij nooit meer naar een andere vrouw kijken. Ze hoorde bij hem. Iedere centimeter van haar lichaam behoorde aan hem toe, en hoewel ze misschien had gedacht dat hij haar plaagde of een grapje maakte, had hij alles gemeend wat hij tegen haar had gezegd. Hij zou haar zonder aarzelen aan zijn bed vastbinden als hij ooit dacht dat ze opnieuw zou proberen om bij hem weg te gaan.

Shadow schraapte weinig subtiel zijn keel en wierp hem een nadrukkelijke blik toe. 'Dagdromen doe je later maar, wanneer je je aandacht niet hoeft te richten op de bloedserieuze zaak waar we nu mee bezig zijn.'

Isaac keek naar Jenna en las de angst in haar ogen. Het opvallendst was echter de vastberadenheid die uit haar samengeperste lippen en haar strakke blik sprak.

'Verdorie,' mompelde hij. 'Dit bevalt me niets, baby. Ik heb op mijn leven gezworen om altijd van je te houden en je te beschermen. Wat er zo dadelijk ook op het nieuws komt, het is in strijd met al die beloftes – want als je er niet overstuur van zou raken, dan had Shadow nooit gesuggereerd dat je er beter niet bij kon zijn.'

Ze trok een gezicht. 'Wacht eens even. Als je me niet zelf laat beslissen of ik het nieuws wil zien, maak je me niet gelukkig. Ik ben omringd door mannen naast wie een professionele worstelaar een mietje zou lijken. Als ik hier niet veilig ben, dan weet ik het ook niet meer. En tenzij je me gaat vertellen dat je niet meer van me houdt omdat ik nu niet als een gehoorzaam meisje wegga, hoef je je volgens mij over je andere beloftes niet druk te maken.'

'Nu maak je me nijdig,' zei Isaac, die bijna schreeuwde. 'Natuurlijk hou ik van je, verdorie. En natuurlijk ben je hier veilig.'

Dane beende de keuken binnen. 'We hebben nog maar weinig tijd, dus wat je ook doet, doe het snel,' zei hij.

Jenna kneep haar ogen samen en liep met kordate passen langs Isaac, alsof ze hem uitdaagde om haar tegen te houden. Hij kwam in de verleiding om zijn dreigement uit te voeren en haar aan zijn bed vast te binden. Dat zou het een stuk makkelijker maken om zich aan de rest van zijn beloftes te houden. Hij knarste met zijn tanden toen Jenna Shadow naar de woonkamer volgde en naast hem in kleermakerszit voor de tv ging zitten.

'Wat komt er zo?' vroeg ze nerveus aan Shadow. 'Wat zeiden ze vóór de reclame?' Ze aarzelde even. 'Reclame, zo noemde je het toch? Wat is dat voor iets?'

Niets ervan. Als ze bij het kijken van het nieuws iets wilde weten, gerustgesteld moest worden of ergens bang van werd, dan was Shadow niet de persoon tot wie ze zich moest wenden. Isaac ging nadrukkelijk tussen Jenna en Shadow in zitten, Shadow onbeschaamd opzijschuivend. Shadow wierp hem een geïrriteerde blik toe, maar maakte zonder iets te zeggen ruimte voor hem.

'Laten we gewoon kijken wat de nieuwslezer zegt,' zei Shadow rustig. 'Wat reclame is, leg ik je later wel uit.'

Dane hield zijn hand omhoog ten teken dat iedereen moest zwijgen. De nieuwslezeres zat achter haar bureau, en achter haar rechterschouder was een scherm te zien dat beelden toonde van flitsende lichten, ambulances, politieauto's en brandweerwagens.

Zodra de beelden het scherm vulden, verstijfde Jenna. Er verscheen een gespannen uitdrukking op haar gezicht. Haar ogen stonden zo angstig dat Isaac zin kreeg om die rot tv kapot te slaan, zodat ze de uitzending niet hoefde te zien. De anderen keken bezorgd naar Jenna, en Shadow boog zich naar voren en nam haar nauwlettend op.

Het kostte Isaac grote moeite om zich te concentreren op de woorden van de nieuwslezeres. Het liefst zou hij Jenna beschermen tegen verdere ellende, maar ze leek de beelden te herkennen, dus moesten ze goed opletten.

'Er is een belangrijke doorbraak in de zaak waar we eerder over hebben bericht. Wat aanvankelijk een groepszelfmoord leek te zijn van een mysterieuze sekte in een afgelegen gebied ten noorden van Houston, blijkt nu een gruwelijke massamoord,' zei de nieuwslezeres ernstig.

Isaac vloekte, en hij was niet de enige. Iedereen in de kamer staarde gespannen naar de tv, waar de nieuwslezeres volkomen rustig de gruwelijkste details opsomde.

Jenna keerde zich van de tv af en sloeg haar handen voor haar gezicht. Ze wiegde heen en weer, en hoewel ze haar mond bedekt had, ontsnapten er verstikte geluiden aan haar lippen. Ze beefde onbeheersbaar, en Isaac wist dat ze op het punt van instorten stond.

Hij wisselde een hulpeloze blik met Shadow en keek toen op naar Dane, die Jenna bezorgd gadesloeg. Ze wisten allemaal wat dit betekende. Wat ze niet wisten, was of Jenna één en één al bij elkaar had opgeteld, of dat ze gewoon reageerde op de herinnering aan het vreselijke leven dat ze twintig jaar lang had geleid.

'Laat me even alleen met Jenna,' zei Isaac zacht. 'Ik breng haar naar de slaapkamer en probeer haar zover te krijgen dat ze wat rust.' Hij keek Dane betekenisvol aan. 'Doe wat je moet doen terwijl ik voor haar zorg.'

'Er staat een flesje slaappillen in het keukenkastje,' zei Dane. 'Ze zijn van Tori. Ze heeft nog steeds angstaanvallen, en vaak slaapt ze slecht door haar nachtmerries.'

Hij wreef met zijn hand over zijn gezicht. Zijn ogen stonden donker van woede. 'Ze heeft niet alleen akelige dromen over het verleden en alles wat die rotzak haar heeft aangedaan, maar ook over de toekomst, wat er gaat komen. Het is erg zwaar voor haar, en soms kan ze alleen slapen door een slaappil te nemen.'

Isaac knikte. 'Bedankt,' zei hij kalm. Toen keek hij naar Shadow. 'Wil je een van die pillen voor me halen terwijl ik Jenna naar de slaapkamer breng? Neem ook een glaasje water mee, zodat ze die pillen kan nemen.'

Shadow kwam zonder aarzelen overeind, en Isaac keerde zich weer naar Jenna, die alles om zich heen had buitengesloten terwijl ze worstelde met de vele demonen die haar kwelden. Vol tederheid tilde hij haar opgekrulde lichaam op en hield haar tegen zijn hart. Hij gaf een kneepje in haar arm om haar te laten weten dat ze veilig was, dat hij bij haar was en dat hij haar nooit in de steek zou laten. Toen drukte hij een zachte kus op haar haren en liep langzaam naar hun slaapkamer.

Hij legde haar op het bed en ging meteen naast haar liggen, zijn armen om haar heen slaand. Ze duwde haar gezicht in zijn hals. Haar hele lichaam beefde, en haar hart ging tekeer van angst. Hete tranen vielen op zijn hals en verdwenen in de kraag van zijn shirt.

'Niet huilen, liefje. Huil niet om hen. Ze zijn je tranen niet waard.'

Ze klemde zich wat steviger aan hem vast, nog steeds met haar gezicht in zijn hals. Toen ontspande ze haar greep en keek langzaam naar hem op.

Ze wilde iets zeggen, maar er werd op de deur geklopt, en Isaac riep dat Shadow binnen kon komen. Shadow had een glas water in zijn ene hand, en de andere had hij om iets kleins heen gevouwen.

Hij gaf het glas aan Isaac en opende toen zijn hand, waarin een kleine roze pil lag. 'Die moet je nemen, liefje,' zei hij tegen Jenna.

'Wat is het?' vroeg ze wantrouwend.

Isaac streek over haar wang. 'Het is een pilletje dat je zal helpen ontspannen, en je wordt er minder angstig van. Het belangrijkste is dat je ervan in slaap zult vallen, en je hebt je rust hard nodig. De afgelopen drie dagen heb je niet veel geslapen en je bent vast uitgeput.'

Ze bloosde en zag er zo schattig uit dat Isaac zin had om haar op het bed uit te spreiden en iedere centimeter huid te kussen en te likken.

Toen werd haar uitdrukking echter bezorgd, en ze keek met trieste ogen van Isaac naar Shadow. 'Wat er is gebeurd bij de sekte, wat betekent dat? Wie zou er zoiets gruwelijks doen?'

'Daar kunnen we over praten nadat je hebt geslapen,' zei Isaac geruststellend, met zijn hand over haar blonde haren strijkend. 'Nu moet je eerst rusten. Wil je dat proberen? Ik beloof je dat ik geen informatie voor je achter zal houden.'

Ze staarde naar de pil die Shadow haar aanbood, maar aarzelde.

'Ik zou je nooit iets geven wat slecht voor je is,' zei Shadow oprecht. 'Je hebt mijn woord, Jenna. Net als Isaac zal ik je altijd beschermen. Ik ben niet je vijand.'

Ze keek beschaamd. 'Sorry, Shadow. Ik wilde niet dat je zou denken dat ik aan je twijfel. Ik heb alleen het gevoel dat ik geen enkel aspect van mijn leven onder controle heb, en ik was bang dat ik me door die pil nog hulpelozer zou voelen.'

Shadow grijnsde. 'Je kunt je moeilijk hulpeloos voelen wanneer je ligt te slapen. Neem die pil nu maar gewoon. Isaac heeft een glas water voor je om hem weg te spoelen.'

Ze pakte de pil, stopte hem in haar mond en trok een gezicht. Vlug pakte ze het glas water van Isaac aan en nam een grote slok. Ze huiverde en wierp Shadow een beschuldigende blik toe. 'Je probeert me wél te vermoorden! Dat ding is vreselijk vies!'

Shadow lachte en woelde vol genegenheid door Jenna's haar. Zonder nog iets te zeggen verliet hij de kamer, en Isaac sloeg zijn armen opnieuw om Jenna heen, vastbesloten om bij haar te blijven tot de pil begon te werken en ze in een diepe en hopelijk droomloze slaap zou vallen.

'Ik vind het niet erg dat de ouderlingen dood zijn,' zei Jenna, de stilte doorbrekend. 'Ik weet dat het verkeerd is, maar het zijn slechte mannen en ze hebben hun verdiende loon gekregen.'

'Waardoor ben je dan zo overstuur?'

Tranen glinsterden in haar ogen. 'Ze hebben iedereen vermoord.

Zelfs de kinderen. En de vrouwen. Veel van de sekteleden waren niet slecht. Ze waren gewoon misleid en gehersenspoeld. Ze dachten dat ze de wil van God volgden. Ze verdienen het niet om te sterven alleen maar omdat ze de verkeerde mensen geloofden.'

Isaac knikte en trok haar hoofd tegen zijn borst, zodat hij zijn kin op haar hoofd kon laten rusten.

'Ik weet dat het nu niet zo lijkt, maar liefje, binnenkort zal dit allemaal voorbij zijn. En dan maak ik je wettelijk tot de mijne, en ga ik aan de slag om je zo gelukkig te maken dat je op een dag terug zult kijken op alles wat er is gebeurd zonder dat je er overstuur van raakt.'

Ze kroop wat dichter tegen hem aan. 'Je hebt geen idee hoe graag ik dat wil, Isaac. Maar ik durf niet te dromen. Ik durf niet te hopen. Eerst had ik niets om naar uit te kijken, niets wat me hoop gaf, dus maakte het niet echt uit wat er gebeurde. Maar nu is er zoveel waar ik naar verlang, en ik zou het niet verdragen als ik het allemaal weer kwijt zou raken, net nu ik zoveel nieuwe ervaringen opdoe.'

'Wonderen gebeuren, zeker wanneer er liefde in het spel is. En jij was al een wonder, dus volgens mij zit je gebakken. Schrijf ons niet af voordat onze gezamenlijke reis zelfs maar is begonnen. Als je mij je hart en geluk toevertrouwt, beloof ik je dat je van elke minuut zult genieten.'

Hoofdstuk 20

Isaac liet zich van het bed glijden, nadat hij had gewacht tot Jenna helemaal onder zeil was. Hij boog zich naar voren om haar voorhoofd te kussen en sloot zijn ogen. Hij wist wat haar te wachten stond, en het deed hem pijn. Ze had genoeg ellende en verdriet te verduren gehad, en het frustreerde hem dat hij het allemaal niet in één klap kon laten verdwijnen. Voordat dit voorbij was, zou ze nog meer moeten verdragen, maar hij zou zijn leven geven om te voorkomen dat ze nog meer lichamelijke pijn zou lijden. Hij bad vurig dat ze nooit meer in aanraking zou komen met geweld, hoewel hij wist dat hij die garantie niet kon geven. De enige belofte die hij kon doen, was dat hij haar uit alle macht zou beschermen, en hij wist dat zijn mannen hetzelfde zouden doen. Zij waren al even vastberaden als hij, dat las hij in hun ogen en hun houding.

Zachtjes sloop hij de kamer uit en deed de deur achter zich dicht. Toen liep hij naar de woonkamer, in gedachten al bezig met het volgende obstakel dat hem ervan weerhield Jenna voor altijd aan zijn zijde te houden.

'Hoe staan we ervoor?' vroeg hij zonder omhaal.

Dane keek hem grimmig aan. Zijn kaken stonden strak, en uit zijn ogen sprak woede en bezorgdheid. Dit baarde Isaac zorgen, want Dane maakte zich niet snel ergens druk om. Pas wanneer de mensen die het dichtst bij hem stonden, gevaar liepen, verloor hij zijn onverstoorbare kalmte.

Het was bijna te pijnlijk geweest om naar hem te kijken toen Lizzie was verdwenen, expres, om de levens te sparen van de enige mensen om wie ze werkelijk gaf: Dane, haar teamgenoten en de vrouwen, Tori, Ramie, Ari en Gracie. En toen Dane naast haar was geknield terwijl Sterling haar vrijwel levenloze lichaam vasthield en het bloed uit de vreselijke schotwond in haar borst vloeide, had Isaac hem voor het eerst emotioneel gezien, vechtend tegen zijn tranen en verdriet toen de ambulance was gearriveerd en haar hart stil was blijven staan.

Dat hij Lizzie bijna was kwijtgeraakt, had Dane op een fundamenteel niveau veranderd. Hoewel hij nog steeds kalm en beheerst was en zich zelden ergens echt druk over maakte, stelde hij zich zeer beschermend op jegens de mensen die voor hem werkten, en in het bijzonder de vrouwen die zulke nauwe banden hadden met de mannen van DSS.

Hoewel hij zijn mensen voorheen veel vrijheid had gegeven bij missies waar hij niet de leiding over had, hield hij nu bij elke opdracht van DSS de vinger aan de pols. Hij woonde elk overleg bij, of hij nu aan de betreffende missie deelnam of niet, en hij hield regelmatig contact met degene die de leiding had, om zich ervan te verzekeren dat zijn mannen de beschikking hadden over alle mogelijke middelen.

En als hij ook maar even dacht dat een van zijn mensen in gevaar verkeerde, aarzelde hij niet om zich erin te mengen en zij aan zij met de agenten te werken. Hij nam dan echter niet de leiding op zich. Hij was gewoon niet zelfzuchtig, en dat was een van de dingen die Isaac het meest aan zijn baas waardeerde. Het ging hem er slechts om dat het werk zo snel en efficiënt mogelijk werd uitgevoerd, zonder dat de agenten van DSS gewond raakten of omkwamen.

'Ik heb Caleb, Beau en Zack gebeld,' zei Dane gespannen. 'Ik heb hun uitgelegd wat er is gebeurd, en dat we er vrijwel zeker van zijn dat dit een bewuste actie was die al was beraamd voordat Jenna ontsnapte. De klootzak die haar had gekocht, had geregeld dat iedereen die van haar bestaan wist, na de overdracht zou worden vermoord. Het is logisch. Jenna heeft bijna haar hele leven bij de sekte gewoond, en niemand daarbuiten kan iets over haar weten. Behalve de sekteleden zou niemand vragen stellen over haar verdwijning. De drugsbaron zou dan hebben wat hij zo graag wilde, zonder dat hij bang hoefde te zijn dat iemand zich afvroeg waarom ze verdwenen was. Ze zou gewoon niet meer bestaan, zoals ze eigenlijk de laatste twintig jaar niet heeft bestaan.'

'Maar toen kwamen wij tussenbeide, en dat gooide het plan van die hufter volkomen overhoop,' bromde Knight. 'Zeker toen we Jenna onder zijn neus vandaan haalden. Nu heeft hij met ons te maken, en hij weet dat we hem meedogenloos zullen opjagen als het hem ooit lukt om Jenna terug te krijgen. Hij kan het zich niet veroorloven om nog een vijand toe te voegen aan de lange lijst van mensen die hem het liefst in kleine stukjes zouden hakken en aan de vissen voeren.'

'Precies,' zei Dane. 'En dat betekent dat hij ons te vuur en te zwaard zal bestrijden, en hij zal snel te werk gaan. Hij kan niet het risico nemen dat iemand buiten onze organisatie te weten komt dat Jenna bestaat.'

'Verdomme,' vloekte Isaac. Woede kolkte door zijn aderen. 'Ze heeft genoeg meegemaakt! Hoeveel moet ze nog verduren? Hoeveel langer moet ze nog in angst leven? Zodra ze beseft dat wij het volgende doelwit van die verdomde drugsdealer zijn, wil ze er weer vandoor. Ik moet haar ervan zien te overtuigen dat dat nu geen enkel verschil meer zou maken. Of zij nu bij ons is of niet, ze zullen proberen ons allemaal uit te schakelen, gewoon omdat we te veel weten.'

'Caleb, Beau en Zack brengen de vrouwen onder op verschillende locaties, zodat ze niet een gezamenlijk doelwit vormen,' zei Dane. 'Tori blijft bij Caleb en Ramie. Ik ga een aantal mensen om een gunst vragen, want ik wil niet dat ze alleen zijn, en ik heb alle DSS-agenten nodig voor Jenna's zaak.'

'En Lizzie?' vroeg Isaac bezorgd.

'Ik heb Sterling verteld hoe het ervoor staat, en hoewel Lizzie het niet prettig zal vinden om zich gedeisd te moeten houden, brengt hij haar naar een onbekende locatie. Sterling heeft genoeg mankracht om hen te kunnen beschermen.'

Opgelucht blies Isaac zijn adem uit. Hij wist dat Lizzie hiervan zou balen, want ze was een verdomd goede agent, en onder andere omstandigheden zou hij haar graag aan zijn kant hebben. Maar ze was nog niet volledig hersteld van haar aanvaring met de dood. Ze was zelf door een hel gegaan, en het zou niet goed voor haar zijn om zich nu in de strijd te mengen. Niet dat Sterling dat ooit toe zou staan. Lizzies echtgenoot was een van de weinige mannen die zich niet door haar liet intimideren, en hij had er geen enkel probleem mee om haar tegen zich in het harnas te jagen wanneer haar veiligheid op het spel stond. In dat soort situaties was ze geen partij voor hem. De man was net zo koppig en heethoofdig als Lizzie kon zijn, zeker wanneer hij het idee had dat zijn vrouw gevaar liep. Hij zou er niet voor terugdeinzen om haar aan zijn pols, een stoel of zijn bed vast te ketenen; dat had hij al eerder gedaan, zonder zich ervoor te verontschuldigen.

'En wat doen wij in de tussentijd?' vroeg Isaac.

Zijn teamgenoten keken allemaal vragend naar Dane. Het was duidelijk dat ze net als hij dolgraag een antwoord op die vraag wilden. Voor hen was er niets erger dan werkeloos rondhangen, wachtend tot de vijand naar hen toe zou komen.

Dat was niet hoe ze te werk gingen. In hun ogen was de aanval de beste verdediging. Zij deelden de lakens uit. Zij besloten wat er gebeurde, wanneer, hoe en waar, en ze kozen altijd voor de verrassingstactiek. In het verleden had dat keer op keer succes opgeleverd.

'Wij beschermen Jenna. We houden voortdurend de wacht. Ik wil niet dat iemand ergens in zijn eentje naartoe gaat. Dan zouden we een veel te makkelijk doelwit zijn. Als ze ons willen, zullen ze ons allemaal tegelijk moeten pakken,' zei Dane.

'Dus we blijven op onze kont zitten en doen net alsof die klootzakken niet op ons loeren en niet zullen proberen om Jenna terug te krijgen,' concludeerde Isaac bitter.

De anderen leken al net zomin blij met Danes opdracht.

Dane wreef nerveus over de achterkant van zijn nek. 'Mij bevalt het ook niet,' snauwde hij. 'Maar onze prioriteit is om een onschuldige vrouw uit de handen van een monster te houden. Een man die meer dan honderd mensen heeft laten afslachten, onder wie baby's, kinderen en vrouwen. Het beste wat we nu kunnen doen, is hier blijven tot we meer over hen weten dan zij over ons. Als we ons in het openbaar laten zien, dan verraden we Jenna, terwijl we haar hebben gezworen dat we alles zullen doen wat in onze macht ligt om te voorkomen dat ze ooit nog aan de wreedheid van die slager wordt blootgesteld. Baal ik daarvan? Nou en of. Ik ga zowat over mijn nek bij de gedachte dat ik me als een lafbek verschuil en ze het idee geef dat we bang voor ze zijn.'

Hij werd nog kwader, en zijn gezicht werd rood van woede.

'Wij zijn niet bang voor een stelletje kloothommels dat een onschuldige vrouw mishandelt. We zijn slimmer dan zij. Terwijl zij bij klaarlichte dag in het openbaar rondlopen, houden wij ons gedeisd en wachten tot ze een fout maken. Op dat moment nemen we ze te grazen. En weet je wat? Laat ze maar denken dat we bang zijn. Dat zal ze alleen maar brutaler en onvoorzichtiger maken, en aangezien ze al zo dom zijn als het achtereind van een ezel, zullen ze het verkloten. We moeten gewoon geduldig zijn en het niet verpesten voordat zij dat doen.'

'Ik moet het je nageven, baas. Dat klinkt bizar, maar logisch,' zei Dex.

Zeke knikte, en de anderen volgden een voor een zijn voorbeeld. Alleen Shadow en Isaac reageerden niet.

'Je hebt gelijk. Het is klote,' zei Isaac verbeten. 'Maar ik weiger

Jenna's leven op het spel te zetten, en als dat betekent dat we ons hier moeten verbergen tot zij het verpesten, dan doen we dat.'

Shadow knikte slechts. Hij zei niets, hoewel er woede en frustratie in zijn ogen flakkerden.

'Wie laat je de vrouwen beschermen?' vroeg Brent, die zijn mond voor de eerste keer opendeed. 'Zij hebben genoeg meegemaakt. Ze hoeven hier niet onder te lijden.' Hij was duidelijk bezorgd over de vrouwen die zoveel voor DSS waren gaan betekenen, de vrouwen die hadden geleden, maar het hadden overleefd. Hij was boos, maar ook bezorgd.

'Natuurlijk, ze zijn sterk,' vervolgde hij. 'Maar zelfs de sterkste mensen breken als ze te veel meemaken. Het bevalt me niets dat Caleb zich zowel over Ramie als over Tori moet ontfermen. Hij kan zijn aandacht niet verdelen, en beide vrouwen verdienen alle aandacht en bescherming. Tori zou het niet...' Hij haalde diep adem. 'Ik denk niet dat ze het zou overleven als ze nog een keer zoiets moest doormaken,' besloot hij kalm.

Danes gezicht was een masker van ijskoude woede. Zijn hele lichaam was gespannen, en hij had zijn kaken stevig op elkaar geklemd. 'Ik neem de bescherming van Tori op me. Ik heb geen vrouw, en als het misgaat, hoef ik niet te kiezen. Isaac neemt hier de leiding, en jullie vormen zijn versterking. Jullie zijn verantwoordelijk voor Jenna's bescherming. Toen ik zei dat Tori bij Caleb en Ramie bleef, bedoelde ik tijdelijk, tot ik bewaking heb kunnen regelen voor Ramie, Ari en Gracie. Maar ik neem Tori onder mijn hoede, en Sterling heeft genoeg mankracht om me daarbij te helpen. Niemand weet waar ik haar naartoe breng. Het is een van de weinige geheimen die ik niet met Caleb en Beau heb gedeeld; de plek was aanvankelijk niet bedoeld als safehouse, maar omdat niemand weet waar het ligt, is dit de voor de hand liggende keus. Sterlings mannen gaan vooruit en zullen het hele terrein omsingelen. Mocht iemand er toch in slagen om langs hen te komen, dan heb ik een ondoordringbare schuilkelder met een compleet wapenarsenaal tot mijn beschikking. Zolang ik haar bewaak, komt niemand bij Tori in de buurt.'

Isaac fronste zijn voorhoofd. 'Als die plek zo zwaar versterkt is, waarom brengen we Jenna daar dan niet naartoe?'

Shadow sprak voordat Dane iets kon zeggen. 'Omdat we Jenna dan zouden moeten verplaatsen, en ze zou makkelijk herkend kunnen worden door Jaysus of een van zijn mannen. Bovendien is dat precies wat ze willen. Dat we haar naar een of ander fantastisch safehouse brengen en haar allemaal vergezellen. En dan hebben ze niet alleen de kans om het grootste deel van onze mankracht uit te schakelen, maar kunnen ze tegelijkertijd Jenna ook nog eens te pakken krijgen. We moeten nu geen voorspelbare dingen doen. We moeten bedenken wat zij van ons verwachten, en dan precies het tegenovergestelde doen.'

Isaac baalde ervan dat hij zo van zijn stuk was dat hij niet helder na kon denken, en dat Shadow hem iets uit moest leggen wat hij zelf heel goed wist. Hij was geen groentje meer, maar dit was niet zomaar een missie. Normaal gesproken beschermde hij mensen omdat hij daarvoor werd ingehuurd, en dan was hij in staat om alle mogelijke bedreigingen op een objectieve manier te beschouwen. Nu was hij echter doodsbang om Jenna kwijt te raken. Om haar in handen te zien vallen van een sadistische drugsbaas die haar aan gruwelijkheden zou onderwerpen waaraan hij niet eens kon denken zonder helemaal door het lint te gaan.

Dane knikte. 'Precies. We hebben hier genoeg voorraad om het een halfjaar uit te kunnen houden. Als dit te lang gaat duren, wordt Jenna gek en zal ze haar vrijheid eisen. Ik neem het haar niet kwalijk; ze is tenslotte het grootste deel van haar leven een gevangene geweest. Maar jullie zullen allemaal je best moeten doen om haar af te leiden, want we kunnen ons geen enkel foutje veroorloven. We moeten haar voortdurend in de gaten houden, voor het geval ze het in haar hoofd haalt om zichzelf nog een keer voor ons op te offeren.' Aan zijn stem was duidelijk te horen dat hij boos was dat ze dit al een keer had geprobeerd.

'Hoe denk je hier weg te komen zonder te verraden dat we hier zitten?' vroeg Knight aan Dane.

Dane glimlachte flauwtjes. 'Alle safehouses die ik gebruik, hebben meerdere uitgangen. Niemand zal me zien, en niemand zal me volgen. Concentreren jullie je maar op je eigen taak, dan breng ik Tori in veiligheid.'

Isaac ging voor Dane staan en keek hem recht in de ogen. Hij deed geen enkele poging om zijn angst en ongerustheid te verbergen.

'Ze is mijn leven, Dane. Ik zal je hier nooit genoeg voor kunnen bedanken, jullie allemaal. Ze heeft meer gedaan dan alleen een schotwond in mijn borst genezen. Ze heeft me veranderd, me gered van de duisternis en het schuldgevoel over fouten die ik lang geleden heb begaan.'

'Dan moet ik haar bedanken,' zei Dane ernstig. 'Jij bent mij niets verschuldigd. Ik ben haar dankbaar dat ze jou terug heeft gebracht.'

'Weet Tori wat er aan de hand is?' vroeg Capshaw rustig.

De vier nieuwste rekruten keken vragend naar hun oudere collega's. Zij hadden nog niet voor DSS gewerkt toen Tori was ontvoerd en misbruikt. De anderen ook niet. DSS was na haar kidnapping opgericht, toen Caleb had gezworen om zijn familie altijd te beschermen. Maar degenen die er vanaf het begin bij waren geweest, wisten wat voor vreselijke beproeving ze had doorstaan. Ze wisten ook wat Caleb Ramie had laten doorstaan toen hij haar had gedwongen om haar helderziendheid te gebruiken om Tori op te sporen voordat het te laat was. Daardoor stelden ze zich allemaal zeer beschermend op tegenover de jongste Devereaux.

Isaac liet de vier mannen die er vlak voor Lizzy's verdwijning bij waren gekomen met een vlugge blik weten dat hij het later aan ze uit zou leggen. Ze moesten weten hoe het met Tori zat, omdat ze bijzonder voorzichtig met haar om moesten springen en niet per ongeluk iets mochten doen wat een paniekaanval zou uitlokken.

Danes uitdrukking verhardde. 'We vertellen Tori alleen wat ze moet weten. Het is niet nodig om haar meer trauma's te bezorgen dan strikt noodzakelijk. Ze is uitgeput door al die nachtmerries en staat eigenlijk alleen nog door pure wilskracht overeind. Ik ga ervoor zorgen dat ze alle rust krijgt die ze nodig heeft, zelfs al moet ik haar drogeren. Caleb gelooft haar veel te snel als ze zegt dat het wel gaat, omdat hij graag *wíl* dat het wel gaat. Maar ik weet dat ze aan het eind van haar Latijn is, en ik zal niet toestaan dat ze eraan onderdoor gaat.'

Zijn stem beefde een beetje, iets wat Isaac maar één keer eerder bij hem had gemerkt. Toen Gracie het kantoor van DSS was binnengevallen met een brief van Lizzy, die werd verondersteld op vakantie te zijn. De brief bleek tegelijk een afscheid en een bekentenis van zelfmoordplannen te zijn. Dane was zo overstuur geweest dat hij na het lezen van de brief niet meer kon staan en zich op zijn stoel had laten zakken. Zo zag hij er nu ook uit, op de grimmige vastberadenheid in zijn uitdrukking na.

'Ik ga terug naar Jenna,' zei Isaac. 'Ik wil niet dat ze in haar eentje wakker wordt. Ze was helemaal van slag door het nieuws, en op een gegeven moment zal ik haar toch moeten vertellen waarom wij hier blijven en de anderen zich verspreiden.'

Hij streek met zijn hand door zijn haar. Plotseling was hij uitgeput door de zorgen om zijn engel.

'We regelen wel iets voor het eten,' zei Zeke rustig. 'We zullen ons best doen om haar af te leiden en op te vrolijken. Misschien lukt het dan om haar een poosje aan andere dingen te laten denken dan al die ellende.'

'Dat stel ik op prijs,' zei Isaac oprecht. 'We komen straks bij jullie zitten, zodra Jenna eraan toe is om jullie onder ogen te komen.'

Hoofdstuk 21

Isaac liep op zijn tenen de slaapkamer in en deed de deur zachtjes achter zich dicht. Jenna lag met haar rug naar hem toe op het bed. Hij wilde haar nog niet wakker maken. Ze had haar rust hard nodig. Hij wilde alleen maar dicht bij haar zijn, haar aanraken, haar in zijn armen houden, zodat hij zich kon onderdompelen in haar schoonheid en haar licht, en alle zorgen, spanning en angst even van zich af kon laten glijden.

Dit was een missie zoals hij niet eerder had meegemaakt, en niet alleen omdat hij er persoonlijk bij betrokken was. Bij eerdere zaken was hij altijd met een kalm vertrouwen te werk gegaan, zonder eraan te twijfelen dat ze de missie tot een succesvol einde zouden brengen, hoe hopeloos of gevaarlijk de situatie ook leek. Hij had er geen seconde aan getwijfeld dat Ari gevonden zou worden en dat de extremistische groepering die haar had ontvoerd, op een gecoördineerde, methodische manier zou worden uitgeschakeld.

Toen Lizzy was verdwenen en Zack abrupt was vertrokken om wraak te nemen voor het gruwelijke onrecht dat de vrouw was aangedaan van wie hij zijn halve leven had gehouden, had Gracie de hulp ingeroepen van Ramie en Ari. En hoewel Isaac zowat gek was geworden toen de vrouwen waren opgedoken in het safehouse waar Gracie verbleef, had hij er, net als bij de redding van Ari, alle vertrouwen in gehad dat ze Lizzy op tijd zouden vinden.

Maar nu? Dit was ernstiger dan alle andere zaken die hij ooit bij DSS had meegemaakt. Tot zijn opluchting vormde de sekte niet langer een bedreiging, maar Jaysus had een waar leger tot zijn beschikking en bondgenoten die hem meer verschuldigd waren dan ze ooit konden inlossen. Zo ging de drugsbaron te werk. Hij verzamelde gunsten, en wanneer hij hier een beroep op deed, durfde niemand hem iets te weigeren. Hij was meedogenloos, en een mensenleven betekende niets voor hem, behalve dat van hemzelf. Geen van zijn mannen was onmisbaar. Hun loyaliteit was absoluut. In ruil daarvoor gaf hij hun helemaal niets, behalve de hoop dat hij hen niet op een dag te grazen zou nemen omdat hij daar zin in had of iets wilde bewijzen wat alleen hij begreep.

DSS blonk uit in wat ze deed. Isaac zou met niemand liever werken dan met zijn eigen teamgenoten. Hij vertrouwde hen volledig en zou zijn leven voor hen geven. Ze waren echter flink in de minderheid en minder goed bewapend. Jaysus beschikte over onbeperkte middelen, en hoewel Dane een handige en rijke kerel was die ervoor zorgde dat DSS beter uitgerust was dan welk beveiligingsbedrijf dan ook, zagen ze zich voor de eerste keer geconfronteerd met een tegenstander die meer macht, meer invloed, meer geld en meer wapens had.

Juist nu het belangrijker was dan ooit, nu het succes van de missie noodzakelijk was voor zijn levensgeluk, kon hij niet hetzelfde vertrouwen in een goede afloop oproepen dat hij bij eerdere missies steeds had gevoeld.

Hij stond naast het bed en staarde naar de massa witblonde krullen die over het kussen lag verspreid. Diep vanbinnen voelde hij iets wat hem angst aanjoeg en zijn zelfbeeld liet wankelen. Paniek.

Hij hield zijn handen omhoog en stelde vol ongeloof vast dat ze trilden. Zijn maag was verkrampt van angst, en het liefst zou hij overgeven om de ellendige spanning en bezorgdheid kwijt te raken die hem verlamden.

Een kleine beweging trok zijn aandacht en leidde hem af van de vloedgolf van emoties die hem dreigde te verzwelgen. Fronsend boog hij zich naar voren, zich afvragend of hij zich het lichte schokken van Jenna's schouder had ingebeeld.

Shit. Hij beeldde zich helemaal niets in. Hij had gedacht dat ze de hele tijd had liggen slapen terwijl hij zijn inzinking had, maar in werkelijkheid lag ze met haar rug naar hem toe te huilen – iets wat ze duidelijk probeerde te verbergen.

Hij kroop meteen op het bed en sloeg zijn arm om haar middel, haar omdraaiend zodat ze hem wel aan moest kijken. Haar ogen en neus waren rood en gezwollen. Haar onderlip was rauw, zo hard had ze erop gebeten. Er lagen donkere wallen onder haar ogen, en er sprak zoveel wanhoop uit haar blik dat zijn keel volledig werd dichtgeschroefd en hij nauwelijks nog adem kreeg.

'Liefje, waarom huil je?' vroeg hij wanhopig. 'Wat is er aan de hand? Heb je pijn? Vertel me alsjeblieft wat er is, dan kan ik het verhelpen,' smeekte hij. 'Ik vind het vreselijk om je zo verdrietig te zien. Je breekt mijn hart, liefje. Er is niets wat ik niet zou doen om jou te laten glimlachen. Om je gezicht te laten stralen en je gelukkig te maken. Vertel me wat er is, zodat ik het begrijp.'

Het kon hem niet schelen dat hij wanhopig klonk. Hij voelde dat ze hem ontglipte, en dat was het meest ellendige, hopeloze en pijnlijke gevoel in de wereld. De paniek die hij zojuist had gevoeld omdat hij haar niet kon beschermen, was niets vergeleken bij zijn angst om haar kwijt te raken door iets waarvan hij niet wist hoe hij het moest bevechten.

Ze kroop zo dicht mogelijk tegen hem aan en sloeg haar armen om zijn middel, zich aan hem vastklampend met dezelfde wanhoop die door zijn eigen aderen vloeide. Ze duwde haar gezicht in zijn hals en haar hete tranen schroeiden zijn huid. Ze huiverde en ademde diep in en uit, in een poging zichzelf in de hand te krijgen. Haar vingers klauwden in zijn shirt, en ze klemde haar handen om de stof, alsof ze zichzelf ervan wilde verzekeren dat hij nooit weg zou gaan.

'Je maakt me bang, liefje,' zei hij, terwijl de paniek zijn laatste beetje zelfbeheersing dreigde te slopen.

'Ik ben zelf bang,' bracht ze met verstikte stem uit. 'Hemel, Isaac, wat heb ik gedaan? Ik weet waarom ze alle leden van de sekte hebben vermoord, en ik kan het niet verdragen. Ik ben doodsbang en voel me zo hulpeloos en zo egoïstisch. Door mij zijn jullie hier allemaal bij betrokken, en nu kunnen jullie niet meer weg. Ik weet niet wat ik moet doen.'

Hij haalde diep adem, beseffend dat ze op het punt van instorten stond en dat hij sterk moest blijven voor haar. Ze mocht niet zien dat hij zelf op het randje van de afgrond balanceerde, want dat zou haar zeker het laatste zetje geven.

Hij wikkelde zich om haar heen, zodat zijn lichaam elk deel van het hare aanraakte. Hij wreef met zijn hand over haar rug en drukte kleine kusjes op haar hoofd, haar oogleden, haar neus, haar wangen, haar kin en uiteindelijk haar lippen. Gretig zoog hij haar adem op, alsof hij aan zuurstofgebrek leed. Hij dwong zichzelf om een beroep te doen op de reserves die hem in het verleden zo goed van pas waren gekomen, en concentreerde zich op het vertragen van zijn hartslag en het stoppen van de huiveringen die zich door zijn hele lichaam hadden verspreid.

Secondelang goot hij al zijn liefde voor haar in zijn aanrakingen, zijn liefkozingen en zijn tedere kussen. Ondertussen droeg hij zijn lichaam op om kalm en stabiel te zijn, een rots in de branding, een schouder waarop ze kon leunen in het vertrouwen dat hij alles in haar wereld weer in orde zou maken.

Toen hij zijn chaotische emoties eindelijk weer onder controle had, trok hij zich een klein stukje terug, zodat hij zijn vingers onder haar kin kon leggen en die omhoog kon duwen, tot hun blikken elkaar ontmoetten. Hij kromp bijna ineen bij het zien van de rauwe pijn en de kwetsbaarheid in haar ogen, maar hij dwong zichzelf om niet te reageren.

Loom wreef hij met zijn duim over haar wang, een gebaar dat niet alleen bedoeld was om haar gerust te stellen, maar ook om hem het contact te geven dat hij nodig had. Hij mocht zich dan hebben voorgenomen om haar rots in de branding te zijn, hij zocht op zijn beurt geruststelling en kalmte bij haar.

'Waar ben je zo bang voor, liefje? Vertel het me, zodat we ermee kunnen afrekenen en je het uit je hoofd kunt zetten. Van nu af aan heb je je lot in eigen hand, en jij bent degene die beslissingen neemt over je leven. Niet een of andere rottige sekte. Niet een gestoorde drugsbaron die denkt dat-ie God is, en niet ik.'

Haar ogen vulden zich opnieuw met tranen, die over haar wangen omlaaggleden en op zijn duim druppelden.

'Liefje, vertel me wat je dwarszit,' smeekte hij. 'Ik vind het vreselijk om je zo bang en ongelukkig te zien. Ik weet dat iedereen in je leven je tot nu toe heeft teleurgesteld, maar ik zweer je, met mij zal het anders zijn. Je bent de belangrijkste persoon in mijn leven. Je kunt alles met mij bespreken.'

'O, Isaac, is het niet duidelijk waarom ze alle sekteleden hebben vermoord?' Ze onderdrukte een snik en legde haar hand op de zijne, alsof ze net zoveel behoefte had om hem aan te raken als hij haar. 'Ze ruimen systematisch iedereen uit de weg die mij kende of van mijn bestaan wist.'

Uit haar ogen sprak een pijn die ongekend voor hem was. Hoewel hij zwaar gekwetste en beschadigde mensen had gezien, verbleekte de pijn die hij in hun ogen had gelezen bij wat hij zag wanneer hij in die van Jenna keek. Zijn maag verkrampte. Hij kon het niet verdragen om haar zoveel verdriet te zien hebben zonder dat hij er iets aan kon doen, behalve naar haar luisteren. Dat ze zelf tot die conclusie was gekomen, bezorgde hem een bijzonder slecht gevoel. Hij en zijn teamgenoten waren tot dezelfde conclusie gekomen.

'Hierna komt hij achter jou aan – achter jullie allemaal,' bracht ze uit. 'Hij is gestoord. Hij denkt dat hij onoverwinnelijk is, en dat hij met mij in zijn bezit onsterfelijk zal zijn. Dat niets hem kan tegenhouden. De dood betekent niets voor hem. Allemachtig, Isaac, hij heeft sommigen van zijn eigen mannen vreselijke verwondingen toegebracht en mij gedwongen om toe te kijken. Ik zat een paar meter verderop terwijl zij lagen te sterven en me smeekten om hen te redden. Maar ik kon niets doen, want hij stond me niet toe om hen te helpen.'

Isaac sloot zijn ogen. Hij besefte dat Shadow en hij precies hadden geraden waar die sadistische rotzak Jenna gedurende de lange uren van haar gevangenschap aan had onderworpen.

'Hij zal niet stoppen,' fluisterde ze. 'Hij zal nooit stoppen, tot hij heeft wat hij wil. En het kan hem niet schelen hoeveel mensen hij moet vermoorden om zijn doel te bereiken, of hoelang het zal gaan duren. Hij zal altijd op ons loeren, en wanneer we het het minst verwachten, zal hij toeslaan. Zelfs al moet hij meerdere pogingen doen en er jaren op wachten, hij zal iedereen doden die voor DSS werkt, en hun familie erbij. Jij en ik zullen nooit een gewoon leven kunnen hebben samen, want we zullen altijd bang zijn voor het moment waarop hij zal toeslaan. En ik kan je niet kwijtraken, Isaac. Dat kán ik niet. Je bent de enige persoon die ooit van me heeft gehouden, die om me geeft en die nooit zal proberen om mijn gave te misbruiken. Bij jou ben ik niet een rare vrouw die twintig jaar in een sekte opgesloten heeft gezeten zonder iets over de echte wereld te weten. Alleen bij jou voel ik me normaal. Als een echt mens, en niet als een gevoelloos, harteloos voorwerp dat je kunt gebruiken, ruilen of verkopen. Ik wil niet dat je ooit bij me weggaat. Ik wil niet dat je doodgaat!' riep ze uit. Ze dook weer tegen hem aan en duwde haar gezicht zo hard in zijn hals dat hij zich afvroeg of ze nog wel adem kon halen.

Hij voelde zich overweldigd door haar hartstochtelijke woorden. De druk in zijn borst kwam niet van de paniek, maar van een emotie die groeide en groeide tot hij tranen in zijn ogen voelde prikken. Hij knipperde heftig met zijn ogen en ademde diep in om de vloedgolf van liefde in te tomen die hem volledig dreigde te verzwelgen.

'Ik ga nooit bij je weg, liefje,' zwoor hij, nauwelijks in staat de woorden uit te brengen, zo strak was zijn keel dichtgeschroefd.

Hij kuste haar slaap en liet zijn vingers door haar warrige haren glijden. Hij wilde niet alleen dat ze zijn liefdesverklaring en belofte zou horen. Hij wilde dat ze die zou voelen. Dat ze zou voelen hoe diep hij geraakt was door haar verklaring, wat hij voor haar betekende. Wat zij voor hem betekende.

Ze hief haar gezicht naar hem op, een gezicht waarop alles te lezen viel wat ze dacht en voelde. Ze veegde haar tranen weg, alsof het haar irriteerde dat ze zichzelf die tijdelijke zwakte had toegestaan. Toch was hij onder de indruk van de manier waarop ze zichzelf vanaf het begin steeds in de hand had gehad. Hij was onder de indruk van haar hele persoonlijkheid, en de onverwoestbare kracht die ze zelfs na twintig jaar van onderwerping nog aan de dag legde.

'Ik geloof je als je zegt dat je nooit bij me weg wilt gaan,' zei ze. 'Maar ik ben bang dat we die keus niet zelf kunnen maken en dat je vanwege mij vermoord zult worden. Ik zou er nooit mee kunnen leven als jij je leven voor mij opofferde. Dan zou ik niets meer hebben om voor te leven.'

'Dat soort dingen moet je niet zeggen,' zei hij. 'Nooit, Jenna. Wat er ook gebeurt, ik wil dat je me belooft dat je nooit stopt met vechten, dat je het nooit op zult geven. Dat je door zult gaan, je eigen keuzes zult maken en alles zult doen waar je ooit over hebt gedroomd. Zweer het, liefje, anders kan ik niet verder. Dan zal ik verlamd worden door de angst dat jij het opgeeft als mij ooit iets overkomt.'

Hij greep haar schouders vast en drukte zijn lippen wanhopig op de hare.

Tranen glinsterden in haar ogen, maar ze knikte langzaam. Met een haperende stem, schor van emotie, zei ze: 'Dat beloof ik, Isaac. Maar alleen als jij mij hetzelfde belooft.'

Opnieuw werd hij verteerd door woede. Hoe hij zijn leven ook voor zich zag, het zou nooit een leven zijn zonder Jenna. Hij had haar echter iets laten beloven wat haar zichtbaar pijn deed, en dus kon hij niet anders dan haar voorbeeld volgen – zelfs al meende hij er geen woord van. Een leven zonder Jenna was ondenkbaar. Hij zou slechts een schaduw van zijn oude zelf zijn, een omhulsel dat automatisch zijn dagelijkse routine volgde, als een robot die was geprogrammeerd om bepaalde taken uit te voeren. Zijn hart en ziel zouden altijd bij haar zijn.

Hij knikte, niet in staat om de belofte die ze zelf met zoveel moeite had gedaan, hardop uit te spreken.

'Wat gaan we doen?' Met haar ogen smeekte ze hem om een wonderoplossing, en hij wenste uit alle macht dat hij die voor haar had. Hij wilde haar alles geven wat haar hart ooit had begeerd, maar dit had hij niet in de hand, en wonderen bestonden niet, behalve de wonderen die God gunde aan diegenen die het waard waren. En Isaac had zijn onwaardigheid bewezen lang voordat Jenna in zijn leven was verschenen en het geloof had hersteld dat hij onderweg was verloren.

'Zodra we die nieuwsuitzending zagen, beseften we waarom alle sekteleden zijn vermoord, maar de aanslag was waarschijnlijk al lang voor jouw ontsnapping beraamd. De massamoord vond slechts een paar dagen plaats na het moment waarop jouw uitlevering was gepland. De sekte wilde nog steeds over jou kunnen beschikken, ook nadat ze je aan Jaysus hadden verkocht, en die psychopaat zou zijn kostbare bezit nooit met iemand hebben gedeeld. Als de uitlevering was doorgegaan en hij je nu in handen zou hebben, zou het bloedbad nog steeds hebben plaatsgevonden. Hij wilde niemand in leven laten die van jouw bestaan of van je genezende krachten wist. Als er niemand meer over zou zijn die jou kende, zou niemand ooit vragen over je verdwijning hebben gesteld, en dan zou Jaysus nooit bang hoeven zijn dat iemand iets over jouw gave te weten zou komen.'

Haar uitdrukking werd angstig toen ze zich realiseerde dat ze op een haar na was opgeslokt in een gat waar ze nooit meer uit had kunnen ontsnappen, zonder dat iemand ooit nog voor haar op zou komen.

'We hebben al een plan in werking gesteld,' zei hij geruststellend. 'Caleb, Beau en Zack hebben hun echtgenotes naar een safehouse gebracht, en daar worden ze vierentwintig uur per dag bewaakt. Tori is bij Dane, en hij heeft vermoedelijk evenveel geld, connecties en wapens als Jaysus. Sterling heeft Eliza naar een onbekende plek gebracht, waar zelfs wij niets van weten. Net als Dane heeft hij niet alleen veel geld, maar ook veel macht, plus een uitstekend getraind beveiligingsteam.'

'En wij?' vroeg ze bezorgd. 'De rest van de mannen?'

'Wij blijven hier. Dit huis is versterkt, en we hebben genoeg voorraad om het zes maanden vol te houden. En dankzij Dane beschikken we over een flink wapenarsenaal. We verbergen ons in het volle zicht, en ik denk dat zelfs Jaysus niet zo slim is om ons te zoeken in een flatgebouw in het centrum van de stad. En zelfs als hij dat wel is, dan hebben we nog een schuilruimte waar hij zonder militair geschut niet binnenkomt, en als het ooit nodig is om te vluchten, zijn er meerdere ontsnappingsroutes.'

'Dus we blijven gewoon hier?' vroeg ze aarzelend, bijtend op haar onderlip.

'Precies.' Hij legde vertrouwen en geruststelling in zijn stem.

'Maar we kunnen ons niet eeuwig verstoppen,' zei ze weifelachtig.

'Nee. We wachten tot Jaysus naar ons toe komt. Hij is wanhopig, en wanhopige mannen maken fouten. Dat gebeurt altijd. Uiteindelijk zal hij het zat worden om te wachten tot we ons vertonen, en omdat hij laaiend is dat we hem hebben gedwarsboomd, zal hij zelf naar ons op zoek gaan. Ondertussen wachten wij geduldig af, en zodra hij zijn lelijke tronie laat zien, schakelen we hem uit.'

Ze slaakte een opgeluchte zucht. 'Zolang jij bij me bent, maakt het niet uit waar we zijn,' zei ze uit de grond van haar hart.

'Ik ben altijd bij je, liefje. Ik ga nergens naartoe, en jij ook niet. Ik heb je nodig, Jenna. Om te kunnen ademen, om de ziel te kunnen behouden die jij met je liefde en je licht hebt hersteld. Voor ik jou ontmoette, leefde ik in de duisternis. Pas toen jij me aanraakte en me de mooiste vrede bracht die ik ooit heb gekend, ging de zon weer voor me schijnen.'

'Ik weet niet hoe ik moet reageren als je zulke dingen tegen me zegt,' zei ze. Uit haar ogen sprak verwondering, en haar woorden waren geladen met emotie.

'Zeg gewoon dat je ook van mij houdt, en dat je mij ook een piepklein beetje nodig hebt.' Zijn uitdrukking, blik en hele houding waren volkomen serieus. Het was de waarheid. Meer had hij niet van haar nodig. Meer zou hij nooit van haar nodig hebben. Alleen haar liefde. Ze hoefde niet zoveel van hem te houden als hij van haar, want hij hield genoeg van haar voor hen allebei.

'En beloof me dat je altijd in me blijft geloven,' voegde hij eraan toe, bezorgd omdat hij dit niet eerder ter sprake had gebracht. 'Blijf altijd in ons geloven. Ik weet dat het niet makkelijk is op dit moment, en soms zal het moeilijk zijn om met mij te leven. Ik weet heel goed dat jij mij veel meer te bieden hebt dan ik jou. Ik zal altijd proberen om dat in te halen, en hoewel ik weet dat het me nooit zal lukken, komt alles wat ik je te geven heb recht uit mijn hart. Ik behoor aan jou toe, en dat zal altijd zo blijven. Ik ben er voor je. Wat je ook wilt, waar je ook naar verlangt, ik zal hemel en aarde bewegen om het je te geven. Maar blijf in me geloven, liefje. Alsjeblieft. Ik kan me een leven zonder jou niet eens voorstellen, want dan zou ik gek worden. Alleen de gedachte al doet vreselijk veel pijn.'

Het voelde alsof hij zijn hart zojuist uit zijn borst had gesneden en het kloppende orgaan voor haar neer had gelegd, om te bewijzen hoe verschrikkelijk, volledig, belachelijk verliefd hij op haar was. Hij had iedere barrière laten zakken, ieder schild waar hij zich in de loop der jaren mee had gewapend. Hij had nooit iemand achter zijn beschermingsmuren toegelaten, en nu stond hij voor haar, volkomen kwetsbaar, haar smekend om hem niet af te wijzen en hem voldoende te vertrouwen om zichzelf volledig aan hem te schenken, ook in de moeilijke tijden die wellicht zouden komen.

Haar ogen werden zacht, haar gezicht begon te stralen, en haar glimlach verjoeg alle twijfels, alle angsten, alle zorgen. Ze omvatte zijn wang met haar kleine hand, de hand waarin ze zijn hart vasthield, en keek met zoveel liefde naar hem dat hij een steek in zijn borst voelde.

'Isaac, heb je dan helemaal niet naar me geluisterd?' vroeg ze plagend. 'Ik ben al de hele tijd doodsbang dat ik je kwijtraak, dat je dood zal gaan vanwege mij.'

Haar blik werd wazig, en ze slikte een aantal keer, alsof ze probeerde zichzelf bij elkaar te rapen.

'Je hoeft me helemaal niet te vragen om je te beloven dat ik in ons blijf geloven. Je hoeft niet bang te zijn dat ik bij de eerste de beste tegenslag zal besluiten dat jij niet de man bent die ik zoek, en dat ik zomaar weg zal lopen. Je vormt mijn hele wereld, het allerbeste deel van mijn wereld,' fluisterde ze. 'Ik geloof met mijn hele hart en mijn hele ziel dat God je naar mij heeft gestuurd. Om me te redden. Om me te beschermen. Om van me te houden. Om de man te zijn die me alles geeft waar ik ooit over heb gedroomd, maar wat ik nooit voor mogelijk had gehouden. Ik had nooit gedacht dat ik vrij zou zijn, laat staan dat ik zowel vrijheid zou vinden als een man die alles is wat ik me ooit heb voorgesteld. Ik ben degene die jou op mijn knieën zou moeten smeken om altijd in mij te blijven geloven, en jij bent degene die tot de conclusie zou moeten komen dat ik alle moeite en ellende die ik jou heb veroorzaakt niet waard ben. Ik kom er beter af dan jij,' zei ze wrang.

'Ik weet niets over een heleboel dingen die voor anderen vanzelfsprekend zijn. De wereld, voor zover ik die heb gezien, stelt me nog steeds voor een raadsel. Soms voel ik me helemaal verloren en denk ik dat ik er nooit echt bij zal horen. Ik weet niet wat hoort en wat niet. De stad overweldigt me, geeft me het gevoel dat ik opgeslokt word en nooit meer een uitweg zal vinden. Ik vind mensen intimiderend en ben verschrikkelijk verlegen. Ik begrijp niet eens waarom je iemand zoals ik zou willen, maar ik twijfel niet aan het lot, of aan jouw liefde voor mij of mijn liefde voor jou. Ik zal altijd in je blijven geloven, maar blijf jij ook alsjeblieft in mij geloven. Ik heb je geduld nodig, en je begrip, en ik wil graag dat je me helpt om mijn weg te vinden in de grote onbekende wereld waar ik plotseling mee word geconfronteerd.'

Hij legde haar het zwijgen op door zijn mond op de hare te drukken. Hij kon het niet langer aanhoren om haar op zo'n kleinerende manier over zichzelf te horen spreken. Hij gaf haar een lange, hartstochtelijke kus waarin hij alle passie, liefde en verlangen stopte die hij voelde voor de vrouw die elk stukje van hem bezat.

Toen werden zijn bewegingen zachter en voorzichtiger, zodat hij beter kon genieten van haar zoete smaak, haar heerlijke geur, haar zachte lichaam in zijn armen. Een tijd later trok hij zich eindelijk terug, happend naar lucht om zijn naar zuurstof snakkende longen te vullen. Haar gezicht gloeide, haar ogen straalden en haar lippen waren donkerroze en gezwollen. Ze zag eruit als een vrouw die grondig was gekust. Hij vond het heerlijk om haar zo te zien, om te weten dat hij degene was die dit bij haar had gedaan, degene die haar liet stralen en die de licht verdwaasde blik in haar ogen had getoverd.

'Zijn we hier echt veilig, Isaac?' vroeg ze, en ze legde haar hand op zijn borst, precies op de plek waar zijn hart zat.

Hij legde zijn hand op de hare en drukte die tegen zijn borst, zodat ze zijn hart kon voelen slaan en zou beseffen dat het alleen voor haar klopte.

'Ja, liefje. We moeten gewoon geduld hebben en wachten tot Jaysus dat van hem verliest en fouten gaat maken. En geloof me, dat gaat gebeuren. Mannen die zo geobsedeerd en gefixeerd zijn als hij nemen uiteindelijk altijd stomme risico's. En dan nemen we hem te grazen.'

Hoofdstuk 22

Jenna zat te midden van een berg kussens op de grote hoekbank te zappen langs de verschillende kanalen op de tv. Ze had de mannen verlegen gevraagd of ze de afstandsbediening mocht uitproberen, en binnen een halfuur had ze hen tot waanzin gedreven.

Waarom ze zo geïrriteerd waren dat ze allemaal de kamer waren uit gelopen, begreep ze niet zo goed. Ze wisten allemaal dat ze nooit een tv had gezien, tot de dag dat ze er met afgrijzen op had gereageerd toen iemand het toestel in het eerste safehouse had aangezet.

Ze schaamde zich een beetje voor haar reactie, en toen ze had beseft dat ze de tv nog steeds vermeed – de enige andere keer dat ze ernaar had gekeken, was bij de nieuwsuitzending over het vreselijke bloedbad bij de sekte geweest – had ze zich voorgenomen om niet meer zoveel tijd in de slaapkamer of de keuken door te brengen en eens te ontdekken wat er zoal op die tv te zien was.

Hoewel ze moest toegeven dat haar bezoekjes aan de keuken tot de hoogtepunten van haar gedwongen opsluiting behoorden. De mannen verwenden haar verschrikkelijk. Ze maakten om beurten hun eigen specialiteiten voor haar klaar, en daarnaast kookten ze ook eenvoudige maaltijden. Ze waren extreem geduldig en raakten nooit geïrriteerd wanneer ze hen aan een spervuur van vragen onderwierp.

Haar kinderlijke enthousiasme leek hen vooral te amuseren. Zelfs de mannen die die dag niet aan de beurt waren om kookles te geven, verzamelden zich doorgaans in de keuken om toe te kijken. Met een brede glimlach op hun gezichten sloegen ze haar dan gade wanneer ze na een succesvolle poging stralend haar bord leegat.

En toch was zelfs Isaac, die nooit ver van haar zijde week, de woonkamer uit gelopen toen ze achter elkaar van het ene kanaal naar het andere zapte. Maar hoe kon ze besluiten wat ze wilde kijken als ze niet wist wat er op de andere zenders werd uitgezonden? Stel dat ze een bepaald programma koos, terwijl er een stukje verderop iets veel boeienders te zien was?

Ze moest toegeven dat ze het hele concept van de tv nogal verwarrend vond, zeker het enorme aantal kanalen en programma's. Wat moest je doen wanneer twee programma's die je allebei leuk vond, tegelijk werden uitgezonden? Ze had echter een bijzonder praktische toepassing voor het ding gevonden.

Ze had namelijk ontdekt dat je via de tv heel wat kon opsteken over de moderne wereld. Sommige van de programma's waren fascinerend, andere ronduit gruwelijk. Een paar avonden geleden hadden de mannen geprobeerd haar zover te krijgen dat ze keek naar iets wat ze 'reality-tv' noemden. Ze hadden haar uitgelegd dat het anders was dan andere programma's. Na een paar minuten van het programma, waarin ze dingen zag die klaarblijkelijk echt gebeurden en niet waren verzonnen om anderen te vermaken, was ze de woonkamer ontvlucht. Van pure afschuw was ze drie dagen bij de tv vandaan gebleven.

Nu was ze echter de baas over de afstandsbediening. Het gaf haar een zekere bevrediging om zo vaak als ze wilde op het knopje te kunnen drukken en van zender te veranderen. Nu begreep ze waarom de mannen altijd ruzieden over het recht om die avond de afstandsbediening tot hun beschikking te hebben.

Ze nestelde zich wat dieper in de stapel kussens en zuchtte tevreden. Het was heerlijk om te kunnen doen wat ze wilde, of om gewoon helemaal niets te doen. Ze had nooit de vrijheden genoten die de meeste andere mensen als vanzelfsprekend beschouwden. De eerste jaren bij de sekte had ze haar leven als normaal beschouwd. Pas toen ze een jaar of negen was, was er een zeurend stemmetje in haar hoofd opgedoken. Vanaf die tijd begon ze beter om zich heen te kijken en de andere sekteleden nauwlettend gade te slaan.

Ze had niet beter geweten. Ze kende niet anders, en er was haar altijd voorgehouden dat dit normaal was. Maar toen ze scherper ging letten op wat er om haar heen gebeurde, realiseerde ze zich dat ze heel anders werd behandeld dan de anderen.

Hoewel ze niet kon zeggen dat de vrouwen in de sekte goed werden behandeld, was het wel duidelijk dat de andere vrouwen beter af waren dan zij.

Fronsend concentreerde ze zich weer op de tv, die ze op één kanaal had laten staan terwijl haar gedachten waren afgedwaald. Ze was boos omdat ze zichzelf had toegestaan terug te denken aan haar leven als gevangene, en resoluut onderdrukte ze de pijnlijke, vernederende herinneringen. Ze kon het verleden beter laten rusten.

Ze stond op het punt opnieuw van zender te veranderen, maar aarzelde toen ze het nieuwsprogramma herkende waarin ze eerder de beelden over het bloedbad bij de sekte had gezien. Het nieuws veranderde van dag tot dag. Het zou interessant zijn om elke dag te kijken, zodat ze de actuele gebeurtenissen zou kunnen volgen. Misschien zou ze zich dan minder verloren voelen in de wereld waar ze zo bang voor was geweest.

Toen de inleiding voor het volgende onderwerp begon, verstijfde ze echter van de schrik. Vol afschuw staarde ze naar het scherm, en ze zette vlug het geluid harder, zodat ze elk woord goed kon horen. Het kon haast niet anders of ze had de nieuwslezer verkeerd verstaan.

'Vanavond horen we de smeekbede van een moeder die op zoek is naar informatie over de dochter die haar twintig jaar geleden is afgenomen. We gaan live naar de persconferentie, waar Suzanne Wilder haar verhaal doet naar aanleiding van de tragische massamoord bij een mysterieuze sekte op het platteland ten noorden van

Houston, die daar klaarblijkelijk al minstens vijfentwintig jaar was gevestigd.'

Er verscheen een radeloos ogende vrouw in beeld, die omringd werd door verschillende verslaggevers met microfoons in hun hand. Jenna sprong op van de bank en ging recht voor de tv staan, nauwelijks in staat te geloven wat ze hoorde of zag.

Haar mond viel open. Ze probeerde Isaac te roepen, maar er kwamen geen woorden uit haar dichtgeschroefde keel. Ze haalde vlug adem door haar neus, en het voelde alsof de kamer om haar heen draaide. Alleen de tv bleef op haar plek. Ze wilde haar ogen dichtknijpen en haar gezicht afwenden. Ze wilde haar oren bedekken, zodat ze het niet zou horen. Dat kon ze echter niet. Het leek wel of ze was verlamd. In haar maag kolkte een mengeling van angst en hoop, en daar werd ze nog misselijker van dan van de muren die om haar heen draaiden.

De vrouw drukte een zakdoekje tegen haar neus, die rood en gezwollen was, alsof ze had gehuild. Ze staarde wanhopig en smekend in de lens van de camera.

'Ik ben Suzanne Wilder, en twintig jaar geleden is mijn dochter, Jenna Wilder, met geweld van me afgenomen. Haar vader deed een wanhopige poging om onze dochter te redden, maar de ontvoerders schoten hem dood en gingen er met Jenna vandoor in een zwart bestelbusje. Ik hoorde haar gillen en huilen toen ze de deur dichtschoven en wegreden met mijn enige kind.' De stem van de vrouw brak toen er een snik in haar keel opwelde, en ze duwde haar vuist tegen haar mond in een zichtbare strijd om haar emoties onder controle te krijgen.

'De afgelopen twintig jaar heb ik voortdurend naar mijn dochter gezocht, en ik ben altijd blijven hopen dat ik haar op een dag terug zou vinden. Ondanks alle privédetectives die ik heb ingehuurd en het onderzoek dat ik zelf heb uitgevoerd, ben ik er nooit achter gekomen waar de sekte woonde.' Ze struikelde over haar woorden, alsof ze niet goed wist hoe ze de plek moest noemen waar Jenna vrijwel haar hele leven gevangen was gehouden.

'Pas toen ik vorige week het nieuws zag over de massamoord bij een sekte ten noorden van Houston, realiseerde ik me dat mijn dochter daar had gezeten, dat ze daar groot was gebracht. Ik vroeg me af of ze nog herinneringen aan me had, of ze nog wist wie ik ben,' vervolgde ze met betraande ogen.

'Twee van de mannen van wie ze de foto's op tv lieten zien, herkende ik meteen als de mannen die mijn echtgenoot vermoordden en mijn dierbare dochter ontvoerden.' Ze boog haar hoofd en zweeg, te emotioneel om verder te kunnen gaan.

Jenna staarde verbijsterd naar de tv, simpelweg niet in staat om te begrijpen wat ze zag en hoorde. Een warme traan rolde over haar wang, maar ze veegde hem niet weg. Haar ademhaling ging steeds sneller. Het sloeg nergens op. Waar was ze bang voor? De waarheid?

'Ik heb de foto's van alle lichamen bekeken, in de hoop antwoorden te vinden, iets wat me zou vertellen of mijn Jenna nog leeft, of wat er met haar gebeurd kan zijn. Ze bevond zich niet onder de doden, maar ik vond wel een foto van haar. Het was mijn dochter! Er is geen enkele twijfel mogelijk. Ik smeek iedereen die informatie heeft over haar verblijfplaats, of die tips kan geven die kunnen helpen om haar te vinden, om zich te melden. En Jenna, als je dit ziet, ik heb nooit de hoop opgegeven dat we op een dag met elkaar herenigd zouden worden.'

Jenna bleef naar het scherm staren, en plotseling dook er een herinnering van lang geleden in haar hoofd op. De verjaardagstaart met de vier kaarsjes. Het trotse lachende gezicht van haar vader, waar de liefde vanaf spatte. Ze groef nog dieper, haar ogen sluitend om zich op de herinnering te concentreren. Een vrouw met een ingepakt cadeautje in haar handen, die met een vreemde glimlach op haar gezicht toekeek terwijl Jenna's vader haar in de lucht wierp tot ze het uitschaterde van plezier.

'Mama?' zei ze. Haar stem klonk hoger dan normaal, meer als die van het kind in haar herinnering.

Het voelde alsof haar borst in brand stond, en om de een of andere reden was haar versnelde ademhaling gestopt. Waarom ademde ze niet? De kamer werd wazig, en terwijl de persconferentie maar door dreunde, klonk er in Jenna's oren alleen nog maar een luid gezoem.

Hoofdstuk 23

'Zullen we de afstandsbediening gaan redden voordat de batterijen leeg raken en ze het ding kapotslaat omdat ze niet weet dat het het zonder batterijen niet doet?' vroeg Shadow geamuseerd aan Isaac.

Isaac grinnikte. 'Ik ben zo'n beetje vierentwintig uur per dag bij haar geweest sinds... tja, eigenlijk sinds ik haar uit mijn SUV plukte. Ik kon me niet voorstellen dat er ooit een moment zou komen waarop ik niet zo dicht mogelijk bij haar zou willen zijn, maar nu lijkt ze wel een kind met een nieuw, irritant, lawaaiig speeltje waar ze maar niet genoeg van kan krijgen.'

Shadow proestte het uit, en ook Knight en Dex, die net de keuken binnen waren gekomen, begonnen te grinniken. Toen draaide Dex zijn hoofd in de richting van de woonkamer en luisterde aandachtig.

'Volgens mij kunnen we veilig naar binnen. De zender is al zeker een minuut niet veranderd – het is dezelfde nieuwsuitzending die ook al op stond toen ik naar de keuken liep,' zei hij hoopvol.

'Ik geloof het pas als ik het zie,' mompelde Shadow, en hij liep naar de deur die toegang gaf tot de woonkamer.

In de deuropening bleef hij abrupt staan, en zijn lichaamstaal waarschuwde Isaac dat er iets aan de hand was. Hij wilde net vragen waar Shadow naar staarde, toen zijn collega zonder zich om te draaien zei: 'Isaac, je moet meteen hier komen.'

Shadows gespannen toon liet Isaacs maag verkrampen, en haastig duwde hij Dex en Knight opzij en rende naar de woonkamer. Hij wrong zich langs Shadow heen en zag wat er aan de hand was.

Jenna stond verstijfd en met een spierwit gezicht voor de tv. Zelfs vanaf deze afstand kon hij horen dat ze hyperventileerde. Toen hij naar haar toe liep, hoorde hij een hoge, kinderlijke stem – Jenna, maar ook weer niet Jenna – een enkel woord uitbrengen: 'Mama?'

O shit. Isaacs oren begonnen te suizen, maar op dat moment viel het hem op dat Jenna stopte met hyperventileren. In feite was ze ineens zo stil dat het leek of ze helemáál niet meer ademde. Ze wankelde als een dronkenlap op hoge hakken, en hij rende op haar af, naar de anderen schreeuwend dat ze hem moesten helpen.

Hij ving haar precies op toen haar benen het begaven en ze op de grond dreigde te zakken. Angst greep hem bij de keel terwijl hij haar optilde. Waar was ze in vredesnaam zo verschrikkelijk overstuur door geraakt?

Voorzichtig droeg hij haar naar de bank, zette haar neer en greep haar vast toen ze naar voren helde alsof ze zo van de bank zou vallen, plat op haar gezicht. Hij draaide haar naar zich toe en schudde haar zachtjes door elkaar, net genoeg om haar aandacht te trekken.

'Adem, verdorie! Haal adem, Jenna!'

Ze knipperde met haar oogleden, en even staarde ze hem volkomen verward aan, alsof ze hem niet eens herkende.

'Allemachtig,' fluisterde hij.

Shadow kwam bij hen staan en duwde een koude natte doek in Jenna's nek, terwijl Knight haar pols voelde. Dex concentreerde zich op haar oppervlakkige ademhaling, terwijl Isaac een nieuwe poging deed om haar uit haar trance te halen.

'Mama?' vroeg ze opnieuw, met een trillende stem.

'O, liefje,' zei Isaac vol medeleven.

Hij had geen goed gevoel over de oorzaak van haar paniekaanval. Helemaal geen goed gevoel. Hij keerde zich naar Zeke toe, die haastig de woonkamer in was komen rennen, en gaf hem vlug een bevel.

'Spoel dat programma minstens een halfuur terug en zet het dan op pauze. Wat Jenna ook heeft gezien, het is een enorme klap voor haar geweest.'

‘Kunnen we ergens mee helpen?’ vroeg Brent, die naast Zeke kwam staan. Ook Capshaw en Eric voegden zich bij hen.

‘Ik moet weten wat ze in godsnaam op het nieuws heeft gezien waardoor ze in shock is geraakt,’ snauwde Isaac, tegen niemand in het bijzonder. ‘Maar speel het pas af wanneer ik haar de kamer uit heb.’

Hij richtte zijn aandacht weer op Jenna, die nu geluidjes maakte die deden denken aan een vis die op het droge naar adem hapte. Haar pupillen waren onnatuurlijk groot, en haar gezicht was zo wit als een laken. Ze zag eruit als iemand die zojuist alles is kwijtgeraakt wat betekenis voor haar had. De zielloze ogen die naar Isaac staarden, werden hem te veel. Hij moest haar weghalen uit de hel waar ze in verkeerde. Hij weigerde haar daar ook nog maar een seconde langer te laten. Ze leek in shock te zijn, en dat joeg hem grote angst aan.

Hij klemde haar koude handen in de zijne en wreef erover om ze warm te maken. Ondertussen praatte hij met kalme, geruststellende stem tegen haar, onzinwoordjes die nergens over gingen. Na een poosje stopte hij daarmee en boog zich zo dicht naar haar toe dat hun neuzen elkaar bijna raakten.

‘Liefje, kom naar me terug,’ smeekte hij. Hij omvatte haar gezicht met zijn handen en streek haar lange lokken achter haar oren. ‘Ik ben hier. Ik ben bij je. Wat je ook bang maakt, je bent niet alleen. Ik wil graag dat je rustig en diep ademhaalt. In door je neus, uit door je mond. Kijk, zo.’

Toen hij zeker wist dat hij haar aandacht had, liet hij haar zien hoe ze moest ademhalen, in en uit, langzaam en diep. Ze begon tekenen te vertonen dat ze zich weer bewust werd van haar omgeving. Ze keek hem in de ogen, en hij wist dat het ergste achter de rug was toen hij herkenning op haar gezicht las. Het was echter de opluchting die in haar ogen oplaaide vlak voordat ze zich in zijn armen wierp en haar armen zo stevig mogelijk om zijn nek wikkelde, die hem het diepst raakte.

'Ik heb je, liefje,' zei hij zacht, en hij wiegde haar heen en weer, terwijl ze zich aan hem vastklampte alsof hij haar enige reddingsboei was. 'Ik laat je nooit meer gaan. Haal gewoon rustig adem en probeer te ontspannen. Denk aan mooie dingen. Aan de prachtigste droom die je ooit hebt gehad. Denk nergens anders aan en laat mij voor je zorgen.'

Hij wist dat hij maar wat kletste, maar zelf balanceerde hij beangstigend op het randje van een paniekaanval. Toen haar ademhaling regelmatig was geworden, werd haar lichaam slap, alsof alle kracht eruit was weggevloeid. Hij nam haar voorzichtig in zijn armen en kwam overeind van de bank.

Hij keek naar Shadow. 'Wil jij nog zo'n slaappil pakken? Hoe graag ik ook wil weten wat haar deze shock heeft bezorgd, ze is er nu te slecht aan toe om het te herleven. Eerst moet ze rusten en ontspannen, en wanneer ze wakker wordt en zich wat sterker voelt, kan ik ernaar vragen.'

Shadow knikte en haastte zich naar de keuken, terwijl Isaac zijn kostbare vrachtje naar de slaapkamer droeg. Hij legde haar op het bed, trok haar schoenen en haar kleren uit en schoof haar een van zijn eigen T-shirts over het hoofd.

Hoewel ze zich bewust was van haar omgeving en niet langer ronddwaalde in de hel van daarnet, zei ze niets. Alleen haar ogen volgden iedere beweging die hij maakte. Toen Shadow binnenkwam met de slaappil en een glas water, protesteerde ze niet. Ze stak de pil gehoorzaam in haar mond en slikte hem snel door, voordat ze de bittere smaak kon proeven.

Ze ging weer liggen en staarde met betraande ogen naar het plafond, de blikken van Isaac en Shadow ontwijkend. Shadow keek bezorgd naar Isaac. Isaac staarde somber terug. Hij had geen idee wat hij moest doen of zeggen. Hij kon geen probleem oplossen dat hij niet kende, kon geen onbekende vijand bestrijden.

'Ik laat jullie alleen,' mompelde Shadow. Hij keek naar Jenna, en zijn uitdrukking werd nog bezorgder. 'Ik zal zien wat ik kan ontdekken.'

'Bedankt,' zei Isaac met hese stem.

Bij Jenna begon de slaappil al te werken. Haar oogleden werden zwaar, en ze knipperde een paar keer, alsof ze zich verzette tegen de slaap. Toen gingen haar ogen dicht, en Isaac dacht dat ze in was gesluimerd. Toen hij zich wilde omdraaien om terug te lopen naar de woonkamer, deed ze echter traag haar ogen open en zocht hem met haar blik.

Er biggelden tranen over haar wangen, en ze leek nog bleker dan eerst.

'Ik was geliefd,' fluisterde ze. 'Mijn vader. Hij hield van me.'

Verward fronste hij zijn voorhoofd. 'Hoe bedoel je, liefje? Heb je je iets herinnerd?'

Maar na haar cryptische woorden gleden haar oogleden weer dicht, en deze keer slaakte ze een kleine zucht en deed ze haar ogen niet meer open. Kort daarna merkte hij aan haar regelmatige ademhaling en het lichte rijzen en dalen van haar borst dat ze vredig lag te slapen.

Hij ging op de rand van het bed zitten en sloeg zijn handen voor zijn gezicht. Wat was er daarnet in vredesnaam met haar gebeurd? Waarom was hij zo stom geweest om haar alleen te laten? Tot vandaag had hij dat niet gedaan. En ze had een hoge prijs betaald voor zijn verwaarlozing, want ze was in haar eentje geconfronteerd met de kwelgeesten uit haar verleden.

Hoofdstuk 24

Toen Isaac terug beende naar de woonkamer, hoefde hij niets te zeggen. Uit zijn hele houding sprak zijn behoefte aan antwoorden. Brent keek naar hem op, en het beviel Isaac niet wat hij in de ogen van de andere man las.

'Het is heel begrijpelijk dat ze in shock raakte,' zei Brent grimmig. 'Ze zapte langs de kanalen, zonder te weten wat voor plotselinge schok haar te wachten stond.'

'Wat bedoel je daar in godsnaam mee?' vroeg Isaac geïrriteerd.

'Het gaat een stuk sneller en makkelijker als je gewoon zelf kijkt,' zei Brent. 'Ik weet niet eens of ik het goed zou kunnen uitleggen. Het ergste is, ik weet niet of het goed gaat uitpakken of juist slecht. Het kan beide kanten op.'

'Of we worden erin geluisd,' zei Zeke grommend.

'Hou verdorie op met speculeren en speel dat programma gewoon af. Terwijl wij hier zitten te kibbelen, ligt er verderop een vrouw met zoveel pijn en verwarring in haar ogen dat ik het nauwelijks aan kan zien, en ik kan het niet verhelpen tot ik weet waar ze zo getraumatiseerd van is geraakt.'

'Het duurt niet lang,' mompelde Brent. 'En als je het gezien hebt, denk ik dat je haar reactie een stuk beter begrijpt.'

Zelfs nadat hij Jenna's instorting had gezien en de reacties van de andere mannen had gehoord, was hij totaal onvoorbereid op datgene wat hij op de tv zag. Dit had hij zich in geen miljoen jaar voorgesteld, en hij had geen idee wat hij moest denken van de beweringen van deze vrouw.

Hij dacht terug aan Jenna's kinderlijke 'mama'. Dat had geklonken alsof ze de vrouw herkende, of vage herinneringen aan haar had. In hun korte gesprek over haar verleden had ze weinig over haar moeder gezegd. Ze had concrete herinneringen aan haar vader, maar het had haar moeite gekost om een beeld of een herinnering aan haar moeder op te roepen.

Geen wonder dat ze zo verbijsterd was geweest, zo verloren en compleet in de war. Hoe ze ooit in die sekte terecht was gekomen, was een vraag die haar al vanaf haar vroegste jeugd bezig had gehouden. Was ze geliefd geweest? Hadden haar ouders haar gewild? Was ze van hen gestolen, of hadden ze haar uit eigen vrije wil aan de sekte gegeven? Leefden ze nog?

Ze had fijne herinneringen aan haar vader, en nu had ze ontdekt dat hij was vermoord toen hij probeerde te voorkomen dat ze werd ontvoerd. Geen wonder dat ze er kapot van was. En toch leek de wetenschap dat iemand van haar had gehouden, haar een klein beetje troost te bieden. De laatste woorden die ze had gesproken voordat ze in slaap was gevallen, waren: 'Ik was geliefd. Mijn vader. Hij hield van me.'

Hij kon wel huilen van medeleven, maar tegelijk wilde hij antwoorden vinden op haar vragen. Hoe paste de moeder in het verhaal? Zijn achterdochtige kant vond het wel heel toevallig dat de moeder juist nú op tv verscheen en om informatie over haar dochter smeekte, net nu een machtige drugsbaron haar wanhopig graag in zijn bezit wilde krijgen.

De verschijning en de smeekbede van de moeder konden natuurlijk ook samenhangen met het nieuws over het drama dat zich in de sekte had afgespeeld, en dat door iedere grote nieuwszender was verslagen. Op het eerste gezicht leek haar verhaal plausibel, maar allemachtig! Wat moest hij doen? Jenna verbieden om haar moeder op te zoeken omdat ze op een verdacht moment was opgedoken? Alleen maar omdat het zijn taak was om iedereen te verdenken die probeerde zijn engel te benaderen?

Verdorie, hij wist niet eens wat Jenna zelf wilde. Ze had een enorme schok gehad, en dat terwijl ze in korte tijd al zoveel had moeten doorstaan. Hoeveel kon ze nog hebben voordat ze zou instorten onder de steeds zwaardere last die op haar schouders werd gestapeld?

Frustratie borrelde op in zijn binnenste en dreigde te ontploffen. Hij vond het vreselijk om zich zo machteloos te voelen. Om niet te weten wat hij kon doen om alles beter te maken. Om haar het leven te geven dat ze verdiende, een familie die van haar hield.

'Dit is heftig, man,' mompelde Shadow. 'Wat ga je in godsnaam doen?'

Hij zuchtte en wreef met zijn handen over zijn gezicht. 'Dat hangt ervan af wat Jenna wil. Het is onze taak om uit te zoeken of dat verhaal klopt en om Jenna koste wat kost te beschermen.

Voordat we haar hoop bevestigen of de bodem inslaan, lijkt het me verstandig om die moeder discreet na te trekken. We kunnen niet voorzichtig genoeg zijn zolang Jaysus vrij rondloopt, en we kunnen niet zomaar een openlijke hereniging tussen Jenna en haar moeder laten plaatsvinden. Dat zou op een bloedbad uitlopen.'

'We gaan meteen aan de slag,' zei Shadow. 'Zorg jij maar voor Jenna. Kijk hoe ze het nieuws verwerkt en vraag haar wat ze ermee wil doen.'

Hij knikte, maar hij kon de paniek niet volledig onderdrukken. Dit beviel hem helemaal niet, zeker de timing niet – al was die niet onlogisch, gezien de aandacht die de massamoord in de media had gekregen.

Hij liep terug naar de slaapkamer, en zijn borst verstrakte toen hij Jenna op bed zag liggen, opgekruld tot het kleinst mogelijke balletje. Ze had haar ogen dicht, maar zelfs in haar slaap waren haar gedachten onrustig en haar dromen gekweld.

Hij ging zonder aarzelen naast haar liggen en sloeg zijn armen om haar heen, zodat hij haar omringde met zijn kracht en warmte. Ze ontspande een beetje, alsof ze hem in haar slaap herkende, en ze slaakte een kleine zucht voordat ze haar gezicht in zijn hals begroef en dieper in slaap viel.

Hij had geen idee hoelang hij daar lag, maar hij sliep niet. In plaats daarvan bleef hij wakker om over zijn dierbare engel te waken. Hij weigerde zijn ogen dicht te doen en zich over te geven aan de slaap, hoe moe hij ook was. Hij wilde niet het risico nemen dat ze wakker zou worden zonder dat hij het in de gaten had.

Het leek een eeuwigheid te duren voordat ze zich verroerde. Ze mompelde iets, een woord dat op 'papa' leek. Zijn hart brak. Hoeveel moest ze nog kwijtraken, nadat alles wat ze ooit had bezeten haar al eens was afgenomen?

Ze hief haar hoofd en trok zich een stukje terug, zodat ze hem aan kon kijken. 'Isaac?'

'Ja, liefje,' zei hij, en hij streek geruststellend over haar wang.

'Is het waar? Is het waar wat ik heb gezien?'

Hij blies zijn adem uit, wensend dat hij antwoorden voor haar had. 'Dat weet ik nog niet. We zoeken het nu uit, en zodra we iets weten, ben je de eerste die het hoort.'

'Ik herinner me niet veel van haar,' zei ze zorgelijk. 'Zou ze daar boos om zijn?'

'Natuurlijk niet,' haastte hij zich te zeggen. 'Je was nog maar een kind, en sindsdien heb je zoveel moeten doorstaan. Niemand verwacht van je dat je heldere herinneringen hebt aan een leven dat je twintig jaar geleden bent kwijtgeraakt.'

Ze sloeg haar blik neer en frummelde aan zijn shirt.

'Wat is er, liefje?'

Ze keek weer naar hem op, en er stonden tranen in haar ogen. Ze bevochtigde haar lippen, een gebaar waar onzekerheid uit sprak.

'Moeten we contact met haar zoeken?' vroeg ze aarzelend. 'Zal ik met haar afspreken?'

'Dat is een beslissing die je zelf moet nemen, lieverd.'

'Is het stom dat ik het eng vind om mijn eigen moeder te ontmoeten?'

'Natuurlijk niet. Liefje, ik zou me eerder zorgen maken als je er niet nerveus over was. Maar luister goed. Je hoeft vandaag nog niets te beslissen. Of morgen. Neem alle tijd die je nodig hebt, en als je eraan toe bent, dan regelen we iets. Maar het moet wel veilig voor je zijn, anders gaat het niet door.'

Ze knikte en slikte toen zichtbaar. 'Ik wil haar zien. Ik móét haar zien. Ik heb vage herinneringen aan een vrouw die heel veel op haar lijkt. Maar het grootste deel van mijn herinneringen gaat over mijn vader.'

Haar ogen vulden zich met tranen, die geluidloos over haar wangen gleden.

'Nu weet ik dat hij dood is,' zei ze met verstikte stem. 'Jarenlang heb ik een flintertje hoop gekoesterd dat ik hem misschien op een dag terug zou zien. Dat hij aan me zou denken en dat hij me miste en dat hij zou willen dat ik thuiskwam. Maar ze hebben hem vermoord. Allemachtig, en dan te bedenken dat ik het leven van die monsters keer op keer heb gered. Ik ben blij dat ze dood zijn,' zei ze fel. 'Ik wilde alleen dat ze erger hadden geleden.'

Hij nam haar weer in zijn armen en wreef met zijn hand over haar rug. Hij zei niets, probeerde haar slechts te troosten nu ze zoveel verdriet had.

'Als je je moeder wilt ontmoeten, dan kunnen we dat regelen, Jenna. Maar alleen als je het echt wilt. En we willen eerst uitzoeken of ze wel echt is wie ze beweert te zijn.'

Jenna knikte. 'Dat begrijp ik. Ik denk dat dit iets is wat ik moet doen, al is het maar om eindelijk te ontdekken of er ooit mensen zijn geweest die van me hielden. Een familie. Iemand die verdriet om me heeft gehad nadat ik was ontvoerd. Ik heb me altijd zo alleen gevoeld, alsof ik helemaal niemand had.'

'Je hebt mij,' zei hij vol overtuiging. 'Voor altijd. Je zult nooit meer alleen zijn, nooit, Jenna. Begrijp je dat?'

Haar glimlach was beverig, maar ze knikte en boog zich naar hem toe om haar lippen zachtjes op de zijne te drukken. 'Ja, dat begrijp ik,' fluisterde ze. 'Dankjewel. Het betekent meer voor me dan je ooit zult weten.'

'Weet je zeker dat je dit wilt?' vroeg hij.

Ze knikte langzaam. 'Ik moet dit doen, of ik het nu wil of niet. Als ik werkelijk vrij wil zijn, moet ik vrede sluiten met dat deel van mijn leven.'

Hij kuste haar, voorzichtig, om haar niet te overweldigen nu ze zo kwetsbaar was, gewoon om haar eraan te herinneren dat hij bij haar was. Dat hij er altijd voor haar zou zijn, en dat hij met hart en ziel van haar hield.

'Ik ga het de anderen vertellen,' zei hij, nadat hij zich had teruggetrokken. 'Als het verhaal van die vrouw blijkt te kloppen, dan regelen we een ontmoeting zodra we een plan hebben bedacht om je veiligheid te waarborgen.'

'Ga jij met me mee?' vroeg ze voorzichtig. 'Ik wil haar niet alleen spreken.'

Hij legde zijn hand op haar wang en keek haar recht in de ogen. 'Liefje, luister naar me. Waar jij bent, daar ben ik. Altijd. Waar je ook naartoe gaat, ik zal je vergezellen.'

Ze ontspande zichtbaar, en iets van de bezorgdheid en spanning in haar gezicht ebde weg. 'Dankjewel,' fluisterde ze. 'Ik weet niet waarom, maar ik zie tegen de ontmoeting op. Ik ben zo zenuwachtig dat het voelt alsof ik moet overgeven. Maar mijn hart vertelt me dat ik dit moet doen, en zolang jij bij me bent, kan ik alles.'

Hoofdstuk 25

Tori Devereaux schrok happend naar adem wakker uit de nachtmerrie die zo echt had geleken dat hij niet van werkelijkheid te onderscheiden was.

Vertrouwde armen werden om haar heen geslagen, en Dane trok haar tegen zijn borst terwijl hij over haar haren streek om haar gerust te stellen. Verward knipperde ze met haar ogen. Hoe had hij het geweten? Wat deed hij in haar slaapkamer?

Dane stak zijn hand uit en knipte het lampje op haar nachtkastje aan. De onvermijdelijke lijnen op zijn gezicht werden direct verlicht, en even dacht ze dat hij boos op haar was. Maar toen zag ze dat zijn ogen zacht en bezorgd stonden. Maakte hij zich zorgen om haar?

In het verleden hadden ze de nodige aanvaringen gehad, maar hij was er ook voor haar geweest toen ze over Caleb had gedroomd die onder het bloed zat en zeker had geweten dat ze zijn dood had gezien. Ook toen had hij haar getroost. Zijn gevoelens voor haar leken van het ene uiterste naar het andere te schieten, hoewel hij haar grotendeels afstandelijk behandelde. Daarom had het haar ook zo geschokt dat juist hij haar bescherming op zich had genomen toen alle vrouwen naar veilige plekken waren gebracht vanwege de mogelijke bedreiging voor de hele organisatie.

Haar verwarring moest aan haar uitdrukking af te lezen zijn, want Dane veegde zachtjes haar tranen weg en zei op geruststellende toon: 'Je gilde in je droom.'

Haar gezicht werd triest toen zijn woorden de rauwe herinnering aan haar droom opriepen.

'Had je een nachtmerrie?' vroeg hij kalm.

'Nachtmerrie' was het codewoord voor haar trauma over de gruwelen die haar waren aangedaan door een gestoorde gek die haar had gemarteld en verkracht, en die haar zou hebben vermoord als Ramie Caleb niet had verteld waar ze werd vastgehouden. Ze hadden haar gered, maar toen was haar ziel al door het monster vernietigd.

Ze boog haar hoofd en schudde van nee, haar ogen dichtknijpend. 'Ik zag iemand die in koelen bloede werd vermoord.'

'Wie?' vroeg Dane dringend.

'Niet een van ons,' fluisterde ze. 'Ik weet niet wie het was.'

Ze sloeg met haar hand op het matras, haar emoties een mengeling van woede, frustratie en machteloosheid. 'Ik heb haar nooit eerder gezien! Wat is het nut van dromen over een ongelukkige vrouw die binnenkort zal sterven als ik niets kan doen om het te voorkomen?' vroeg ze met schelle stem. 'Ik vind het vreselijk, Dane. Ik haat die stomme gave. Niemand heeft er iets aan, maar ik word erdoor gekweld omdat ik weet wat er gaat gebeuren, maar er niets tegen kan doen!'

Dane sloeg zijn armen weer om haar heen en wreef met zijn hand over haar rug, terwijl ze uit frustratie en verdriet met haar vuist tegen zijn schouder sloeg.

'Ik weet het, liefje. Ik weet het. Het spijt me zo dat je dit moet verduren, terwijl je al zoveel hebt meegemaakt,' mompelde hij zachtjes. 'Ik wilde dat ik het weg kon laten gaan. Maar dit moet je weten, al begrijp je verder niets. Wat er eerder met jou is gebeurd, zal je nooit meer overkomen. Ik zal je beschermen. Wij zullen je beschermen. Altijd.'

Ze zuchtte. 'Dat weet ik, Dane. Ik geloof je. Ik weet dat mijn broers het zichzelf kwalijk nemen, en het doet me pijn om dat te zien. Het was hun schuld niet. Ik wilde dat ze dat zelf in zouden zien. Als ze naar me kijken, lees ik nog steeds pijn en schuldgevoel in hun ogen. Door wat er gebeurd is, zijn ze overbezorgd geworden, en ze houden me voortdurend in de gaten. Ik voel me zo ondankbaar en harteloos als ik ze wil vragen hoe ik het kan vergeten en het achter me kan laten, terwijl dat hunzelf duidelijk niet lukt.'

'Dan moet je dat tegen hen zeggen,' adviseerde Dane. 'Dit gaat niet om je broers, Tori. Je moet de dingen doen en de dingen zeggen waar jíj iets aan hebt en die jóú helpen om te helen. Jij bent niet verantwoordelijk voor hun schuldgevoel. Ze houden van je en maken zich zorgen om je. Dat doen we allemaal. Maar je moet net zo eerlijk zijn tegen hen als tegen mij. Jullie hebben allemaal pijn, maar niemand praat erover, en ervoor weglopen is niet de oplossing.'

Opnieuw zuchtte ze. 'Waar heb je al die wijsheid toch vandaan, Dane?'

Hij verstijfde verrast en schoot toen in de lach, hoewel er geen geamuseerdheid in zijn stem doorklonk. 'Ik ben niet zo wijs, kleintje. Ik heb heel wat domme dingen gedaan in mijn leven.'

Ze vroeg niet door. Ze wist wel beter. Dane was een van de meest gesloten mensen die ze kende, en het verbaasde haar al dat hij zoveel over zichzelf had prijsgegeven. Ze was niet van plan om iets te zeggen waarmee ze hem zou wegduwen. Net zomin als ze ooit haar ware gevoelens voor hem zou toegeven. Zichzelf vernederen stond niet erg hoog op haar prioriteitenlijstje, en ze vermoedde dat Dane haar als een verwend, ondankbaar rijkeluiskind zag. Waarschijnlijk zou hij haar een klopje op het hoofd geven en haar 'bevlieging' vermakelijk vinden.

'Ik zal een pil voor je pakken, zodat je verder kunt slapen,' zei Dane, zich van haar losmakend. 'Het is pas één uur 's nachts, en je hebt meer slaap nodig, Tori. Als je niet beter voor jezelf zorgt, stort je nog in.'

Ze deed haar mond open om te zeggen dat ze niet nog zo'n rotpil wilde, maar hij hield zijn hand omhoog en legde haar met een blik het zwijgen op. Toen pakte hij het flesje van haar nachtkastje, schudde een van de pillen in zijn hand en bood die haar aan, met een glas water erbij.

Gefrustreerd blies ze haar adem uit, maar ze protesteerde niet. Wat had dat voor zin? Hij begreep het niet. Hij zou het nooit begrijpen. Ze had een hekel aan slapen, want dan voelde ze zich pas écht kwetsbaar. Wanneer ze werd gekweld door nachtmerries, of gebeurtenissen uit haar verleden, of dingen die nog te gebeuren stonden, maar die ze niet kon voorkomen.

Geschokt stelde ze vast dat Dane haar gedachten moest hebben gelezen, want toen ze de pil had ingenomen, legde hij zijn hand onder haar kin en keek haar recht in de ogen.

'Als je je medicatie nu eens in zou nemen, dan zou je niet zo vaak nachtmerries hebben en niet steeds zo uitgeput zijn.'

Toen hij opstond en zich omdraaide om te vertrekken, zou Tori zweren dat ze meer dan gewone bezorgdheid in zijn ogen las. Hij was echter zo snel verdwenen dat ze de kans niet kreeg om te ontcijferen wat ze precies in zijn blik had gezien.

Bij de deuropening bleef hij staan, en zonder om te kijken zei hij met ruwe stem: 'Ik kom af en toe bij je kijken. Ik wil niet dat je je druk maakt, Tori. Er zal je niets overkomen zolang ik bij je ben. Daar zorg ik voor.'

Hoofdstuk 26

'Zack en Gracie zijn zojuist naar binnen gegaan,' meldde Shadow in Isaacs oortje. 'Caleb en Ramie en Beau en Ari zijn al op hun plek. De anderen zitten bij de bar en doen alsof ze gewoon een groepje vrienden zijn dat een biertje drinkt en de wedstrijd kijkt, zonder dat ze te veel opvallen. De tafel waar jij, Jenna en haar moeder zullen zitten, wordt van alle kanten bewaakt. Bovendien houden we alle in- en uitgangen in de gaten. Wacht twee minuten, daarna kun je met Jenna naar binnen gaan en gaan zitten. Ik hou de voorkant in de gaten en zal je waarschuwen wanneer ik haar moeder aan zie komen.'

'Begrepen,' antwoordde Isaac.

Hij keek naar Jenna, die naast hem in de auto zat en duidelijk nerveus was. Hij gaf haar een geruststellend kneepje in haar hand.

'Ben je klaar om naar binnen te gaan, liefje?'

Ze keek angstig en onzeker en beet zenuwachtig op haar onderlip.

'Ik vind het eng,' bekende ze. 'Ik weet niet wat ik tegen haar moet zeggen, of wat ik haar moet vragen.'

'Laat het praten dan gewoon aan haar over,' raadde hij haar aan. 'Als het eenmaal zover is, weet je wel wat je moet zeggen of wat je moet doen. En mocht je op een gegeven moment weg willen, dan doen we dat gewoon. Oké?'

Ze knikte en streek toen met haar hand over zijn wang. 'Ik hou van je, Isaac. Het betekent heel veel voor me dat je dit voor me hebt geregeld.'

'Alles voor jou, engel. Ik wil je alles geven. En ik hou ook van jou. Zo verdomd veel.'

Ze glimlachte en leek een beetje te ontspannen. Toen ademde ze diep in. 'Ik ben zover.'

'We gaan naar binnen,' zei Isaac tegen Shadow.

Hij stapte uit en liep om de auto heen naar Jenna's portier. Ondertussen speurde hij razendsnel de omgeving af om te zien of er ergens gevaar dreigde. Hij opende het portier, hielp haar uitstappen en sloeg toen zijn arm om haar heen.

Even later zaten ze aan het afgesproken tafeltje, en precies zoals Isaac haar had opgedragen, keek Jenna niet in de richting van de andere stellen.

Jenna bekeek de menukaart, maar ze was niet in staat om opwinding te voelen over haar eerste keer in een echt restaurant, of om een van de heerlijk klinkende voorgerechten te kiezen. Het voelde alsof er duizend vlinders in haar buik fladderden.

Iedere keer wanneer er iemand binnenkwam, vloog haar blik naar de deur en versnelde haar hartslag bij de gedachte dat het haar moeder kon zijn. Ze hadden elkaar kort aan de telefoon gesproken. Beide vrouwen waren overweldigd geweest door hun emoties, en Jenna had niet lang genoeg kunnen ophouden met huilen om iets over haar beproeving te kunnen vertellen. Haar moeder had steeds weer gezegd dat ze sinds de verdwijning van Jenna elke dag om deze hereniging had gebeden.

Nu het eenmaal zover was, had Jenna nog steeds geen idee wat ze moest zeggen. Het feit dat ze familie had, iemand die van haar hield en die zo lang verdriet om haar had gehad, zou haar moeten bemoedigen. Ze was echter... bang. Niet zomaar bang, maar doodsbenauwd.

Isaac hield haar voortdurend bezorgd in de gaten. Ineens schoot hij rechtop, stak zijn hand uit en pakte de hare stevig vast. 'Ze komt nu binnen,' mompelde hij.

Jenna's hart ging zo hevig tekeer dat ze er duizelig van werd.

'Ik ben er de hele tijd bij, liefje,' zei Isaac, en hij trok haar hand op zijn schoot.

Jenna staarde naar de deur, waar een blonde vrouw, die ze herkende van de tv, naar binnen liep en gretig haar blik langs alle gasten liet glijden. De gastvrouw begroette haar met een glimlach en wees haar het tafeltje waar Jenna en Isaac zaten.

Haar moeder bleef bij het tafeltje staan en staarde geschokt naar haar. Nu moest ze haar moeder begroeten. Zou ze haar omhelzen? Of alleen hallo zeggen?

Ze kwam met trillende benen overeind, deed een paar stappen naar haar moeder toe en werd meteen stevig in haar armen getrokken.

'O, mijn lieve kleine meisje,' bracht haar moeder uit, haar stem verstikt door de tranen. 'Je hebt geen idee hoe vaak ik om deze dag heb gebeden. Ik heb nooit de hoop opgegeven dat ik je terug zou vinden. Ik heb je zo gemist.'

'Mama,' fluisterde Jenna, en ze klampte zich met gesloten ogen aan de oudere vrouw vast.

Toen de twee elkaar eindelijk loslieten, bleef een van de knopen aan de jas van haar moeder achter Jenna's pols steken en liet een kras achter op haar blote huid.

'Het spijt me zo,' zei haar moeder zorgelijk, over Jenna's pols wrijvend. 'Die knoop blijft altijd overal achter hangen. Ik moet hem echt eens goed vastzetten.'

'Het geeft niet,' zei Jenna zacht. 'Het stelt niets voor. Echt.'

'Dames, ga lekker zitten, dan bestellen we iets. Jenna was zo nerveus over jullie ontmoeting dat ze niet heeft ontbeten,' zei Isaac.

'Jij moet Isaac zijn,' zei Jenna's moeder, en ze keek hem stralend aan.

'O, wat onbeleefd van me,' zei Jenna blozend. 'Ja, dit is Isaac. Hij is...' Ze keek naar Isaac, die beschermend naast haar stond, en werd overspoeld door een golf van liefde.

'Hij is de man van wie je houdt,' zei haar moeder lachend. 'Och meisje, dat zie ik toch meteen, net zo goed als ik meteen zie hoe gek hij op jou is.'

'Dat klopt, *ma'am*. Wat leuk om u te ontmoeten,' zei Isaac, en hij kuste de vrouw op haar wang.

Tranen schitterden in de ogen van Jenna's moeder terwijl ze tegenover Jenna en Isaac ging zitten. 'Ik ben zo blij dat ze jou heeft, dat er iemand voor haar was toen ik er niet kon zijn,' zei ze tegen Isaac. 'Je kijkt naar haar zoals Jenna's vader naar mij keek. Ik was er kapot van toen ik hem en mijn lieve dochtertje op dezelfde dag kwijtraakte. Ik heb ze allebei elke dag van mijn leven vreselijk gemist.'

Jenna verstijfde, en Isaac wreef over haar bovenbeen terwijl hij de serveerster hun bestelling doorgaf.

'Ik herinner me hem,' zei Jenna met tranen in haar ogen.

Haar moeder keek haar scherp aan. 'Echt? Wat herinner je je?'

Ze glimlachte triest. 'Mijn verjaardagsfeestje. Ik denk dat het mijn vierde verjaardag was. Het is de laatste herinnering die ik aan hem heb. Hij gooide me in de lucht, en er was een taart met een heleboel roze bloemen en glazuur.'

Haar moeders uitdrukking werd boos. 'Ja, dat was je vierde verjaardag. En de volgende dag is hij vermoord en ben jij van me afgenomen.'

Jenna boog haar hoofd en staarde naar de hand die Isaac in de zijne hield. Er vormde zich een knoop in haar maag. Plotseling voelde ze zich misselijk en leek het of ze moest overgeven.

'Gaat het wel?' vroeg Isaac, zich naar haar toe buigend zodat hij in haar ogen kon kijken.

Ze knikte, maar wilde hem niet ongerust maken. 'Ik moet gewoon iets eten,' zei ze. 'Ik heb honger. Het was niet zo'n goed idee om het ontbijt over te slaan.'

'Ik vind het vervelend dat je maaltijden overslaat,' antwoordde hij. 'Ik vind alles wat je zo dwarszit dat je niet kunt eten vervelend.'

Hij keek opgelucht toen de serveerster hun eten kwam brengen. Jenna had nog nooit garnalen gegeten, maar in reclames en op het menu hadden ze er heerlijk uitgezien. Nadat Isaac geduldig al haar vragen had beantwoord over het eten dat ze op tv had gezien, had ze zo snel mogelijk zeevruchten willen proberen. Daarom had ze een pastagerecht besteld met in boter gebakken garnalen en pittige kruiden.

Isaac en haar moeder hadden allebei een sappige biefstuk besteld, en Isaac sneed een stukje van de zijne af, zodat Jenna die kon proberen. Onder het eten werd haar maag alleen maar onrustiger, maar ze leidde zichzelf af door te luisteren naar het opgewonden geklets van haar moeder.

Isaac en de anderen hadden haar op het hart gedrukt om haar moeder niets te vertellen over de gebeurtenissen na haar ontsnapping uit de sekte, en zeker niet dat ze nog in gevaar verkeerde. Het enige wat ze mocht vertellen, was dat ze er een paar dagen voor de massamoord in was geslaagd om te ontsnappen, en dat Isaac haar had gevonden en dat ze verliefd op elkaar waren geworden.

Jenna's moeder leek het hele verhaal bijzonder romantisch te vinden, hoewel haar uitdrukking harder werd wanneer Jenna over de sekte sprak. Het enige wat ze zei, was dat die rotzakken precies hadden gekregen wat ze verdienden.

'Maar nu loopt ze geen gevaar meer, toch?' zei haar moeder tegen Isaac, waarop hij verstijfde.

'Ik bescherm Jenna tegen iedereen die haar kwaad wil doen of haar wil misbruiken.'

'Dan ben ik blij dat ze jou heeft,' antwoordde haar moeder. Toen keek ze naar Jenna, en er verscheen een bezorgde uitdrukking op haar gezicht. 'Is er iets mis, meisje?'

Isaac draaide zich direct om, en Jenna wenste dat haar moeder de aandacht niet op haar had gevestigd. De waarheid was dat haar maag zo'n beetje op zijn kop stond, hoe hard ze ook haar best had gedaan om zonder toestanden de lunch door te komen.

'Wat is er, liefje? Je ziet bleek en hebt nauwelijks iets gegeten.'

'Ik ben een beetje misselijk,' bekende ze. 'Ik geloof dat die garnalen niet zo goed gevallen zijn.'

'Ik breng je wel even naar het toilet,' bood haar moeder aan, en ze kwam overeind.

'Jenna gaat nergens naartoe zonder mij,' zei Isaac met een stalen stem.

Haar moeder glimlachte. 'Natuurlijk niet. Maar je kunt moeilijk met haar naar het damestoilet, dus ik ga met haar mee naar binnen, en dan kun jij de wacht houden bij de deur.'

Jenna zag dat Isaac op het punt stond te roepen dat hij prima het damestoilet in kon lopen en dat niemand het moest wagen om hem tegen te houden. Ze legde haar hand op zijn arm en keek hem smekend aan.

'Wacht jij nou maar bij de deur. Ik ben gewoon aan de andere kant. Ik denk echt dat ik moet overgeven.'

Onder het praten brak het zweet haar uit en voelde ze hevige krampen in haar maag. Zelfs haar handen voelden klam aan, en alles om haar heen werd wazig.

Ze hoorde Isaac vloeken, en hij sloeg snel zijn arm om haar heen en bracht haar naar het damestoilet. Eenmaal daar deed hij de deur open en controleerde de ruimte. Het was een eenpersoonstoilet, iets wat hem duidelijk gerust stelde, en hij gebaarde dat Jenna en haar moeder naar binnen konden lopen.

'Roep me als ze me nodig heeft,' zei hij tegen haar moeder.

'Natuurlijk doe ik dat,' zei ze geruststellend.

Jenna was blij dat ze op het toilet was en dat de andere gasten haar niet konden zien. Ze voelde zich helemaal niet lekker, en het leek of de inhoud van haar maag al halverwege haar keel was.

Ze boog zich over het toilet en begon over te geven. Met haar ene hand zocht ze steun op de toiletbril, terwijl ze de andere arm om haar middel sloeg in een poging haar maag een beetje tot bedaren te brengen.

Ze bleef overgeven tot er niets meer over was. Ze voelde zich zo zwak dat ze besefte dat het haar nooit zou lukken om zonder Isaacs hulp terug te lopen. Ze had hem nodig. Ze wilde zijn sterke armen om haar heen voelen, want hij zou haar nooit laten vallen.

Ze probeerde zich op te richten, maar ze had er de kracht niet voor. Haar moeders verrassend sterke greep hielp haar om op te staan, en met een verstikte stem mompelde ze: 'Wil je alsjeblieft Isaac voor me halen?'

Tot haar schok en verbijstering zag ze dat haar moeder een pistool in haar hand had, en een seconde later voelde ze het koude staal van de loop in haar zij prikken.

'Isaac komt niet, Jenna,' zei haar moeder op kille toon. 'Er staat iemand buiten dat raam die je heel graag wil zien.'

Ze staarde geschokt naar haar moeder, niet in staat om te begrijpen wat er gebeurde.

'Het heeft geen zin om je te verzetten,' zei haar moeder emotieloos. 'Weet je nog, die knoop waarmee ik je pols heb opengehaald? Ik heb je gedrogeerd. Je bent zo zwak als een jong poesje, en als je niet snel in actie komt, schiet ik niet alleen jou neer, maar je geliefde Isaac ook. Dus als je niet wilt dat hij het loodje legt, dan klim je met mij door dat raam, en snel een beetje, voordat hij zich zorgen gaat maken en naar binnen stormt. Als dat gebeurt, schiet ik hem zonder aarzelen neer. Dus schiet een beetje op.'

Ze duwde Jenna in de richting van het raam en riep luid: 'Ze is in orde, Isaac! Alleen nog even haar gezicht wassen. We komen er zo aan.'

'Gaat het, Jenna?' riep Isaac terug. Hij klonk overduidelijk bezorgd.

'Geef antwoord,' siste haar moeder haar toe. 'En maak het overtuigend, anders schiet ik hem overhoop.'

Door de angst kon ze nauwelijks een woord uitbrengen. Haar hoofd tolde van de herinneringen en fragmenten van lang geleden die op hun plek vielen.

'Het gaat wel, Isaac. We komen zo.'

Haar moeder wrikte het raam open, duwde Jenna erdoorheen en volgde haar naar buiten. Wankelend kwam Jenna op de grond terecht, duizelig van het middel dat haar moeder haar had toegediend.

'Jij hebt hem vermoord,' fluisterde ze. Ze keek op en staarde recht in de ogen van het kwaad. 'Jij hebt mijn vader vermoord en jij hebt me aan de sekte verkocht,' zei ze hysterisch.

Hoofdstuk 27

Dane stond voor de tv, met een kop koffie in zijn hand, en bekeek nogmaals de opnames waarin Jenna's moeder smeekte om informatie over haar lang verloren dochter. Hij wist niet wat hem er zo dwars aan zat. Ze hadden onderzoek gedaan naar de moeder, uitgebreid in haar verleden gegraven en slechts een vrouw gevonden die alles kort na de vierde verjaardag van haar dochter was kwijtgeraakt.

Het was niet persoonlijk. Dat was het nooit. Verdachten waren verdachten tot ze dat niet meer waren. Mensen werden onderzocht, en dan bleken ze van nut te zijn of niet. Waarom bleef deze vrouw dan steeds in zijn hoofd opduiken? Wat lag er toch in haar ogen dat hem niet lekker zat?

Hij stond op het punt om de televisie uit te zetten toen hij Tori binnen hoorde komen. Bij het zien van Tori's witte gezicht en haar uitdrukking vol afschuw, verstijfde hij echter.

'Wie is dat?' vroeg Tori op hysterische toon. 'Wie is die vrouw op tv?'

Ze rende op Dane af en rukte de afstandsbediening uit zijn handen. Hij had haar nog nooit ergens zo heftig op zien reageren. Ze ramde als een bezetene op de volumeknop, tot het geluid op maximumsterkte stond. Hij ging achter haar staan en sloeg zijn armen om haar heen, bang dat ze zichzelf pijn zou doen in haar wilde uitbarsting.

'Tori, liefje, ik ben het, Dane. Vertel me wat er aan de hand is. Wat betekent die vrouw voor jou? Het is ontzettend belangrijk. Als je iets weet, dan moet je het me meteen vertellen.'

Ze draaide zich met een ruk om en staarde hem met een angstige blik aan. 'Wie is ze?' schreeuwde ze.

'Wat betekent ze voor jou?' herhaalde Dane. Hij bleef haar schouders stevig vasthouden, zodat ze niet iets dwaas zou doen, zoals wegrennen uit het safehouse waar hij haar verborgen hield.

'Dat is de vrouw uit mijn droom!' Haar stem was schor van angst. 'Snap je het dan niet, Dane? Dat is de vrouw die in mijn droom werd doodgeschoten, alleen had ze andere kleren aan. Allemachtig, als we kunnen ontdekken wie ze is, dan kunnen we haar misschien wel redden!'

Het bloed trok uit Danes gezicht weg terwijl hij Tori vol afgrijzen aanstaarde. 'Weet je dat zeker, Tori? Je hebt geen idee hoe belangrijk dit is. Die vrouw is Jenna's moeder, of de vrouw die beweert dat ze haar moeder is. Isaac en Jenna lunchen vandaag met haar. De beelden die je ziet, zijn van een paar dagen geleden, toen ze op tv een oproep deed om te helpen haar vermiste dochter te vinden. En Jenna heeft die uitzending gezien.'

Tori's mond viel open. 'O mijn god, Dane. Je moet ze vertellen wat ik heb gezien. Je moet het ze meteen vertellen!'

Dane rukte zijn telefoon uit zijn zak en toetste het nummer van de noodlijn in, zodat Isaac zou weten dat hij onder alle omstandigheden op moest nemen. Toen keek hij weer naar Tori.

'Wat voor kleren droeg ze toen ze werd neergeschoten? Je zei dat ze in dat tv-programma iets anders aanhad. Denk na, Tori. Ik moet dit weten.'

'Een spijkerbroek, laarzen met hoge hakken, een witte coltrui met lange mouwen. Daarom was het bloed zo helder in mijn droom,' fluisterde ze. 'Op haar witte trui. Zoveel bloed.'

Dane sloeg zijn ene arm stevig om haar heen, en ze drukte zijn gezicht tegen zijn schouder, helemaal van haar stuk omdat ze iets moest beschrijven wat ze al keer op keer opnieuw in haar gedachten had afgespeeld. Hij vond het vreselijk om het haar te laten herleven, maar hij besefte hoe ongelooflijk belangrijk dit was.

'Tori, deze keer kun je wél iets doen om het te voorkomen – ík kan iets doen om het te voorkomen. We moeten alleen hopen dat we niet te laat zijn.'

Tori staarde hem met grote angstige ogen aan. 'Jenna en Isaac kwamen niet in mijn droom voor. Niemand van DSS. Waarom zag ik alleen haar moeder? Wat kan er met haar zijn gebeurd – ik bedoel, wat zal er met haar gebeuren, als het nog niet heeft plaatsgevonden?'

'Dat weet ik niet, liefje. Ik kan alleen mijn uiterste best doen om hen te waarschuwen voordat het te laat is.'

Hoofdstuk 28

Jenna werd ruw overeind getrokken en naar voren geduwd, en opnieuw porde het pistool in haar zij. Ze was volkomen van haar stuk door de plotselinge vloedgolf van herinneringen en de onthulling over het kwaadaardige karakter van haar moeder. Hoe was het mogelijk dat die vrouw zich zo oprecht had voorgedaan? Ze had hen allemaal voor de gek gehouden, maar Jenna in het bijzonder.

'Ik krijg niet vaak de kans om mijn snertdochter niet één keer, maar twee keer in mijn leven voor een vermogen te verkopen,' zei haar moeder spottend. 'Toen Eduardo de sekte uitroeide, heeft hij mij opgespoord en me gevraagd om hem te helpen jou te vinden. Tegen de juiste beloning natuurlijk,' voegde ze er grinnikend aan toe.

'Aha, daar heb je hem,' zei haar moeder, en ze duwde Jenna naar de mannen toe die tevoorschijn waren gekomen uit een groepje bomen dat het winkeldeel van de straat van de woonhuizen scheidde.

De man die ze Eduardo noemde, kende Jenna alleen als Jezus, of Jaysus – zoals Isaac en de andere mannen van DSS hem noemden, om het feit te bespotten dat hij zichzelf vergeleek met de zoon van God.

Voordat iemand iets kon doen of zeggen, haalde Jaysus een pistool tevoorschijn en vuurde twee vlugge, geluidloze schoten af op haar moeder. De eerste raakte haar in de borst en de tweede in het hoofd. Ze zakte in elkaar, en haar witte trui kleurde rood van het bloed dat uit de enorme wond in haar borst stroomde.

Jenna liet zich op haar knieën zakken, bedekte haar oren en kneep haar ogen dicht, terwijl haar stille kreten keer op keer door haar hoofd klonken. Ze was geen genezeres met een prachtige, wonderbaarlijke gave om levens te redden. Ze was verachtelijk, bezoedeld, iemand die bloed en dood bracht, onder het mom van iets wat goed leek te zijn. Ze had nooit uit de sekte moeten vluchten. Iedere onschuldige persoon die de vergissing had begaan om haar te beschermen en aardig tegen haar te zijn, was ten dode opgeschreven. Het was allemaal haar schuld. Dit was haar straf omdat ze over een beter leven had durven dromen, en omdat ze naar zoveel dingen had verlangd die haar waren ontzegd.

'Sta op,' beval Jaysus. Hij greep Jenna's arm ruw vast en sleurde haar overeind. 'Je hebt me al veel te veel tijd gekost. Het enige wat het je oplevert, is de dood van iedereen die heeft geprobeerd om je te helpen.'

'Handen omhoog, Jaysus! Stap weg bij haar, anders bekopen jij en je mannen het met je leven.'

Jenna hoorde Isaacs stem in de verte, maar ze was te zeer in shock om door te hebben hoe dichtbij hij was. Het enige wat ze kon denken, was dat haar bloedeigen moeder haar niet één maar twee keer had verraden. Haar moeder had haar vader vermoord. De enige persoon die van haar had gehouden toen ze een kind was. En nu zou Jenna dankzij haar de enige persoon kwijtraken die hield van de vrouw die ze was geworden. Ze zou alles verliezen en opnieuw tot een hel veroordeeld worden.

Ze voelde dat Jaysus haar tegen zijn gespierde lichaam trok, dat stonk naar de dood. Tot haar afschuw leek hij iemand tussen de DSS-agenten te zoeken, die de achtervolging hadden ingezet. Toen verscheen er een triomfantelijke blik in zijn ogen en richtte hij zijn wapen, en ze begon te schreeuwen en te schoppen en zich zo hard mogelijk te verzetten.

Jaysus smeet haar echter gewoon opzij en gaf zijn mannen opdracht om haar te bewaken terwijl hij schoot.

Ergens in de verte klonk een kreet van pijn, gevolgd door een brul van woede en verdriet uit de mond van Beau.

O nee. O nee! Jenna draaide zich razendsnel om, maar het was al te laat. Ari lag in een plas bloed op de grond.

Beaus blik ontmoette die van Jenna tussen alle chaos door, en zijn ogen smeekten haar. 'Ze is zwanger,' zei hij gebroken. 'We weten het nog maar net. Help haar alsjeblieft. Je moet haar en onze baby redden.'

Jenna vocht tegen het verdovende middel dat de hele wereld om haar heen leek te hebben vertraagd. Het voelde alsof ze zich midden in een nachtmerrie bevond, en even sloot ze haar ogen en bad dat ze wakker zou worden in Isaacs armen, en dat hij haar zou vertellen dat het maar een droom was. Dat ze veilig was. Maar toen ze haar ogen weer opendeed, wist ze dat het werkelijk gebeurde. En als ze Ari wilde redden, moest ze snel handelen.

Isaac gebaarde naar zijn mannen dat ze de beste positie moesten innemen om Jaysus en zijn mannen uit te schakelen zodra ze daar de kans toe kregen.

Hij zag Jenna vechten tegen de effecten van het middel dat die heks van een moeder haar in het restaurant had toegediend. Dit was allemaal zijn fout. Het had meteen al niet goed gevoeld, en, erger nog, hij had Jenna niet in het oog gehouden, ervan overtuigd dat haar niets kon overkomen in de kleine ruimte van het toilet, met hem aan de andere kant van de deur. Hoe had hij zo slordig kunnen zijn? Waarom had hij er niet op gestaan om zelf voor haar te zorgen? Hij had haar en ieder lid van zijn team in de steek gelaten, en hij zou het zichzelf nooit vergeven.

Die rotzak had zich in DSS verdiept en bij de eerste de beste gelegenheid de grootste bedreiging op afstand uitgeschakeld. Ari.

Machteloos keek hij toe, terwijl zijn mannen hem grimmig meldden dat het onmogelijk was om de mannen van Jaysus uit te schakelen zonder Jenna te raken.

Jenna richtte zich op en wierp Jaysus een blik vol pure haat toe. Die blik vertelde Isaac dat ze op het punt stond om in te grijpen, en hij smeekte haar in stilte om de woede van de man niet verder aan te wakkeren. Ze moesten tijd zien te rekken. Eén klein foutje, en dan konden ze die rotzak uitschakelen en al zijn mannen overhoop schieten.

'Laat me haar genezen,' zei Jenna op kille toon.

Jaysus lachte. 'Hoe kom je erbij dat je eisen kunt stellen? Ik zou ze met alle plezier allemaal vermoorden.'

'Dan raak je kwijt wat je het liefst wilt hebben. Mij,' zei ze, en ze haalde onverschillig haar schouders op, alsof het haar niet uitmaakte wat er met haar gebeurde.

Even keek Jaysus verward, en toen lachte hij weer, hoewel het deze keer nerveus en onzeker klonk.

'Ik verlies niet. Nooit.' Hij greep haar arm vast en schudde haar als een lappenpop door elkaar. 'Zeker wanneer ik zoveel moeite heb moeten doen om te krijgen wat ik wil.'

Zeke en Dex moesten Isaac tegenhouden toen hij door het lint ging en naar Jenna toe wilde stormen.

'Als je dat doet, wordt het haar dood,' siste Dex. 'Beheers je tot we kunnen toeslaan.'

Isaac baalde ervan dat Dex gelijk had, maar hij vond het nóg erger om Jenna in de handen van die psychopaat te zien.

Jenna staarde met een kille blik naar Jaysus, tot hij zijn ogen vragend samenkneep. Haar stem was zacht maar vol belofte, en ze sprak duidelijk, zodat iedereen het kon horen.

'Wat je me ook aandoet, ik zal mijn gave nooit op jouw bevel gebruiken. Ik zal iedere persoon die ik van jou moet genezen, laten doodgaan, inclusief jijzelf,' beet ze hem toe.

'Dat zeg je nu, maar wanneer ik met je klaar ben, zing je wel een toontje lager,' zei Jaysus spottend.

Ze reageerde niet op zijn dreigement, maar bleef hem kalm aanstaren.

'De klappen, de martelingen, het hersenspoelen, alles wat ze me hebben aangedaan terwijl ik hun gevangene was, werkte, omdat ik niet beter wist. Ik kende de buitenwereld niet, en ik wist dat ik het moest verdragen en hun spelletje mee moest spelen tot ik op een dag kon ontsnappen.

Als Ari en haar baby sterven, als Isaac en alle anderen sterven, dan heb ik sowieso niets meer om voor te leven. Dan heb je alles weggenomen wat me dierbaar is, dus dan maakt het niet meer uit wat je met me doet. Ik zal nooit toegeven,' zwoor ze. Haar stem was zo kil en uitdagend dat de drugsbaron er zowaar nerveus van leek te worden.

Isaacs bloed stolde, want hij wist dat ze ieder woord meende. Hij wist dat ze Jaysus tot haar laatste ademtocht zou weerstaan. Nooit in zijn leven was hij zo bang geweest. Zo onzeker over zichzelf en zo totaal machteloos om de vrouw te redden die hij mateloos aanbad.

'Wat stel je dan voor?' vroeg Jaysus, Jenna met opgetrokken wenkbrauwen aankijkend.

'Een ruil,' zei ze zacht. 'Ik mag Ari genezen, en je laat alle anderen ongemoeid vertrekken. In ruil daarvoor ga ik met je mee en doe ik alles wat je wilt. Je zult me altijd kunnen chanteren, omdat ik alles zal doen om hen in leven te houden, om Isaac in leven te houden.'

'Verdomme, nee, Jenna!' schreeuwde Isaac met schorre stem. 'Jij gaat nergens naartoe met die hufter!'

Haar blik vond die van Isaac, en meteen vulden haar ogen zich met liefde. 'Het is mijn beslissing, en ik kies ervoor om Ari en haar baby en jullie allemaal te redden. Jullie vormen het beste deel van mijn leven, en het enige wat ik nodig heb, is te weten dat het goed met jullie gaat. Ik kan alles overleven zolang ik weet dat jullie veilig zijn.'

Toen keek ze weer naar de drugsbaron, en ze kneep haar ogen waarschuwend samen. 'Haal het niet in je hoofd om me te belazeren, want als ik zelfs maar vermoed dat je je belofte niet nakomt, dan laat ik jou of wie dan ook zonder aarzelen de pijp uit gaan, zelfs als dat mij het leven kost.'

Er lag een zeker onwillig respect in de ogen van de drugsbaron, maar ook zelfvoldaanheid, alsof hij nog steeds dacht dat hij de beste kaarten had. Hij was een dwaas. Jenna meende wat ze zei. Als alles haar werd afgenomen, had ze niets meer te verliezen. Isaac wist dat, want als hij haar kwijt zou raken, zou niets of niemand hem er ooit van kunnen weerhouden om wraak te zoeken, zelfs al zou hem dat zijn eigen leven kosten.

Zonder haar had hij immers geen reden om te leven. Geen van de redenen waarom hij zo gepassioneerd bij DSS had gewerkt, zou hem voldoende motiveren als hij de persoon kwijtraakte die het allerbelangrijkst voor hem was. Net zoals Beau, die gebroken over Ari heen gebogen zat, het verlies van zijn vrouw en kind nooit te boven zou komen. Hoe vreselijk hij het ook vond dat Jenna met de duivel onderhandelde om Ari te kunnen genezen en haar kind een kans te geven, hij wist dat hij, als hij in Beaus schoenen stond, de duivel in hoogsteigen persoon alles zou beloven als zijn vrouw en kind in ruil daarvoor in leven mochten blijven.

Eindelijk knikte de drugsbaron met zijn hoofd. 'Goed. We hebben een deal. Je mag de vrouw genezen, maar niet helemaal,' zei hij op waarschuwende toon. 'Ik wil niet dat ze zich goed genoeg voelt om haar krachten tegen mij te gebruiken, en ik weet precies wat voor gave ze heeft, dus probeer me niet voor de gek te houden.'

Isaac wierp Caleb een waarschuwende blik toe. Het was duidelijk dat Jaysus DSS zorgvuldig had bestudeerd en dat hij wist wat voor krachten Ari bezat. Hij had echter niet in Ramies richting gekeken of haar naam zelfs maar genoemd. Toen hun blikken elkaar ontmoetten, knikte Caleb ten teken dat hij het begreep en duwde hij Ramie naar achteren, haar aan het zicht onttrekkend terwijl alle aandacht op Jenna en Ari was gericht.

Ja, waarschijnlijk was Ari het machtigste wapen in hun arsenaal, maar alleen waar het op brute kracht aankwam. Ramie was een net zo waardevol wapen, en als dit liep zoals Jenna wilde en Jaysus er met Jenna vandoor zou gaan, zouden ze Ramie nodig hebben om haar op te sporen.

Jenna keek naar Gracie. Ze stond achter Zack, die zich als een barrière tussen haar en het gevaar had opgesteld, bereid haar met zijn eigen lichaam te beschermen.

'Gracie,' riep Jenna, en de anderen keken nieuwsgierig naar haar.

Een aantal van Jaysus' mannen schudde hun hoofd en mompelde dat Jenna *loco* was. Dat ze van de duivel kwam en de dood voor hen zou betekenen. Dit maakte Jaysus boos, en hij blafte dat ze hun mond moesten houden.

Zijn mannen hadden echter gelijk – alleen zou het niet Jenna zijn die de dood en de gruwelen van de hel over hen afriep. Isaac en zijn mannen zouden die missie uitvoeren, en het zou de meest bevredigende missie van zijn leven zijn.

'Spreekt hij de waarheid?' vroeg Jenna ernstig aan Gracie.

Hoewel Zack protesteerde, tuurde Gracie om hem heen en stapte achter hem vandaan. Zack ging zowat door het lint, maar Gracie had besloten dat Jenna niet de enige was die zo'n groot risico kon nemen om Ari te redden.

Gracie knikte met enige tegenzin, terwijl ze met een mengeling van angst en walging naar de drugsbaron staarde. 'Hij spreekt de waarheid.'

Jaysus' verwarde blik schoot heen en weer tussen de twee vrouwen. Toen staarde hij met een gefronst voorhoofd naar Gracie, alsof hij eindelijk besefte wat voor gave ze had.

'Ik zou je adviseren om niet te proberen de deal op welke manier dan ook te veranderen,' zei Jenna met een stalen stem. 'Als jij je niet aan je woord houdt, dan doe ik dat ook niet.'

'En hoe weet ik dat jíj de waarheid spreekt?' vroeg hij spottend.

Ze knikte naar Gracie. 'Vraag haar maar,' zei ze uitdagend.

Jaysus snoof. 'Je verwacht toch niet dat ik geloof dat ze echt gedachten kan lezen?'

Er verscheen walging op Gracies gezicht, en toen begon ze tot in detail te vertellen wat er op dit moment in het hoofd van de drugsbaron omging. Bijvoorbeeld dat het hoog tijd werd dat die hooghartige wijven, die nog nooit met een echte man te maken hadden gehad en nooit hadden geleerd om de mannen te respecteren die hen in hun macht hadden, op hun plek werden gezet door een echte kerel, zoals hijzelf. Gracie zag eruit alsof ze elk moment kon gaan kotsen toen ze eraan toevoegde dat hij hun dolgraag eens een stevige beurt zou geven, zodat ze zouden weten wie de baas was.

Jaysus' ogen werden groot, maar hij keek geamuseerd, en zo te zien vond hij het helemaal niet erg dat iedereen zijn gedachten kon horen. Hij grijnsde naar Gracie, alsof hij haar wilde laten weten dat ze absoluut een rol speelde in zijn geile fantasieën. Toen hief hij zijn hand. 'Oké, oké, vertel me dan nu maar of Jenna de waarheid spreekt. Als ik me aan de afspraak hou en haar toesta om die vrouw te genezen en ik jullie allemaal laat gaan, gaat zij dan met mij mee zonder zich te verzetten, en doet ze alles wat ik haar opdraag?'

Gracies ogen vulden zich met tranen, wat op zich al antwoord genoeg was. Ze knikte echter opnieuw en bracht toen uit: 'Ja. Zolang jij je aan jouw woord houdt, houdt zij zich aan het hare.'

'Uitstekend,' zei Jaysus met een tevreden grijns. Hij duwde Jenna naar Ari toe, maar hij én zijn mannen hielden haar onder schot. 'Schiet een beetje op,' blafte hij.

Jenna wankelde met een wit gezicht langs het lichaam van haar moeder. Ze deed haar ogen dicht en liep verder, de pijn verbijtend die uit haar ogen sprak. Pijn en een gevoel van verraad waar Isaac een akelig gevoel van kreeg. Hij maakte deel uit van het verraad, omdat hij zijn belofte aan Jenna niet was nagekomen.

'Iedereen gaat weg bij die vrouw, behalve Jenna,' beval Jaysus. 'Als ook maar een van jullie een beweging maakt die mij niet bevalt, dan schiet ik jullie allemaal overhoop.'

Jenna zag Isaac een stukje verderop staan, en haar ogen stroomden vol met tranen. 'Ik hou van je,' liet ze hem weten, haar lippen geluidloos bewegend.

Voordat hij kon reageren, draaide ze zich om naar Beau, die door zijn eigen mannen bij Ari werd weggetrokken en zich hevig verzette.

'Beau,' riep Jenna zacht.

Beau bleef meteen staan en keerde zich naar Jenna toe. Tranen schitterden in zijn ogen, en zijn uitdrukking was radeloos.

'Ik zal haar en jullie kindje redden. Vertrouw me alsjeblieft. Ik zal genoeg doen om ervoor te zorgen dat het goed met ze komt als je ze naar het ziekenhuis brengt.'

'Ik vertrouw je met heel mijn hart,' zei Beau met pijn in zijn stem. 'Red haar alsjeblieft, Jenna. Je zult nooit weten wat jouw offer voor mij betekent. Nooit. Ik ben je iets verschuldigd wat ik je nooit kan terugbetalen. Maar ik zal er alles aan doen om het te proberen.'

Jenna knielde naast Ari en nam haar handen in de hare. Ze sprak zachtjes tegen haar om vast te stellen of ze bij bewustzijn was. Ari's oogleden trilden en gingen open, en ze keek op naar Jenna met ogen vol pijn en tranen.

'Je moet mijn kindje redden,' fluisterde ze. 'Hij heeft me in de buik geschoten. Ik ben zo bang dat mijn baby dood is.'

'Geef de hoop niet op,' zei Jenna. 'Ik wil dat je heel stil blijft liggen en probeert vertrouwen te hebben. Geef het niet op, Ari. Je mag het niet opgeven. Ik wil dat je erop blijft vertrouwen.'

Ze legde allebei haar handen op de bloedende wond in Ari's buik, sloot haar ogen en deed een beroep op de gave die soms meer een vloek had geleken. Op dit moment omarmde ze hem echter. Het was een wonder. Gods genade. Ze zond stralend licht naar Ari's zwaar beschadigde baarmoeder en hield het piepkleine, kwetsbare wezentje heel voorzichtig in haar hand, het omvattend met het warmste, krachtigste licht dat ze ooit had opgeroepen.

Isaac en de anderen keken verbijsterd toe terwijl Jenna in licht gehuld werd, totdat ze er werkelijk uitzag als een engel. Zelfs Jaysus keek verwonderd naar de helingssessie, alsof hij er niet zeker van was geweest dat Jenna écht over genezende krachten beschikte.

Ari's hele lichaam baadde in het gouden licht, en ze werd langzaam omhooggetild, tot ze een centimeter of tien boven de grond bleef zweven.

Zachtjes begon Jenna een slaapliedje te zingen. Het was duidelijk dat ze het kleine embryo vasthield en weigerde het te laten gaan. De betoverende melodie van het slaapliedje steeg op en dreef weg, en iedereen werd geraakt door de wonderbaarlijke gebeurtenis die zich recht voor hun ogen voltrok.

Toen deed Jenna haar ogen dicht en boog zich over Ari heen, die langzaam was gezakt en nu weer op de grond lag. Het was duidelijk dat ze klaar was met de sessie, maar die had haar kennelijk zo uitgeput dat ze over Ari's lichaam heen bleef liggen alsof ze haar beschermde, te moe om te bewegen.

Langzaam deed Ari haar ogen open, en Beau rende naar haar toe. 'Ari?' vroeg hij voorzichtig.

Ari's ogen schitterden van de tranen. 'Ik weet niet hoe ze het heeft gedaan, maar ze heeft ons allebei gered. Ik voel dat ons kindje nog leeft, Beau. Het was zo krachtig. Het was het mooiste wat ik ooit heb gevoeld. Ik wist gewoon dat alles goed zou komen. Alsjeblieft, Beau, nu moet je voor haar zorgen. Je mag haar niet met dat monster mee laten gaan. Ik zou het niet kunnen verdragen als ze haar leven inruilde voor dat van mij en ons kind.'

Jenna tilde haar hoofd op, hoewel het duidelijk was dat ze daar nauwelijks de kracht voor had.

'Je moet haar meteen voor controle naar het ziekenhuis brengen,' zei ze zwakjes. 'Ik heb geprobeerd om te doen wat Jaysus me opdroeg, maar je kindje leeft, en met Ari komt het ook goed. Dat zweer ik je.'

'Dankjewel,' bracht Beau uit.

Jenna keek op naar de anderen, en de tranen biggelden over haar wangen. 'Het spijt me,' fluisterde ze. Toen vond haar blik die van Isaac, en hij zakte bijna door zijn knieën, want in haar ogen las hij een afscheid. 'Ik zal altijd van je houden,' zei ze zacht. 'Wees de reden waarom ik alles kan verdragen. Blijf in leven.'

Jaysus verscheen achter haar, en hoewel Isaac hem en al zijn mannen het liefst met zijn blote handen zou wurgen, zaten ze in een kansloze positie. Hun enige troefkaart was Ramie, en als ze dat nu zouden verpesten, dan zou Jenna sterven, dan zouden ze allemaal sterven en was alles voor niets geweest.

'Hoe ontroerend. Ik geloof dat ik een traan voel,' zegt Jaysus spottend. 'En nu oprotten,' zei hij. Hij zwaaide met zijn pistool, en zijn mannen verdrongen zich om hem heen om het dreigement kracht bij te zetten.

Isaac en de anderen konden niets anders doen dan zich terugtrekken, terwijl Beau Ari optilde en naar de ambulance rende die zojuist aan was komen rijden.

'Volgens mij heb ik me aan de afspraak gehouden,' zei Jaysus op kille toon tegen Jenna.

Ze knikte vermoeid. 'Ja, en ik zal dat ook doen.'

Hij tilde Jenna op, gooide haar over zijn schouder en beende weg, naar de helikopter die een stuk verderop op hem en Jenna stond te wachten.

Ook Jaysus' mannen trokken zich terug, en Isaac draaide zich om en zocht wanhopig naar Ramie.

'Ramie!' schreeuwde hij. 'Alsjeblieft, Ramie, je moet me helpen. Kun je iets van Jenna aanraken, zodat we weten waar we haar moeten zoeken? Ik heb de sweater die ze had meegenomen naar het restaurant, maar die ze op haar stoel had laten hangen toen ze naar het toilet ging.'

Caleb deed niet eens een poging om te protesteren. Hij wist dat ze Jenna allemaal iets verschuldigd waren wat ze nooit in zouden kunnen lossen. Hij keek vragend naar zijn vrouw, maar haar uitdrukking was machteloos, en de tranen biggelden over haar wangen.

Ze keek met zoveel spijt naar Isaac op dat hij zijn ziel voelde sterven.

'Ik kan mijn krachten nu niet gebruiken,' zei ze op dringende toon, alsof ze wilde dat hij het zou begrijpen. 'Ik zie altijd alleen wat er in het heden gebeurt, en we weten al waar ze op dit moment zijn. Ze zitten in die helikopter. Ik kan de toekomst niet voorspellen, en als ik nu mijn krachten zou gebruiken, ben ik straks te vermoeid om ze opnieuw aan te spreken, terwijl we ze dan juist nodig hebben om uit te zoeken waar ze haar gevangenhouden.'

Isaac ging door het lint. Zijn mannen probeerden hem tegen te houden, hem te kalmeren, maar hij was buiten zinnen, zonder anker en zonder hoop om de vrouw te vinden die meer voor hem betekende dan het leven. Dat hij nu God weet hoelang moest wachten, terwijl Jenna door een hel ging, zodat ze haar konden traceren en een reddingsactie op touw konden zetten die misschien te laat zou zijn, was te veel om te verdragen.

Hoofdstuk 29

De agenten van DSS verzamelden zich samen met Tori, Ramie en Gracie in Danes ondoordringbare privéfort, waar hij Tori naartoe had gebracht om haar te beschermen. Beau en Ari werden zwaarbewaakt door Ari's vader, Gavin Rochester; een zeer machtige, rijke man met een twijfelachtig verleden en uitstekende connecties. Hij had Beau zijn diensten aangeboden voor de reddingsmissie die op touw zou worden gezet zodra Ramie in staat was te vertellen waar Jenna zich bevond.

Dane was druk aan de telefoon. Hij belde alle mensen die hem nog iets verschuldigd waren, en na zijn lange carrière in de beveiliging waren dat er heel wat.

Ook Wade Sterling was er, de man van Eliza, die zich voor zijn huwelijk net als Gavin Rochester met duistere zaakjes had beziggehouden. Hij bood zonder omhaal het gebruik van al zijn middelen aan, zonder dat het hem iets kon schelen dat DSS alles over hem te weten kwam. Hij hield niets voor zijn vrouw verborgen, en hoewel zij het niet prettig vond dat de vuile was van haar echtgenoot buiten kwam te hangen, was ze niet van plan daar een stokje voor te steken nu Jenna's leven op het spel stond.

Niet nadat Jenna zoveel had gedaan om de mensen te redden die Eliza dierbaar waren en voor wie ze ooit alles had willen opofferen. In Jenna herkende ze een verwante geest, en ze herinnerde zich nog goed de gruwelijke keus waartoe ze gedwongen was geweest toen ze ervan overtuigd was dat haar teamgenoten – haar familie – in levensgevaar verkeerden.

Iedereen was bloednerveus, en er brak meteen ruzie uit toen Eliza Dane en Wade duidelijk maakte dat ze haar niet van de reddingsmissie konden buitensluiten. Zeker aangezien Wade een groep van zijn beste mannen had meegebracht. Ze hield voet bij stuk, en hoewel Isaac normaal gesproken de kant van Dane en Wade zou hebben gekozen – vooral gezien het feit dat Eliza nog met verlof was – was hij nu alleen maar dankbaar voor haar hulp. Er was geen betere teamgenoot denkbaar dan deze volhardende, bijzonder loyale vrouw.

Het raakte hem diep dat zoveel verschillende mensen hem onvoorwaardelijk wilden steunen, zelfs al moesten ze daarvoor openheid van zaken geven over hun duistere verleden of hun twijfelachtige connecties. Nu het om Jenna's veiligheid ging, liet iedereen echter zijn trots varen.

Er sprak vertrouwen uit het aanbod van deze mensen, en Isaac wist dat niemand hem beter zou kunnen helpen om zijn geliefde engel terug te krijgen dan deze mannen en vrouwen.

Hij keek op zijn horloge en vloekte gefrustreerd. Hoewel het leek of er een eeuwigheid was verstreken sinds Jaysus er met Jenna vandoor was gegaan in die verdomde helikopter, was het pas een paar uur geleden. Iedereen die voor DSS werkte of er zijdelings aan verbonden was, had zich gemeld, en Dane was nog aan de telefoon, druk bezig om een professionele militaire operatie door een zeer geheime bijzondere eenheid op touw te zetten, hoewel het Isaac een raadsel was bij welk deel van het leger deze groep hoorde. Het was zelfs maar de vraag of ze officieel bestonden.

Dane was altijd in staat gebleken om het onmogelijke voor elkaar te krijgen, of het nu ging om het leveren van de modernste gevechtsvliegtuigen of het oproepen van een gespecialiseerde geheime militaire eenheid. Een dezer dagen ging Isaac Dane toch eens vragen wie hij nu eigenlijk was en wat hij had gedaan voordat hij ermee had ingestemd om de leiding van DSS op zich te nemen. Dit alles strookte immers niet met het bestaan van een doorsnee burger, met een doorsnee baan bij een doorsnee beveiligingsbedrijf dat zich specialiseerde in de persoonlijke bescherming van mensen die zich bedreigd voelden.

Dane had meer geheimen dan alle andere DSS-agenten bij elkaar. En dat wilde wat zeggen, gezien de mannen en vrouwen die Dane had aangenomen toen hij een topteam had samengesteld om voor hem te werken bij een bureau dat niet eens zijn eigendom was. En dat riep meteen een grote vraag op. Waarom werkte Dane voor iemand anders, terwijl het overduidelijk was dat hij Caleb en Beau niet nodig had om succesvol te kunnen opereren?

Maar ondanks het feit dat iedereen het geheim kende dat geen geheim was – dat Danes woord wet was binnen DSS – gedroeg Dane zich niet alsof hij zoveel macht of invloed bezat. Ja, hij wilde voortdurend op de hoogte blijven van het komen en gaan van zijn mensen, maar hij gedroeg zich nooit autoritair en had niet de neiging om zich overal mee te bemoeien. Hij mengde zich alleen in een missie wanneer hij daar persoonlijk belang bij had. Bijvoorbeeld toen Lizzie ervandoor was gegaan zonder haar teamgenoten en Dane, haar partner en beste vriend bij DSS, daarvan op de hoogte te stellen.

Zelfs toen had Dane tot zijn frustratie niet de leiding kunnen nemen. Die had hij moeten overlaten aan Wade Sterling, wiens hulp hij had ingeroepen toen hij besefte dat Lizzie niet volledig open tegen hem was. In Lizzies belang had hij Wade de plannen laten uitstippelen, en Dane en de rest van DSS hadden een ondersteunende rol gespeeld, iets wat Dane waarschijnlijk tot op de dag van vandaag dwarszat.

Isaac wachtte ongeduldig af. Met iedere minuut die verstreek, vrat de bezorgdheid over Jenna meer aan hem. Hoe bestrafte die brutale kleine klootzak haar voor het feit dat ze het had gewaagd met hem te onderhandelen, in plaats van te bezwijken voor zijn dreigementen? Die had ze verdorie recht in zijn gezicht gesmeten, alsof het haar geen bal kon schelen wat hij haar aan zou doen, en dat was precies waar Isaac nu de zenuwen van kreeg. Hij wist wat voor soort man Jaysus was, en hij wist dat de drugsbaron Jenna die beledigingen stuk voor stuk betaald zou zetten.

Hij wierp een machteloze blik op Ramie, die bleek was en eruitzag alsof ze over moest geven. Caleb ontfermde zich bezorgd over haar en deed zijn best om haar op alle mogelijke manieren te steunen. Alsof ze de blik van Isaac voelde, keek Ramie op. Uit haar ogen sprak rauwe spijt. Hij smeekte haar zwijgend, beseffend dat hij openlijk zijn emoties toonde, op een manier waar hij zich nog geen maand geleden verschrikkelijk ongemakkelijk onder zou hebben gevoeld. Sterker nog, hij zou slechts het ijzige stoïcisme hebben tentoongespreid waarmee hij altijd zijn werk deed. Maar toen kende hij Jenna nog niet. Waar het op haar aankwam, speelde trots geen rol. Er was niets wat hij niet zou zeggen of doen om haar weer veilig in zijn armen te hebben. Hij had gezworen om God nooit meer ergens om te vragen, maar was dit niet eigenlijk een voortzetting van hetzelfde gebed? Dat hij vroeg om haar weer veilig in zijn armen te hebben, zodat hij de rest van zijn leven zoveel van haar kon houden dat er nooit meer een donkere wolk aan haar hemel zou verschijnen?

Caleb keek hem meelevend aan. 'Ik ben niet degene die haar tegenhoudt. Het is niet eens Ramie zelf. Ze is er helemaal klaar voor, zodra ze het groene licht krijgt. Maar het is zinloos als Ramie ons informatie geeft waar we niets mee kunnen. Zodra ze ons vertelt wat we moeten weten, moeten we klaarstaan om te handelen. Als we zelfs maar even wachten nadat ze Jenna gevonden heeft, kan die rotzak haar al weer verplaatst hebben, en dan zitten we niet alleen in de shit, maar kunnen we een verrassingsaanval ook wel vergeten.'

Isaac slikte de brok in zijn keel weg die hem dreigde te verstikken. Hij zou wel willen schreeuwen dat hij het snapte. Verdomme, hij snapte het heus wel! Maar dat hij begreep wat de juiste manier was om de missie uit te voeren, maakte het nog niet makkelijker om werkeloos op zijn kont te zitten terwijl Jenna in handen van die psychopaat was, doodsbang, zich afvragend of ze ooit weer veilig zou zijn.

Iedereen keek op toen de deur openging en Ari en een grauw uitziende Beau binnenkwamen met Ari's ouders, Gavin en Ginger Rochester. Godzijdank was het niet meer aan Ari te zien dat ze ooit was neergeschoten, en ze glimlachte om de opgeluchte woorden en omhelzingen waarmee ze werd begroet.

Gavins scherpe blik zocht echter naar Isaac, en Ari's vader kwam regelrecht naar de plek toe waar hij tegen de muur geleund stond, ziek van ongerustheid, iedere spier in zijn lichaam aangespannen om direct tot actie te kunnen overgaan. Alles was beter dan dit vreselijke wachten. Iedere minuut die verstreek, was een nieuwe minuut die Jenna had moeten doorbrengen in de handen van een gestoorde maniak die er niet voor zou terugdeinzen om haar leven tot een hel te maken.

'Isaac, ik weet niet of je je mij herinnert, maar ik ben Gavin Rochester, de vader van Ari.'

'Natuurlijk herinner ik me u, *sir*,' zei Isaac beleefd.

'Ik heb nooit de kans gekregen om je persoonlijk te bedanken voor je aandeel in de missie waarbij mijn geliefde dochter is gered uit de handen van de monsters die haar biologische ouders hebben vermoord.'

'Ik deed mijn werk,' zei hij.

'Ik kan ook je vriendin niet genoeg bedanken, Jenna, voor het offer dat ze vandaag heeft gebracht om mijn dochter en mijn kleinkind te redden. Jongen, er is maar één persoon in deze wereld die meer voor me betekent dan mijn enige dochter en het kleinkind in haar buik, en dat is mijn vrouw. Mijn vrouw en ik zouden nu samen om hun dood rouwen als Jenna niet zo'n ongelooflijk dappere daad had verricht. Ze heeft niet alleen Ari gered, van wie het nog maar de vraag is of ze haar verwondingen zou hebben overleefd, maar ze heeft ook mijn kleinkind uit de kaken van de dood gegrist. Ze heeft het kwaad bestreden voor dat onschuldige kind. Ik ben geen getuige geweest van het wonder, maar alles is me tot in detail verteld, en mijn dochter heeft me ook verteld dat ze nooit zo iets moois heeft ervaren als Jenna's genezende licht en de manier waarop ze haar baby smeekte om zich aan het licht vast te klampen tot het tijd zou zijn om de wereld te betreden.'

De imponerende oudere man zag eruit alsof zijn hele wereld op zijn kop was komen te staan, en er sprak diepe emotie uit zijn ogen. Zijn stem haperde onder het gewicht van zijn liefde voor zijn dochter en zijn opluchting over het feit dat zijn dochter en kleinkind nu veilig waren.

'Ik heb alles wat ik bezit ter beschikking gesteld om Jenna terug te halen, maar daarmee is mijn schuld niet vereffend. Ik zal nooit genoeg kunnen doen om de vrouw van wie jij houdt, terug te betalen. Maar ik zweer op mijn leven, en op het leven van mijn dochter en kleinkind, dat je het maar hoeft te zeggen als ik ooit iets voor jou of Jenna kan doen. Je hoeft het niet eens te vragen. Vertel me wat je nodig hebt, en dan doe ik alles wat in mijn niet-onaanzienlijke macht ligt om het voor elkaar te krijgen.'

Isaac slikte de tranen weg die hem dreigden te overweldigen en zijn ijzige greep op zijn zelfbeheersing dreigden te verbreken.

'Het enige wat ik wil, is dat ze terugkomt,' fluisterde hij schor. 'Ik hou zielsveel van haar, en ik heb er alles voor over om haar terug te krijgen.'

Gavin legde zijn hand troostend op Isaacs schouder en gaf er een kneepje in. 'We krijgen haar wel terug, jongen. Ik weet wat je nu meemaakt. Ik dacht dat ik mijn vrouw en mijn dochter kwijt zou raken, en er was helemaal niets wat ik kon doen om dat te voorkomen. Maar jij en je mannen hebben dat veranderd. Jullie hebben me mijn gezin teruggegeven, en ik zweer je, ik zorg dat jij net als ik het ontbrekende deel van je ziel terugkrijgt. Kijk eens over hoeveel middelen we beschikken. Die lui zijn kansloos tegen onze kracht en onze connecties, en bovenal tegen de ijzeren wil van de DSS-agenten. Je staat er niet alleen voor. Iedereen in deze kamer is bereid zijn leven te geven om die jonge vrouw terug te halen, na alles wat ze voor hun dierbaren heeft gedaan.'

'Dank u, *sir*. Dat waardeer ik meer dan ik kan zeggen.'

'Maak jij maar plannen voor jullie bruiloft en huwelijksreis,' zei Gavin, abrupt van onderwerp veranderend. 'Als je ook maar een beetje op mij lijkt, wil je zo snel mogelijk met haar trouwen en haar meenemen naar een prachtige afgelegen plek waar je je nog maar om één ding druk hoeft te maken: alle behoeftes van je kersverse vrouw vervullen.'

Isaac knikte. Hij was te ontroerd om iets te kunnen zeggen.

'Ik kan dat laten gebeuren. Je hoeft het maar te zeggen. Ik zorg voor de beveiliging. Niemand zal bij jou en Jenna in de buurt kunnen komen, en al jullie wensen worden vervuld.'

'Bedankt voor het aanbod,' wist Isaac uit te brengen. 'Goede kans dat ik erop inga. Maar eerst moet ik haar terug zien te krijgen.'

'Luister allemaal,' riep Dane aan de andere kant van de kamer.

Isaac schoot naar voren. Godzijdank was die man eindelijk klaar met zijn telefoontjes. Dane zocht zijn blik en knikte met een gespannen, geconcentreerde uitdrukking naar hem.

'We gaan haar terughalen, Isaac,' zei Dane rustig. 'Die hufter zal niet weten wat hem overkomt.' Hij keek naar de andere kant van de kamer, waar Caleb stond, en knikte. 'Het is zover,' zei hij grimmig.

Isaacs hartslag versnelde, en hij werd zo zenuwachtig dat hij bijna moest overgeven.

‘Zodra Ramie ons kan vertellen waar Jenna wordt vastgehouden, gaan we eropaf,’ kondigde Dane aan. ‘Ze zijn niet langer in de meerderheid, en bovendien hebben we niet één maar twee geheime eenheden tot onze beschikking die het zo’n beetje in hun broek deden van opwinding toen ik vertelde dat we ze Jaysus op een zilveren presenteerblaadje konden aanbieden, en dat ze alleen maar met ons mee hoeven te gaan om die lui te grazen te nemen.’

Er steeg instemmend gejoel op, waar Isaacs oren van gingen tuiten. Dit was echter nog niet voorbij. Nog lang niet. Ze hadden nog steeds geen idee waar Jenna was. Wat als Ramie het niet kon zien? Haar gave was niet onfeilbaar. Zij was echter hun enige kans. Want hoeveel wapens en mankracht ze ook tot hun beschikking hadden, en hoe vastberaden iedere man en iedere vrouw in dit vertrek ook was, dat was allemaal nutteloos als ze haar niet konden vinden.

Hoofdstuk 30

Nu iedereen klaarstond om in actie te komen zodra Jenna's locatie was vastgesteld, heerste er een gespannen stilte in het vertrek en was alle aandacht gericht op Ramie.

Caleb, die heel goed wist hoe zwaar het proces voor haar was en hoe kwetsbaar het haar maakte, verzocht Dane om alleen hemzelf, Isaac en Dane aanwezig te laten zijn tijdens haar beproeving.

'Ik begrijp je verzoek, Caleb, en je weet dat ik het aantal mensen normaal gesproken zo beperkt mogelijk zou houden. Maar in dit geval denk ik dat het verstandig is als Gavin en Wade erbij aanwezig zijn. Zij kennen allebei de onderwereld waarin Jaysus opereert, en het is mogelijk dat zij dingen uit Ramies verhaal oppikken die wij over het hoofd zien. Het lijkt me ook verstandig als Eliza erbij is, om Ramie te steunen,' zei hij kalm.

Caleb knikte en sloot zijn ogen. 'Ik begrijp het. Het bevalt me niet, maar ik snap het wel. En Ramie zal het ook begrijpen. Man, het zou haar niet kunnen schelen als de hele kamer erbij was. Ik ben degene die de neiging heeft om haar te beschermen wanneer ze op haar kwetsbaarst is.'

'Laten we aan de slag gaan,' zei Dane. 'Als we op tijd willen zijn om Jenna te redden, mogen we geen tijd meer verspillen.'

Iedereen behalve het afgesproken groepje verliet het vertrek, met de belofte om klaar te staan om direct in actie te komen. De spanning was in de hele kamer voelbaar, en iedere agent had een strakke, vastberaden uitdrukking op zijn gezicht. Vanavond zouden alleen Caleb en Beau in Danes fort achterblijven om Ari, Tori, Gracie en Ramie te bewaken. De vrouwen hadden er hevig op aangedrongen dat ze mee zouden gaan, maar ze waren op zo'n muur van protest gestuit dat ze het hadden opgegeven.

Na de krachtmeting tussen Eliza en Wade had echter niemand durven suggereren dat zij ook zou achterblijven. Ze zou iedere man die dat had durven voorstellen, direct de ballen hebben afgesneden. Uiteindelijk was het Gracie geweest die Eliza zover had gekregen dat ze ermee instemde om bij de andere vrouwen te blijven, door haar volledig oprecht te vertellen dat ze zich veel veiliger zou voelen als Eliza er was om Beau en Caleb versterking te bieden, mocht iemand het safehouse binnenvallen.

Wade had Gracie een dankbare, opgeluchte blik toegeworpen, maar hij had er wel voor gezorgd dat zijn vrouw zijn zwijgende bedankje niet had gezien.

Ramie liet zich op een van de banken zakken en keek Isaac aan. 'Ik stop niet tot we weten waar we haar kunnen vinden. Dat beloof ik je.' Toen keerde ze zich naar haar echtgenoot, op wiens gezicht een en al bezorgdheid stond. 'Beloof me dat je me niet zult tegenhouden, dat je me niet terugbrengt tot we de informatie hebben die we nodig hebben. Zweer het, Caleb.' Haar uitdrukking was gekweld, en de angst dat ze hen niet van de juiste informatie zou kunnen voorzien, was voelbaar in de lucht.

Caleb gaf slechts een strak knikje en ging toen naast zijn vrouw zitten. Isaac nam aan haar andere kant plaats. De andere aanwezigen gaven haar de nodige ruimte, maar bleven dichtbij genoeg om alles te kunnen horen wat ze zei.

De rest van het vertrek leek niet meer te bestaan. Alleen Isaac en Ramie waren er nog, en de stille belofte die hij in haar ogen las toen hij haar de sweater gaf die Jenna eerder die dag bij zich had gehad. Ramie ademde diep in en staarde even naar de sweater voordat ze hem aannam en haar handen erin wikkelde.

Isaac schoof een stukje opzij om haar de ruimte te geven, terwijl

Caleb juist wat dichter bij haar ging zitten en haar bezorgd in de gaten hield. Ramies ogen lichtten even op, en toen deed ze ze dicht en zakte naar voren. Caleb ving haar op en legde haar voorzichtig op de vloer, waar ze zich in de foetushouding opkrulde.

Isaac staarde naar haar en bestudeerde iedere nuance in haar gezicht, op zoek naar een teken dat ze contact had gemaakt met Jenna. Toen kromp Ramie ineen en kreunde van de pijn. Haar armen sloeg ze beschermend om haar buik. Tranen prikten in Isaacs ogen, en een machteloze woede maakte zich van hem meester.

'Dacht je dat je me zomaar voor gek kon zetten in het bijzijn van mijn mannen en al die mensen van wie je beweert dat ze je zo dierbaar zijn?'

Het was een ruwe stem die griezelig veel op die van Jaysus leek. Uit de mond van Ramie klonk het nóg vreemder. Het leek wel of ze op dat moment een medium was voor de duivel zelf.

Toen klapte haar hoofd naar achteren en verscheen er een rode handafdruk op haar gezicht.

'Wat zullen we nu krijgen?' riep Isaac uit.

Hij wilde naar Ramie toe springen, in een poging om haar en Jenna op de een of andere manier te beschermen. Dane, Wade en Gavin moesten er met zijn drieën aan te pas komen om hem tegen te houden, maar hij bleef geschokt naar het afschuwelijke tafereel op de vloer staren.

'Je bent een dwaas als je denkt dat ik me aan mijn belofte ga houden, zeker als je niet voortdurend doet wat ik je opdraag,' vervolgde Jaysus, Jenna tartend door de mond van Ramie.

'Jij bent een dwaas,' bracht Jenna met gepijnigde stem uit.

O god. Isaac stikte zowat, en hij was niet in staat om de woorden te vormen die hij het liefst zou uitschreeuwen. *Maak hem niet boos. Geef hem geen reden om je nog meer pijn te doen, baby.*

Ik kom je halen. Ik zweer je dat ik het niet opgeef tot ik je terug heb. Blijf alsjeblieft in leven. Blijf alsjeblieft ongedeerd.

'Ben je nou echt zo'n arrogante zak dat je denkt dat je zomaar terug kunt gaan en al die mensen kunt vermoorden?' vroeg Jenna op emotieloze toon. 'Je had mazzel, en het is je gelukt om een vrouw die al een bloedhekel aan me had, zover te krijgen dat ze je vuile werk voor je opknapte. Anders zou je mij nooit in handen hebben gekregen. Het zal je niet eens lukken om bij hen in de buurt te komen, laat staan er ook maar eentje te doden. Dus misschien moet je je zorgen gaan maken of ík me wel aan mijn belofte zal houden, hufter, want op deze manier kun je het wel vergeten.'

'Wat een meid,' fluisterde Dane.

Eliza keek apetrots bij het horen van Jenna's woorden, en hetzelfde gold voor Sterling en Gavin Rochester.

'Die vriendin van jou is een dijk van een vrouw,' fluisterde Gavin tegen Isaac, terwijl hij hem stevig vast bleef houden uit angst dat Isaac zijn zelfbeheersing zou verliezen.

Isaac kneep slechts zijn ogen dicht en voelde de tranen onder zijn gesloten oogleden vandaan sijpelen.

'Doe wat je wilt, als je je dan een echte man voelt,' zei Jenna met een vermoeide stem. 'Maar als iemand je overhoop schiet en je komt mij smeken om je te genezen, dan heb je best kans dat ik zeg "zak er maar in", en dat ik je een lange, pijnlijke dood laat sterven.'

Isaacs ogen vlogen open en werden groot van de schok. Hij had Jenna nog nooit zo horen praten, maar hij had haar dan ook nooit boos gezien, en zeker niet zo woedend als ze nu leek te zijn. Hij had haar verward gezien door de wereld om haar heen, hij had haar wanhopig zien proberen om het allemaal te verwerken. Misschien had hij haar zelfs gezien als zwak, als iemand die voortdurend bescherming nodig had. Op dit moment zag hij echter een kant van

Jenna die hem verdomd trots maakte, en hem tegelijk liet vrezen dat ze voor haar uitdagende opmerkingen zou moeten boeten.

Ramie werd uit Calebs armen geslagen en kwam een stukje verderop op de grond terecht. Isaac gromde en maaide met zijn vuisten in een poging om iets te raken, wat dan ook.

'Je gaat me niet vermoorden, Jaysus. Daar ben je te laf voor,' zei Jenna. Ze klonk nog steeds uitdagend, maar een stuk zwakker, en dat joeg Isaac angst aan. Hoeveel kon ze nog verdragen?

'Je hebt me nodig, want er is niets waar je zo bang voor bent als de dood. Jouw dood. Daarom ben je begonnen aan die krankzinnige zoektocht naar onsterfelijkheid, en toen je besefte dat je inderdaad zo stapelgek bent als iedereen al zei, besloot je genoegen te nemen met iets wat in de buurt kwam. Een arm, naïef, makkelijk te manipuleren meisje dat op haar vierde door een sekte was meegenomen en de laatste twintig jaar als hun gevangene had geleefd. Een vrouw die toevallig het vermogen bezat om te genezen. Dacht je dat ik je dankbaar zou zijn omdat je me uit de sekte weghaalde?' vroeg ze tartend. 'Dacht je dat ik aan je voeten zou vallen, dat ik je uitgebreid zou bedanken en zou zweren om alles te doen wat je van me vroeg? Dat zal je dan vies tegenvallen.'

'Hou je bek!' schreeuwde Jaysus. Zijn hoge, schelle stem bezorgde iedereen in de kamer de rillingen. 'Misschien ga ik je niet doden, maar geloof me, tegen de tijd dat ik met je klaar ben, zul je wensen dat ik dat wel had gedaan.'

'Godallemachtig, Caleb,' smeekte Isaac. 'Hebben we hun locatie? Kunnen we hier een eind aan maken?'

Caleb was er al niet veel beter aan toe en schudde zijn hoofd. 'Ramie heeft nog helemaal niets gezegd waaruit we kunnen opmaken waar ze zijn. We hebben niets! Alleen het gesprek tussen Jenna en die klootzak die hen allebei mishandelt.'

Ramie kromp ineen, maar het leek er niet op dat zij, of liever gezegd Jenna, opnieuw was geslagen. In plaats daarvan werd ze plotseling door onzichtbare handen over de vloer gesleept en met haar rug tegen de muur gekwakt.

'Waarom heb je hem doodgeschoten?' vroeg Jenna op hysterische toon. 'Ben je gek geworden? Waarom schiet je een van je eigen mannen neer? Denk je dat de anderen loyaal zullen blijven als ze zien dat je hen op deze manier beloont? Allemachtig, laat me hem genezen voordat het te laat is.'

'Je blijft met je handen van hem af,' zei Jaysus ijzig. 'Jij hebt dit gedaan. Jij hebt hem gedood, stomme trut. En nu mag je toekijken terwijl hij sterft, wetend dat jij hem had kunnen redden.'

'Je bent niet goed wijs,' zei Jenna, haar stem verheffend. De woede straalde van Ramies lichaam af. 'Ik heb deze man niet gedood. Jij hebt hem neergeschoten. En omdat je mij niet toestaat om datgene te doen waarvoor je me hebt ontvoerd, kleeft zijn bloed aan jouw handen. Niet aan de mijne,' beet ze hem toe. 'Of wilde je mijn gave alleen voor jezelf bewaren? Ik denk dat je je mannen hebt wijsgemaakt dat zij onsterfelijk zijn dankzij mijn helende krachten. Dat het niet uitmaakt wat hun overkomt, omdat ik ze toch weer beter kan maken. Maar in werkelijkheid kan het je niks schelen of ze doodgaan. Je wilde je alleen verzekeren van hun absolute loyaliteit, je wilde dat ze zich onsterfelijk zouden voelen, zodat ze je bevelen uit zouden voeren, ook al zijn ze net zo gek als jij.'

Ramie kromp weer ineen. Ze sloeg haar handen over haar oren en begon heen en weer te wiegen, met lege ogen voor zich uit starend.

'Verdomme,' zei Dane, met zijn handen over zijn gezicht wrijvend. 'Hij heeft iemand anders neergeschoten en martelt haar door die persoon voor haar ogen te laten sterven, terwijl hij heel goed weet dat zij die man kan genezen en dat het in haar aard ligt om haar gave te willen gebruiken, ook al is de persoon in kwestie dat niet waard. Ze oordeelt niet.'

'Ze vindt niet dat ze daar het recht toe heeft,' zei Isaac treurig. 'Ze gelooft dat ze haar gave van God heeft gekregen, ook al hebben de sekteleiders haar iets heel anders geprobeerd wijs te maken. Ze hebben haar gehersenspoeld om te denken dat ze een instrument van de duivel was. Dat alleen God over leven of dood kan beslissen, en dat zij slecht was, dat haar gave slecht was. Ze hebben haar zelfs geslagen tot ze zei wat ze wilden horen, maar ze hebben nooit haar geest gebroken, of haar geloof dat ze haar gave van een genadige en liefdevolle God heeft gekregen. En dus vindt ze dat het niet aan haar is om te oordelen of iemand het waard is om gered te worden.'

'Dit is niet goed,' mompelde Wade. 'Dit is helemaal niet goed. Hij martelt haar zowel lichamelijk als psychisch. We moeten weten waar ze zitten!'

'Ik hoop dat iemand jou neerschiet,' zei Jenna. 'Ik zweer je dat ik geen vinger zal uitsteken om je te redden. Vermoord me maar, martel me maar. Het kan me niets schelen. Ik heb wat ik wilde, en jij? Jij bent een monster dat helemaal niets heeft, behalve het uitzicht op een heel kort leven.'

'O nee. Nee, nee, nee, Jenna!' brulde Isaac. 'O, liefje. Geef hem verdomme geen aanleiding om te denken dat je hem niet zult genezen!'

Opnieuw werd Ramie een stukje verderop gesmeten, en speeksel spatte in het rond toen de woorden van Jaysus naar buiten schoten.

'Neem dat terug!' schreeuwde hij. 'Neem het terug, of ik laat je bij elke ademtocht smeken om de dood.'

'Dit is verdomme genoeg!' brulde Isaac. 'We moeten nú weten waar ze zitten!'

Caleb, die het niet langer kon aanzien, boog zich over zijn vrouw heen en probeerde haar terug te brengen, terwijl Isaac vurig bad dat het genoeg was geweest. Dat Ramie lang genoeg in de geest van

Jaysus had gezeten om hun te kunnen vertellen waar ze Jenna konden vinden.

'Ramie, alsjeblieft, kom bij me terug,' smeekte Caleb, terwijl hij Ramie zachtjes door elkaar schudde.

Na vijf lange minuten hapte Ramie naar adem en schoot ze overeind. Haar ogen stonden helder, en ze dwaalde niet langer rond op een andere plek. Verward keek ze om zich heen. Toen zag ze Isaac en smeekte hem dringend om op te schieten.

Isaac knielde bij Ramie, pakte haar handen vast en gaf er een kneepje in om haar gerust te stellen, ook al was hij zelf radeloos van angst.

'Waar moet ik naartoe, Ramie? Vertel het ons. Weet je waar hij haar vasthoudt?'

Ramie knikte met betraande ogen. 'Je moet opschieten, anders is er geen hoop meer. Hij heeft haar naar een plek gebracht hier een paar uur vandaan, omdat zijn trots was gekwetst en hij godzijdank niet helder nadacht. Hij wilde een gelegenheid om haar te straffen, om haar aan zijn wil te onderwerpen voordat hij verdwijnt naar het district in Mexico waar zijn kartel de lakens uitdeelt. Als hij daar eenmaal is, zul je haar nooit kunnen vinden, laat staan haar terughalen.'

'Maar waar is hij nu, Ramie?' vroeg Dane op dringende toon. 'Hoelang hebben we nog voordat hij haar daar weghaalt?'

'Je hebt vier uur, en de plek waar hij haar vasthoudt, ligt op drie uur rijden,' zei ze verslagen.

'Niets ervan, verdomme!' Dane trilde van woede, en hij balde zijn vuisten zo verwoed dat het er griezelig veel op leek dat hij op het punt stond om door het lint te gaan.

Isaac ging naast hem staan.

'We zorgen dat we er over twee uur zijn, en geen minuut later,' zwoor Dane. 'Let maar op. En nu wegwezen. Vooruit, schiet op!'

Hoofdstuk 31

Terwijl de mannen van Wade en Gavin hun plek innamen bij de andere twee ingangen, voegden de twee speciale eenheden zich bij Dane en de DSS-agenten en wachtten op Shadows verslag over Jenna's positie in het gebouw en de omvang van de bewaking. Slechts een paar minuten nadat Shadow was verdwenen, kwam hij terug om het resultaat van zijn verkenningstocht te melden.

'Tjonge, dit wordt een eitje,' zei Zeke grinnikend, nadat hij had geluisterd naar het weinig indrukwekkende beeld dat Shadow van de beveiliging had geschetst. 'Het ego van die rotzak is een stuk groter dan zijn leger. We kunnen dit in twintig minuten gepiept hebben.'

Woedend haakte Isaac zijn vingers achter het kogelwerende vest dat Zeke droeg en ramde hem tegen een boom. 'Hou je smoel,' gebood hij. 'De vrouw van mijn leven wordt vastgehouden door een meedogenloze psychopaat, en jij durft te zeggen dat het een eitje wordt? Wacht maar tot je in mijn schoenen staat. Tot die tijd wil ik dat je je mond houdt en je bevelen opvolgt. Wanneer ik behoefte heb aan je commentaar, dan vraag ik er wel om.'

Niemand vermaande Isaac of probeerde tussenbeide te komen. Ze wisten allemaal dat Zeke zijn boekje te buiten ging, en ze leken daar al evenmin over te spreken als Isaac.

Zeke deed zijn ogen dicht. 'Sorry, man. Dat had ik niet moeten zeggen. Het is geen excuus, maar ik moet het wel als een gewone missie beschouwen, want als het persoonlijk wordt, doe ik mijn werk niet goed. Het was een stomme opmerking, maar zoiets zou ik ook zeggen in iedere andere situatie waar zo'n hersenloze hufter zijn beveiliging zo heeft verwaarloosd. Man, hij heeft een flink deel van zijn mannen weggehaald, gewoon om Jenna te dwingen hen te zien sterven. En als ik Shadow zo hoor, heeft de rest van zijn zogenaamd loyale volgelingen ernstige twijfels, en sommige ratten zijn bezig het zinkende schip te verlaten voordat ze zelf het loodje leggen.'

Isaac liet Zeke los en blies zijn adem uit. 'Ik snap het. Echt. Maar voor mij is het wel persoonlijk, en zolang Jenna daarbinnen is, gaat het me niet lukken om er luchtig over te doen.'

'Dat verwacht niemand van je, makker,' mompelde Shadow, met een donkere blik naar Zeke.

Dane stond even verderop te overleggen met de twee leiders van de militaire eenheden. Toen hij klaar was, wendde hij zich weer naar zijn eigen mannen. 'De eenheden gaan naar binnen en maken zo onopvallend mogelijk de weg vrij. Dat is hun specialiteit. Wij houden ons erbuiten en laten hen hun werk doen. Wanneer ze me het teken geven, vallen we het gebouw van alle kanten binnen. Isaac, afgaande op Shadows verkenning bevindt Jenna zich nog in de oostvleugel, bij Jaysus. Ons doel is om alle obstakels en bedreigingen uit de weg te ruimen tot we bij haar zijn. Jullie gaan naar binnen met de eerste eenheid, en de tweede eenheid geeft dekking en zorgt ervoor dat niemand ons besluipt. Shadow en ik houden de wacht, en de anderen vormen onze versterking.'

Isaac knikte ongeduldig. In elk geval had Dane hem na zijn welsprekende speech over zijn persoonlijke betrokkenheid niet uitgesloten van de actie. Op elk ander moment zou hij daarvoor direct op de reservebank zijn gezet, maar waarschijnlijk wisten ze allemaal wat er zou gebeuren als ze dat nu zouden proberen. Isaac zou de vijand eigenhandig te lijf gaan en die rotzakken met zijn blote handen verscheuren, zoals hij ook ieder ander obstakel zou vernietigen dat hem ervan weerhield om Jenna te bereiken en haar in veiligheid te brengen.

'Daar gaan ze,' zei Dane, toen de eerste groep vertrok en de tweede hen volgde.

'Shit, ik háát wachten,' zei Isaac grommend.

'Wij allemaal,' zei Dane, op een korzelige toon die Isaac niet van hem kende. 'Ik baal als een stekker dat we de hulp van zoveel mensen moesten inroepen, dat we dit niet zelf konden afhandelen. Dat moet veranderen. Als we niet eens de mankracht hebben om onze eigen vrouwen te beschermen, dan zit er iets helemaal verkeerd. Het kan me geen barst schelen wat het kost – we breiden onze operaties uit en halen er meer mensen bij, en dat betekent dat we op zoek gaan naar de allerbesten. Als ik een aantal topmensen uit het leger moet stelen, dan doe ik dat, en als ik er zelf voor moet betalen, dan is dat maar zo. Het slaat nergens op dat onze vrouwen eronder moeten lijden dat we in de minderheid waren en ons hebben laten verrassen.'

'Jij hoeft er niet voor te betalen,' zei Beau, die tot ieders verrassing naast hen opdook. 'Caleb en ik nemen met alle plezier de kosten op ons. Onze pa was stinkend rijk, en waarschijnlijk was hij een nog grotere klootzak dan Jaysus, dus het lijkt me passend dat we zijn geld eens voor iets goeds gebruiken.'

'Wat doe jij hier, Beau?' vroeg Dane met dreigende stem.

'Luister, ik ben er ook niet blij mee, hoewel het niks is om aan de zijlijn te moeten wachten terwijl jullie alles op het spel zetten voor de vrouw die mijn dierbaren heeft gered. Maar ík moest gaan, of Ari, en jullie begrijpen vast wel waarom ik zelf gekomen ben. De vrouwen baalden ervan dat ze achter moesten blijven. Allemachtig, dat koppige mens is net neergeschoten en was bijna haar kind verloren, en zij is nijdig omdat ze niet de kans krijgt om eigenhandig wraak te nemen op die hufter.'

'Ik kan het haar niet kwalijk nemen,' bekende Zeke.

'Ari heeft een boodschap voor je, Dane, aangezien ze weet dat je een toeval krijgt als er een man minder is om de vrouwen te beschermen. Caleb is er, maar mijn broer is nauwelijks partij voor

Ari's krachten, dus als er iemand beschermd moet worden, dan zullen Ari en Eliza dat doen. Geloof me, ze is pisnijdig. Pas toen ik dreigde haar aan haar vader te verraden, zong ze een toontje lager, hoewel ze van plan is haar gram te halen bij haar moeder, dus ik kan het sowieso schudden. Ze zei dat ik tegen je moest zeggen dat de vrouwen het prima maken. En als je je net zo druk maakt over de redding van Jenna als over de veiligheid van de anderen, komt het volgens haar helemaal goed en is Jenna vóór zonsopgang weer bij ons. Ik voeg er zelf nog aan toe dat je wel stapelgek moet zijn om het tegelijk tegen Ari en Eliza op te nemen.'

Hier en daar klonk onderdrukt gelach, terwijl Dane verontwaardigd snoof en zijn hoofd schudde. 'Allemachtig, Beau. Kun je die vrouw van je niet de baas?'

Beau stak zijn middelvinger op. 'Wacht maar tot jij voor de bijl gaat, met je mooie praatjes. Dan zullen we wel eens zien wie zijn vrouw de baas is en wie niet. Ik weet nog niet wie ze is, maar ik zet mijn geld op haar.'

'Ik ben blij dat Lizzie die opmerking niet kon horen, Dane, anders zou je nu heel wat toontjes hoger zingen. Je boft dat Gracie haar heeft overgehaald om achter te blijven,' zei Brent. Hij keek nerveus achterom, alsof hij bang was dat Lizzie plotseling bij hen stond en alles had gehoord.

Dane trok een gezicht naar Brent en wierp Beau toen een kogelwerend vest toe. 'Als je bij een operatie opduikt, zorg dan dat je fatsoenlijk bent voorbereid. Je had onderweg neergeschoten kunnen worden, en Jenna zou nooit op tijd zijn geweest om je sneue hachje te redden.'

'Ik geloof dat iemand hier vergeet wie de salarissen ook weer betaalt,' mompelde Beau, terwijl hij zich in het vest hees.

'Je kunt de boom in met je salaris,' zei Dane zuur.

Isaac had genoeg geklets gehoord en werd met de minuut ongeduldiger. Hij wist dat de speciale eenheden pas een paar minuten geleden het gebouw binnen waren gegaan, maar het leek wel een eeuwigheid. Gespannen wachtte hij af, bevreesd dat hij elk moment de geluiden van een gevecht kon horen. De stilte duurde echter voort, totdat het voelde alsof hij zijn gezonde verstand stukje bij beetje zou verliezen.

Hij deed zijn ogen dicht en toverde het beeld van Jenna's glimlach op zijn netvlies. Haar prachtige ogen, haar engelachtige gelaatstrekken en vooral het lichte, bijna witte haar dat in ontembare krullen over haar rug tuimelde. Hij was gek op haar haar, hoe blond het was, dat het niet te temmen viel en dat het zo goed bij haar paste.

Ik kom je halen, liefje. Alsjeblieft, ik smeek je. Hou nog even vol. Laat me niet alleen in deze wereld. Ik zou het niet overleven. Ik wil het niet overleven als ik niet elke dag naast jou wakker kan worden.

Plotseling richtte Dane zich op, bracht zijn hand naar zijn oortje en concentreerde zich met samengeknepen ogen op het verslag dat hij binnenkreeg. Een fractie van een seconde later greep hij zijn geweer vast en zei: 'Tijd voor actie. Ze hebben de benedenverdieping ontruimd en de trap bezet. Jenna is nog steeds in de oostvleugel, en Jaysus ook.'

Iedereen nam zijn positie in, en Dane vroeg Wade en Gavin om hun mannen op te dragen om iedereen in de westvleugel uit te schakelen, die te bezetten en ervoor te zorgen dat niemand kon ontkomen.

Isaacs spieren trilden van de nerveuze energie en de gretigheid om de klootzak uit te schakelen die Jenna als zijn bezit zag. De man was volkomen geobsedeerd door het idee van onsterfelijkheid. Jenna had de spijker op zijn kop opgeslagen toen ze hem had getart met zijn zoektocht naar het eeuwige leven, en zijn overtuiging dat Jenna hem dat kon bieden. Er zat echter een fout in zijn redenering, die bewees wat een domme, labiele sukkel hij was. Namelijk dat Jenna zelf niet het eeuwige leven had, en dat die ellendeling na haar dood zelf ook afscheid zou moeten nemen van het aardse bestaan.

Nee, Jenna had niet het eeuwige leven, maar ze zou wel een láng leven krijgen, want Isaac maakte het tot zijn levensmissie om haar te beschermen en te zorgen dat ze veilig en gelukkig zou zijn. Als hij haar in een kogelwerende koepel zou moeten opsluiten om haar veiligheid te waarborgen, dan zou hij gewoon de rest van zijn leven bij haar in die koepel gaan zitten.

Hij onderdrukte zijn plotselinge onzekerheid, want allemachtig, hij was net zo gestoord en geobsedeerd als Jaysus, alleen draaide zijn obsessie erom dat hij haar aan het lachen wilde maken en haar alles wilde geven wat haar hart begeerde, tot hun tijd op aarde ten einde kwam. En daarna zou hij haar gewoon volgen naar het hiernamaals, waar hij haar net zo zou behandelen als hier, en hij voelde geen greintje wroeging en zou zich nooit voor zijn obsessie verontschuldigen.

Het kon hem geen barst schelen wat iemand ervan vond, of dat mensen hoogstwaarschijnlijk zouden denken dat hij niet goed snik was waar het op Jenna aankwam. Sommige mensen zouden hem zelfs vergelijken met Jaysus, met als enige verschil dat ze een andere reden hadden om geobsedeerd te zijn door dezelfde vrouw. Het enige wat hem kon schelen, was wat zíj vond. Dat zíj gelukkig was, en dat ze genoeg van hem hield om de verstikkende, overbezorgde manier waarop hij haar zijn liefde toonde, op de koop toe te nemen.

Terwijl deze gedachten door zijn hoofd speelden, ging hij het slecht bewaakte gebouw binnen en liep naar de trap in de richting van de oostvleugel die de twee militaire eenheden bezet hielden. De leider van het eerste team knikte naar Isaac en begroette hem respectvol. Toen wenkte hij dat Isaac zijn mannen moest volgen terwijl ze de trap op gingen. Zoals Dane had aangekondigd, gaven hij en

Shadow hun dekking, terwijl de anderen zich verspreidden om ervoor te zorgen dat niemand achter hen de trap op kon gaan en hen klem zou zetten tussen de bewakers die Jaysus bij zich had en wie er dan ook de trap op zou komen om hen in te sluiten.

Isaac had niet alleen het grootste vertrouwen in zijn eigen teamgenoten, die hun leven zonder aarzelen voor elkaar zouden opofferen, maar ook in de twee geheime eenheden met wie Dane op de proppen was gekomen, en de mannen die Wade en Gavin hadden meegebracht. Hij kende beide mannen en had groot respect voor hun macht en het feit dat de bescherming van hun dierbaren hun absolute prioriteit had. Nu viel Jenna ook onder hun bescherming. Ze spraken over een schuld die ze nooit zouden kunnen inlossen, maar Isaac was degene die straks zoveel mensen zoveel verschuldigd zou zijn dat hij hun nooit zou kunnen terugbetalen.

Ze redden letterlijk zijn hele leven, zijn hele wereld.

Bij de gesloten deur waarachter Jenna volgens Shadow door een volkomen doorgedraaide Jaysus werd vastgehouden, hield de leider van de eerste eenheid zijn hand omhoog om de anderen tot staan te brengen. Hij hield een apparaatje tegen de deur, legde zijn oor daartegenaan en luisterde geconcentreerd. Toen fronste hij zijn voorhoofd.

Hij stak zijn hand omhoog en gaf zijn mannen een vlug teken.

'Hij zegt dat het hem veel te stil is daarbinnen,' zei de man die het dichtst bij Isaac stond.

Isaacs hart explodeerde zowat. Allemachtig, wat betekende dat? Waren ze te laat? Had Jaysus Jenna vermoord?

De leider gaf geluidloos aan dat hij zou aftellen, en toen bracht hij een explosief aan op de deur en gebaarde dat iedereen een paar stappen naar achteren moest doen.

'Geen genade,' mompelde hij. 'Ga snel naar binnen en schakel iedereen behalve Jenna Wilder uit. Als we een fout maken, krijgt hij de kans om haar te doden. Begrepen?'

Isaac begreep het maar al te goed. Zijn handen waren klam van het zweet, en zijn hart sloeg zo wild dat het uit zijn borst dreigde te barsten.

Toen deed de leider van de eenheid iets onverwachts. Hij trok zijn wenkbrauwen op, en er speelde een geamuseerd glimlachje rond zijn lippen.

Wat was dit in godsnaam?

'Ik vergeet soms dat niet iedereen de deur op slot doet,' zei de man. 'Waarom zouden we de boel opblazen en het risico nemen dat Jenna omkomt als we de deur gewoon open kunnen duwen en stiekem naar binnen kunnen glippen? Die idioot heeft al laten zien dat hij niet de slimste van de klas is.'

Hij gebaarde dat iedereen zijn positie in moest nemen en wees naar elk van de mannen en droeg hun op om elk een ander deel van het vertrek voor zijn rekening te nemen, zodat ze de hele ruimte in één keer konden dekken. Toen hield hij zijn vingers omhoog en gaf aan 'drie, twee, één', waarna hij de deur tot een heel klein kiertje openduwde.

Toen de deur verder openging en ze met ingehouden adem afwachtten tot ze de kamer binnen konden vallen, werd de zware stilte eindelijk verbroken.

'Dit wil je niet echt doen.'

Isaac fronste zijn voorhoofd en wisselde een vragende blik met Dane en Shadow. De stem behoorde toe aan Jaysus, een heel nerveuze, doodsbange Jaysus, die klonk alsof hij op het punt stond om het in zijn broek te doen. Wat was hier in godsnaam gaande?

Net toen ze naar binnen wilden sluipen, werd de stilte opnieuw verbroken en verstijfden ze weer. Deze keer was het echter Jenna's stem die ze luid en duidelijk hoorden. Er sprak zo weinig emotie uit dat Isaac zich lam schrok.

'Je vergist je,' zei ze, met een stem die Isaac niet eens herkende. 'Je hebt geen idee wat ik wil, jij waardeloos stuk stront.'

'Wat wil je dan?' stamelde Jaysus. Hij begon te smeken, en Isaac besefte dat de hel op het punt van losbarsten stond. 'Alsjeblieft. Ik zal je alles geven wat je wilt. Alles. Geld. Macht. Je hoeft het maar te zeggen, en het is van jou.'

'Godallemachtig. Die man huilt,' mompelde de leider van de eenheid minachtend.

Toen hoorden ze het geluid van een pistool dat op scherp werd gezet.

Lieve hemel, nee. Paniek laaide in Isaac op. Ze moesten nú naar binnen.

'Ik wil dat je sterft,' zei Jenna. Haar stem trilde, maar ze klonk resoluut en vastberaden. Het was duidelijk dat ze het meende.

'Vooruit!' fluisterde de leider van de eenheid dringend.

Ze vielen het vertrek binnen, en Jaysus draaide zich razendsnel om. Gek genoeg keek hij opgelucht. Dacht die sukkel dat ze hem kwamen redden?

Toen viel Isaacs blik op Jenna, en zijn maag keerde zich om. Ze zat onder de blauwe plekken en het bloed. In het vertrek lagen zeker zes lijken, en alles was besmeurd met bloed. Jenna had steun gezocht tegen de muur en hield Jaysus' hoofd met een pistool onder schot.

Isaac rende naar voren. 'Jenna, niet doen, liefje! Jenna, ik ben het. Isaac. Ik ben hier, baby. Doe het niet. Alsjeblieft, dit is niet wat ik wil voor jou,' zei hij zacht. 'Je hoeft hem niet te vermoorden. Laat ons met hem afrekenen, en laat mij voor jou zorgen. Ik neem je mee hiervandaan. En dan hoef je nooit meer over deze hufter in te zitten,' zwoor hij.

De tranen stroomden over Jenna's wangen toen ze haar gezicht naar hem toe keerde. 'Je hebt geen idee wat hij heeft gedaan,' zei ze. 'Hij moet sterven. Hij verdient het om te sterven.'

'Ik weet het wél, liefje. Ik was de hele tijd bij je, en niemand zal betwisten dat hij het verdient om dood te gaan,' zei hij. 'Het spijt me zo dat ik je in de steek heb gelaten. Alsjeblieft, leg dat pistool weg en kom met mij mee, dan haal ik je hier voorgoed weg. Jij hoeft niet degene te zijn die gerechtigheid laat geschieden.'

'Jawel. Dat is aan mij,' fluisterde ze.

Jaysus, die duidelijk dacht dat hij ten dode was opgeschreven, deed het domste – en het laatste – wat hij ooit zou doen. Toen Jenna even niet op hem lette, haalde hij een wapen uit de verborgen holster aan de binnenkant van zijn enkel en richtte dat op Isaac, met de bedoeling om hem neer te schieten. Of misschien wilde hij gewoon proberen met Jenna te onderhandelen. Hoe dan ook, het was niet de juiste beslissing nu de vrouw die hij urenlang had gemarteld erop gebrand was om op haar eigen manier het recht te laten zegevieren.

Voordat een van de mannen Jaysus kon uitschakelen, haalde Jenna de trekker over en schoot hem in zijn slaap. Hij viel om als een dominosteen, en Jenna wierp hem een laatste minachtende blik toe voordat haar knieën het begaven en ze tegen de muur omlaag zakte. Voorzichtig legde ze het pistool weg, sloeg haar handen voor haar gezicht en begon hartverscheurend te snikken.

Isaac ging naast haar zitten, sloeg zijn armen om haar heen en trok haar op zijn schoot. Hij klemde haar tegen zijn borst en wiegde haar heen en weer. De tranen prikten in zijn eigen ooghoeken terwijl Jenna huilde alsof haar hart gebroken was.

'Liefje, stop alsjeblieft met huilen,' bracht hij uit. 'Ik kan er niet tegen om je te zien huilen. Het drijft me tot waanzin. Ik sta machteloos tegenover jouw tranen. Ik zal alles doen om het weer goed te maken, baby. Ik hou zoveel van je. Je hebt geen idee hoe bang ik was vanaf het moment waarop je uit dat toilet verdween. Mijn hart bleef stilstaan, liefje. En het heeft niet meer fatsoenlijk geklopt tot... Tot nu. Nu ik jou in mijn armen heb, kan ik eindelijk weer ademhalen.

Kijk me alsjeblieft aan, liefje. Vertel me dat je in orde bent. Vertel me wat ik voor je kan doen.'

Hij pleitte en smeekte, en het kon hem geen bal schelen wie het zag. Hij negeerde de anderen terwijl zij het bloedbad inspecteerden dat Jaysus in zijn woede had aangericht.

Eindelijk keek Jenna naar hem op. Er lag zoveel verdriet in haar ogen dat Isaac ter plekke wilde sterven.

'Hij h-heeft ze vermoord,' zei ze snikkend, gebarend naar de lichamen om hen heen. 'En ik mocht ze niet genezen. Hij wilde dat ik ze zag sterven, maar het enige wat ik wilde, was hém zien sterven,' fluisterde ze, alsof ze een zonde opbiechtte.

Isaac sloeg zijn armen om haar heen en stond beverig op, vastbesloten om haar uit deze gruwelijke kamer weg te halen. De stank van bloed en lijken hing in zijn neus, en hij wilde niets liever dan hen allebei van deze hele ervaring reinigen.

Shadow wachtte tot ze de deur door waren, en toen hield hij Isaac tegen en legde zijn hand op Jenna's wang. 'Kijk me aan, engel,' zei hij zachtjes.

Toen ze met enige tegenzin gehoorzaamde, boog hij zich naar voren en kuste haar op het voorhoofd. 'Niemand neemt je kwalijk dat je wilde dat hij dood zou gaan, of dat jij degene bent die hem heeft doodgeschoten. Hij trok zijn wapen en zou zonder aarzelen op Isaac hebben geschoten. Je hebt zowel Isaacs leven als dat van jezelf gered. Ik weet niet hoe het je is gelukt om hem te overmeesteren, kleintje – man, je had ons niet eens nodig – maar ik zou het hele verhaal dolgraag een keer horen, wanneer je eraan toe bent.'

Ze glimlachte beverig. 'Misschien op een dag. Nu wil ik alleen maar naar huis.' Ze keek smekend op naar Isaac. 'Wil je me naar huis brengen? Naar ons huis? Alsjeblieft?'

Als hij haar niet in zijn armen had gehad, zouden zijn knieën het hebben begeven en zou hij van opluchting op de grond zijn gezakt.

Hij had haar keer op keer in de steek gelaten, en het enige wat ze vroeg, was of hij haar naar huis wilde brengen. Naar hun huis.

'Liefje, je hoeft me niets te vragen,' beloofde hij. 'Ik wil niets liever dan je naar huis brengen, zodat je in mijn armen kunt uitrusten. Wat je ook nodig hebt, wanneer dan ook, ik geef het je. Ik heb er alles voor over om jou gelukkig te maken, mijn engel.'

Hoofdstuk 32

Isaac droeg Jenna naar zijn slaapkamer, genietend van het feit dat hij haar eindelijk thuis kon brengen – naar hún huis – in plaats van haar steeds van safehouse naar safehouse te moeten verplaatsen omdat ze voortdurend werd bedreigd.

Ze sliep al in zijn armen. Halverwege de rit naar huis was ze bezweken aan de uitputting. Hij legde haar op het bed en trok heel voorzichtig haar bebloede kleding uit. Zijn woede laaide weer op toen hij de blauwe plekken zag die de klappen van Jaysus op haar tengere lichaam hadden achtergelaten.

Haar gezicht was aan de ene kant gezwollen, en er zat een grote beurse plek op haar wang. Hij boog zich over haar heen om er een zachte kus op te drukken. Morgenochtend zou hij een bad laten vollopen en alle herinneringen aan deze vreselijke avond van haar af wassen. Daarna zou hij dag en nacht voor haar zorgen tot ze helemaal was hersteld.

Hij stapte bij het bed vandaan en trok zijn eigen kleren uit. Hoewel hij haar het liefst geen seconde alleen zou laten, haastte hij zich naar de badkamer om 's werelds snelste douche te nemen, want hij weigerde hun bed of haar ook maar met een druppeltje bloed te bezoedelen.

Hij droogde zichzelf af op weg naar de slaapkamer, en toen hij haar zachtjes in haar slaap hoorde jammeren, gooide hij vlug de handdoek op de grond om onder het dekbed te kruipen en zijn armen om haar heen te slaan.

Hij hield haar stevig vast, streelde haar lichaam, kuste haar haren en gezicht en fluisterde dat hij van haar hield, dat hij altijd van haar zou houden en haar tot zijn laatste snik zou beschermen.

Na een poosje werd ze rustiger, en hij ontspande en kroop nog wat dichter tegen haar aan. Net toen hij op het punt stond om in te sluimeren, begonnen haar nachtmerries opnieuw, en deze keer begon ze zachtjes te huilen in haar slaap.

Zijn hart brak. Hij kuste iedere traan weg die over haar wang biggelde. Toen begon hij weer tegen haar te praten, haar vertellend dat hij van haar hield en dat hij nooit meer zou toestaan dat iemand haar kwaad deed.

Steeds wanneer hij haar troostte, kalmeerde ze even, maar dan duurde het niet lang voordat ze in de greep raakte van een nieuwe nachtmerrie en dacht dat ze zich nog steeds in die hel bevond. Steeds weer riep ze zijn naam, en hij werd er gek van dat niets wat hij deed, haar uit haar vreselijke dromen leek te wekken.

Ten slotte brak hij en huilde met haar mee, want het verscheurde zijn hart dat ze zo wanhopig om hem riep, dat ze dacht dat hij er niet was of haar niet zou komen halen.

'Alsjeblieft, baby, kom naar me terug. Word wakker en kijk me aan. Ik laat je nooit meer gaan. Ik hou meer van je dan een man ooit van een vrouw heeft gehouden. Ik zal zorgen dat niemand je ooit nog pijn kan doen. Ik zal je in het fijnste katoen wikkelen en je nog niet eens je teen laten stoten. Stel je eens voor, engel, misschien heb je nu mijn kindje al in je buik,' fluisterde hij. 'Ik ga zoveel van jullie allebei houden dat ik elke minuut van elke dag voor jou en onze kinderen zal zorgen. Het zal jullie nooit aan iets ontbreken.'

Opnieuw kalmeerde ze, en ze kroop wat dichter tegen hem aan, hem vastklampend in haar slaap alsof ze nooit meer los zou laten. Hij zou niet toestaan dat ze hem ooit nog los zou laten, zwoor hij, zo vastberaden dat hij ervan trilde.

De rest van de nacht deed hij geen oog dicht. In plaats daarvan waakte hij over zijn slapende engel, haar troostend wanneer ze begon te jammeren en onrustig werd van de nachtmerries die haar in hun ijzige greep hielden. Hij bleef haar bezweren dat hij van haar hield, en deed haar elke belofte die hij kon bedenken, tot hij er bijna schor van was.

Toen de eerste zonnestralen de kamer binnenvielen en het innig verstrengelde stel op het bed in hun zachte licht en warmte hulden, verroerde Jenna zich. Eerst dacht Isaac dat ze weer een nachtmerrie had. Hij was er zo op gefocust om haar demonen het zwijgen op te leggen dat hij pas besefte dat haar ogen loom waren opengegaan toen hij haar naar hem zag staren. Er lag zoveel liefde in haar uitdrukking dat het hem de adem benam.

'Isaac, je hoeft me niet de zon, de maan, de sterren en de wereld te beloven,' zei ze met een zachte, uitnodigende glimlach. 'Het enige wat ik nodig heb, ben jij. Je liefde. Meer zal ik nooit van je vragen.'

'Ten eerste hoef je me nooit te vragen om iets wat al van jou is, altijd van jou zal zijn en altijd van jou is geweest vanaf de dag dat je me redde van de dood,' zei hij bloedserieus. 'En ten tweede is het mijn recht om je verschrikkelijk te verwennen. Dus als je me niet vraagt om de dingen die je nodig hebt of die je wilt, dan is het mijn plicht om gewoon op de best mogelijke manier voor je te zorgen.'

Haar verrukte lach verwarmde zijn hele lichaam en liet de plekken smelten die waren bevroren in de tijd dat ze weg was geweest.

'We gaan zo snel mogelijk trouwen,' zei hij ernstig. Hij keek haar recht in de ogen, zodat ze begreep dat hij het meende.

Ze trok haar wenkbrauwen op en staarde hem uitdagend aan. 'Ik mag dan niet weten hoe het er in de echte wereld aan toegaat, maar ik ben er redelijk zeker van dat je me hoort te vrágen of ik met je wil trouwen.'

Ze perste haar lippen op elkaar en deed net alsof ze er ernstig over na moest denken.

'Ik ben er ook redelijk zeker van dat je op één knie hoort te gaan zitten, en ik ben er helemáál zeker van dat er een prachtige ring bij hoort.'

Ze snoof en keek om zich heen. 'Gek is dat. Ik zie niemand op één knie zitten, en ik zie geen ring. Jij?'

Isaac kneep zijn ogen samen en kreunde, beseffend dat hij in de maling werd genomen. 'Je hebt met de andere vrouwen gepraat,' mompelde hij.

Ze grijnsde en legde haar hand liefkozend op zijn wang. 'Natuurlijk! Hoe moet ik anders weten of je alles wel doet zoals het hoort en geen misbruik maakt van mijn gebrek aan kennis? Ze hebben me allemaal hun ring laten zien, en wauw! Toen hebben ze me verteld hoe romantisch het aanzoek van hun mannen was, en ik moet toegeven dat ik moest huilen om het verhaal van Gracie.' Haar ogen glinsterden bij de herinnering. 'Wat een prachtig liefdesverhaal,' zei ze met een diepe zucht.

Hij zuchtte ook, en toen boog hij zich naar haar toe en kuste haar, niet in staat om die perfecte, pruilende lippen te weerstaan. Deze vrouw was in staat om hem helemaal van zijn stuk te brengen. Geen goed voorteken voor zijn toekomst, maar daar kon hij niet wakker van liggen. O man, stel je eens voor dat hun dochters op hun moeder zouden lijken! Dan was hij helemaal de pineut. Het was tijd voor een goed gesprek met God. Een laatste verzoek: om hem zonen te schenken. Een heleboel zonen. En daarna natuurlijk een heleboel dochters, maar hij moest eerst zonen hebben om hem te helpen zijn beeldschone dochters te beschermen. Bovendien moest hij zijn jongens leren welke brutale snotneuzen ze uit de buurt van hun dierbare jongere zusjes moesten houden.

'Als je romantiek en een prachtige ring wilt, dan kun je die krijgen,' mompelde hij.

'Mooi, want ik heb besloten dat dat de dingen zijn die me het best bevallen,' zei ze ondeugend.

Hij stond er versteld van hoe snel ze hersteld was van haar beproeving en zich weer vrolijk voelde. Het leek wel of ze alle ellende achter zich had gelaten en zich volledig op hun toekomst concentreerde.

Toen besefte hij dat ze hem waarschijnlijk probeerde af te leiden van zijn eigen nare herinneringen. Dat zou echt iets voor haar zijn. Hij besloot echter dat het zíjn taak was om háár af te leiden. En dat zou hij doen met het meest romantische aanzoek en de prachtigste ring die ze ooit had gezien.

Natuurlijk had hij de tijd kunnen nemen om de verlovingsringen van de andere vrouwen te bestuderen, zodat hij ervoor had kunnen zorgen dat zijn bruid zou kunnen opscheppen over de hare. Maar een verloving zou betekenen dat hij moest wachten, en daar kwam niets van in. Hij zou haar de ring geven en haar meteen daarna naar een kerk slepen om met haar te trouwen.

Met een diepe zucht stapte hij uit bed en pakte haar handen vast om haar rechtop te trekken. Toen tilde hij haar op en zette haar op de rand van het matras, haar zorgvuldig bestuderend om te zien of ze niet duizelig was of nog last had van haar verwondingen.

Toen stak hij zijn hand onder het kussen waar hij de vorige avond de ring had verstopt, zodat hij klaar zou liggen wanneer het juiste moment zich aandiende. En tja, hij was niet van plan geweest om haar uit bed te laten tot het juiste moment aanbrak.

Hij liet zich op zijn rechterknie zakken, en nadat hij het doosje met de ring op de vloer uit haar zicht had geschoven, pakte hij haar handen en vervlocht zijn vingers met de hare.

'Jenna Wilder, ik werd verliefd op je zodra je me aanraakte en me met zoveel liefde en licht en warmte vulde dat ik helemaal overweldigd was. Je hebt niet alleen mijn lichamelijke wonden genezen, maar ook de wonden die zo diep begraven lagen dat ze al jaren de zon niet meer hadden gezien.

Je bent mijn eigen wonder, terwijl ik als kind al was opgehouden in wonderen te geloven. Je hebt me teruggebracht naar het leven en het licht. Je hebt me mijn geloof in een hogere macht teruggegeven, maar bovenal heb je me vrede geschonken. Daardoor ben ik veranderd van de man die ik was in de man die ik wilde zijn,' fluisterde hij. 'Niemand is ooit in staat geweest om mij te geven wat jij me met één aanraking hebt geschonken, en op dat moment wist ik dat mijn leven voor altijd ten goede was veranderd. Ik wist dat jij de enige vrouw was van wie ik ooit zou houden. En ik wist ook dat ik er alles voor over zou hebben om jou bij me te houden, wat ik daar ook voor moest doen. Ik dank God dagelijks dat jij ook van mij houdt, dat je net zo graag je leven met mij wilt delen als ik het mijne met jou. Dus ik vraag je niet om met me te trouwen, mijn engel. Ik sméék je om met me te trouwen en mijn leven compleet te maken, om de rest van je leven aan mijn zijde door te brengen, zodat ik je iedere dag gelukkig kan maken. Zodat ik je zoveel kinderen kan geven dat je helemaal opgaat in ons leven en in ons gezin.'

Hij maakte zijn ene hand los, maar bleef haar met de andere hand vasthouden, want hij trilde, en hij had haar greep nodig om te voorkomen dat hij zichzelf voor gek zou zetten. Met zijn vrije hand tastte hij naar het doosje en opende het met trillende vingers. Toen hield hij het doosje omhoog, zodat ze de enorme diamant kon zien die op het fluwelen kussentje prijkte.

De tranen sprongen haar in de ogen, maar deze keer raakte hij niet in paniek, want ze zag er zo verrukt en gelukkig uit dat ze van top tot teen straalde. De pure, gouden gloed die haar als een halo omringde, gaf haar de aanblik van een echte engel.

Even staarde ze hem met stralende ogen aan, haar uitdrukking zacht van liefde, en toen bracht ze haar handen naar zijn gezicht, de ring negerend, en legde ze op zijn wangen. Ze trok hem naar zich toe en drukte een warme kus op zijn lippen. Haar tong likte liefdevol langs zijn mond tot hij zuchtte en zijn lippen voor haar opende, zoals zij zo vaak voor hem had gedaan. Toen liet ze haar tong naar binnen glijden en verkende zijn mond, hem proevend terwijl ze haar eigen zoete nectar over zijn tong verspreidde.

'Ja,' fluisterde ze in zijn mond. 'O ja, Isaac. Ik wil dolgraag de jouwe zijn. Voor altijd. Tot het einde der tijden.'

Hij trok een van haar handen naar haar schoot terwijl hij haar begerig bleef kussen, als een man die uitgehongerd was. Hij keek vlug omlaag om zich ervan te verzekeren dat hij zijn ring aan de juiste vinger schoof, en vervolgde toen zijn hartstochtelijke kus. Hun eerste kus met zijn ring om haar vinger, hun eerste kus na haar belofte om met hem te trouwen.

Ten slotte stak ze haar hand uit en staarde vol ontzag naar de ring. 'Allemachtig, Isaac. Hij is enorm! Ik heb nog nooit zo'n schitterende ring gezien!'

'Vind je hem mooi?' vroeg hij schor.

Ze wierp haar armen om hem heen en kneep hem zowat plat, tot hij lachend om genade smeekte.

'Ik vind hem prachtig,' zwoor ze. 'Ik doe hem nooit meer af.'

'Dat mag ik verdorie hopen. Nu we het romantische aanzoek en de ring hebben gehad, gaan we winkelen. Ik wil zo snel mogelijk de jurk van je dromen voor je kopen, want liefje, ik zie een lange verloving niet zitten. In feite zie ik een verloving helemáál niet zitten. Dus zodra we de jurk hebben gevonden waarin je wilt trouwen, bellen we iedereen bij DSS – onze familie – en dragen we ze op om zo snel mogelijk naar de kerk te komen, zodat ze mijn beeldschone bruid kunnen zien en ons kunnen zien trouwen.'

Jenna lachte vol vreugde, maar toen werd haar uitdrukking ernstig. Ze keek hem diep in de ogen. 'Ik hou van je, en ik wil nooit meer zonder jou leven. Ik weet in mijn hart dat God jou heeft gestuurd, dat jij degene bent die hij voor mij heeft voorbestemd, en daarvoor zal ik eeuwig dankbaar zijn.'

Zijn uitdrukking werd nog ernstiger dan de hare. 'Je vergist je, mijn engel. God heeft jou aan mij gegeven en jij hebt mij gered, en daarvoor zal ik altijd dankbaar zijn. Ik zal iedere dag dankbaar zijn voor het mooiste geschenk dat ik ooit in mijn leven heb ontvangen. Ik was verloren tot jij in mijn leven kwam, en ik ben dolblij dat je mijn auto probeerde te stelen, anders zou ik nog steeds ronddolen in een wereld die zo somber en hopeloos was dat niemand ooit in staat zou zijn geweest om het duister te doorbreken en mijn hart en ziel met zonneschijn te vullen. Behalve jij, mijn engel.

Jij hebt me het prachtigste, hoopvolste licht gebracht en daarmee de littekens genezen die ik nooit aan iemand heb laten zien. Dankzij jou kan ik met een gevoel van vrede en vergeving terugkijken op mijn verleden, in plaats van met de overweldigende pijn en het verdriet die zo diep in mijn herinneringen verankerd lagen dat ik niet dacht dat ik er ooit vrij van zou zijn.'

Hij sloeg zijn armen om haar heen en hield haar linkerhand omhoog, zodat de ring schitterde in het licht.

'Je bent werkelijk een engel. Mijn engel. Niet één schaduw, niet één beschamende en pijnlijke herinnering, zelfs niet de constante kwelling van mijn schuldgevoel, is bestand tegen het stralende, gouden, pure licht dat afstraalt van zo'n prachtige engel als jij.'

Epiloog

Jenna keek geamuseerd toe terwijl Isaac hun drie maanden oude baby voorzichtig in zijn grote handen hield en haar wiegde in de grote schommelstoel die ze speciaal voor hem hadden laten maken. Hoewel hij complete nonsenswoordjes mompelde, ontging het Jenna niet hoe voorzichtig hij in zijn bewegingen was. Hij was voortdurend bang dat hij de kleine Evangeline pijn zou doen door haar te verpletteren met zijn kolenschoppen, zoals hij ze zelf noemde. Jenna rolde dan slechts met haar ogen en schudde haar hoofd, waarop haar echtgenoot steevast reageerde met een gepikeerd 'wat'.

De man behandelde zijn eerste kindje alsof ze van heel dun breekbaar glas was gemaakt, en toch hield hij haar altijd stevig vast. Jenna bracht hem vaak in herinnering dat de kans veel groter was dat zij hun dochter zou laten vallen dan hij. Maar in Isaacs ogen was zijn vrouw natuurlijk perfect, en hij vermaande haar altijd meteen dat ze dat soort dingen niet over zichzelf moest zeggen.

Hij hield zijn mening over zijn vrouw en dochter niet bepaald voor zichzelf. Waar hij ook kwam, beweerde hij trots dat Jenna de beste moeder was die je je als echtgenoot kon wensen, en dat Evangeline – of kleine Evie, zoals Jenna haar noemde, hoewel Isaac vaak tegenwierp dat ze Angel zou moeten heten met zo'n moeder – het mooiste kindje ter wereld was.

Gelukkig waren Ari en Beau gezegend met een klein jongetje, want anders zouden de twee trotse vaders wellicht met elkaar op de vuist zijn gegaan. Nu kon ze rustig allebei beweren dat ze het slimste en mooiste kindje van hun respectievelijke geslacht hadden. Ari en Jenna luisterden hoofdschuddend naar de onzin die hun mannen uitkraamden en verlieten gewoon de kamer, zodat zij een volwassen gesprek konden voeren terwijl de vaders uitgebreid opschepten over hun baby's.

Meestal vond Jenna het heerlijk om urenlang toe te kijken terwijl haar echtgenoot met hun dochtertje zat te knuffelen, maar vandaag waren ze een jaar getrouwd, en ze had plannen voor haar man waar geen luiers of fopspeentjes aan te pas kwamen. Zoals beloofd, had Isaac haar zo snel mogelijk zwanger gemaakt, en daarom vierden ze hun eerste trouwdag met een drie maanden oude baby.

Hij was daar bijzonder trots op, en ook dat liet hij haar regelmatig op een zelfvoldane manier weten. Jenna glimlachte dan stiekem, alsof ze het allemaal maar verdroeg, terwijl ze in werkelijkheid het gevoel had in een soort droom te leven.

'Is ze al klaar voor haar dutje?' vroeg ze zacht, toen Isaac stil was geworden.

Hij knikte en fluisterde: 'Ze heeft een vol buikje, een schone luier en is in slaap gewiegd door haar vader. Volgens mij zitten we de komende uren gebeiteld.'

'Mooi, want ik heb plannen voor jou,' zei ze op gespeeld dreigende toon.

Hij trok zijn wenkbrauwen op, maar ze zag de schittering in zijn ogen. De bezitterige blik die haar iedere keer weer kriebels in haar buik bezorgde.

'Als het je lukt om haar heel snel in haar wiegje te leggen en terug te komen, dan kun je me mijn kleren nog zien uittrekken. Maar als je er te lang over doet, dan ben ik helaas al klaar en ben ik bedekt door het dekbed.'

De uitdrukking op Isaacs gezicht was onbetaalbaar. 'Over wat voor plannen heb je het precies?' vroeg hij met schorre stem.

Ze kneep haar ogen samen. 'Het soort plannen dat een vrouw maakt op haar eerste trouwdag. Maar als je geen belangstelling hebt, dan verzin ik wel iets anders om te doen, hoor.'

Isaac kwam zo vlug overeind als mogelijk was zonder Evie wakker te maken. Gelukkig voor hem was ze een behoorlijk vaste slaper, als je haar eenmaal zover had.

'Nou en of ik belangstelling heb,' riep hij, zijn gezicht vertrekkend toen hij besefte hoe luid hij had gesproken. Meteen dempte hij zijn stem. 'Ik ben er over dertig seconden, en ik verwacht dat u dan nog niet uitgekleed bent, Mrs. Washington.'

'Dan zou ik maar opschieten als ik u was, Mr. Washington,' zei ze plagend.

Hij struikelde zowat over zijn eigen voeten toen hij zich naar de kinderkamer haastte om Evie in haar wiegje te leggen. Jenna giechelde en telde in gedachten tot vijf. Toen ging ze naast het bed staan en begon zich heel langzaam uit te kleden.

Eerst had ze zich opgelaten gevoeld over de manier waarop haar lichaam door de zwangerschap was veranderd. Haar billen waren breder en voller geworden, haar buik een beetje zachter en haar borsten... Lieve hemel, die waren tijdens de zwangerschap twee maten gegroeid, en het leek erop dat het zo zou blijven.

Isaac had zowat een toeval gekregen toen ze hem aarzelend had gevraagd of hij afknapte op de schijnbaar blijvende veranderingen in haar lichaam. Hij had haar aangekeken alsof ze niet goed snik was en haar toen laten zien wat hij precies vond van iedere – in zijn woorden – verrukkelijke ronding. Hij had vooral waardering getoond voor haar toegenomen cupmaat, en haar vervolgens teder in zijn armen genomen en haar verteld dat er niets was waardoor hij ooit minder van haar zou houden, of niet langer iedere kans zou aangrijpen om haar lichaam te aanbidden. Dat ze de mooiste vrouw in de wereld was, de enige vrouw in zijn wereld. Hij was zo oprecht geweest dat zijn woorden tranen in haar ogen hadden getoverd, en hij had die weggekust en opnieuw de liefde met haar bedreven, en haar nog eens dubbel zijn waardering laten blijken.

Ze had haar – of liever gezegd zijn – overhemd nog maar net over haar schouders laten glijden toen hij hun slaapkamer binnen kwam stormen en haar direct zocht met zijn verhitte blik. Ze vond het heerlijk om slechts gekleed te gaan in een van zijn overhemden, die ruim om haar tengere gestalte vielen, en hem beviel die dracht ook prima. Als ze er eentje droeg, gleden zijn handen zeker een keer of tien per dag langs de binnenkant van haar benen omhoog om te kijken of ze ondergoed aanhad.

En wanneer dat niet het geval was? Dan bedreef hij ongeduldig de liefde met haar, waar ze zich ook bevonden, en nam hij maar net de tijd om zijn broek los te ritsen voordat hij zo diep in haar binnendrong dat ze hem tegen haar baarmoeder voelde.

Hij beende naar haar toe, zijn ogen schitterend van een begeerte die in hun eerste huwelijksjaar niets was afgenomen. Integendeel, hun hartstocht was alleen maar wilder, behoeftiger en wanhopiger geworden.

'Vertel me alsjeblieft dat je daar geen slipje onder draagt,' zei hij met een grom.

'Misschien,' zei ze plagend. 'En misschien niet. Dat moet je zelf maar ontdekken,' zei ze, beseffend dat ze, als hij op onderzoek uitging en ontdekte dat ze naakt was, precies het ruwe liefdesspel zou krijgen waar ze naar verlangde.

Hij deed zijn ogen dicht en vloekte – tot haar verrassing, want zo reageerde hij meestal niet in dit soort situaties. Hij drukte zijn mond op de hare en gaf haar een hongerige kus. 'Blijf staan. Verroer je niet,' zei hij, en hij glipte de badkamer in.

Toen hij terugkwam had hij iets in zijn vuist, en hij ging met een plotseling ernstige uitdrukking voor haar staan. Toen hij zijn hand opendeed, zag ze een zwangerschapstest liggen. Ze keek hem verward aan.

'Deze is voor jou, baby,' zei hij zacht.

'Wat?' vroeg ze, nog verwarder.

'Je dacht toch niet dat ik een grapje maakte toen ik zei dat ik je zo vaak zwanger wilde maken dat je het nooit in je hoofd zou halen om bij me weg te gaan?' Hij keek met een zelfvoldane grijns op haar neer.

'Isaac, ik ben niet zwanger! Ik geef nog borstvoeding, nota bene, en Evie is pas drie maanden oud! Ik weet dat je graag veel kinderen wilt, maar zelfs jij moet de natuur de tijd geven om haar gang te gaan.'

Hij boog zich naar haar toe en knabbelde op haar onderlip. 'Liefje, ik ken jouw lichaam beter dan het mijne, en ik kan tellen. Na de geboorte van Evie ben je één keer ongesteld geweest, en hoewel ik weet dat niet alle vrouwen regelmatig ongesteld worden tot ze zijn gestopt met borstvoeding geven, ken ik jouw lichaam, zoals ik al zei. Ik ken het heel, heel goed.' Hij dempte zijn stem tot een hees gefluister. 'Doe die test nu maar. Voor mij? Ik wil het weten, want als je zo naar me kijkt als je nu doet, en zoals je deed toen je me vertelde dat je plannen voor me had, dan kan ik je niet weerstaan. Ik ben zo hard als een rots, liefje. En als je zwanger bent, dan moet ik extra voorzichtig met je zijn. Je bent immers nog niet helemaal hersteld van de bevalling van Evie.'

Jenna's mond viel open en ze staarde haar echtgenoot verbijsterd aan. 'Is dit een grap? Haal je een geintje met me uit voor onze trouwdag? Denk je echt dat ik zwanger ben? En hoe is het mogelijk dat jij het weet, maar ik niet? Weet je hoe idioot het klinkt als de man het al doorhceft, maar dc vrouw nog niet?'

'Niet wanneer jij die vrouw bent, engel,' fluisterde hij, en hij kuste haar opnieuw. 'Ik ken elke centimeter van je prachtige lichaam, en ik heb het heel goed bestudeerd toen je zwanger was van onze kleine Angel. Je ruikt anders wanneer je zwanger bent, je smaakt anders. Allemachtig,' zei hij kreunend. 'Is het je niet opgevallen dat ik de afgelopen paar weken op je ben aangevallen als een man die zijn laatste avondmaal krijgt?'

Jenna bloosde tot aan haar haarwortels. Haar wangen voelden zo heet aan dat ze zeker wist dat ze zo rood was als een tomaat. Hij gaf haar een vriendelijk klopje op haar achterwerk en loodste haar naar de badkamer.

'Doe het voor mijn gemoedsrust, voordat ik je zo hard neem dat je het de rest van de week nog zult voelen,' smeekte hij. 'Als cadeautje voor onze trouwdag wil ik het zo vaak mogelijk, zo hard en zo lang mogelijk met je doen, óf je maakt me opnieuw de gelukkigste man ter wereld door me te vertellen dat we weer een kindje krijgen.'

Hij boog zich naar haar toe en fluisterde in haar oor: 'Ik weet dat ik zei dat ik eerst een heleboel jongens wilde, maar ik zou ons kleine engeltje voor geen goud ter wereld willen ruilen, en ik moet toegeven dat ik hoop dat we er nog zo eentje krijgen.'

'Allemachtig, je meent het serieus,' zei Jenna verbijsterd. Ze schudde haar hoofd, maar liep toch mee naar de badkamer. 'Je mag wel blij zijn dat ik het ermee eens ben dat we zoveel kinderen gaan krijgen, anders zou je nu flink in de nesten zitten.'

Toen ze in de badkamer waren, sloeg hij zijn armen om haar heen. Toen haalde hij het plastic van de test en legde het staafje respectvol in haar hand.

'Ik wil dat je iets weet. Als je ooit van gedachten verandert en wilt stoppen, zelfs bij eentje – of twee, want misschien is het al zover – zou ik nooit minder van jou of van onze meisjes houden. Ik wil alleen maar dat je gelukkig bent, mijn lief. En ik zal de rest van mijn leven mijn stinkende best doen om je gelukkig te maken.'

'Laten we eerst maar eens kijken hoe gelukkig je me vandaag maakt,' zei ze, en een zachte gloed liet haar gezicht oplichten terwijl ze naar de zwangerschapstest in haar hand staarde.

Precies vijf minuten later, terwijl Jenna bij de wasbak stond met

Isaacs armen om haar heen en zijn handen op haar buik, ontmoetten hun blikken elkaar in de spiegel.

'Tijd om te kijken,' fluisterde hij, bijna alsof hij bang was om het moment te bederven.

'Laten we samen kijken,' fluisterde ze terug. 'Ik tel tot drie.'

Even later keken ze allebei vol verwachting naar de zwangerschapstest, en Jenna's ogen vulden zich met tranen toen ze het onmiskenbare bewijs zag dat ze opnieuw zwanger was.

Isaac draaide haar naar zich toe, en ook in zijn ogen schitterden tranen. 'Je hebt geen idee hoe gelukkig je me hebt gemaakt, mijn engel. En je hebt geen idee hoeveel ik de rest van ons leven van je zal houden.'

'Gefeliciteerd met onze trouwdag, lieverd,' zei Jenna, 'hoewel ik moet zeggen dat dit niet het cadeau was dat ik voor je in gedachten had.'

Er verscheen een berekenende uitdrukking op zijn gezicht. 'O, ik weet precies wat voor cadeau je voor me in gedachten had, en ik ben van plan om het nu direct in ontvangst te nemen.'

Na die woorden tilde hij haar op, droeg haar naar het bed en legde haar neer, waarna hij haar met zijn lichaam bedekte en loom en liefdevol de liefde begon te bedrijven met de vrouw van zijn leven.

Sensueel leesplezier zoals je van Maya Banks
mag verwachten...

Maya Banks
Vurige adem

Wade Sterling is nogal op zichzelf. Hij hoeft geen good guy te zijn, en zeker geen held. Maar één vrouw daagt hem uit, Eliza Cummings.

Een verrukkelijk sexy verhaal over een sterke vrouw en de enige man die haar volledig van haar stuk kan brengen.

ISBN: 978 94 027 1560 6
Prijs: € 15,-

'Houdt lezers tot de laatste bladzijde geboeid.'
Romantic Times Magazine

'Maya Banks heeft me het hele spectrum van emoties laten zien.' – *USA Today*